白梦传奇

之霸王传说

叶榅飞 著

海峡出版发行集团 | 海峡文艺出版社

图书在版编目(CIP)数据

白一梦传奇之霸王传说/叶榅飞著. 一福州:海峡文艺出版社,2014.11
ISBN 978-7-5550-0376-2

Ⅰ.①白… Ⅱ.①叶… Ⅲ.①长篇小说一中国一当代 Ⅳ.①I247.5

中国版本图书馆 CIP 数据核字(2014)第 255264 号

白一梦传奇之霸王传说

叶榅飞 著

责任编辑	何 欣
特约编辑	林洁如
出版发行	海峡出版发行集团 海峡文艺出版社
经　　销	福建新华发行(集团)有限责任公司
社　　址	福州市东水路 76 号 14 层　　**邮编** 350001
发 行 部	0591—87536797
印　　刷	福州万达印刷有限公司　　**邮编** 350008
厂　　址	福州金山橘园洲工业园仓山园 19 号楼
开　　本	787 毫米×1092 毫米 1/16
字　　数	390 千字
印　　张	23.5
版　　次	2014 年 11 月第 1 版
印　　次	2014 年 11 月第 1 次印刷
书　　号	ISBN 978-7-5550-0376-2
定　　价	48.00 元

如发现印装质量问题,请寄承印厂调换

目录

第一章　雌雄莫辨

众里寻他千百度，

蓦然回首，

那人却在、灯火阑珊处。

用这句话来形容此刻邱志爵的心情，实在是再贴切不过了。

邱志爵此刻的心情很好。

好得不得了。

简直就是心花怒放，心旷神怡！

对于一般人来说，开心的事很多。

最普遍的就是升官和发财了。

不过赚钱这种事，似乎并不属于邱志爵的生活内容。

恰恰相反，邱志爵要做的是花钱！大把大把地花钱。如果邱志爵一天不花钱？那，就是他的不对了。

人的开心是分层次的。对于那些饿了三天三夜的人来讲，也许有两个馒头一壶开水就很开心了。但是对于邱志爵来说，能够令他开心的事可能是和白一梦还有皇甫浩泽一起泡泡茶，把酒言欢。

人与人之间的事，有时候是很奇怪的，越是简单的事，却越是令人觉得愉悦。

也许是因为习惯了吧，邱志爵心里暗想。

但能够令邱志爵开心到这个地步的事，那就只有一件，他又喜欢上某一位姑娘了。

邱志爵好色。这件事大家都知道。

不仅白一梦和皇甫浩泽知道，蓝天学府上上下下十万学子都知道。

也许有人不知道当今青虹市市长是谁，但整个青虹市最风流的富家公子、邱氏企业的邱大少邱志爵风流成性，却是无人不知，无人不晓。

邱志爵喜新厌旧，是有规律可循的，至少白一梦是这么认为的。

多情，但不滥情。这是白一梦给邱志爵的评语。

距离上一段感情才过去了半个月而已。以前的邱志爵可都是过了半年才能坦然地开启下一段轰轰烈烈的爱情，为什么这一次这么快呢？

这就有点耐人寻味了。

从邱志爵语无伦次的激动，还有那颤抖的双手，白一梦明白了一件事，这次，邱志爵是动真格的了。

“你是说于思思？”皇甫浩泽的眼睛瞪得跟铜铃一般大，高大的身材几乎要顶到天花板。

邱志爵肯定地点了点头。

“你是说大明星于娜娜的妹妹于思思？”皇甫浩泽死死地盯着邱志爵，嗷嗷大叫。

“嗯！”邱志爵重重地点了点头。

“你是说，那个你这三年来，你整个卧室，从天花板到地板，从被子到杯子都有照片的于思思？”皇甫浩泽不可思议地看着邱志爵。

“对！就是她！”邱志爵满脸通红，热泪盈眶。

“于思思要转校到我们蓝天学府，而且还跟我们一个系？”皇甫浩泽抓着邱志爵的肩膀拼命摇晃，仿佛找到梦中情人的不是邱志爵而是他皇甫浩泽一样。

“对！没错！”邱志爵哈哈大笑，简直就像是一个疯子，癫狂之极。

难道这就是奇迹？

难道这就是缘分？

难道这就是爱的伟大？爱的神奇？爱的力量？

难道爱真的有不可思议的魔力？

皇甫浩泽看了看邱志爵，看了看白一梦，三个人笑成一团。

这就好像一个孜孜不倦天天买彩票的穷光蛋，买了十几年的彩票，有一天突然中了！那种莫名的惊喜，足以令一般的人疯狂！

邱志爵喜欢于思思这事只有两个人知道，一个是白一梦，另一个是皇甫浩泽。纵观这三年多来邱志爵追求过的所有女孩，你会发现有一个共同点，那就是她们和于思思都或多或少有一丝相似。

而今天，本尊终于驾临了。

走出蓝天咖啡吧的大门，白一梦三人才发现，整个蓝天学府都在讨论于思思。到目前为止，白一梦才知道，于思思三年前和姐姐于娜娜一样，都是红极一时的影星，只是这三年销声匿迹，而姐姐于娜娜则继续在演艺圈打拼，如今可是全亚洲身价最高的女明星。

白一梦不是一个很关注大明星的人，能够知道于思思这样的美女，那也是拜邱志爵所赐。

终于盼来了上课铃声。

以往听起来，如同催命符一般讨厌的上课铃声，在现在听起来却是人世间最最美妙的音乐。

至少在邱志爵听起来是这样的。

白一梦也很想看一下，邱志爵在面对三年来朝思暮想的暗恋情人时，会有什么样惊世骇俗的举动。

一男二女走入教室，就开始自我介绍起来。

“我叫林雨瑶……”

“我叫于思思……”

“我叫项东。”

和邱志爵那铺天盖地的海报照片比起来，于思思本人更漂亮。

那个叫林雨瑶的女孩长得也不错。

而白一梦盯着那个叫项东的男生，有一种心悸的感觉。

白一梦已经很久没有这样的感觉了，就像一个老百姓突然面对一个一品大官的那种紧迫感。

项东是一个冷漠的人，冷得就像一团冰块！从进来教室，直到现在，他就说了这么一句话。

一身的黑衣，气质高贵，有一种俯览众生，视一切如蝼蚁的王者风范！

这是一种超越现实规则，不受世俗限制的，真正自由的人才能够拥有的感觉。

人要生存要生活，就要吃要喝要穿要住，这些最基本的人类需求，都需要用金钱来达成。

而有一种人不用担心金钱，想要多少有多少，想要什么就买什么，甚至能改变他人的命运。他们想上哪儿就上哪儿，逍遥自在，无拘无束，他们凌驾于一切人类指定的规则之上。

虽然这个叫项东的，已经很努力地收敛气息了，可是白一梦还是感受到了。因为他自己也是这种人。

“怎么了？一哥？”皇甫浩泽发现了白一梦的异样。

“呵呵，没什么？”白一梦笑了，眨了眨眼，“阿泽，你说，这个项东是男的还是女的？”

“废话，当然是男的了！”皇甫浩泽不在意地转头看向讲台。

介绍完毕，他们各自坐下了。

于思思坐在了邱志爵的后面，项东坐在了邱志爵的左边，林雨瑶则是坐在了白一梦的前面。

邱志爵全然不顾老师徐芳的怒目，歪着脑袋痴痴地看着于思思，一脸的陶醉。突然，邱志爵的鼻子翕动了一下。继而不可思议地盯着左边的项东看了好长时间，紧接着就是奋笔疾书。

一张纸条从邱志爵的手里飞向后方的白一梦。

一只手凭空出现，一把抓住了空中的纸团。

这只手的主人正是徐芳。

邱志爵的脸色瞬间苍白。

“一点技术含量都没有。”白一梦只能摇头叹息。

“这下惨喽。”皇甫浩泽埋首书中。

一声冷哼，徐芳走回讲台摊纸就念。

“一哥，以我纵横花丛、阅女无数的经验……”徐芳的脸刷的红了。

“哇!”全班同学绝倒。

一道道或鄙视、或钦佩、或仇恨的眼神，瞬间射向了邱志爵，邱志爵心惊肉跳。

“既然，这是给你的，那么，白一梦，你来读。”徐芳做了一个请的姿势。

白一梦淡然地走上讲台，接过了纸条。

“以我纵横花丛、阅女无数的经验，我可以肯定一件事，坐在我左手边的这位项东同学，是女的!”白一梦静静地看了项东一眼。

项东冷冷地看了白一梦一眼，在眼神对视的一刹那，白一梦有一种掉进冰洞的感觉。

无视所有人好奇的目光，就好像现在说的是别人，不是他自己一样，项东没有表现出一丝的不安和一点点的情绪波动。

好定力！白一梦心中暗暗佩服。没有表情也就算了，居然没有一丝丝的内心波动，这又岂是一般人能达到的境界?

“说出来很难令人相信，的确，他有喉结，有胡渣。当然，最直截了当的就是摸一下他下面。可我要说的是，女人是有体香的，大多数女人的身上都有她独特的香味，所谓闻香识女人。比如说我后座的于思思同学，身上的味道就属于女人中的极品，令我迷失。可是这位项东身上的体香，却令我热血沸腾，一瞬间就诱发了我最原始的男性冲动，你要不信，你看看我的裤……”

白一梦的脸终于发烫了，白一梦也读不下去了。

“啪”“啪”，两声清脆的巴掌声音。

打中邱志爵左边脸颊的是徐芳，打中邱志爵右边脸颊的是项东。

“无耻!”

“下流!”

“流氓!”

一声声的娇叱，所有的女同学都砸出了最近的兵器。圆珠笔、钢笔、文具盒、墨水瓶，一齐飞向邱志爵！邱志爵干脆躲在桌子底下不出来了。

“好了，不要吵了，人家是男是女用得着这么大惊小怪吗?就像邱志爵说的，找一个人验证一下好了。项东同学，你认为有这个必要吗?”徐芳微笑地看着项东。

“那就请讲台上这位白一梦同学来验证好了。”项东冷冷地看了白一梦一眼，眼眸深处升起常人无法察觉的笑意。

项东大大方方地走上了讲台，站在了白一梦的面前。

“出手啊!”

“抓啊!”

班级里炸开了锅般的热闹。

大多数的女孩子都歪着脑袋不想看，却又从指缝之间偷瞄。

白一梦第一次觉得自己怎么会有一点慌张，第一次觉得在气势上有一种被压倒的感觉。

白一梦不是不相信邱志爵的纸条，他是开始不相信自己了，因为白一梦自己也觉得项东是女的！从第一眼看到项东那一刻，他的直觉就告诉他这就是一个女人!

突然，项东一把抓住白一梦的右手，放在了胯下!

“你真的是男人。”白一梦有一种被打败的感觉，却淡淡地说。

每个男人都有的东西，不错，项东他有。虽然只是短短的一瞬间，可是却足以证明一切。

“好了，安静，现在请两位同学回到座位，现在，上课!”徐芳的话结束了白一梦的惊悚。

“哦……”全班同学不再起哄，一切回到正常的课堂秩序。

整节课，白一梦如同遭了五雷轰顶一般盯着项东的背影发呆。这不可能!难道是自己的直觉错了？白一梦不相信!

邱志爵和皇甫浩泽都关切地频频看向白一梦，他们从来都没见过白一梦这种失魂落魄的样子！从认识的那一天到现在，白一梦从来都是那样的淡泊，那样的宁静，笑傲江湖，逍遥自在！发生了什么事？

白一梦干脆闭上了眼睛，认真回味这其中的细节。

白一梦不会错的，从来都不会!

第二章　紫气东来

夜。

华灯初上。

白一梦躺在藤椅上，望着整个青虹市的万家灯火。

旁边坐着的是皇甫浩泽和邱志爵。

不管白天有多喧嚣，多忙碌，每天夜里十二点之前，三个人都会准时回家。在一起聊聊天，三年来，这已经是一种习惯。

这是一间位于十五层的公寓，房子是皇甫浩泽的，三年前皇甫浩泽的父母出国了以后，留下了这套房子。皇甫浩泽是白一梦的房东，白一梦是皇甫浩泽的租客，两人也是这样认识的。而后才发现是同班同学。

邱志爵是硬挤进来的。

有时候皇甫浩泽对于邱志爵的行为是很难理解的，就比如房子这件事吧，放着邱家那犹如宫殿一般富丽堂皇的豪宅不去住，非得跑到自己家里来住一个小房间，不是脑子被驴给踢了，就是脑子进水了。

每个人都有各自的生活方式，并不是他现在所拥有的，就一定是他喜欢的。

白一梦是这样理解邱志爵的。任何事情都绝对不能看表面，就像谁又能想象一个风流不羁的富家大少其实真正喜欢的就只是一个人呢？而他以前的种种风流故事的起源，只是因为一个爱的影子呢？

别看皇甫浩泽是一个彪形大汉，厨艺确是相当了得。

当然，也正是因为皇甫浩泽是一个彪形大汉，那他所做出来的菜，也就只有一道，那就是烤牛肉。

三个人，吃了三年的烤牛肉，居然不会腻，这也是一件怪事。

七成熟的牛肉加上冰镇的红酒，还是不错的选择。

“说实话，我还是觉得那个项东是女的。”邱志爵的酒量是三个人中最好的。

“你管人家是男是女？一哥不是验证过了吗？”皇甫浩泽吃牛肉的速度是最快的。

“项东是男是女不重要，关键是你的思思怎么样了？”白一梦笑道。

“虽然，我今天很糗，在她的心目中留下了一个天下第一大色狼的印象，不过不要紧，来日方长嘛！本来我已经有了一系列浪漫有情调的安排，现在看来只能暂时押后了。”邱志爵脸皮的厚度，是他强大自信的有力来源。

“我已经安排人去查于思思的住所了，而且已经有消息了。包括她在青虹市的所有亲戚朋友的情况，我都知道了。说出来你们肯定不信，于思思就住在明月山庄。”邱志爵在青虹市的实力，社会人脉，影响力，绝对不是闹着玩的。

“明月山庄？”白一梦和皇甫浩泽不由得哈哈大笑，笑得上气不接下气。三个人倒在客厅的地板上，滚来滚去。

因为邱志爵也住在明月山庄！邱家所居住的顶级豪宅正是明月山庄的独栋楼王！因为明月山庄正是邱志爵的父亲邱南宫所开发的花园住宅之一。

于思思住在明月山庄，不就等于住到邱志爵家里去了吗？

“所以，我今天不会在这里睡了，我要回家了。”邱志爵意气风发。

“去吧！”白一梦和皇甫浩泽也为邱志爵高兴。

另一方面也为于思思担心。

三年了，你终于出现也就算了，来到蓝天学府也算了，居然还送羊入虎口住到邱志爵同一个地方去了？

难道真的是情感动天？

白一梦隐隐觉得这不是一个巧合。

可是这又会有什么问题呢？

隔壁皇甫浩泽的呼噜声实在是太没有规律，太没有节奏感，太没有美感了！

白一梦其实也很想像皇甫浩泽一样能吃会睡，不要有那么多的想法，吃饱喝足，倒头大睡。

多么简单。

可他是白一梦，他做不到！他没办法做到！

夜更深了。

已经是半夜两点了。

已经熟睡的白一梦如同一片羽毛般从床上飘了起来！直直地，就那么悬浮了起来！

白一梦悄无声息地迅速穿上外套裤子，穿上鞋子，推开窗户，一跃而出！

这可是十五楼啊！

可是白一梦的身体不仅没有往下跌，往下坠，却如同一条鱼儿般闪电地向远方游去。

这惊世骇俗的一幕，白一梦自认为没有人看到，但就在白一梦房间的下方，十四楼的窗户里，皇甫浩泽却笑眯眯地看着远去的白一梦。

“一哥啊一哥，你动不动深更半夜就往外跑，以为我不知道吧。嘿嘿，嗯，不过看你今天的速度似乎比上次外出快了许多。他人都只知道我皇甫浩泽四肢发达，空有一身蛮力，可谁又知道我皇甫浩泽将是今年全世界最强机器人的发明者呢？哈哈，你有你的秘密，我也有我的秘密，你不说，我也不说。”皇甫浩泽得意地一口喝掉了手中的一杯红酒！

在皇甫浩泽的身后，是整个十四层楼的空间，其间堆满了各式各样的稀有金属，站立着一排排真人大小的机器人。在十四楼的一角，有一条楼梯，上方，正是皇甫浩泽位于十五楼的房间！

而皇甫浩泽房间的床头，一台录音机正在播放着皇甫浩泽的呼噜声！

白一梦的确有秘密。

这个世界上的每个人都有他的秘密。

白一梦的秘密很简单。

白一梦的秘密就是他的身体，确切地说是他的骨骼。

白一梦天生是镂空骨，也就是像鸟儿一样，身上的骨骼之间是互通的，鸟儿之所以会飞是因为身体的轻盈和体内空气的循环。

而白一梦恰恰就是这种体质。与生俱来，得天独厚的身体！

记得很小的时候，有一次，白一梦为了抓一条鱼，潜入深潭之中，没想到被水草缠住了一条腿，差一点就淹死了。恍惚之间，身体内部骨骼之间的关节突然崩溃了，互相连通。自此之后，白一梦感觉自己身轻如燕，劲步如飞，稍有不注意就轻飘飘地脱离地心引力。经过了这么多年的反复研究与尝试，才真正做到了收放自如。

只有经历过生死的人，才能真正明白生命的真谛。白一梦差点就死过一次，所以白一梦很明白自己活着应该做些什么。

很多人活着都是为了一个叫“理想”的东西。

白一梦认为理想这个东西在人的生命中应该排在第二位，摆在第一位的应该是责任。

而责任之中，家庭的责任应该摆在最前面。

身为家庭成员中的一员，无论你是儿子还是孙子，你都有不可逃避的责任。老一辈为了你们的成长苦了一辈子，你有责任让他们过得更好。

只有解决了责任之后，你才能够全身心地去追逐你的理想。

可这个世界上太多太多的人却是相反的，不顾一切地追逐着自己的理想，付出了大量的青春和时间。如果理想达成，那也就算了。可是人生还有一种东西叫作挫折，叫作失败，叫作不如意！等到蓦然回首，发现子欲孝而亲不待，想要做一点什么，却发现心有余而力不足，那是多么的悲哀！多么的痛彻心扉，心如刀割！

白一梦的责任是救人，救一个至亲至爱的人，他的妹妹白若兰。

为了妹妹白若兰，白一梦才会去读书，才会留在青虹市。

白一梦来到了市郊。

下方，正是名满青虹的第一豪宅，南斗山庄！

南斗山庄是依托着青虹山而建的清一色独栋别墅，从上空往下看，你会发现，整个南斗山庄的布局像一个大大的“南”字！

白一梦落在了山脚下。在白一梦眼前的，是高达十余米的外墙。

白一梦不是不想直接飞进去。他在空中的时候，发现今夜的南斗山庄多了很多人。

白一梦越过高墙，高高的墙头还拉扯着密集的电网，白一梦在空中翻腾着，扭曲着，如同鱼儿般滑进了别墅区内。

白一梦蹿上了庄内最高的一棵树，拨开树叶往下看，不由得倒吸了一口凉气！

今夜的南斗山庄的安防力量太惊人了。

每幢房子门口都有人站岗，左右各有两人。每一个拐角都有人值班，所谓十步一岗，百步一哨。每间隔十分钟就会有一队二十人一组的巡逻小队经过，整个庄内探明灯全部开启。白一梦的身前就有一盏。

藏身于光明之后，自然更加黑暗。白一梦躲藏的位置很有利。

白一梦粗略计算了一下，整个南斗山庄有五十四幢房屋，每幢房屋四人站岗，约有十组巡逻小队，每队二十人，外加上那些隐藏在拐角角落黑暗处的，整个南斗山庄逾千人的防护力量。这还没看见每幢房子里有几个人呢？

“今天这是什么情况？难道是有外国政要来访？那也不必这么做嘛？场面太大了。虽然我国人口众多，可也不能这样使用啊。浪费资源。”

白一梦深吸一口气，化为一道白光，落在了一幢独栋房屋的窗户上。

左右看看无人，白一梦推开窗户进了书房。

这间书房位于最高一层的右方，几乎占据了这幢房屋的整个第四层。

书房之中的藏书量就如同一个图书馆一般，一排排，一列列，琳琅满目，数量惊人。

能够买下这幢房屋的主人，相信财力也是亿万富豪级别的，拥有如此多的藏书也不算稀奇。

不过，这间书房的几十个书架上的藏书，随随便便拿出一本来都有上百年的历史！有的甚至是几千年前的竹简，刻着甲骨文的骨头。

这里的每一本书每一页每一字都透露着千古岁月的悠长！

这间书房几乎就是人类有文化以来的见证，囊括了几千年来所有文字性的东西！

这里彻底颠覆了白一梦对于历史的记忆。

第一次来到这里，白一梦的震惊程度是可想而知的。

这间屋子里的文献，足以开办一个博物馆，对于这幢屋子的主人，白一梦充满了好奇。守着如此多的文化瑰宝，却从来不向外界公开。房主要么是一个孤僻的收藏家，要么就是一个和自己一样，希望从古籍中找到一些方法来解决问题的人。

不过自己可没有房主这样手眼通天的能力，能得到如此多的藏书。自己唯有做一做梁上君子，走东家串西家，得知哪里有古籍藏书，就翻墙入室，入千家万户，博览全书。

这间书房的藏书白一梦几乎已经全部看完了。在这堆积如山的藏书中，有三本书，一直以来是白一梦的最爱，也最令白一梦感兴趣。

白一梦轻车熟路地来到了第五排，翻出了一本古籍，古籍上龙飞凤舞地写着四个大字“万物宝疏”，紧接着来到第七排，翻出了一本《苍穹异论》。

再次来到第十一排的时候，白一梦怔住了。

那一本《昊然正要》不见了？白一梦吃了一惊。

这么多年来，白一梦东奔西跑，博览古籍，虽不及此书房中的万分之一，却也是颇有心得。自从发现了此处藏书所在之后，才决定定居青虹市。这三年来，白一梦几乎每天夜里都是在这间书房度过的，这本名为《昊然正要》的古籍白一梦早就已经看完了，甚至到了倒背如流的地步，却从来没见这屋子里有人动过它。

也许是房子里也有人觉得这本书有意思吧。白一梦微微一笑，跃上书架顶上，舒服地躺下，打开了《万物宝疏》认真地研读起来。

《万物宝疏》这本书中所描述的是各种各样稀奇古怪的动植物，以及它们的习性与用途。这些动物与植物看来都是已经灭绝的东西了。当今社会根本无处可寻，难见其踪迹。

《苍穹异论》说的是自古以来天地间所发生的异象，以及这异象征兆所针对的人和事。

而今天找不到的这本《昊然正要》却是一本练功法门。《昊然正要》认为，人，才是全宇宙最神秘最不可思议的物种。如果对人类身体进行强化，到一定阶段就会产生异于常人的能力。之后，人的能力提升到了一定的极致，又将如何得到突破。按照《昊然正要》所说，它将人的身体强化能力提升分为三个阶段，而每个阶段又分为九个层面。

第一阶段是“劲宗”阶段。劲，就是力气，有些人力气大，有些人力气小，有些人天生神力。“劲”完全可以通过锻炼来改变的，而改变之后的人肌肉发达，有的人的肌肉甚至硬如磐石，刀枪不入！当一个人能举起或打倒超过自身重量几倍甚至几十倍的物体时，那么，他就迈进了劲宗的行列。

劲宗最基础的体现就是如此，而达到劲宗阶段最高级别劲宗第九层的高手，不仅仅可以力拔山兮，甚至可以御气飞行！力气力气，力量与气息的完美结合。力量达到了极致，气息也得到了开启，气息的充盈完全可以负担起人体本身的重量，这就使人体战胜了地心引力，可以御气飞行。这样，也就迈进了人体强化能力提升的第二阶段——“气宗”阶段！

气宗阶段最基本的体现就是速度，奔跑的速度，腾挪的速度，飞行的速度。有些人能飞，但只是短暂的飞行，甚至还要借力，这就好像古代的轻功了。古代练习轻功一般是长时间的负重之后，再突然解除负重，自然是身轻如燕，飞檐走壁了。而气宗修炼到一定时候的高手不仅能够悬空而立，任意飞行，最快的速度甚至可以快若闪电，纵横四海。当速度达到了极致，人体就已经成为兵器，撞破一块铁板撞破一堵墙，简直就是轻而易举，已经不再需要兵器的辅助了。这也就标志着修炼之人进入了第三阶段“兵宗”阶段！

“兵宗”者，挥手如刀，扫腿如铁棒，因为他本身就是武器，一般的兵刃武器根本伤不了兵宗修为强者的躯体。如果再加上兵宗者手里所拥有的已经和主人心意相通的武器，那就太可怕了。因为和兵宗者对立，面对的对手不是一个，是两个！兵宗者的兵器的能力取决于主人的能力，主人的思想就是兵器的思想！主人要杀的人兵器也就一定会杀！当然，主人如果战死，那么兵器也就失去了生命，成为一件无主的神兵利器。兵宗者的最高境界既能做到兵器和主人合二为一，也能够做到分头行动，飞剑取人首级于千里之外！

兵宗九阶巅峰，即是人剑合一，可将宝剑融入体内，武者也可融入宝剑之中！兵宗九阶大圆满，武者已经不再需要随身携带兵器，一切的剑气，刀气，都可以肉掌幻化而成，其杀伤力，胜过一切兵刃！而达到兵宗九阶大涅槃之后，武者修为已经达到了极限。大成者，一个眼神，一句话，都足以产生致命的杀伤力！说到了兵宗九阶大涅槃之后，这本《昊然正要》也就到此为止，似乎觉得后面的提升不可能再实现。

白一梦推测这本《昊然正要》的作者应该是在唐朝。这是根据书籍的纸质以及文风，还有其中所描述的历史高手推断出来的。

书中所说到的最后一个高手是唐朝的大将军李靖，《昊然正要》对李靖的评价是兵宗一阶，剑法高超。《昊然正要》中评价最高的是春秋战国时期的战神白起，书中对于这位杀人魔王的行事和手段虽然不认同，但认为他属于武者中的最高境界，兵宗九阶大涅槃！《昊然正要》认为，武者修为达到了兵宗九阶大涅槃的人，千百年来，只有战神白起一人而已！假如白起能够顿悟，必然可以白日飞升，成为如同神灵一般的存在！可惜，白起也只是将武者的神话书写到了这里，至于武者修为后面，还有没有突破的空间，已经无从考证了。

白一梦就以《昊然正要》的武者标准衡量过自己，自己目前能够御气飞行，也算是迈进了气宗的阶段。白一梦想一想觉得好笑，自己没经历过劲宗就直接迈进了气宗，因为说到肌肉的力量，自己的身体这一方面似乎和常人没什么区别。说到劲宗，皇甫浩泽那个浑身都是肌肉，没有一丝脂肪的身体，如果再强化一下的话，应该是最有希望跨进劲宗的了！

白一梦回忆了一下，皇甫浩泽可以说是自己这辈子见过的力气最大的人！有一次皇甫浩泽为了帮助邱志爵泡妞，愣是把青虹市青虹广场上的标志性建筑青虹公子的雕像搬到了邱志爵女友的家里。那可是上千斤重的石雕啊！一来一回十几公里，深更半夜的，不能叫车不能被任何人知道，因为青虹公子雕像是青虹市人民心目中的神，是神圣不可侵犯的。也正是因为这件事，邱志爵把皇甫浩泽当成了亲兄弟，死皮赖脸地住到了皇甫浩泽的家里。这才有了三兄弟住在一起，一住就是三年的经历。

白一梦虽然手里捧着《万物宝疏》，满脑子想的却是《昊然正要》里的内容。算了，不想了，管它那么多干什么呢？目前对于自己来说，最重要的事就是若兰的病。自己这么多年来遍览古籍，不就是想找到一种方法救治若兰吗？什么武学，什么境界，根本就无足轻重，也不重要。可是这本《万物宝疏》中所提到的种种宝物，当今世上根本就没有！自己几乎把书上提到的每一样宝物可能出现的地方都找遍了！没有！什么都没有！

五年了，这五年来自己几乎把整个地球都走遍了！可是却什么都没有！这本书上提到的，这成千上万种的宝物，自己居然一个都没有找到！

白一梦的脸色越来越苍白！因为这是白一梦最大的无奈！

白一梦有点心浮气躁了。

远处的雷声越来越近，也越来越大声，最后就如同在耳边一样。

惊雷交炸，电闪雷鸣。

窗外的闪电撕裂了夜空，整个黑夜比白天还要亮。一道又一道的闪电划破长空。白一梦无奈地望着夜空，闭上了双眼。

突然，白一梦睁开了眼睛，看了看天空，转身跃上书架一把抓住刚刚没拿的那本《苍穹异论》，站在窗前，打开寻找。

就是这一页！白一梦两眼放光，浑身颤抖！

书上，映入眼帘的赫然是“日月无踪，电击长空，紫气东来，重宝出世”！

对，今天没有月亮！闪电频繁，电击长空。紫气呢？紫气在哪？白一梦兴奋得浑身发抖，重宝出世！哈哈！重宝出世！会是什么宝物呢？不管它是什么宝物？只要是宝物对人都是有好处的！若兰的病有希望了！

白一梦凝视着夜空，一道道的闪电映在白一梦坚定的眼眸中。

就在白一梦所处的这幢房子的地下室中，两个男人正在交谈。

这地下室金碧辉煌，八根黄金大柱上雕龙画凤，地上铺着上等的水晶玛瑙，一派帝王风范！

地下室的正中央是长宽约两米的血红的池塘，池塘中鲜红的池水正在沸腾，不断地翻滚着，就好像一锅煮开了的水一样。在这个池塘的上方，围了一圈银白色的网状激光，密集到就是一只苍蝇也无法越过。耀眼的光芒令人心颤，一旦触碰到这层激光，就是钻石恐怕也要化为灰烬！

地下室的两个男人，一个是一身的白衣，白衣胜雪，他的人也如同冰雪一般的冷，冷酷冷漠冷傲，你甚至会觉得这个人这一生中从来都没有笑过，这是一个没有表情的人。

另一个是一身红衣，鲜红如血。红衣人的相貌非常威严，国字脸，八字胡，霸气外露，睥睨之间有一种视众生如蝼蚁的感觉。

很显然，这个红衣人是主人，而白衣人是仆人。因为只有面对一个主子时白衣人才需要用这样的礼节，而也只有红衣人这样的气场和威风才能镇住白衣人。

这里，给人的是一种时空错乱的感觉。

“王刀，”红衣人高居宝座之上，“你能够肯定她就是你三年前走脱掉的那个

‘千面人魔’吗”？红衣人的声音低沉而具有威慑力。

“是的，三庄主。三年前，我和她交过一次手，结果让她走脱了。我相信，也就只有她，才能接得下我的最强一击！”白衣男子王刀恭敬地回话。

“最强一击？哈哈，王刀，你的最强一击和三年前比如何？”红衣男子三庄主笑道。

王刀的脸上还是没有表情：“三年前她能够接下，而今天她如果再敢和我交手，那么结果就只有一个，她必死无疑！”

“好！”红衣男子一拍宝座，长身而起，“只要她今天敢来，我们就让她有来无回！”

“她一定会来的！”王刀眼中寒光一闪。

“重宝出世，她如果今天不来，那她就不是千面人魔了！这三年来，有胆量挑战我们的也就只有她一个！那些小宝物小玩意她喜欢就给她好了！但是今天的宝物，是这一千年来出关宝物中的王者，对于她的诱惑是致命的！以我来看，她一定是要宝不要命的！”红衣男子站在水塘旁，注视着汹涌澎湃的池水，冷笑道。

白一梦发现草地中间的游泳池的水正在翻滚，继而沸腾，隐隐居然有鲜红色。

天空中的闪电还是那么密集，雷声也越来越大，天地之间已经听不到任何其他的声音了，每个人的耳畔只有这轰隆隆的雷声。

紫气！

白一梦终于看到了紫气！

一抹紫气自泳池中缓缓升起，越来越浓郁，越来越粗，越来越亮，而游泳池中的水沸腾得越来越厉害了！

“轰隆”一声响彻天地的巨响！

整个大地都为之颤抖着！

整个天空的闪电全部都扭曲在了一起，化为一道刺眼的光箭，准确无误地击中了泳池！

整个泳池瞬间支离破碎，出现了严重的凹陷，四面八方百米之内的泥土草地树木都一起倒向泳池里！

有人！白一梦不敢相信自己的眼睛。因为就在刚才，白一梦分明看到一条人影从天而降，准确地说是和闪电一起从天而降，伴随着闪电，一起砸进了泳池！

第三章　千面人魔

地下室中的血红池塘在被雷电击中的一刹那，鲜红的池水全部退去，露出中间的一只大鼎！这个足有一人多高的青色古鼎，此刻正闪烁着清幽的冷光，立于血池之上并且在迅速地上升。宝物就是宝物，激光扫射在青色古鼎之上，居然没能撼动分毫。

直到现在，红衣男子和白衣男子才听到了轰鸣的警报声，地下室墙上的几个警报器红光闪烁，警报齐鸣。

“你终于来了！”红衣男子仰天而起，扑向上方。

“王刀，看好重宝，我去会一会这个千面人魔！”红衣男子大笑着冲破了头顶的天花板，冲出了地下室！

“是！”王刀的手里多了两把雪亮的弯刀，浑身杀气凛然。

白一梦还没从发现闪电中有人的震惊中反应过来，游泳池位置的地面再次爆开，泥沙横飞。

一条黑影如同断了线的风筝般飞出，越过高墙，紧接着一条红色人影飞出，直接撞破围墙紧随黑影而去！

这个速度！这个力量！白一梦目瞪口呆。

原来天地之间真的有高手！

宝物就在泳池下面！

没有丝毫的犹豫，白一梦纵身飞向泳池，向着刚才两位高手冲出来的位置跳了下去！

地下室中。

王刀站在青色古鼎旁，杀气腾腾。

“王刀，那个家伙被我吓跑了，哈哈哈哈……”红影一闪，红衣男子推开地下室的大门，大笑着走了进来。

王刀松了一口气，双刀插回了腰间。

“有三庄主出马，那千面人魔当然唯有逃之夭夭了。”王刀躬身道。

“看来今夜是不会再有麻烦了。王刀，去，把那个激光网罩关了吧！太刺眼了！”红衣男子吩咐道。

瞳孔在收缩，王刀的刀已经出鞘，以迅雷不及掩耳的速度斩向红衣男子的头颅！

拔刀，出刀，一气呵成，没有一丝征兆，没有一丝迟疑！

“王刀！”红衣男子大惊之下急忙躲避，可王刀的刀实在是太快了。

“咔擦”一声，红衣男子的整条左手臂被齐刷刷地剁了下来！

鲜血汹涌，红衣男子强忍剧痛，连惨叫的时间都没有！

王刀的第二刀又到了！

红衣男子仅余的右手中出现了一条短鞭，短鞭扫向王刀，红衣男子迅速向大门逃去！

一刀斩断红衣男子的短鞭，王刀的刀脱手射向红衣男子的后背！

听到后方刀尖刺破空气的爆裂声，红衣男子一咬牙，猛地脱下披风一甩，数十根银针呼啸着扑向王刀。

一阵“叮叮当当”的狂响，银针悉数被击落，而王刀射出去的刀，击中了红衣男子的前胸，半个刀身都刺入了身体之中！

狂吐了一大口鲜血，红衣男子连续甩出了两次披风，破门而出，疯狂逃窜！

“又是金丝软甲！”王刀击落银针，提刀急追。

地下室中此刻空无一人。

白一梦迅速从上方的泥土堆中跃下。

红衣男子在被剁掉一条手臂的情况之下尚且能够还击，看来也是一个高手，这个红衣人的速度比之刚才飞出庄外的两个高手的速度还快。还有这个白衣人，杀气太重了，出刀的速度实在是太可怕了！

白一梦刚才目睹了一切，连呼吸都没敢呼吸一下，仗着体内空气充足憋了这么久，也不禁有一点晕乎乎的。

今天夜里所发生的事，实在是太骇人听闻了！

一个又一个绝世高手！

一直以来，白一梦都觉得自己很孤独，天上飞的也就只有他一个人而已。这些人虽然不能飞，可是他们的武者修为随便哪一个都在自己之上，随便哪一个要杀他，就跟捏死一只蚂蚁那么容易。

这真的是疯狂的一夜！

这古鼎，应该就是今夜争夺的宝物，可是这也太大了吧。白一梦绕着青色古鼎走了两圈，不禁暗暗叫苦。少说也得有个千把斤重，要是皇甫浩泽在就好了。白一梦不禁想起了皇甫浩泽，可是远水救不了近火，这里又这么危险，总不至于叫货车吧？

白一梦急得团团转。

这个青色古鼎究竟是一个什么样的宝物，可是就凭这两拨人争夺得如此激烈，就凭今夜的天象，绝对不是一般普通的东西！怎么办？怎么办？这就好像一个穷鬼忽然面对这上千斤的黄金，手足无措！

而且青色古鼎的外围还有这恐怖的激光网，这玩意应该怎么解除呢？

一向自认潇洒淡定的白一梦急得满头大汗。

有人来了！

白一梦整个人悬空而起，如同一条鱼儿般游上了最外侧的黄金立柱的顶端，猛吸一口气，停止了呼吸。

庄外，树林中。

王刀如同一阵风似的冲进了树林。

王刀的双耳高频率地翕动着。

“王刀？你怎么来了？”一道红影自远处扑来。

王刀死死地盯着红影，杀气更浓了。

“站住！”王刀持刀在手，一声暴喝！

“干什么？”红衣男子一脸疑惑，停下了脚步。

“伸出你的左臂，弯一弯你的手指。”王刀不理会一脸茫然地红衣男子，继续冷冷道。

带着一脸疑惑，红衣男子伸了一下左臂，握了握拳头。

“不好！”王刀脸色大变，“快走，三庄主，调虎离山！”

红衣男子也是脸色大变。

一红一白两条人影急速赶回庄内。

王刀和三庄主出现在了地下室中。

“还好，宝鼎还在。”三庄主松了一口气。

“三庄主，那千面人魔受了重伤，想必也逃不了多远，我这就去追！”话音还在，王刀的人却早已出了地下室。

红衣男子的脸上露出了灿烂的笑容。

红衣男子从怀里掏出了一台巴掌大小的微型电脑，连接在了地下室一角的激光网的控制设备上，随着一阵手指触动屏幕的细微声响，微型电脑终于发出了一声“嘀”的轻响。

激光网防护措施解除。

这个三庄主是假的！白一梦明白了。

刚才那个假的三庄主被打成重伤，没想到居然还有一个假的三庄主！这实在是太疯狂了！这两个假的三庄主的乔装易容本领实在是太高强了！难道这就是王刀口中的千面人魔？就凭这一手易容改音的本领，千面人魔果然是当之无愧！等等，不对，千面人魔应该是一个人才对？可是这里却有两个假的三庄主，莫非千面人魔不是一个人？

而是两个人？白一梦心中暗想。

红衣男子面露喜色，短鞭呼啸着卷住池塘上方的青色古鼎，拽了几下，没能把青色古鼎移动分毫。

“省省力气吧！”又一个红衣男子三庄主出现在了地下室的门口。

“神农鼎乃是上古时期的至尊宝物，尔等凡夫俗子又岂能明白其中的妙处？”红衣男子缓缓走进地下室，每一步，都在水晶质地的地上，留下一个深深的脚印！

假的三庄主收回了短鞭，直视着越来越近的红衣男子，无动于衷。

“出招吧！再不出招你就没有机会了！”真的三庄主含笑看着假的三庄主。

“项锋，我知道我今天必死无疑！”假的三庄主没有丝毫表情，“在你面前，我连一招的机会都没有，在临死前，我想请你告诉我，这个神农鼎到底有什么秘密？”

“你很想知道吗？”红衣男子三庄主，这个叫项锋的红衣男人，身上的气势更盛了。

这是气宗的体现，项锋虽然还不能御气飞行，但却已经掌握了气息最基本的控制原理，假的项锋正被其吸引着整个人悬空而起，不由自主地向真项锋飘去。

真气！那是真正的真气！先天罡气！白一梦眼睛看直了！这个真的三庄主居然是《昊然正要》里面所说的气宗阶段的高手！

“这三年多来，我一直很想看看那个屡屡和我们项家争夺宝贝的千面人魔究竟长什么模样。你要知道，高手是很寂寞的。所以，我没有对你赶尽杀绝，今天你自己送上门来。我又岂能不好好招待一下？”项锋哈哈大笑着。

而千面人魔此刻已经离项锋不足半米了。

千面人魔就这么悬空着，被定格在半空中，不能动弹。项锋强大的气场以及气势已经深深包裹住了她，控制住了她。

白一梦死死地抱着柱子，努力不让自己掉下去，后背上的汗水已经浸透了衣服。

“来吧，让我看看千面人魔的真面目！”项锋伸出了手，缓缓摸向千面人魔的脸上。

千面人魔闭上了眼睛，一滴眼泪夺眶而出。

为了不让自己掉下去，白一梦咬牙切齿地死死抱着柱子，吃奶的劲都使出来了，可是柱子很滑，下方的项锋就如同一个黑洞一般地吸引着自己。遇到项锋这样的恐怖高手，千面人魔都乖乖地束手就擒，那弄死自己还不跟弄死一只蚂蚁一样容易？

白一梦心急如焚，后悔莫及。

原本还想着浑水摸鱼，趁乱抢了宝物就跑，鬼知道这宝物这么难抢啊！小白啊小白，这次你的小命算是玩完了。

柱子终于抱不住了，在脱离柱子的那一刻，白一梦的指甲在柱子上留下了一道深深的血痕，手指头抓破了。

老子是为了你这个该死的大鼎而死的，要死也要死在你上面！白一梦不顾一切地扑向青色古鼎。

只听“咚”的一声巨响，白一梦从上方的柱子上飞下来，一头撞在了青色古鼎的上面。这一撞，白一梦发现自己没死，只是头有点晕而已。可是……

那偌大的青色古鼎却不见了！

由不得白一梦发呆。

随着这一声白一梦撞鼎的巨响，真假项锋几乎同时看向了凭空出现的白一梦！

项锋吃了一惊，他就是做梦也没想到这个地下室中居然还会有另一个人的存在，而这个人才刚刚一出现，青色古鼎就没了！就这么没了？那么大一件宝物就这么在眼皮子底下凭空消失了？消失得无影无踪了？

控制力量的减弱，令千面人魔大喜。

短鞭呼啸着扫向项锋的头颅，这一次出手，千面人魔拼尽了全力，这一击，绝对可以称得上是千面人魔这一生中的最强一击！

这一击，绝对不可以失手！

这一击一定要成功！

为了保住自己生命的疯狂一击！

“啪”，鞭影闪过，项锋的眼中带着不可思议的惊愕，身首分离，他输了！

这一切只发生在电光火石之间！

距离太近了！

高手之间的生死只在一瞬间，哪怕是瞬间的松懈都足以带来致命的后果！

“我居然杀了项锋？”千面人魔也怔住了，“我居然杀了气宗阶的高手？”

项锋终于倒下了，重重地倒下了！

事实摆在眼前，由不得你不信。缓过神来，千面人魔发现白一梦不见了。

“那个白衣小子呢？青色古鼎不见了肯定跟这小子有关。赶紧追！”千面人魔立刻追击。

白一梦听到“啪”的一声巨响，才发现项锋的脑袋开花了，立刻吸上一口气，撞破上方的泥沙草地逃命！

白一梦知道，不管这青色古鼎哪里去了，千面人魔都不会放过自己，此时不逃，更待何时？

白一梦强忍着晕乎乎的脑袋，一口气飞出了南斗山庄，想要飞得高一点，才发现气体内的气息根本不够用，想要换一口气，可后面的千面人魔不答应啊！

千面人魔正以越来越快的速度向白一梦逼近。

白一梦不顾一切地逃窜，前方，已经没有路了！

一条大江拦住了去路，不管三七二十一，白一梦越过围栏，一头扎进了下方的江里！

白一梦刚刚入水，水面上的浪花还没落下，千面人魔就追到了江边，披风一甩，数十根银针洒向宽阔的江面！

披风再甩，又是数十根银针射入江中！

白一梦实在是想不通千面人魔的披风中到底有多少根银针。

远处，又一道红影在逼近，赫然是那个被王刀斩断了左臂的千面人魔！

“姐，怎么了？”断臂的千面人魔站定问道，赫然，竟然是一个女人的声音！

“半路上杀出了个程咬金。”千面人魔看了看断了手臂的妹妹，眼中闪过一丝痛苦，“一个不知从哪冒出来的小子救了我，不过青色古鼎不见了，项锋也死了。”这个千面人魔也是一个女人。

“姐，你杀了项锋？”断臂的千面人魔妹妹难以置信地看着姐姐。

“就是我自己到现在也不相信，我居然杀了气宗阶的项锋。”姐姐叹了一口气，“现在最重要的是寻找神农鼎。从现在开始，我们要不分昼夜地守着江面，我就不信那个小子能一辈子待在水里。”

“可是青虹江这么宽，我们怎么知道他从哪里上岸？”妹妹面有苦色。

“尽人事，听天命。”姐姐显然比妹妹要霸道得多。

两人迅速地脱掉身上的衣物，撕掉脸上的面具，摇身一变，成了两个青春靓丽的漂亮女孩。看样子，年龄都在二十岁左右。这两个女孩长得一模一样。

当然，现在的区别太明显了。断臂的是妹妹，没断臂的是姐姐。

如果白一梦现在看见这两个女孩的庐山真面目的话，一定会吐血，因为这两个女孩和系里新来的插班生林雨瑶一模一样！

“雨瑶，你的伤怎么样？”两位千面人魔一边沿着江边行走，一边聊天。

此时，东方的天际已经蒙蒙发亮了。

“不碍事，”妹妹林雨瑶摇了摇头，“不过说真的，那个王刀出刀实在是太快了！他真的仅仅是劲宗七阶？我认为不可能！”

“这个我不敢肯定，三年前我和他交手的时候，他确实只有劲宗七阶的实力，不过在今天看来，能够在一招之内重伤你，起码也有劲宗八阶的实力，就是劲宗九阶也有可能。”姐姐认真地思考着。

“今天要不是姐姐把金丝软甲给我穿，恐怕我就要死在他手里了。”妹妹林雨瑶倒吸了一口凉气，“这个王刀还真的是深不可测，进步神速啊。不过有一点我不明白，为什么项家的人都普遍认为王刀仅仅只是劲宗三阶的实力，难道这个王刀在隐藏实力？在项家的制度里，不是武者实力越高，地位就越高吗？这个王刀这么做又是为了什么呢？”林雨瑶想不通。

“不要管那么多。总之记住，以后看到这个王刀要小心就行了。”姐姐看了看江面。

“我去安排找人的事，雨瑶，你受了伤，蓝天学府的事情，就换我去吧。其余的事情你就不要管了，等到你养好了伤势，我再来安排新的事情。”姐姐看看左右无人，身形一动，迅速消失在了前方。

蓝天学府之中又有什么值得千面人魔追求的东西呢？

白一梦不知道，白一梦也不想知道。

白一梦现在只知道一件事，回家，赶紧回家！外面的世界确实很精彩，不过外面的世界也很危险！

今天夜里的刺激老子实在是受够了，也太疯狂了！

白一梦现在想的是赶紧回家，好好洗个澡，泡上一杯茶，最好再吃顿丰盛的早餐，白米粥加油条、炒青菜和花生米就行了。

生活嘛，简单一点的好，干嘛搞得惊天动地的？

此刻，又渴又饿，饥肠辘辘，浑身无力的白一梦正在青虹市的下水管道里前进着。

又脏又臭的污水熏得白一梦头昏脑涨，不过，好在还能呼吸。有些地方可以直起身来行走，有些地方就只能爬过去了。白一梦强打着精神，确定自己进入了市区，随便打开了一个下水道井盖，分辨了一下方向，赶紧飞身回到了家中。

到了自己的房间，白一梦拉开房门，直奔厨房。

厨房里，正在准备早餐的皇甫浩泽正在想着他。

“情况似乎有点不对啊。”皇甫浩泽喃喃道，“这个该死的鸟人一般在 4 点钟的时候都会准时回家的。夜里 12 点外出，凌晨 4 点回来，三年来一直都是这样。今天怎么会这么晚呢？现在都 6 点了，比平时可是足足晚了 2 个小时啊？什么情况？”

难道采花去了？皇甫浩泽摇了摇头，三年了，臭小子，你终于憋不住了吧？就算没有调戏良家妇女，肯定也有去到处偷窥。是这样的啦，没错的。

皇甫浩泽心中一边做着各种奇奇怪怪的想象。一边准备着早餐。

跌跌撞撞的，浑身上下臭气熏天的白一梦走出了房间，根本无视皇甫浩泽那瞪得比牛铃还大，几乎要掉出眼眶的眼睛，一口气吃光了桌上的三个炒鸡蛋，五个包子，六根油条，一盘炒青菜，一盘花生米，之后，“呼噜呼噜”一碗接一碗喝光了碗里的以及锅里的白米粥。

“我去睡了，今天我就不去学校了，就说我不舒服。”说完，白一梦回到房里，关上房门，倒头就睡。

留下呆若木鸡的皇甫浩泽站在原地。

“这家伙掉到粪堆里去了，怎么这么臭？哇！饿鬼投胎啊，早餐全被你一个人给吃光了，那我呢？我吃什么？”皇甫浩泽跳了起来，嗷嗷大叫。

白一梦就这么昏昏沉沉地睡着了，在睡梦中，白一梦看到了一个东西，不错，就是那个消失了的青色古鼎！

很快，白一梦就发现了身体的异样。白一梦仿佛能够看到另外一个空间般，看到了一个漆黑的空间里那尊青色的古鼎正悬空而立，缓缓转动。这是什么地方，白一梦脑海一片空白。

是丹田！是他白一梦的丹田！

这片漆黑的、无边无际的所在居然是自己的丹田！

猛地睁开眼，白一梦坐了起来。

白一梦的意念一动，青色古鼎就出现在了眼前，抚摸着眼前的青色古鼎，白一梦仿佛在做梦一般。但紧接着又意念一动，青色古鼎瞬间消失了，白一梦清晰地感受到自己的丹田中多了青色古鼎。而在此之前，白一梦从未发现自己的体内还有一个这样的世界，这样一个漆黑的、无边无际的、空无一物的，如同宇宙般浩瀚的空间。

凭借着多年遍览古籍的所得，白一梦开始辨认青色古鼎一角的文字。

熬炼丹药，又称造世鼎。上古时代神农氏为苍生遍尝百草，炼制百药之古鼎。正因积聚千年来无数灵药之气，据说能炼出无法轻得之旷世神药，并隐藏其他神秘之力量。

白一梦欣喜若狂，连忙拉上了窗帘，意念一动，青色古鼎出现在了白一梦的房间里。往青色古鼎里装满了清水，白一梦躺在了古鼎里。

什么都别说了，既然是宝物，就让我先好好洗个澡吧。

白一梦哼着歌，左手抹上洗发露，右手沾了沐浴露，舒舒服服地躺在青色古鼎里。

可惜什么奇迹也没有。

白一梦不禁有一点失望。

算了，也许是自己的使用方法不对，自己还应该慢慢摸索才对。迷迷糊糊地，白一梦睡着了，睡梦中，白一梦看到了一张脸，这是一张巧笑倩兮的脸。

这张脸是白一梦这一生中最大的痛。

也是白一梦生存下去最大的勇气和动力。

家家都有本难念的经。

每个人都有一些无可奈何的事情。

你有，我有，白一梦也有。

有些事，我们可以通过我们的努力来改变。

我们大多数人存在这个世界上，所做的、所思所想的基本上都是赚钱，发展，做大做强，改变我们家庭的命运，让我们的家人过得更好。

让那些爱我们的，以及我们所爱的人，因为我们的存在而过得更好。这句话是白一梦说的，也是白一梦现在在做的。

第四章　美人泪

白一梦这一觉睡了两天两夜。

一个大好的年轻小伙子，不好好地努力去读书，好好学习天天向上，却躺在一口硕大的古老的青色大鼎中泡着。

这也许是白一梦这近二十年来睡得最香的一觉了。

我们每一个人都是为希望而活的，有希望才有生活下去的勇气。

这么多年以来，白一梦活得很累，但是也很充实。

这世上的每一个人何尝又不是如此呢？

虽然目前白一梦不明白这个青色古鼎神农鼎的妙处究竟在哪里，可是，起码有希望，有希望，就有机会，有机会，就有解决问题的可能。

就为了这个希望，为了这个机会，为了解决人生的问题，哪怕是只有万分之一的可能，我们才有了活下去的理由。

白若兰是白一梦的妹妹。

白若兰是一个十八岁的少女。

一个花季少女。

白若兰是一个见不得阳光的女孩。

阳光照在她的身上，她就如同常人被放在火炉中焚烧一样的疼痛。

所以，白若兰从出生到现在，十八年来没有迈出白家大门一步。

这是一个没有自由的女孩。

这是一个内心坚强的女孩。

白一梦这一生最大的希望就是治好白若兰的病。

自从控制好自己御气飞行的能力之后，白一梦告别了父母，告别了妹妹，这五年来，走遍了天下，遍览古籍，就是为了找到一种方法能够治好白若兰。

可惜，这个世界不如意的事总是比如意的事要多得多。

人生不如意十之八九，这句话对于任何人都是适用的。

第二天，白一梦早早地来到了教室。一般来说，白一梦每天都是最早一个来到教室的学生。

这是白一梦的习惯，早到一步。

因为白一梦不是一个喜欢睡懒觉的人。生前何必久睡，死后自会长眠。

来得最早的第二位同学和第三位同学是一起来的。

一位是项东，另一位是林雨瑶。

林雨瑶很随意地坐在白一梦的前面，随意地翻弄着课本，可视线却是一刻也没有离开过项东。

白一梦心里觉得好笑，难道这个林雨瑶看上了这个项东？

实在是想不通这神农鼎该怎么用。宝物宝物，目前所知晓的就是这个神农鼎是可以融入主人的体内的，其它我真看不出它有什么神奇之处。照鼎上的文字所说，这个神农鼎以前是用来炼制丹药的，鼎上拥有着这千百年来各种灵药的灵气，我泡了两天，也没看到什么效果啊。这宝物，到底应该怎么用呢？白一梦想不明白。

“你的心情很不好嘛?”前桌的林雨瑶突然转身对白一梦一笑。

“哦，”白一梦笑了，“何以见得呢?”

“而且情绪波动挺大的，一大清早的就心浮气躁，同学，要注意身体哦。”林雨瑶认真地点了点头。

“一哥!”人未到，声先到。

邱志爵兴高采烈的样子让白一梦有一种上去狠狠抽上两个耳光的冲动。混蛋，人家这边烦着呢，你小子这么高兴干什么。

“俗话说得好啊，近水楼台先得月。”邱志爵一拍白一梦的肩膀，“于思思答应今天晚上和我共进晚餐了。”

“不就吃顿饭吗？至于这么高兴吗？”白一梦觉得很惆怅。

“开玩笑!”邱志爵认真地说，“俗话说要想得到一个女人的心，首先要满足她的胃，今天晚上本少爷要亲自下厨，拿下她的胃。所谓饱暖思淫欲……”

“下流!”林雨瑶杏眼一瞪。

白一梦无语了。

“你懂什么?”邱志爵这才发现白一梦前桌的林雨瑶。

邱志爵好像哥伦布发现了新大陆一样目瞪口呆地盯着林雨瑶。

“看什么看？你这个大色狼!”林雨瑶被邱志爵看得掉了一地的鸡皮疙瘩，歪过头去不看邱志爵。

“呵呵……”邱志爵复杂地看了林雨瑶一眼，但是却很快恢复了常态。

“小妹妹，哥哥问你一个问题好不好?”邱志爵两眼放光，一屁股坐在了林雨瑶的前面。

“哼!”林雨瑶冷哼一声，大胆地直视着邱志爵。

“你！是！处！子!”邱志爵一字一眼地说道。

白一梦彻底无语了。

“你……“林雨瑶一时之间不知所措，整张脸红如晚霞。

“不要激动，这有什么好激动的呢?”邱志爵满意地点了点头，“这是好事啊，处子多宝贵啊！现在的处子可不多喽，你一定很奇怪我怎么看出来的吧?唉，冤孽啊，你邱爵爷别的本事没有，这看女人的眼光，一看一个准。”

邱志爵无视林雨瑶那足以杀死人的眼神，继续侃侃而谈：“我说一哥，记得你曾经说过你非处子不娶，你看你看，多好啊，远在天边近在眼前啊！你可要好好珍惜哦。”

白一梦发现林雨瑶的耳根都红了。

听到邱志爵的这番话，白一梦哭笑不得。

“够了，阿爵，别闹了，你看把人家小姑娘弄的。那个，那个，林雨瑶同学，你别理他，这家伙狗嘴里吐不出象牙，你别和他一般见识啊。”白一梦看到林雨瑶的头越垂越低，连忙安慰道。

“哎哎，是啊，是啊，你别听我的，我胡说八道的!”邱志爵也担心林雨瑶会哭。

突然，林雨瑶猛地抬起了头，转过身，直视着白一梦的眼睛："你说你非处子不娶？是说真的吗？"林雨瑶的眼睛有一点点发红，水汪汪的大眼睛没有一丝害羞，反而有一丝火热，但更多的是一种坚定。

看着这双眼睛，白一梦突然有一种窒息的感觉。

白一梦想说话，可一时之间却不知道说什么好。

"嗯，我是说过，可是……但是……"白一梦怎么觉得自己有点慌张。

从来没有一个女人能够让他觉得手足无措。

邱志爵也怔住了，这是什么情况？

"放心，我可没什么其他的想法，我不会看上你的。"林雨瑶莞尔一笑，恢复了常态，"不过我劝你呢不要太执着，有处子情结的人很多，又有几个人能够坚守到最后？"

白一梦也笑了。

"你能告诉我，你守身如玉是为了什么吗？"白一梦的语气没有一丝的轻佻和戏弄。

"如果我告诉你，我守身如玉的原因是因为我不能和男人在一起，一旦在一起我就会死，你会相信吗？"林雨瑶的笑，在白一梦看来却是苦笑。

"这……"白一梦怔住了。

这世上还有这种事？和男人结合就会死？为什么会死？这也和妹妹白若兰不能见太阳一样是一种病吗？那也就是说，只要活着就一辈子不能谈恋爱，不能结婚，不能生儿育女，这样活着，有意思吗？现在年轻还好，无所谓，将来老了呢？那岂不是连个伴都没有？妹妹白若兰因为不能见阳光的原因，只能在家乡待着，失去了行动的自由。那这个林雨瑶，她所失去的，是终身的幸福。

一瞬间，白一梦想了很多。

"开什么玩笑？"邱志爵打破了压抑的气氛，"一哥，走，我今天开心，咱们到咖啡厅喝两杯。"说完，也不管白一梦同意不同意，架着白一梦就出门而去了。

蓝天学府的红枫林中。

这片红枫林是蓝天学府的制高点。

一般来说，会到这里来的人很少，因为这里的风实在是太大了。

白一梦和邱志爵坐在其中最大的一棵树上。

“兄弟就是兄弟，有默契。”邱志爵点了一支烟。

“有默契的人才有可能成为兄弟。”白一梦也点上了一支烟。

“我们兄弟可没有一大清早喝咖啡的习惯。”白一梦笑了。

现在他们两个人可没在咖啡厅，邱志爵刚才当着林雨瑶的面可是说要去咖啡厅的。邱志爵这么做是为了什么呢？

“今天的这个林雨瑶不是前几天的那个林雨瑶。”邱志爵得意地吐了几个圈圈。

“哦？”白一梦吃了一惊，“你以什么作为依据，做出这个判断？”

“我做出这个判断是因为我发现这个林雨瑶是处子。”邱志爵很认真地说。

“那照你这么说，两天前我们第一次见到的那个林雨瑶就不是处子了？”白一梦觉得邱志爵看女人的本事简直不可思议，可是这三年来的相处，你却不得不承认这个事实。

邱志爵一眼就能看出一个女人，注意，关键是美女，她的年龄、身高、体重、三围，用什么牌子的香水，身上穿的是哪个牌子的衣服，此时此刻心情是愉快还是忧伤等等一系列数据。

有一句话说，你的心在哪里，你的财富就在那里。你的心在什么地方，你也就得到你的心中所想，到达你要去的地方。

邱志爵的心全在女人身上，所以邱志爵得到的就是女人。邱志爵甚至大言不惭地说过，他比任何一个女人更了解女人的需要，他邱志爵就是女人心灵的使者，女人愿望的化身。

白一梦只能说这是一种天赋。

“这两个女孩应该是双胞胎，无论是相貌，身高，体重，包括声音简直都一模一样！”白一梦感叹道。

“何止这些啊，依我看来，就是三围应该都是一模一样的！“邱志爵斩钉截铁地说。

白一梦又惆怅了。

“我就奇了怪了，以我的洞察一切美女的眼光，怎么可能她来我们班上的时候我居然会没发现呢？一开始，我以为是因为我的注意力和精神都被思思吸引了，可我发现不是，三天前的那个林雨瑶我有观察一下，而且当场就下了定论。

你要知道，一个已经被下了定论的东西是很难一下子被改变的。”邱志爵笑了。

“所以今天你可是足足观察研究了好一会才推翻你原来的定论的。”白一梦点了点头。

“知我者，白一梦也。”邱志爵得意扬扬。

“难道你不觉得很荒谬吗?”过了一会儿，邱志爵看着白一梦。

“不会啊!”白一梦也看着邱志爵。

“难道你不觉得这很好笑吗?”邱志爵追问道。

“不会啊!”白一梦越来越惆怅了。

“难道你不觉得我是神经病吗？这个人怎么会这么无聊？整天就知道研究女人?”邱志爵问得又急又快。

“不觉得啊!”白一梦笑了，“相反，我倒是有点佩服你，你这样的本事，可不是一般人能有的。就算说是万中无一也不为过啊。”白一梦说的是真心话。

“那照你这么说我也不是一无是处对吧?”邱志爵有点高兴了。

“谁说你一无是处?”白一梦反问道。

“那也就是说我不仅有本事，而且有的还不是一般人能有的本事，对吧?”邱志爵挺了挺胸。

“那当然了。”白一梦肯定地说。

“那也就是说我的本事还挺大？我不是一个废人了?”邱志爵的自信正在快速恢复。

“谁说你是废人？这人的眼睛一定有毛病。”白一梦道。

“我就说嘛，我怎么可能是一个废人？我怎么可能一无是处？我是一个有本事的人，而且我的本事还不是一般的大。我是一个强者，因为我拥有常人所没有的能力。虽然仅仅只是在女人方面，可那也不是一般人能做得到的。”邱志爵恢复正常了。

“你这是什么情况？吃错药了还是脑子短路了?”白一梦对于邱志爵的变化感到很奇怪。

“于思思说我是一个败家子，除了会花钱和找女人之外，我就是一个废物。”邱志爵的神情有些黯然。

“那她还答应今天和你共进晚餐，这个女人有点意思嘛。”白一梦淡笑道，

"就说这两样好了，会花钱和找女人也是一种本事啊，会花钱，说明你有钱，就算这个钱是你老爹老娘的，也得他们肯给你花。他们肯给你花，说明你就有让他们把钱交给你花的本事。找女人怎么了？你是男的，你找女人是正常的。能够像你这样一找一个准，攻城略地，迅速拿下，这也是本事。相反，你找的女人理都不理你，那才叫没本事。"

也不管邱志爵是否听明白，白一梦一口气把话说完。

"哎呀，有道理啊！"邱志爵连连点头，"一哥，我爱你。"

说着一把抱住白一梦，拼命地拍打着白一梦的后背。

"别闹了，那你说说这两个林雨瑶为什么要交换着来上课呢？看她们的衣着打扮，总不至于穷得交不起两个人的学费吧？"白一梦回到正轨。

"这我倒是没想过，"邱志爵抓了抓脑袋，"不过嘛，我倒是看出来了一件事，她们是为了那个叫项东的来的。不管是两天前的林雨瑶，还是今天的林雨瑶，我怎么都觉得都很在意那个项东的一举一动啊！"

"嘿！"邱志爵突然一拍大腿，"难道这姐妹俩看上了那个项东？不至于吧。虽说姐妹共事一夫，其乐无穷，我是真看不出来这项东有什么好的啊？"

白一梦差点就吐血了，邱志爵正常情况下就是这样的了。

"依我看，那个叫项东的是男是女还没搞清楚呢？"白一梦的眼睛亮了。

白一梦思绪如飞。

这两个林雨瑶和这个项东之间究竟有什么秘密呢？

"哈哈哈哈，好玩，实在好玩，"邱志爵兴奋得直搓手。

"看来，咱们班上是越来越有趣了，要想知道梨子的味道，就要亲自尝一尝，我们更是要去实践啊。"白一梦一拍邱志爵的肩膀，两人从树上跳了下来。

兄弟二人一起离开了红枫林，向教学楼走去。

"思思啊，这是我给你买的早餐，营养丰富……"教室里，邱志爵一回来就把刚才红枫林里所说的事忘到九霄云外去了。

于思思才是最重要的。

"谢谢，我吃过了。"于思思的态度不冷不热，很有礼貌。

这是女孩子拒绝异性过分亲近的绝招，以礼貌拒人于千里之外。

"我就知道你这样的女孩子最会照顾自己了，充满了独立性和自主性，是新时代女性的表率啊。思思，你刚刚来到青虹市，来到蓝天学府，这两天，我已经向你介绍过了青虹市悠久的历史以及本地的文化与习俗。现在，就请你跟随着我，让我向你介绍我们蓝天学府创校以来的历史脚步，以及所取得的荣誉和成就……”邱志爵就如同打了鸡血一样的亢奋，发挥出有生以来泡妞的最高水平，巅峰状态。口才之好，言词之精辟，用词之恰当，语句之流利，谈古论今，声情并茂。

白一梦震惊了！

皇甫浩泽震惊了！

大惊失色之下，大家都明白了一个道理，什么样级别的目标激发什么样的能量！什么样级别的女人造就什么样的男友！

要不然就是邱志爵果真是博学多才，学富五车。平时没看出来啊，隐藏的太深了！这才是真正的深藏不露！大家都相信，如果于思思要求邱志爵拿下考试第一名的话，搞不好这个色狼还真能做到！

邱志爵发挥出学习上最积极的一面。

导师们大跌眼镜。

爱情的力量是无法衡量的！

白一梦只能这么说。

第五章　初现端倪

此时已经是傍晚时分。

下课了。

白一梦跟着林雨瑶。

林雨瑶却跟着项东。

白一梦不是没有跟踪过人。

以前白一梦跟踪的对象一般都是从拍卖会出来、得到古籍的人。

这是白一梦第一次跟踪女人。

而且这个女人还是一个处子。

白一梦想起了白天林雨瑶问他的问题。

白一梦倒不是不想找女朋友，白一梦是人，是一个正常的男人，遇到喜欢的，也不是没有心动过。但是，白一梦告诉自己，自己现在最重要的事还没做，什么儿女情长缠缠绵绵，还是以后再说吧。

白一梦跟踪林雨瑶的目的只有一个，他很想知道林雨瑶跟踪项东的原因是什么。这个项东太神秘了！项东，项东，那天南斗山庄被千面人魔杀死的红衣人叫项锋。这个项东和项锋莫非有关系？

白一梦的脚步很轻盈。

这一路走下来，白一梦发现林雨瑶走路的姿势还是很美的。

美的东西是值得人去欣赏的。

白一梦看女人最基本的标准就是看一个女人的走路姿势。

为什么当模特的女人让人觉得赏心悦目呢？那就是因为她们的一举一动都是经过长年累月的苦练养成的习惯。

林雨瑶的身材也很好，服装搭配得也很恰当，恰到好处地凸显出了这样的身高与体型的一个女人的身体的美感。

自己平时怎么就不懂得好好欣赏呢？

白一梦被自己的想法吓了一跳。

可惜美好的东西总是短暂的，你就是想欣赏也不是经常有机会的。

前面的林雨瑶不见了。

白一梦笑了，原来这项东住的地方离蓝天学府也就仅仅二十分钟的行走路程。

这是一幢很普通的独栋小民房，就在大路边上。项东进去了之后就没有再出来。

林雨瑶呢？

白一梦绕到了民房的后面，看到了三楼有一间开着半个窗户的房间。

一纵身，白一梦像一条鱼一样滑入了房间里。

这应该是一个女孩的卧室，整个粉红色的墙面贴纸，布置得非常简单，一张床，一个梳妆台，一个衣柜，除此之外，没有电视，没有电脑，更别提什么宽带之类的东西了。

白一梦靠近房门，轻轻拉开房门，外面是一条走廊，而走廊的下面是一楼的大厅。这条走廊是环形的，二楼也是一样。白一梦听到了外面说话的声音。可以确定三楼、二楼都没有人，说话的人都在一楼。

深吸一口气，一提气，白一梦如同一朵棉花般飘到了房顶上，白一梦的身下，是大厅中央的大吊灯，藏身于强光之后，白一梦相信下面大厅中应该没有人可以看得到他。

大厅里一共有十五个人。

大厅很大，几乎占据了整个一楼的面积。

大厅的布置更简单了，只有一把椅子。

椅子上坐着一个红衣男人，而在这个红衣男人的身旁，站着一身黑衣的项东。

此时的项东还是那么的冷漠高傲，只是仿佛一个做错了事的孩子般，微微低垂着头。

在这个红衣男子和项东的面前，站着齐刷刷两排女子，第一排六个，第二排七个，一共十三个女孩。这十三个女孩的装扮简直一模一样，清一色的马尾辫，清一色的灰衣灰裤。

白一梦的瞳孔急剧收缩，视线定格在红衣男子的身上。

这个红衣男子，和两天前那个夜里，在南斗山庄被千面人魔所杀的项锋长得有七八分相似，只是身材更加高大魁梧，更强壮，而且气势上更加强盛。这个男人的武者修为绝对在项锋之上！是一个比项锋更可怕的人物。白一梦想起项锋那强大的气场与吸引控制的修为，心有余悸！

又是一个气宗阶的高手！

这个人和那个死去的项锋应该是兄弟，可是，那个林雨瑶呢？人呢？白一梦心中疑惑不解，难道……

白一梦脑海中灵光一闪，这个林雨瑶是千面人魔中的一个！千面人魔是两个人，不仅是两个人，而且还是一模一样的双胞胎姐妹。在蓝天学府第一次见到的林雨瑶就是那一个被王刀斩断了手臂的林雨瑶。而这个林雨瑶，却是后来杀死项锋的千面人魔。白一梦心中的疑惑顿消。那么，林雨瑶肯定是进入了这栋民房，极有可能已经乔装易容化身成为这十三个女孩中的一个。只是不知道是这十三个女孩中的哪一个。

白一梦认真观察了一番，不由地感叹，果然厉害，自己根本就看不出一丝破绽。

“老四，”红衣男子抬头看着项东，“老三死了！”

项东的身体颤抖了一下，抬起头来，难以置信地看着红衣男子。

“是千面人魔干的。”红衣男子很满意项东的反应。“但是，神农鼎却被另外一个人拿走了。这是千面人魔杀死你三哥的凶器。”

一截短鞭扔在了项东的面前，白一梦认出了这截短鞭，这是当时被斩断手臂的那个千面人魔留下的。

项东的眼眶红了，俯身捡起地上的半截短鞭，死死地攥在手里。

猛地，项东转过身，直视着红衣男子，眼神中充满了怨恨。

“老四，我知道你和老三的感情好，这你怪不了二哥，二哥当时不在南斗山庄。现在我们要做的事太多了。”红衣男子项老二拍了拍项东的肩膀，安慰道。

“但是，这个事情告诉我们，修为高也是不能轻敌的。我实在是想不通以老三的修为怎么可能死在区区劲宗修为的千面人魔的手里？”项老二身边站得最近的少女递上了一杯红酒。“二哥答应你，三天之内必定亲手斩下千面人魔的头颅交给你，为你三哥报仇！”项老二一口喝干杯中酒，朗笑道。

“老四，你在蓝天学府的行动可不能再失败了！我们已经失去了神农鼎，剩下的，就只有这一次机会了！”项老二给自己倒了一杯红酒，又是一饮而尽。

项东呆呆地注视着地面，没有丝毫表情。

“你过来，给我倒酒。”项老二冲第一排中的一个少女挥了挥手。

那少女连忙从旁人手里接过酒瓶，走向项老二。

就在那少女托起酒瓶正要往项老二手中的酒杯中倒酒的时候，项老二一掌轰在了少女的胸口上！而在这个少女身后，一直站在那里安安静静的一个少女却闷哼一声，如同断了线的风筝一般离地而起，撞在了数米后的墙上，连吐了好几大口鲜血！

白一梦简直不敢相信自己的眼睛。

这是什么武功？

“拿下紫萱！”项老二一饮而尽，大手一指撞墙重伤的少女。

这是，这是“隔山打牛”！白一梦想起了《昊然正要》中关于气宗的一章，这是一种力量转移，击此在彼，攻前取后的修为！

白一梦感觉自己的心脏一阵狠狠地抽搐！这可是气宗三阶的强者才能够施展的杀招啊！现在，那个叫紫萱的小丫头，估计已经是全身筋脉尽断，有可能五脏六腑都破裂了啊！

其余的十二名少女先是一怔，几乎是同时亮出了十二把柳叶弯刀。身形齐动，两个护在了项东身前，四个分散开来，守住了东南西北的四扇窗户，封锁了出路。其余六人扑向紫萱！

动作之整齐，行动之干脆利落，足以看出平时的训练有素，配合默契！

谁又能想得到，这样的十二个少女居然会有如此可怕的身手！

这一切只发生在电光火石之间。

而此时，背靠着墙壁的紫萱一甩手射出了数十根银针！

趁着六名少女遮挡银针的空隙，紫萱捂着胸口，一扭腰，企图跃上二楼。

“还想逃！”项老二腾空而起，红衣猎猎，全身红光大现，须发齐舞，手中出现了一把猩红的巨剑，一把足有近半米宽、长约两米的巨型宝剑，门板一样宽阔的巨剑！

好大的剑！白一梦感叹不已。

“身为一个武者，你能够死在我项英的巨阙剑之下，也不枉此生了！”空中的项老二项英杀气冲天。

巨剑扫出一道雄浑的猩红色剑气，凌空砸向紫萱！

紫萱面如死灰，在这生死存亡之际，紫萱的全身耀起一团金色的光网，狂吐一大口鲜血，紫萱奋力将金网迎向汹涌而来的剑气！

“轰”的一声巨响，紫萱从空中跌落，重重地砸在了大厅的地上！紫萱身下的大理石地面瞬间爆裂开来，整个人陷入了地下！一道长三四米，宽两三米的深坑出现在了大厅的中央！

紫萱躺在深坑之下，全身衣服破烂不堪，眼中，鼻中，耳中，口中，同时涌出鲜血，裸露在外的手臂整个皮开肉绽！

项老二端着一杯红酒站在深坑之上，如同一尊魔神一般微笑着看着紫萱，就如同看着一个死人一样！

可是那把巨剑消失了，白一梦知道，这个项老二的巨剑肯定和自己身上的神农鼎一样，是可以收进体内的宝物！

“金丝软甲，果然名不虚传！”项老二冷冷注视着深坑中的紫萱，“居然能够接下我巨阙剑的一击。”

“是你杀了我三哥？”项东咬牙切齿，双目喷火。

坑中的紫萱样子可怖之极，有气无力地说：“我现在全身筋脉尽断，五脏六腑受损，已经活不了几天了，要杀就杀，何必那么多的废话！”紫萱闭着眼睛，说完这些话，忍不住口中又溢出了一口鲜血。

“想死？可没那么容易！”项老二冷哼一声，“你最好告诉我神农鼎到底落到了什么人的手里？据王刀所说，你还有一个同党，她在哪里？还有你们家那个老的，你们的老巢在哪里？你最好一一从实招来。否则的话，我就将你送到我们的圣坛。”

紫萱的脸上一阵扭曲，似乎去这个圣坛比死亡更可怕，但是，紫萱还是没说一句话。

“来人，把她给我送到圣坛去。”项老二大手一挥，搂着项东退到了一边。

“是!”两个少女跳入坑中，把紫萱抬了出来，打开大门，离开了。

“老四，不要难过了。喝点酒，早点休息吧。”项老二也离开了。

圣坛是什么地方?

白一梦越来越好奇了。

民房的外面有两辆车，这个白一梦早就看到了。

此刻，那辆银白色的面包车已经开出去好远了。

外面的道路上，路灯已经全部亮起来了。

白一梦脚底生风，脚不沾地，快速向前方奔跑，跑过几栋房屋，又绕了回来，再来个过马路，准确无误地撞在了这辆银白色面包车的车头上!

“哎哟，哎哟。”白一梦抱着腿在地上滚来滚去，龇牙咧嘴的表情充分说明他现在所遭受的痛苦。

车上的两个少女呆了一下。

坐在副驾驶座上的少女打开车门下了车。

“喂，你没事吧?”这个女孩小心翼翼地问道。

“没事，怎么可能没事? 人家腿都断了啦!”白一梦鬼哭狼嚎，引来了众多路人的目光。

“看什么看? 还看，没见过帅哥是不是? 还不送我去医院。要是送得晚了，我成了残疾人，将来娶不到老婆，我就找你!”白一梦一副无赖的嘴脸。

白一梦相信这两个小妞肯定会让自己上车，原因很简单，她们的车上装着被打得不成人形的假紫萱林雨瑶，肯定是不想惹麻烦的。

而且白一梦还知道，上了车之后，这两个小妞肯定会打昏自己，甚至是杀了自己，搞不好还会把自己也送到那个什么圣坛去。

“神经病!”少女一边扶白一梦上车，一边和开车的少女对了一下眼神。

在白一梦被塞进车里的一刹那，少女出手如电，点了白一梦的睡穴。

而躺在后座半死不活的林雨瑶也看到了白一梦，还没等林雨瑶反应过来，白一梦已经睡着了。

车子发动了，向前飞驰。

白一梦的脑袋正好靠在林雨瑶的肩膀上，随着车子的前进，轻微地摇晃着。

林雨瑶做梦也没想到会在这个时候见到白一梦。

这个只见了一面的男人，自己所谓的同班同学。

“这个臭小子撞在了我们的车上，还说要我送他去医院，没办法，只有把他弄上车了。”副驾驶座上的少女对开车的女孩解释道，“玲姐，你说怎么处置这个人呢?”

“这里是市区，人太多了，一会到了郊区，把他扔下车就行了。”开车的少女，那个被叫玲姐的少女笑道。

“唉，婉儿，我刚才可听到了，这个臭小子刚才说他如果残废了可要你给他做老婆呢?”开车的女孩扑哧一笑。

“你就别取笑我了，我的玲姐姐。”那个叫婉儿的少女粉脸一红，“不过呢，玲姐姐，其实不管是谁，只要他能够给我带来自由，要我做他的老婆，我也心甘情愿。”

说到自由，两个少女沉默了。

“婉儿，不要提这个伤心的话题了。”玲姐姐摸了摸婉儿的脑袋，转身对着林雨瑶笑了笑，“真没想到你就是千面人魔，紫萱是我们的好姐妹，你把她怎么样了?”

“我没杀她，她现在很安全，被我点了穴，藏在她房间里的床底下。”林雨瑶的嘴里又吐出了一丝鲜血。

“婉儿，你到后面去，拿矿泉水把她脸上的血洗掉，她这个样子，看着实在是太难受了。”玲姐吩咐道。

叫婉儿的少女翻身到了后座，打开矿泉水瓶，又从口袋里拿出一条丝帕，给林雨瑶洗脸。但是，这里要命的是，这个婉儿就坐在白一梦的大腿上。

随着婉儿的擦洗，林雨瑶褪去了紫萱的模样，露出了原来的面貌。

“你真美。”婉儿由衷地感叹，“你叫什么名字?”

“我叫碧瑶，林碧瑶。”原来她的真名叫林碧瑶。

“多美的名字啊。”婉儿赞叹了一声，“我叫穆婉君，她是我的好姐姐，她叫陈玲。”

“在临死之前能够认识你们两个，我很高兴。”林碧瑶喝了一口水，感激地看了一眼穆婉君。

“其实我真的搞不懂，以你劲宗阶的武者修为，为什么要去惹项家兄弟呢？你的胆子实在是太大了，你能够接下项英的一剑，已经是奇迹了！”陈玲叹了口气，不解问道。

“和你们一样，为了自由。”林碧瑶想笑，却发现脸上的肌肉仅仅只是抽动了一下。

“为了自由”这四个字就如同一把大锤一样重重地砸在了穆婉君和陈玲的心上。

“你知道我们的事？”穆婉君瞪着大眼睛看着林碧瑶。

“我知道的不多，到目前为止，我所知晓的就是你们被项英下了一种称为‘血蛊’的毒。这也是你们不得不对项家兄弟唯命是从的原因。”林碧瑶看着穆婉君。

听到“血蛊”这两个字，陈玲和穆婉君的眼中充满了恐惧。

“真不知道项英是从哪里找来的‘血源’，让他练就了血蛊。对于血蛊，我曾经听我的姥姥说过，这是一种邪术，被下了血蛊的人，终生只能追随血蛊之主，一旦背叛蛊主，蛊主只要一个念头就可以杀死中蛊之人！”林碧瑶侃侃道来，陈玲和穆婉君越听心越慌，浑身冷汗直冒，这是一种来自灵魂深处的恐惧。

一个生命握在别人手里的人，当然没有自由了，当然只能唯命是从了。

白一梦乍一听到“血蛊”这两个字，差一点没从座位上跳起来，不过，不能跳，大腿上还坐着一个美人呢。

这些年来，为了治好白若兰的病，白一梦不是没想过用旁门左道的方法，用邪术。在那本《万物宝疏》里有提到血蛊，这可以说是利用邪术来控制人的方法中的最高境界，但是要完成却不是一件容易的事。

首先要有“血源”。这个血源不是什么血都可以的，这个血源的主人必须是一个武者修为在兵宗九阶巅峰之上的强者，也只有兵宗九阶巅峰强者的血才能够称为“血源”！

难道说在项家兄弟之中有一个武者修为达到兵宗九阶巅峰状态的强者？

白一梦的心脏狠狠地抽搐了一下。

还有，这个蛊主必须精通炼血、造血的邪术法门，炼制出血蛊，之后将血蛊种在他想要控制的人的身上。中蛊之人的生命完全掌握在蛊主的手里，蛊主就是一个掌握所有中蛊之人生杀大权的帝王！他想要谁死，谁就得死！

白一梦怔住了。

“那么，碧瑶姐姐，你也中了血蛊吗？我看你挺自由的呀？”穆婉君疑惑地看着林碧瑶。

“那你说说，我这三年来都在做什么？”林碧瑶苦笑道。

“说实话，这三年来我们听到名字最多的就是你了！千面人魔。你的事在项家兄弟的分工中属于项锋项老三的工作范围，不过呢，他老是抓不到你。我们经常听到项老二项英取笑项老三，说你老是在太岁头上动土，抢他们看上的宝贝。”穆婉君笑道。

“宝贝我是偷了不少，可惜一件也没落在我手里。我为什么要去偷宝贝？我为什么要冒着生命危险去和项锋作对？你们也看到了，在项老三还是在项老二的面前，我连三招都接不下！”林碧瑶苦笑中带着无奈。

“因为你也和我们一样有一个蛊主？”专心开车的陈玲突然问道。

“不错，我也有一个蛊主。不过我的这个蛊主并没有对我下血蛊，因为她根本就不必费这么多心机，也不必这么麻烦。她吩咐我做的事，我如果没有做的话，她随时随地都可以杀了我！”林碧瑶长长叹了一口气。

“你身上没有血蛊，难道你就不会跑吗？天下这么大，随便找一个地方躲起来，她哪里找得到你？”陈玲大惑不解。

“是呀是呀。”穆婉君也想不明白。

“跑？往哪里跑？你们认为我没有跑过吗？我可以这么告诉你们，只要你存在这个世界上，只要她想找你，她就能找到你！她就像一个魔鬼，随时随地突然出现在你的眼前！”林碧瑶的眼神一片呆滞。

“你说的这个人是不是项老二项英口中的红尘姥姥？”陈玲一脚踩住刹车，猛地转身问道。

“红尘姥姥？”穆婉君应该是没什么印象。

“你知道我姥姥？”林碧瑶轻轻地点了点头。

“项英曾经说过，红尘姥姥是这个世界上他们兄弟至今为止无法找到的最后一个强者。据项英所说，红尘姥姥的武者修为应该已经达到了兵宗境界，至于达到第几阶段那就不得而知了。但是，听项英的口气，他绝对没有把红尘姥姥放在眼里，虽然项英的武者修为仅仅只是达到了气宗三阶，但加上他手里的巨阙神剑，已经足以和红尘姥姥抗衡了。更何况还有项锋、项东，还有最最神秘的老大项广。据说项广的武者修为已达最高巅峰。我想，这也就是多年以来红尘姥姥不露面的原因吧。项家，实在是太强大了！”陈玲叹了口气，怜悯地看着林碧瑶。

“碧瑶姐姐，过了这个山头，我们就快到圣坛之外，我们也是逼于无奈啊！”穆婉君拉着林碧瑶的手，流下了眼泪。

“林碧瑶，你别怪我们。”陈玲看着林碧瑶，“来，吃点东西吧，我们也没进过圣坛，我们只知道，这么多年来，凡是被送进圣坛的人还没有一个活着出来的。”

穆婉君一手拿着葱油饼，一手拿着矿泉水，喂林碧瑶吃下。

三个人心里都明白，此去一别，可能就永远都见不到了。

“临死之前能够认识你们两位好姐妹，我林碧瑶死而无憾。我告诉你们一件事，我这一去之后，你们将来要是遇到一个和我长得一模一样的人可千万别吃惊，因为那是我的妹妹，她叫林雨瑶。”林碧瑶内心伤感，不忍心看着泪如雨下的穆婉君。

“哦，原来如此，原来千面人魔是两个人啊，难怪搞得他们团团转，你们一个先上，不行了换另外一个扮成其他人再上，哈哈，太好玩了。”穆婉君高兴得直拍手。

陈玲也笑了。

这可苦了当人肉沙发的白一梦。

本来呢，按照白一梦这么多年来的修身养性，闻着林碧瑶身上传来的淡淡体香，这不算什么，咱顶得住！

穆婉君坐在白一梦的大腿上，咱也顶得住！

可问题是穆婉君姑娘，你喜欢坐咱腿上也就算了，你别动来动去的呀。

白一梦是一个男人。

一个活的男人。

一个血气方刚年轻气盛活生生的男人。

没有一点点正常男人的反应是不可能的。

也是不合理的。

穆婉君意识到不对劲，难道是后面的男人醒了……穆婉君的心跳加速，脸上一下就发烫了。

穆婉君正要开口。

就在这千钧一发之际。

白一梦动了。

白一梦的右手环住穆婉君的腰，顺势点了穆婉君的穴道！

紧接着闪电般地点了坐在驾驶座上，转身在后说话的陈玲的穴道！

一切如行云流水，快若闪电，仅仅只是一眨眼的时间！

白一梦一把抱住前面的陈玲，把她放在了后座，三个美女坐成了一排，而白一梦自己则是跳到了驾驶座上，留下身后三双美丽眼睛中的惊愕！

白一梦美美地点上一支香烟，再美美地抽上了一口。

白一梦发现车子现在居然是在高速上，在往前开一点就到了市外最大的度假山庄，也是青虹市最大的淡水湖——映月湖。难道那个项英所说的圣坛就在映月湖一带？白一梦可不想冒这个险，自己现在的修为太弱了，除了能对付普通人之外，随便遇上一个高手那都是死路一条。

白一梦侧过身体看着后面的三个美女，两个被自己点了穴动不了的，一个重伤无法动弹的。

在这夜深人静之际，荒郊野外，这是一道多么别致的风景，现在，应该是夜间九点多。

三个美女，三种感觉，三种味道。

林雨瑶，哦不，应该是林碧瑶，是属于那种大女人的，彪悍，有个性。

陈玲，属于那种知性美的。

穆婉君，小妮子一个，可爱，小清新。

白一梦那个幸福啊。

哈哈哈哈，现在我是不是就可以为所欲为了呢？可惜，白一梦永远是白一梦。

“你……”林碧瑶首先反应过来，惊喜地看着白一梦。

“别瞪了，我知道你眼睛很大很漂亮，都伤成这样了，还把眼睛瞪那么大?”白一梦开了一瓶矿泉水，边喝边笑道。

“我不会武功的，但是对于点穴呢，倒是懂那么一点点。”白一梦从口袋里摸出一支烟塞到林碧瑶的嘴里，给林碧瑶点上火。

林碧瑶好像看着一个怪物一样看着他。

“虽然女人抽烟不是太好，但是现在抽一支有利于减轻痛苦。”白一梦根本不理会陈玲和穆婉君那活见了鬼似的眼光，继续说道，“不要这么看着我嘛？你知道的，我是处男，我很容易害羞的哦。”

“真没想到，我居然会被你救了?”林碧瑶开心极了，“谢谢你，白一梦。”

“白一梦。”陈玲和穆婉君是第一次听到这个名字。

“唉，先别忙着谢，你也不用害怕报恩无门。我是一个施恩要回报的人，你如果想要以身相许什么的，我是一定会接受的。”白一梦的一番话，如果不是因为现在身受重伤，林碧瑶肯定会大声笑出来。

白一梦脱下上衣，披在林碧瑶浑身是血、衣衫褴褛的身上，理了理林碧瑶的秀发，往耳后顺了顺，擦掉了林碧瑶嘴角的水渍。

“现在听话，安安静静地，不要说话，我们……回家!”白一梦一踩油门，掉转车头，往青虹市区开去。

回家……回家……回家……

白一梦的这一句“回家”在山谷中回荡，也在三个女孩子的心中回荡。

我们有家吗?

三个女孩都在问自己。

自由是什么？一般人都认为，自由是有很多很多的钱，想买什么就买什么，想吃什么就吃什么，想穿什么就穿什么。但是，对于这三个女孩而言，自由，就是能有自己的时间和空间，不要受到他人的约束和管理。可惜，现在对她们来说，这又是何等的奢望?

第六章　金屋藏娇

车子回到公寓楼下的时候已经是深夜十二点多了。

白一梦抬头望去。

客厅的灯还是亮的，这就说明皇甫浩泽还没睡。至于邱志爵，最近这段时间估计是不会回来睡了！搞不好此刻正在温柔乡里忙碌呢。白一梦想起了今晚邱志爵可是和于思思共进晚餐的。不过，咱这也不差啊，咱有三个呢！

白一梦想到这里，心里不禁暗暗得意。

四下无人，左右观望了一下，白一梦一个一个地抱起美女飞上了十五楼，推开窗户，进入房间，白一梦的窗户从来都是虚掩的。

对于白一梦这种人来说，大门的进出，是正常人的生活，窗户的来去，才是真实的人生。

当白一梦向上方腾飞的时候，三位美女那震惊到无以复加的心情，是完全可以理解的。这三位中武者修为最高的是林碧瑶，劲宗五阶的修为。其次是陈玲，劲宗三阶的修为。最末是穆婉君，劲宗一阶的修为。她们震惊的原因很简单，白一梦居然还能御气飞行？这可是气宗阶的高手才能拥有的能力！

可是这个白一梦从头发根到脚底板，她们就是连劲宗修为的影子都没有看到！这是一个什么样的怪人？这是一个高深莫测到什么地步的武者？

白一梦将三位美女挨个轻轻地放在了床上，打开房门，发现皇甫浩泽正在煮宵夜。白一梦直接走上前去，一把端起一整锅的面条，拿了一双筷子，随口说了一句：“这一锅面条我吃了，你继续煮。”就头也不回地走进房间，锁上了房门。

留下皇甫浩泽呆若木鸡地站在原地。

“什么情况？这是什么情况？”皇甫浩泽疯了，“上次抢了我的早餐，现在又抢我的宵夜，明天是不是还要抢我的午饭和晚饭啊？混蛋！人家忙了半个小时又要从头来过了，你要吃。你说话啊，一起煮不就得了？”皇甫浩泽气得嗷嗷大叫。

“白一梦，明天要是让我看到你有一根面条拿出来倒掉的话，我就和你拼了！”皇甫浩泽在门外大骂道。

躺在床上的林碧瑶的眼中禁不住充满了笑意。

“一个一个来啊，不着急啊，伤员优先。”白一梦抱起林碧瑶，靠在自己的怀里，左手端着大盆，右手拿着筷子，喂林碧瑶吃面条。

林碧瑶这是第一次靠在一个男人的怀里，虽然这个男人和自己好像不是很熟。

林碧瑶这是第一次有男人给自己喂饭，虽然只是普通的面条。

林碧瑶虽然受了伤，可也还是不禁面红耳热，心如鹿撞。

林碧瑶从来都没想过会有这么一天，自己居然会和男人接触，而且还是如此亲密的接触。

林碧瑶觉得自己似乎很享受这种感觉。

林碧瑶似乎忘记了身上的伤痛，忘了自己现在是一个重伤不治，甚至可能随时死亡的人。

林碧瑶看着白一梦夹起一根面条，轻轻地吹一吹，然后温柔地放进自己的嘴里，林碧瑶甚至能够感受到白一梦的呼吸，感受到白一梦的心跳。白一梦身上特有的男人气息闯入林碧瑶的呼吸之间，林碧瑶觉得自己醉了，全身都酥软了。微微睁开的眼眸看到了白一梦的嘴唇，林碧瑶甚至有了一丝期待，期待这双嘴唇能做点什么……

“我这个哥们的手艺确实不怎么样，不过有一点好，那就是牛肉够多够大，以后你们住在这里，你们可有福了，别的不敢讲，把你们养得白白胖胖的，那是绝对不在话下。”白一梦淡笑道。

“就算你愿意这样做，我却不知道能享受这样的待遇多久。”林碧瑶仰头对上白一梦的眼睛，声音黯然。

整个房间陷入了死一样的安静。

等到白一梦喂饱了陈玲和穆婉君，大锅里的面条还剩下近一半，白一梦抡起筷子三下五除二就一扫而空了。白一梦优哉游哉地给自己倒了一杯红酒，端着酒杯，舒服地坐在窗台上，吹着风。

三个美女坐在地板上，背靠着床身，身后垫着白一梦的被子，三双美丽的眼睛都在有神地看着白一梦。

“那天夜里追我的是你了？”白一梦看着林碧瑶微微一笑，“断了手臂的是你妹妹了？你的银针太可怕了，差一点可就把我扎成了马蜂窝哦！”

“什么？”林碧瑶一时没听明白，“你是说，那天夜里拿走神农鼎的人是你？”

“是我。”白一梦放下酒杯，心意一动，偌大的一个青色古鼎就出现在了房间里，出现在了三位美女的面前。

三位美女说不出话来了，这个白一梦实在是带给她们太多意外，太多想不到了！特别是陈玲和穆婉君，一直以来都听到项老二项英在说项老三项锋那边将有重宝出关，神农鼎出世。没想到，今天居然在这里看到了。

“为了表示诚意，我想我有必要介绍一下我自己。”白一梦淡淡一笑，“我叫白一梦，我不像你们一样拥有武者修为，我唯一异于常人的能力就是可以御气飞行，这是一个奇迹。我会点穴是因为我书看多了，呵呵，主要是古书，通今不敢讲，但是博古还算是可以的。”

三位美人认真地听着白一梦的述说。

“正是因为奇迹般地具备了御气飞行的能力，这也就导致了我可以到处去博览古籍，而我博览古籍的原因很简单，和你们一样，为了自由。我是为了我妹妹的自由！我博览古籍就是为了能从某一本书中找到一种救治我妹妹的方法。然而，到了今天，我还是一无所获。虽然，我得到了这个神农鼎，但是我却不知道如何使用它。这个神农鼎既然是王者级宝物，我相信它绝对是有一些秘密的。”

白一梦的话还没有说完，就发现陈玲已经激动得浑身颤抖了，穆婉君也是异常激动，林碧瑶则是欣喜得想动，可惜却动不了。

白一梦挥手解开了陈玲和穆婉君的穴道。

白一梦蹲在了林碧瑶的身边，认真地看着她：“碧瑶，你知道这个神农鼎的使用方法吗?”

“白一梦,”陈玲站起来,轻抚着神农鼎,“我曾经听项二爷项英说过,神农鼎属于宝物中的王者,具备灵性,滴血认主是最基本的收复法门,而要使用它的灵性和神力,那就要看这个鼎它愿不愿意救这个人了。”

“救人还要看这个鼎高不高兴、乐不乐意?”白一梦晕了。

“不错,”林碧瑶点了点头,白一梦扶着她坐在了椅子上,“所谓重宝之王,它和我们一样也是有思想,能辨黑白是非的。如果一个狡诈奸佞之徒得到了它,而它也唯命是从的话,那它还何以称为重宝之王?”

“就好比你刚刚说的,你要救治你妹妹的怪病,你只要让你妹妹面对着神农鼎,如果神农鼎觉得你妹妹是一个值得它救的人,那么,神迹就会出现。而相反,神农鼎觉得这个人不应该救,那么,它就会无动于衷,对于持有它的人来说等同于一堆破铜烂铁,毫无用处。”陈玲和穆婉君跪在神农鼎的面前,表情无比虔诚,就好像一个虔诚的教徒在参拜他的信仰一样。陈玲和穆婉君给神农鼎磕了三个响头,而后就是低垂着头,静静地等待。

“她们?”白一梦正准备说话。

“她们现在心中所想,应该就是恳求神农鼎解除她们身上的血蛊,给她们一个自由之身。”白一梦弯下腰,凑在林碧瑶的唇边听到了她的话。

白一梦也充满了期待,期待神迹的出现。

神迹出现了!

神农鼎上耀起了一层青色的光晕,这光晕缓缓落在了陈玲和穆婉君的身上。

陈玲和穆婉君欣喜无比,感激地看着神农鼎。

光晕越来越盛,最后,陈玲和穆婉君两个人都被光晕吞没了!

但是,神农鼎居然开始漂浮起来,漂浮到了半空中!

而且开始转动,从一开始的缓缓转动,到最后的疯狂旋转!

白一梦紧紧握着林碧瑶的手,感受到了林碧瑶内心的激动。

林碧瑶也深深感受到了白一梦的痛苦。

白一梦是神农鼎现在的主人。

白一梦完全能感受到神农鼎此刻的感受。

神农鼎似乎正在经历一场战斗,一场大战!

无疑，这是神农鼎和血蛊的大战！

血蛊的强大完全出乎了神农鼎的意料！

这是一场正与邪的世纪大战！

能够令上古神器神农鼎要进行大战的血蛊，它的主人是何等武者修为的绝世强者？

这何止是绝世强者？应该要称之为旷世强者！

这血蛊的血源，这血源的主人难道也是上古时期的人物？

白一梦想不出这个人，难道说这血蛊的主人是《昊然正要》上的第一高手，绝世强者白起？就算是，那也是死了上千年的人了。

白一梦浑身大汗淋漓，死死地盯着神农鼎。

神农鼎此刻已经斗争到了关键时刻。

突然，神农鼎停止了转动，缓缓落在了地上，忽然就不见了！

白一梦大吃一惊，连忙宁心静气，赫然发现神农鼎居然回到了自己丹田之中！

白一梦能够感受到神农鼎现在非常累，就好像一个大战之后的高手一样筋疲力尽，无力动弹！

“血蛊解除了吗？玲姐姐，你说我们的血蛊解除了吗？”穆婉君和陈玲躺在地上，浑身无力地抽搐着。刚才神农鼎与血蛊中血源之主的大战，可是以她们的身体作为战场的，穆婉君和陈玲的身体也受到了重创！

“哇”“哇”两声，陈玲和穆婉君都吐了一大口鲜血出来。

“你们的血蛊没有解除。”白一梦叹了口气，“神农鼎快疯了，它没法战胜血蛊的血源之主。但是，你们也不必太担心，你们的血蛊总算是被压制住了，虽然是治标不治本，起码，短时间内不可能被发现。”

陈玲和穆婉君怔住了。

上古神器也无法战胜的血源之主，这是什么概念？

但想一想，陈玲和穆婉君又高兴了起来，压制住了就等于现在蛊主找不到她们，蛊主想杀也杀不了她们，一个念头是肯定杀不死了，要杀，除非亲自到这里来杀。

“无所谓了。”陈玲还是很高兴，“起码总不会莫名其妙的就死了，能多活几天，哪怕是一天也是好的。”

“玲姐姐说得对，能压制，就肯定会有办法解除，只要人还活着，就有希望。”穆婉君努力地点了点头，白一梦的视线也不由得随着她那胸前的波涛一起汹涌。

“那我们就洗洗睡吧。”白一梦发现自己全身上下都被汗水浸透了，转身走进浴室打开了水龙头放水，留下三个美女，你看我，我看你，羞红了脸。

可是，她们三个人确实也是满身汗水，特别是林碧瑶，全身上下衣衫褴褛，破烂不堪，再加上重伤，特别是两条手臂皮开肉绽，实在是惨不忍睹。

白一梦弯下腰，抱起林碧瑶就走进了浴室。

“喂，白一梦，你在干什么？”穆婉君躺在地上，冲着白一梦大呼小叫，陈玲也茫然地看着白一梦的身影。

林碧瑶想推开白一梦，可惜确实使不出一点点的力气，唯有羞红着脸，把头埋在白一梦的怀里。

“她现在这个样子怎么能行啊，我得先帮她洗洗干净，换身舒服的衣服，再上点药，等一会儿之后，神农鼎恢复了元气，我再试试看能不能治好她。”白一梦的声音从浴室里传来。

“哼!”穆婉君歪着脑袋，“你就是一个大色狼，整天就知道搂搂抱抱，你不要乘人之危啊！谁知道你现在在里面怎么对碧瑶姐姐。喂，大色狼，你听到了没有?”

白一梦现在哪里有空理会外面大呼小叫的穆婉君。

白一梦现在很忙。

白一梦忙得不可开交。

而且白一梦相信等一下他会更忙。

林碧瑶的胴体一览无遗地呈现在白一梦的眼前。

白一梦的鼻子一酸，险些落泪。

抛开千面人魔的身份，抛开武者劲宗的修为，这，也只是一个女人而已，一个身受重伤奄奄一息的女人而已。

这么美好的身体，如今一双手臂却血肉模糊，筋脉爆裂，有些地方，白一梦甚至看到了森森的白骨。

在灯光下，在水中，林碧瑶淡淡的体香闯入白一梦的呼吸，闯入白一梦的血液，白一梦觉得自己此刻就是全世界最幸福的男人。

白一梦知道一个女人如果愿意在一个男人面前自然地展现的话，那么，她是愿意的，她是愿意向这个男人献身的。

白一梦认为，一个男人征服女人的成就感不是来自他征服的女人的数量，有钱有势的男人征服的女人的数量永远是最多的，可是，这有意义吗？而是在于他赢得的女人的身体与心灵的纯净程度，还有她们的灵魂和这个男人的亲密结合，这才是真正的爱。

白一梦认真地擦拭着林碧瑶的身体，从脸上，到脖子，再到胸前……

转身把林碧瑶的衣物丢进洗衣机，白一梦回身把林碧瑶翻了一个身，现在，洗头。

白一梦一直觉得无论是男人帮女人洗头，还是女人帮男人洗头，都是一件极其浪漫的事。

“你的头发好香啊！”白一梦捧起林碧瑶的秀发放在鼻子上，这如瀑布般的秀发。

整个浴缸里的水都变成了红色，浴缸里的水正在消散，林碧瑶就这么歪着脑袋看着白一梦，而白一梦也就这么看着林碧瑶。

“来，抱着我。”白一梦抱着林碧瑶，林碧瑶挨坐在浴缸上，双手无力地搂着白一梦的脖子，白一梦左手抱着林碧瑶，右手拿着花洒，冲洗浴缸里的血水。

林碧瑶的睫毛轻微地颤抖着，不敢看白一梦。

“别装了，其实还是偷偷地在看我在对你做什么？”白一梦笑道。

“白一梦，你这个混蛋！”林碧瑶猛地睁开眼睛，脸如红霞，拼尽全力的声音也不如正常人的大。

“淡定，淡定，受伤了还这么激动。”白一梦笑道。

“白一梦，你觉得我美吗？”林碧瑶突然道。

“美，当然美了，美得冒泡。”白一梦频频点头，“不过呢，一会穿上衣服就不好看了，现在最好了。”

林碧瑶咬牙切齿地盯着白一梦。

“不要用这种眼神看着我嘛？该不会是我碰到了你哪个敏感部位了吧？”白一梦一本正经无辜地看着林碧瑶。

“白一梦，你混蛋！”林碧瑶的这一声大骂终于回到了正常人的水平。

“其实呢？我的情欲也上来了。”白一梦低下头伏在林碧瑶的耳边，“可惜你现在有伤在身，不适宜剧烈的运动，唉……”白一梦长吁短叹无比惆怅。

“如果我现在身上没有伤的话，再激烈的运动我也不怕！就怕到时候有人要跪地求饶了。可惜，我的伤如果治不好，我，我最多就活半个月了。”林碧瑶悠悠地说道。

原以为林碧瑶又会大怒，白一梦沉默了一下。

“冷静，不要激动，问题总会解决的，死不了的，有我呢。”白一梦壮志豪情，把胸一挺。

“激动？那你可比我激动得多了。正人君子。”林碧瑶看着白一梦莞尔一笑。

白一梦的视线正好停留在了林碧瑶那傲人山峰之上，只觉得鼻子一热，鼻血再也控制不住地冲出了鼻腔。白一梦大窘，连忙放下林碧瑶，快速离开了浴室。

浴室里，留下了林碧瑶银铃般的笑声。

“故作镇定的小子。”林碧瑶开心极了。

一个女人，无论她是多大年龄，当她知道自己对于男人，特别是意识中有好感的男人还具备吸引力的话，这也是一件很开心的事。

林碧瑶是处子不假，但是她已经三十岁了，纵横天下二十年的大盗千面人魔，声名鹊起之时，白一梦恐怕还在上幼稚园呢。不得不说林碧瑶保养得非常好，连邱志爵都没发现不妥。林碧瑶做梦也想不到，第一次看到自己处子之身，和自己发生肌肤之亲的会是一个小男人。

白一梦是第一个这样的男人，也许也是最后一个，神农鼎不能解除血蛊之毒已经是出乎意料了，而自己身上受的伤，乃是巨阙神剑造成的重伤，林碧瑶不觉得神农鼎有能力治愈自己身上的伤。

林碧瑶不怕死，但她怕遗憾！突然之间的死亡不可怕，一了百了。可怕的是等待死亡，当死亡的脚步一步一步向你逼近的时候，你会想，你会恐惧，你会发现原来你还有很多事没做。很多你应该要好好对待的人，认真去做的事，你没有去把它做到最好。所以说，对死亡的恐惧，才是人活着的最大的敌人。

白一梦鼻孔里塞着餐巾纸搓成的纸条，又出现在了浴室门口。

白一梦的双手一边一个，各抱着一个美女，左边的是陈玲，右边的是穆婉君，穆婉君还在叽叽喳喳地咒骂白一梦。

“你这是做什么？”林碧瑶隐隐知道白一梦要做什么了。

“节约用水，一起洗好了。”白一梦把陈玲也放进了浴缸。

林碧瑶又好气又好笑。

陈玲看到林碧瑶那傲然耸立的山峰，不由得看了看自己胸前，好在自己的也不算太丢人，忍不住挺了挺胸膛。

“白一梦你这个大色狼，不仅好色，居然还是一个小气鬼。这么小的一个浴缸，让我们三个人一起洗澡，这会不会太挤了？哇，碧瑶姐姐，你的胸部好大，而且好挺啊！”白一梦正准备也把穆婉君放进浴缸，听到后面，一把将穆婉君放在膝盖上，穆婉君直视着白一梦，心脏几乎要跳出胸膛。

“嘿，你的胸部也不小嘛！”白一梦盯着穆婉君的胸部看了看，笑了。

“而且我要告诉你一件事，你刚刚说三个人在这个浴缸了太挤，这你就说错了，我不是人吗？应该是四个人在这个浴缸里洗澡才对。”白一梦一把将穆婉君也放进了浴缸。

然后自己也跳进了浴缸。

白一梦真的很忙。

在满缸泡沫的掩盖下，白一梦脱掉了陈玲的衣物，紧接着又脱掉了穆婉君的衣物，拿起一条毛巾，挨个把她们一个一个的身体擦拭一遍，又给陈玲和穆婉君洗了头发，然后再一个一个地擦干，一个一个地抱回房间，塞进被窝里，然后，开始洗衣服。

白一梦从来都没有这么忙过。

忙着擦拭汹涌的鼻血和压制身体的本能反应。

第七章　武者帝国

白一梦开始明白邱志爵的话了。

阅女无数这句话，绝对不只是随口说说的。

能够说出这句话的男人，绝对就是一个真真正正的超级无敌大色狼。

色狼中的王者，帝王级别的色狼才有资格说出这句话。

三个女人就已经令他眼花缭乱，血脉贲张。

白一梦突然想起韦小宝来，韦爵爷有七个老婆，他真行。

邱志爵邱爵爷阅女无数，也是高手。

是不是爵爷之流的人物都是桃花滚滚、万花涌来呢？

一张不大的床上睡着三个正值妙龄的女郎。

白一梦换了一身干净的衣物，坐在床的正中央，手里拿着一个酒坛子，坛子里散发着浓浓的药味，嘴里嚼着一团也不知道是什么的草药，嚼烂了，就取下涂在林碧瑶的手臂上。

“唉，白一梦，一坛子什么啊？很香哦，嗯，身材不错嘛，你穿着衣服看不出来啊！”穆婉君双手提着被子，挡住胸部，睁着大眼睛好奇地问道。

白一梦差一点吞下了嘴里嚼着的草药，顿了一下：“这么多年东奔西跑，看到书上有记载的好东西当然就顺路带回家了。”

“我现在在体内引动神农鼎，你们帮我注意看着啊。”第一次操作，白一梦的意识力量还很薄弱，不闭上眼睛根本无法集中精神。

白一梦丹田中的神农鼎缓缓开始旋转，一丝丝青色的光晕从白一梦的掌心涌出，白一梦忙将双掌按在林碧瑶的后心上。

随着一阵“噼里啪啦”的轻微到耳朵几乎无法听到的声响，白一梦肉眼所见，林碧瑶的双臂正在以肉眼可见的速度恢复原状！

“我的骨头都接上了……我的筋脉正在恢复……五脏六腑好舒服……”

林碧瑶轻声诉说着自己身体的变化。

陈玲和穆婉君紧张而欣喜地看着林碧瑶身体的变化。

“对不住了神农氏大哥，我知道你今天已经很累了，但是还请你老大发发威，帮我救一救这个姑娘吧，只要你帮我治好她，你说什么我都答应你。”白一梦的意识对着神农鼎又是鞠躬，又是礼拜，三跪九叩。

青晕逐渐消散，白一梦缓缓睁开了眼睛。

“哇，碧瑶姐姐好漂亮啊。”穆婉君瞪着大眼睛，看着容光焕发的林碧瑶惊叫道。

林碧瑶秀发轻扬，双眸流光顾盼，美不胜收。

“不要动，再多上点草药，起到画龙点睛的效果。”白一梦让林碧瑶不要动，继续一口一口嚼着草药。

“说实话，白一梦你有什么打算?”陈玲说出来的话，永远充满了理性与知性。

林碧瑶享受着手臂上的清凉，认真地听着。

“碧瑶，你们姐妹到蓝天学府跟踪项东是为什么?”白一梦皱眉道。

“我也不是很清楚，一直以来，我都只是听从姥姥的吩咐，目标只有一个，项家要什么，我们就偷什么。而至于完成目标之后，下一个目标去哪里，姥姥会通知我的。”林碧瑶一提起姥姥，浑身还是忍不住地紧张，白一梦感受到了她的肌肉的收缩程度。

“据姥姥所说，蓝天学府也将有宝物面世，至于这个宝物是什么，我就无从知晓了。但是可以肯定的是，这次出关的宝物的分量丝毫不比神农鼎轻多少，项老四项东都要亲自看守，足以看出这件宝物的重要性。这么久以来，除了神农鼎之外，我还没见过有什么宝物值得项家兄弟亲自上阵的呢!”林碧瑶肯定地眨了眨眼，点头现在对于她来说有点困难。

“这件宝物很重要的。”陈玲有点激动，“听项老二项英的口气，这件宝物事关重大，直接影响到他们项家今后统治的实力。

“玲姐姐，我知道这件宝物的名字，我还知道这件宝物将会在蓝天学府的哪里出关。”穆婉君得意扬扬。

“你知道？”三人的眼光都不由自主地转向穆婉君。

“想知道吗？”穆婉君笑嘻嘻地看着白一梦，“想得到一些东西可是要付出代价才行的，这样才公平啊。白一梦，我要你亲我一下。”说着，穆婉君向前探了探身子，凑过了脸蛋。

三人都呆住了。

“这……”白一梦看了看林碧瑶，看了看陈玲，两人都含笑点了点头，但是白一梦从林碧瑶的眼神中看到了一丝幽怨。

小丫头春心动了，呵呵。

“你可别后悔。”白一梦笑眯眯地在穆婉君的脸蛋上亲了一下。

紧接着白一梦抱住陈玲也亲了一下，俯身在林碧瑶的脸上也亲了一下。

三位美人又是一呆。

“你说的公平，人人有份。现在可以说了吧。”白一梦浅笑道。

“那是五天前，有一天夜里项老二项英很晚了才回到我们‘蓝天一号’，哦，蓝天一号就是我们抓到碧瑶姐姐的那个地方，因为是蓝天学府目标行动的临时行宫，所以叫做蓝天一号。和项英在一起的还有刀法教官王刀，当时我是护送项东外出刚刚回来，我听到项英说到了“鸣鸿刀”，还有蓝天之巅，鸣鸿弑帝。”穆婉君一边回忆，一边缓缓地说道。

“鸣鸿刀”这三个字就如同一把锋利的刀一样刺进了白一梦的心脏！

中国古代十大名刀排行榜第一位！

上古时期轩辕黄帝的金剑出炉之时，原料尚有剩余，由于高温未散，还是流质的铸造原料自发流向炉底，冷却后自成刀形。黄帝认为其自发的刀意太强，足以反噬持刀者。黄帝恐此刀流落人间，欲以轩辕剑毁之，不料刀在手中化为一只云鹊，变成一股赤色消失在云海之中。

该刀长为三尺，其余资料无记载。

从材质的资历上来看，鸣鸿刀足以与轩辕剑相提并论，如果也能在涿鹿之战中取得一些战绩的话，其地位应不亚于天下第一剑的轩辕黄金剑。然而黄帝恐其“喧宾夺主”，封杀了这把名刀的前途。

现在这个世界究竟是怎么了？为什么上古神器居然一一横空出世？这项家，究竟想要干什么？

很显然，对于鸣鸿刀这样的上古神兵，林碧瑶、陈玲和穆婉君根本一无所知。

蓝天之巅不就是自己和邱志爵、皇甫浩泽经常爬到树上喝酒聊天的红枫林吗？难道鸣鸿刀就是在那里出世？鸣鸿弑帝又是什么意思呢？鸣鸿指的是鸣鸿刀，那，弑帝指的是什么呢？弑帝？弑帝？白一梦想起了神农鼎，一个像人一样能分是非黑白来判断救与不救的灵性宝鼎。白一梦想起了鸣鸿刀的传说，难道说鸣鸿刀因为当年黄帝想毁灭它，被黄帝封杀了前途，所以心怀怨恨？到了几千年以后的今天破土而出，二度出世？可是它出来杀谁？黄帝早就死了几千年了。

白一梦为自己的想法感到窒息。

“玲儿，你说说项家的事，我很想知道一下。”白一梦端着一个酒杯，给这个喝一口，一会又给那个喝一口，没办法，自己的房里只有一个杯子而已。

“项家是一个古老而神秘的家族，项家如今的当权者是四兄弟，项家的最高领导者，也就是传说中武学修为已达兵宗九阶巅峰状态的绝世强者项广，这是一个极具神秘的人，我们在项家呆了十年了，至今也没机会见到他的真面目。我们所有人都认为项广就是血蛊的蛊主。这个项广似乎从不理会外界的事，一直都呆在一个叫做武者帝国的地方。

“项家老二项英，你见过了，项英的武者修为是气宗三阶，但是项英手里的那把巨阙神剑很可怕。几年前，我曾经见过，项英以气宗一阶的实力杀死了气宗二阶的高手。原因就在于他的手里握着的是神兵利器。

“项家老三项锋，现在死了，是被碧瑶杀死的，这也算是一个奇迹。项锋的武者修为是气宗二阶。

“项家老四项东，从表面上看，项东的武者修为应该是最弱的，应该是介于劲宗九阶巅峰和气宗阶之间。但是很奇怪，无论是项老二项英，还是项老三项锋，似乎都在刻意讨好他们的这个四弟。传闻中，项老四项东的身上拥有的神兵利器非常可怕，要不然项老二和项老三怎么可能那么给项东的面子。

“武者帝国很大，传说有一百万的禁卫军，这些禁卫军，随便哪一个都是气宗阶的高手。

“关于外界基地的分布有两个。一个是青虹市郊的南斗山庄，南斗山庄表面上是一个私人花园别墅群，而事实上，整个南斗山庄都是项老三项锋的，由项老三项锋坐镇，属下三个教官，分别是枪法教官雷洪，武者修为是劲宗八阶，剑法教官贺风，武者修为是劲宗六阶，刀法教官王刀，武者修为是劲宗七阶。整个南斗山庄拥有初级学员近三千人，这些人全部都是近三年来项家从全国各地抓来的最有希望进入劲宗阶段的武者，都是被下了血蛊的人。他们现在统统都是‘血蛊一阶’，也是劲宗一阶。我和穆婉君十年前刚刚被下了血蛊的时候，也就直接成了血蛊一阶，进入劲宗阶段。这个地方最早成立就是为了神农鼎的，现如今，已经改成了武者修为基地。

“第二个是映月湖画舫，表面上是青虹市最大旅游度假区上的载歌载舞的游乐场，实际上是我们这些女孩子的培训基地，映月湖画舫的坐镇者是号称“摘心娘子”的柳明眸，武者修为气宗三阶的实力，是目前我们所知的项家属下之中武者修为最高的人了。那里目前的人手大约在一千人。你昨天见到的十三个人，是十年以上的实战实力，修为提升也颇快的，被项老二项英挑选出来命名为‘十三柳叶刀’，追随他执行蓝天一号任务。

“圣坛则是一个荒无人烟的孤岛，专门关押人犯的地方。上面到底有多可怖，没有人能了解清楚。”陈玲慢慢地讲述。

白一梦的心沉下去了。

林碧瑶虽然对于这个项家多多少少知道一点，但却从未得到过如此精确的数字。

一百多万的禁卫军，而且随便一个都是气宗阶的高手！这是什么概念？一百多万个像项锋那样的高手啊！个个都能御气飞行，在神话故事里，天兵天将也才十万而已。白一梦仿佛看到黑压压的漫天飞来的强者，太可怕了！

白一梦的脑子飞速地运转着。

这么多的人，怎么控制？这些人凭什么臣服于项氏兄弟？因为项氏兄弟有血蛊。有异心者必死无疑，不必浪费一枪一弹，一个念头就可以任意杀死。中了血蛊的强者又可以抓来稍弱的强者，几个中了血蛊的强者联手就可以拿下一个比他们实力更强的强者，用人来控制人，用控制来控制！可是这要花多少年，才能打造出一个这样的武者帝国？十年了，陈玲和穆婉君也才强化提升了两三个阶段的武者修为，全部自己培养，这不可能！这么多的武者强者，他们又是从哪里来的？

突然，白一梦怔住了。

难怪这个世界的武者那么少？原来都被项家控制住了。

“碧瑶，你这边的情况呢？”白一梦想不透，还是先问问林碧瑶。

“我的事情就简单的多了。”林碧瑶叹了口气，“姥姥呢并不是我们的亲姥姥，我们都是姥姥捡来养大的弃婴。我们这样的弃婴一共有十几个。在我们的记忆里，姥姥是一个捡破烂的的驼背老人，一直很慈祥也很辛苦，她自己舍不得吃舍不得穿，却送我们上学，给我们买漂亮的衣服。当然，每天花最多时间的就是练功了。我和雨瑶的天赋就是能够模仿其他人说话的声音，而且很像，于是，姥姥让我们发挥长处，教给我们乔装易容之术。我们十五岁的一天，姥姥突然吩咐我们去偷一颗夜明珠，我们首战告捷，之后就一发不可收拾，全世界的奇珍异宝我们都伸出了手。我们从来没有失过手，因为我们很清楚任务没完成的后果，那就是死。我们亲眼看着姥姥一个又一个地杀死我们一起长大的姐妹。我们也想过逃跑，最远的一次我们跨国逃跑，可是恐怖的事情发生了。”

说到这里，林碧瑶的眼中充满了恐惧，就好像姥姥突然出现在了眼前一样。

白一梦、陈琳、穆婉君三人也感到了了恐怖的气息。

整个房间突然变得死一般的寂静。

姥姥这两个字仿佛充满了魔力一般。

“姥姥就如同魔鬼一般站在那个机场等我们！可是在出发前，姥姥还在家里的地窖中睡觉的！她不可能知道我们要到哪个国家去！更不可能知道我们从哪里下飞机！可是她就像一个影子一样，如影随形，我们逃到哪里，她就追到哪里！她就像一个幽灵，随时随地都有可能出现在你的身边，出现在你的眼前，有时候你醒来会发现她就躺在你的身边！有时候你一转身她就站在你的身后！有时候你一抬头，会发现她就在高处的某一个窗口看着你！或者坐在某一棵树上织毛衣……

"你可以说她是神，也可以说她是魔鬼是幽灵！这几年，可能因为身边的人少了，姥姥没有杀死我们，但是我们看得出来，她在培养新人，一旦新人中有一个的能力能和我们一个等级，那么我们的生命也就走到了尽头。我们每年的三月三都要举行一次集会，就像我，这次盗取神农鼎的任务失败，她不会来找你。到了明年三月三，我回去是死，不回去也是死。就算现在治好了我的伤，那又能怎么样？无非就是多活几个月而已！"一滴晶莹的泪珠滑落眼眶，白一梦连忙伸出手接住了这一滴泪珠。

泪珠在白一梦的掌心颤抖。

陈玲看着穆婉君，也久久无语。她们两人也很明白，路上丢失人犯，被白一梦带到了在这里，消失了这么长时间，离岗失职，也是死罪难逃！

"我告诉你们，"白一梦拭去林碧瑶眼角的泪水，看着陈玲和穆婉君，语气中充满了吞吐天地、睥睨天下的豪情，"三位姑娘，有我白一梦在这里，有什么好担心的？你，林碧瑶，三月三嘛，这不是还有大半年嘛，如果你的那个什么姥姥赶到这里来，我一定打得她满地找牙。至于你们这边嘛，不就是人多一点嘛，一百多万人而已，一颗原子弹就搞定的事。放心吧，你们是我白一梦的朋友，我不会坐视不理的。"

"做你的朋友有什么好处啊，你打又不行，我们三个人里面，随便哪一个都好，你一个都打不赢。"穆婉君笑道。

"忘恩负义的小丫头片子，忘了刚刚是谁又给你吃的，又给你喝的，帮你洗头，帮你洗澡，现在还给床给你睡，搞不好还要陪你睡的。居然敢小瞧我？"白一梦笑道。

"小丫头片子？你看我哪里小了？我哪里小了？"穆婉君不依不饶，挣扎着想爬起来，"你陪我睡？本姑娘非童子不睡！你可是童子？"

一不小心，穆婉君提着的被子一下滑落了，那两座不符合身材的饱满山峰一览无遗地暴露在白一梦的眼前。

"啊！"陈玲拉扯着被子。

"啊！"林碧瑶也尽力抓住被子。

"大，好大，谁说小了？一点都不小？谁要是敢说你小，那这个人的眼睛一定有毛病，要不然他就是瞎了。"白一梦呆呆地看着这两座山峰，喃喃道。

“婉儿，他是童子。”林碧瑶看着不知所措的穆婉君轻声道。

“刚刚是谁说的？给吃，给喝，给住，也别差这最后一样了，碧瑶姐姐，你说呢？”陈玲深深地看着林碧瑶的眼睛。

两个性格略有不同，命运却几乎一样的女人的眼睛里几乎同时耀起了一种光芒，这种光芒，叫做坚定。

第八章　明眸映月

白一梦觉得今天的天特别蓝。

云也特别白。

吹来的风儿都是清香的。

白一梦瞅着卖油条包子的阿姨都觉得是双眼皮的。

这十五楼的楼梯走起来都跟如履平地似的。

只有皇甫浩泽那熊猫般的黑眼圈，以及一脸的惆怅，深深地告诉了白一梦，他的好兄弟，昨天一夜过得是很痛苦的。

洗米煮白粥，炒青菜，白一梦看了看皇甫浩泽。

“我房间可有三个美女，注意素质啊！”白一梦转身走进了房间。

“三……三个美女？”皇甫浩泽那硕大的熊猫眼再也闭不上了。

白一梦轻手轻脚地走进了卧室，看着床上睡得正香的三个女人。他心中装满了满满的幸福。

白一梦捏着被角，均匀地铺在三个人的身上。

三个女人，三种睡姿。

姿势虽然不同，但是她们在睡梦中的脸上的表情却一模一样，这种表情，叫幸福。

白一梦俯身在三人的额头上都留下了轻轻一吻。

这就是爱吗？白一梦不确定。

但是白一梦知道一件事。

陈玲和穆婉君在半路上弄丢了林碧瑶，项英绝对不会放过她们的，自己有责任保护她们。项家的势力实在是太大了，他们拥有数以百万计的军队，就在市郊的南斗山庄中都有着三千多的初级学员，预备役军队。

白一梦需要提升实力。

白一梦盘腿坐下，闭上眼睛。

白一梦心意一动，进入了丹田中的体内世界。

白一梦看到神农鼎的时候吃了一惊。

神农鼎变大了，如果说前几天的神农鼎是一只温顺的小猫咪的话，那么今天的神农鼎已经成为一只老虎，一只呼啸山林的猛虎！整个神农鼎给白一梦的气息是完全两样的，神农鼎变得强大了许多。白一梦的眼睛一下亮了。神农鼎的变化就好像此时此刻的自己一样，成为男人了。

不是都说没有经历过女人的男人不是男人吗？

自己现在是神农鼎的主人，神农鼎的变化和自己的变化是紧密相连的，像神农鼎这样具备灵性的神器居然还能成长？成长的动力是什么？

按照《昊然正要》所说，人，是宇宙中最神秘最强大最不可思议的生物，而处子更是最纯洁神圣的，很多武者修为的心法秘术也就只有处子才能够修炼。莫非是处子，促使了神农鼎的进化？

白一梦明白了。

白一梦看到了一颗金丹。

一颗足有鸡蛋大小的橙黄色金丹静静地躺在神农鼎底下，散发出一圈圈幽幽的金光。

这金丹是从哪里来的？白一梦心意一动，金丹就到了右掌之中。

注视着手里的金丹，白一梦很高兴。

今夜，立刻动身回白家庄见白若兰。

不管这金丹能不能治好若兰的病，但是总不可能一点效果都没有，至少在美容养颜的方面。

一扭头，对上了一双深深凝视着自己的眼眸。

林碧瑶醒了。

白一梦微微一笑，到门外端进来一锅白米粥，一盘翡翠般的炒青菜，一碟花生米，十几根炸得金黄的油条，一一摆放在了书桌上。

走过去，俯下身，白一梦拿脑袋在林碧瑶的耳边蹭了蹭。一瞬间，林碧瑶的耳根子又红了，羞愧地低垂着头。

想起昨天夜里的缠绵悱恻，林碧瑶震惊于白一梦的强悍，另一方面也为自己昨夜的疯狂感到害羞，但是，她的内心还是甜蜜的。

“你今天肯定是下不了床的，在家好好休息，我去蓝天之巅看看。”白一梦咬了咬林碧瑶的耳垂，林碧瑶犹如触电了一般浑身颤抖。

“那个，白一梦，我妹妹昨天看我没有回去，今天肯定会到蓝天学府找我，你晚上带她过来。”林碧瑶反口咬住了白一梦的鼻子。双目对视，白一梦发现自己深深地陷下去了，再也无法自拔，再也无法忘怀这双眼睛。

两人就这么耳鬓厮磨，呢喃细语。

白一梦放开了林碧瑶，吻了一下她的额头：“我走了，你们在家好好休息。”

白一梦轻轻地关上房门，跑到楼下，开着陈玲和穆婉君的那辆银灰色的面包车往蓝天学府方向而去。

白一梦决定到学校把林雨瑶接回家里，就立刻开车回去见父老乡亲，在白天来说，还是开车回去隐蔽一点。

白一梦一直以来都想买一辆属于自己的车。

邱志爵有一辆车，一辆专门定做的炫酷之极的超级跑车！

这辆车的名字是邱志爵自己取的，名为“彗星”。意为彗星撞地球般的速度与激情。

邱志爵家里的好东西还是很多的，邱志爵的家里有一间收藏室，那里面也有不少古董花瓶、古钱币、古石雕之类的东西。

想起了古董，白一梦不由得想起了项家，这么一个古老的家族，相信古董也不会少吧。甚至这个世界上的绝大多数古董宝贝都在项家的手里。别的不说，光是项英手里的那把巨阙神剑就是一件大宝贝了。千年前的神兵利器啊！

邱志爵家里也有不少的古刀古剑，可惜都是一些普通的兵器。

白一梦历来都是步行的。

今天算是他初次开车到学校，车子经过学校大门的时候，白一梦看到了邱志爵那辆彗星。

邱志爵铁定是为了带着于思思兜风才会开着彗星出来的。

白一梦停好了自己的车，正准备拔掉钥匙的时候，白一梦眼角余光突然发现邱志爵的车里有人影闪过。

有人偷车！

就在白一梦刚刚有这个想法的时候，彗星动了，屁股后面喷出四条青幽的火舌，撞破围墙，绝尘而去！

一转钥匙，启动面包车，白一梦不顾一切地追赶！

紧随白一梦的是一辆乳白色的玛莎拉蒂跑车。看得出来，这辆玛莎拉蒂跑车也是要追前面的彗星！

整个停车场瞬间一片混乱！

这辆玛莎拉蒂跑车追赶的绝对不是邱志爵，他们的目标是偷车的人！

白一梦暗暗偷笑，再贵再好的车又怎么样，在人口稠密，交通堵塞的市区，和我的小面包速度还不是一个熊样！

白一梦的车子上了高速，向市外驰去。上了高速的跑车才能称之为跑车！白一梦暗暗叫苦，前面的彗星早就看不到鬼影了，那辆白色的玛莎拉蒂跑车也抄到了前面，消失无踪。

白一梦优哉游哉地哼着歌，听着车上放的音乐。

白一梦这个人最大的优点就是淡定从容。

别说这辆车不是他自己，就算是他自己的，白一梦一点也不会着急。

白一梦的眼睛在公路上扫荡，白一梦猛地一抬头，前方的牌子上赫然写着“映月湖旅游度假区”。

不是冤家不聚头，反正来也来了，那就，看看呗。

映月湖到了。

映月湖最大的特色就是那湖中央一艘艘如同古代官船一般的画舫。都说这画舫之上美女如云，一个个妙龄少女多才多艺。

此刻，整个映月湖畔人山人海，水上乐园中疯狂的音乐大作，到处欢声笑语，无数身着泳衣泳裤的男男女女都在尽情地玩耍。

这是一个欢乐的海洋。

远远地，白一梦看到了前面的湖边停着两辆车。

白一梦的眼睛亮了。

人生何处不相逢。

邱志爵的彗星和那辆白色的玛莎拉蒂跑车一左一右停在湖边，车上的人都已经下了车，此刻正在对峙着。

白一梦想倒车了。赶紧倒车！

因为白一梦看到了前面两拨人中，有一拨人他是认识的。

可是不管你怎么倒，这辆该死的面包车还是车轮滚滚，继续向前！

白一梦直觉后面应该是有人在推车，对于任何一个劲宗阶段的高手来讲，推着这样一辆小面包，那实在是太轻松了。可是后面根本就没人，别说人了，就是鬼也没有一个。

白一梦感觉自己活见鬼了。

白一梦死死盯着前面那两个站得玉树临风的两个男人。

小面包滚过白色的玛莎拉蒂跑车身边。

白一梦一眼就看到了王刀，冷得就像一把刀的王刀。那个在南斗山庄一刀就斩掉千面人魔手臂的王刀！在王刀的身边站着的，是项老四项东，在白一梦的记忆里，项东永远是一身黑衣。可今天的项东居然穿上了一身紫衣，一身妖异的紫色。王刀和项东应该是这辆白色的玛莎拉蒂跑车的车主，而偷邱志爵的车的人，居然是林雨瑶！

也就是说自己的车不由自主地向前滚动，是因为受到了强大的吸引力！这可是气宗高手的杰作啊！可是能够在这么远的距离，单单以气宗中的吸字诀就把自己的车整个吸过来。这到底是谁干的呢？可是，看着项东和王刀茫然的眼神，白一梦明白了，这是另有其人啊！

这个林雨瑶一定是到蓝天学府找他姐姐林碧瑶的时候被王刀认出来了，仓皇之下，偷了邱志爵的车疯狂逃窜，没想到还是被王刀给追上来了。而自己原本是想来看一看项家的两大基地之一的映月湖画舫，但是自己开的这辆车是陈玲和穆婉君的，虽然车牌已经被换了。但还是被人给认出来了！所以人家不会放他白一梦离开的！

王刀随意地看了白一梦一眼，随即转开了视线。

可是白一梦不能装作不认识项东啊。

在白一梦的视线和项东对接的一刹那，白一梦立刻堆起了满脸的笑容，大大咧咧地说："原来是项东同学啊，你也逃课啊？听说这里的小妞很靓哦。"

白一梦假装现在才看到林雨瑶："哎呀，雨瑶同学也在啊！是和项东同学一起的吗？"

白一梦往后退了几步，搂着项东的肩膀低声道："眼光不错嘛，雨瑶同学还是可以追求的。"

而站在对面的林雨瑶如同见了鬼一样看着白一梦，虽然仅仅只是见了一面，白一梦和邱志爵给她的影响太深刻了，居然敢在班级里公开说项东不是男人。以项东的实力，捏死白一梦或者邱志爵就像捏死一只蚂蚁那么容易！

"你这辆车哪里来的？"王刀看都没看白一梦，冷冷道。

"哎呀，对呀，雨瑶同学，你这辆车哪里来的？"白一梦假装没听见王刀的话，快步上前，抚摸着彗星，"这辆车怎么和我兄弟阿爵的那辆彗星一模一样啊？"

"我再问你一次，你这辆车哪里来的？"王刀上前一步，直直地站在了白一梦的跟前。

"请问，你是在和我说话吗？"白一梦笑道。

"是的。"工刀直视着白一梦。

"我开的车当然是我的了。难道还是你的不成？"白一梦连连笑道。

"喂，王刀，"林雨瑶冲着王刀大呼小叫，"这只是一个普通人而已，你找人家麻烦，算什么英雄好汉？这里人多，大不了我们到远一点的地方用武力解决。"

近处的好多游客都不由自主向这边观看，主要吸引他们目光的当然是邱志爵的跑车彗星了。

白一梦看到好多人的目光都投向了这边，干脆就来个趁热打铁，高举着双手冲着湖面上乱挥，嘴里还叫着："喂，等等我，放开那两个女孩，让我先来！"给人一种好像他还有朋友在沙滩上玩耍的感觉。

"我们来啦……"

突然沙滩中站起来几十个身着比基尼的妙龄女郎，就如同戈壁滩上突然盛开了一朵朵的鲜花，夺人眼球！这几十个人美女每一个都用热烈的眼神望着白一梦，一起冲着白一梦挥动着双手！

白一梦脑海中瞬间一片空白。

什么情况？

难道今年真的是桃花劫？

别说白一梦蒙了，就是项东、王刀和林雨瑶也懵了！

这是什么情况？

“喂，帅哥哥，你怎么才来啊？”为首的一个身着粉红色比基尼，一头波浪长发的女郎挽着白一梦的手臂，风情万种。

“来就来了，也不提前和人家说一声，人家今天都没打扮呢？”另一个身穿连体黑色泳衣，长发飘飘，戴着大大的墨绿太阳眼镜的女郎直接就搂住白一梦的腰！

“英雄，奴家想你想得好苦啊，望穿秋水，望眼欲穿啊！”这个染着金发，戴着花环，身着蓝色泳衣的丰满美女抚摸着白一梦的脸颊。

白一梦彻底懵了。

自己就像是一只饿昏了头的兔子，突然掉进了堆积如山的胡萝卜海洋里！

幸福来得太突然了！

来得不突然的幸福就不是幸福了。

可是这些美女自己不认识啊？可是她们好像个个都认识白一梦。

就这样，白一梦云里雾里地被一群美女带走了。

“没想到这白一梦原来这么风流啊。”项东目送白一梦远去。

王刀看着白一梦上了一艘画舫，眼神复杂之极。

“不好，千面人魔不见了？”项东脸色大变。

王刀猛地回头，冲到彗星顶上，四下观望。

映月湖的外围，那可是广阔的树林。

“肯定混到了人群中。”王刀冷冷道。

“刚刚那艘画舫可是柳娘子的麾下？”王刀问道。

“船是我们的船。人却不是我们的人。可能是某位富婆包下来的。”在项东的心目中，已然把白一梦定位为风流倜傥的角色，“千面人魔偷的这辆车的主人，是他的铁哥们。近朱者赤近墨者黑，都是一样的色中饿鬼!”

“混蛋，刚刚还看到她，怎么一下子就不见了呢?”项东和王刀到处寻找林雨瑶的踪迹。

映月湖边游客众多，周边还有数十幢度假的小木屋。一时半会，想找一个人倒真的不容易。

一进入船内，众位美女就好像不认识白一梦似的远远坐在了一边。

这种感觉就好像一瓶热乎乎的红酒突然被扔进了冷冰冰的水池里。

白一梦一个人坐在圆桌旁，旁若无人地自斟自饮，他一点都不觉得尴尬，就好像这里是他的家，好像这里他已经来过无数次似的。

白一梦观察着船内的情况。

船内的空间很大。

两侧是两排红木座椅，最前面是一张舒服的大床，大厅中间摆着一张圆桌，圆桌之上，摆放着古色古香的茶具。

美女一共有十五个，此刻就端端正正地坐在两边，美若桃花的脸庞此刻全都是面无表情。

十五种风情。

十五种风格。

如果说家里的三位佳人是秀色可餐，那现在就是百花齐放。

白一梦从上船到现在，他的视线就一直停留在了侧躺在大床上的美女身上。不得不承认，她是这十五个美女中最吸引白一梦的一个。高不可攀，就好像天边的月亮，美丽，却难以触及。

这个女人给白一梦的感觉就是一个字“白”。

她此刻正侧身躺在大床之上，手托着精致的下颚。

她的腿不一定是最修长的，她的胸脯不一定是最饱满坚挺的，她的臀部不一定是最浑圆紧俏的，但她的皮肤是最白的！她的身材比例是最匀称最协调的！再配上这一身金色黑边的连体泳衣，她的皮肤简直白得耀眼。白一梦甚至看到了她胸前那幽蓝的筋络。她的眼睛很亮，白一梦想起了星光，还有那深邃的夜空。

白一梦从未见过皮肤如此白皙的女人。

第九章　忘情一刀

从其余十四位美女看她的眼神，白一梦知道她是这群美女的领导者。

白一梦知道这个白雪公主是谁了！

难怪自己开的小面包会不由自主地向前滚动，因为有一个气宗三阶的高手在后面。隔空摄物，这是只有气宗阶才能发挥的能力！

映月湖这边的气宗三阶高手只有一个人，那就是“摘心娘子”柳明眸。可是王刀和项东却好像不认识她似的。难道她不是柳明眸？

“难道你就不想说点什么？”终于，白雪公主沉不住气了。

“你很白。”白一梦淡笑道。

“就说这个？”白雪公主哑然。

其余十四位美女一怔，静静地看着白一梦。

“你若是不穿衣服，肯定更白。”白一梦笑了。

“难道，你真的就只是说这个？”白雪公主的脸上飞起一片红霞，但却很快消失。

“我一直在想，你的白，你的美，这世上要怎样的男子才能够到你的心里？”白一梦点燃了一支烟。

“难道你就不想知道我们为什么带你到这船上来吗？”白雪公主不敢看白一梦的眼睛。

“这很重要吗?”白一梦笑得更灿烂了。

“难道你就不知道，现在的你已经落在我们的手心里了吗?”白雪公主叹了口气。

“我当然知道了，但我更希望的是落在你的心里，而不是落在你的手里。”白一梦轻轻点了点头。

“难道……你是为了我而上船的?”白雪公主难以置信。

“你现在才知道?”白一梦反问道。

色狼，十足的色狼，真的是为了美女不要命啊!

“如果不是因为你，你们认为我真的是一个看到美女，就忘了自己姓什么的色狼吗?”白一梦笑道。

“那你又知不知道我们为什么要抓你?”白雪公主披上了一件金色的外套。

“以你们这么好的条件，肯定不会是因为对男人的饥渴而抓我的。如果非要说原因的话，应该是因为我开的车，因为我开的车是你们的人的。”白一梦笑道。

白一梦站起来给自己倒了一杯茶：“所以我被带到了这里。我刚刚还在奇怪，她们怎么好像不认识项老四和王刀?但我现在知道了。”

“看来玲玲和婉君把什么都告诉你了。”白雪公主起身坐到了圆桌旁。

“难道你不害怕?”白雪公主紧缩柳眉。

她觉得白一梦越来越有意思了，这些事情，换了是任何一个人知道了的话，都会觉得这是一个天方夜谭!

如果说刚才她以为白一梦是一个优雅的色鬼的话，那现在就觉得白一梦就是一个疯子。

“玲玲和婉君是从你这里调走的，车也自然是你这边安排的，我虽然换了一个车牌，但是我忘了一件事。你在这边可有着上千人的队伍，又何止一辆这样的车，你们自然有你们的一套标记了。”白一梦淡淡道。

“如果我没猜错的话，你认出这辆车是因为那副墨镜。”白一梦看了看白雪公主放在床边的墨绿眼镜。

“你猜对了，”白雪公主笑道，“我们这里有上百辆汽车，每辆汽车的车身上都有编号，是我用隐形药水喷的，换车牌，改变车身颜色，都无法改变它的身份，因为我把隐形药水喷在了前面的玻璃上。”

“那你也知道我就是柳明眸了？”白雪公主给白一梦倒了一杯茶。

“我知道。”白一梦接过了茶杯，“你虽然是柳明眸，但这十四位美女却不是项家的人。确切地说，她们不是被下了血蛊培训的人。因为她们都不是武者。我只是很奇怪，堂堂项家第二武者基地的庄主柳明眸，身边伺候的居然不是武者，这是为什么？”

“我不知道你是怎么和陈玲、穆婉君认识的，也不知道你是怎么让她们不顾生死逃逸离开的，居然还把项家的事告诉了你。但是，就看在你觉得我美的份上，你只要告诉我，她们现在在哪里，我保证不会杀了你。但是我也不会让你离开，你就在这条船上度过一生吧。”

柳明眸不忍心杀死白一梦，轻轻地说道。

白一梦差点被茶水给噎死。

不说出陈玲和穆婉君的下落已经是死路一条了，就算说了，还不让人走，以后就只能待在这条船上了，而且是一直到死，那岂不是很孤独。等一下！这不等于被包养了嘛？在这个映月湖，自己举目无亲，前不着村后不着店，柳明眸岂不是可以对自己为所欲为？白一梦心里呜呼哀哉。

白一梦满脑子是自己以后做好饭菜，每天等着柳明眸下班给自己一点温暖的画面。

白一梦坚决不做家庭煮夫。

“那个，我想知道，我以后住在这里，你多久才会过来一次？我可不想独守空房，望眼欲穿。”白一梦突然冒出一句。

柳明眸无语。

原以为白一梦会视死如归，果断拒绝，没想到这家伙想的居然是这个。

“放心，饿不死你的，”柳明眸笑道，“我会安排人陪你的，别的不说，这十四位美女就够你美的了。说吧，陈玲和穆婉君在哪里？”

“十四个！”白一梦掰着指头数着，“每天两个，一周七天，一周刚刚好，一周之后又再轮一次，以此循环，那岂不是长年无休，没有节假日？有时候你兴致来了，还要来偶尔客串，我还得临时调整，这不等于加班吗？不行不行！”白一梦连连摇手。

柳明眸满脸通红。

那十四个美女笑成了一团。

她们觉得白一梦有意思极了。

柳明眸很快恢复了常态，白一梦觉得不妙，匹夫一怒，血溅五步，美人一怒，血流成河！

“你不说也不要紧，看你计算得很好，你这方面真的很厉害了？我也很想见识一下，每天两个怎么够用？要来就来百花争艳。我现在就让她们满足你的愿望。反正陈玲和穆婉君早晚都会找回来的。”柳明眸微笑着站了起来，一挥长袖。

十四位美女先是一怔，然后却一起围了上来。

白一梦看着这一座座跳动的山峰，内心发虚。

白一梦可不想死在女人的小蛮腰上！

白一梦一直都在观察着画舫内的出路，这里面除了一个大门之外，就只有旁边的一扇窗了，就在美女们围上来的时候，白一梦动了！

白影一闪，白一梦直接扑出了窗外，扑向了映月湖，扑入了水中！

十四个美女都怔住了，柳明眸脸色大变。

“没想到这个色狼身手居然如此之快。来人，下水！”柳明眸惊讶于白一梦的速度，这不是常人所能拥有的实力。至于跳湖，柳明眸一点都不担心白一梦能跑得了。

她哪里想得到，刚才的白一梦可是使出吃奶的本事了，白一梦知道自己绝对不是柳明眸的对手，自己唯一的优势就是在水里了。白一梦一直在蓄气，就像一个充满了气的皮球。这已经是白一梦的极限了，哪怕随便再吸一点气进肚子，白一梦的肺恐怕就要爆炸了。

十四个美女深深吸了一口气，一个一个扑通扑通地跳入了水中。

白一梦不顾一切地向下游去。

现在身体里的气息足够白一梦在水里维持好几个小时了，白一梦不信这十四个美女能在水中支持很久。

白一梦发现自己错了。

那十四个美女很快就追到自己的身边了，她们下潜的速度太快了，简直可以用鱼雷来形容。白一梦终于明白了柳明眸的身边为什么不是武者而是这十四个少女了，柳明眸管理的是画舫，画舫都是在湖面上运作的，她柳明眸气宗三阶又怎样？万一有某位初级学员想家想疯了，训练训烦了，突然发狂，把她弄进了水里，就是武者修为再高，到了水里没有空气照样完蛋。所以这十四个少女都是柳明眸这数十年来精挑细选的苦练水下功夫的人选。

世界上是没有后悔药的。

白一梦决定赌一把！

不再向下潜水，反而突然向上，白一梦如同一颗炮弹一样笔直向上方射去！

十四个少女吃了一惊，但很快反应过来，十四条身影也笔直向上！

刚一冲出湖面白一梦就看到了柳明眸那双深邃犹如夜空般的眼睛。

此刻，柳明眸凌空而立，悬浮在湖面上。

白一梦准确无误地落在了柳明眸的怀里！

抱着白一梦，柳明眸哈哈大笑，银铃般的笑声是那么的动听。

十四个少女一个一个在湖面探出了头，看着半空中的场面不由得相视而笑。

“让你和姐妹们乐和乐和而已，用得着跳湖这么严重吗？”柳明眸抱着白一梦，脚踏着湖面而不沉，缓缓向远处的画舫走去。

十四个少女犹如十四条鱼儿般在湖面破开十四条碧浪，快速向画舫游去。

“你该不会真的要把我留下吧？”白一梦勾搭着柳明眸的脖子，把头靠在柳明眸的肩膀上，闻到柳明眸那幽幽的体香，不由深深地呼吸。

谁说只有男人的肩膀才是女人的港湾，女人的肩膀也可以是男人的港湾。

“你在干什么？”白一梦的呼吸冲在柳明眸的胸膛上，柳明眸不由一颤。

“你好香啊。是桃花的味道。”白一梦的眼睛一直盯着柳明眸胸前那幽幽的蓝色筋络，忍不住轻轻咬了一口！

白一梦也不知道自己为什么会这么做。他只是觉得柳明眸胸前的这幽幽的蓝色筋络很美，有一种很虚幻梦幻的感觉。看着很舒服，很赏心悦目。

人这个东西有时候是很奇怪的，喜欢一个东西，都喜欢去触摸，比如你很喜欢豪华汽车，你就会抚摸它。你喜欢黄金，你也会抚摸它。

抚摸，触手可及的美。

柳明眸做梦也想不到白一梦的胆子居然这么大，居然会在她的胸膛上咬一口。柳明眸浑身一颤，气息大乱，从空中坠落，落入湖中。

扑通一声，白一梦吓了一跳，随后发现柳明眸那足以杀死人的眼神正死死地盯着自己。

"果然是色胆包天!"一个声音从远处传来。

白一梦看到了远处不足十米的画舫的顶上站着两个男人。

左边的那个男人白一梦看了暗暗心惊，这个男人非常高大，目测可能有两米。以一般人的身高和他站在一起，就好像小孩和大人一样。而且这个男人异常强壮，白一梦想起了皇甫浩泽，但是他比皇甫浩泽更加强壮。他的脖子上青筋暴跳，结实的手臂比一般人的大腿还要粗。

这简直就是一个肌肉人。

白一梦最吃惊的是他的眼睛，这不是一双人类应该拥有的眼睛，这双眼睛里没有正常人类所拥有的感情，而只有，野性，血腥，掠夺。

这是一双野兽之瞳，确切地说这个男人浑身上下所散发出的就是野兽般的气息。

说话的，就是这个野兽一样的高大男人。

右边这位中等身材，一身蓝衣，最让人记忆深刻的就是他的笑容，这是一个笑容满面的人。

轻轻地俯掌一拍水面，一只手架着白一梦，柳明眸离开了水面，飘进画舫。

白一梦发现柳明眸就跟变了个人似的，突然间就变得冷若冰霜。

"柳教官真是出水芙蓉啊!"走进画舫，那高大男人的眼睛肆无忌惮地在柳明眸身上扫来扫去，仿佛柳明眸没穿衣服似的。

柳明眸看都没看他一眼，只是冷冷地看着蓝衣人："不知贺教官来此所为何事?"

这人居然是南斗山庄三大教官之一的剑法教官贺风，那另一位应该就是枪法教官雷洪了?

高大男人的脸部狠狠地抽搐了一下，凶狠的眼神落在白一梦身上，白一梦觉得很无辜，关我什么事嘛，美女不理你，你瞪着我干什么?

白一梦安安静静地坐在一边，十四个少女也静静地立在一侧。

"不知柳教官找到了那两个丫头没有?二庄主让我们过来看看，有什么需要帮忙的地方还请尽管开口。"贺风笑道。

"那倒不敢，"柳明眸点了点头，"那两个丫头的下落我已经有了一点眉目，不劳贺教官牵挂。”

“这个人是什么人？他怎么会在这里？”高大男人受不了柳明眸熟视无睹的态度，指着白一梦厉声道。

“你小声一点！”柳明眸厌恶地看了高大男人一眼，“雷洪，你少在我这里大呼小叫，这里是我的地方，不是你们南斗山庄！”

“雷哥，你不要这么大声嘛。”贺风无奈地劝道。

高大男人雷洪哈哈大笑：“柳明眸，你少在我的面前扮清高，这个男人是不是你的男宠？”

白一梦看出来了，这个叫雷洪的肌肉人对柳明眸有企图，而现在吃醋了。像柳明眸这样的绝色美女，是男人都会有想法的。白一梦有一点想不通，这个雷洪最多也就劲宗八阶的实力，怎么敢去招惹气宗三阶的柳明眸？还企图占有人家。而柳明眸居然没把他给杀了，她在顾忌什么？

“是不是我的男宠与你何干？”柳明眸眼中杀机升腾。

“如果他是你的男宠，那你就违背了三庄主不得与非武者结合的旨意，你违抗上意，罪当处死！”雷洪凶狠地看着柳明眸。

贺风静静地看着柳明眸。

“他不是我的男宠，他是一个犯人。”一听到上意，柳明眸沉默了一下，“雷洪，不要以为你是三庄主的红人你就可以不把我放在眼里，现在三庄主死了，你的下一个主子可不一定会放任你任意妄为的！”

“这个可不需你操心，我的下一任主子也许还会让你做我的小妾呢。哈哈哈哈。”雷洪又是一阵狂笑。

“我总有一天会杀了你的。”柳明眸狠狠地说。

“我却在等待你在我身下呻吟的一天。”雷洪狂笑着大步走出画舫。

“那就不打扰柳教官休息了。”贺风转身告辞。

此刻，画舫已经靠岸了。

柳明眸厌恶地看着远去的雷洪，气得一掌拍在圆桌上，整张圆桌爆裂成碎片，茶具茶杯打了一地。

“这个雷洪实在是欺人太甚。”柳明眸长袖一挥，十四个少女退出了大厅。

“你为什么不杀了他？”白一梦掏出一支烟递给柳明眸，“抽一支吧，消消气。”

"因为制度。"柳明眸接过烟，站在窗前，凝视着湖面。

"项家的规矩很多，下血蛊这只是第一步。条条框框，规章制度之多，足以与王法律条相比。随随便便搬出一条都是死罪。你刚刚听到的不得与非武者结合，就是其中一条。武者，只能与武者结合，这是项广定的。目的是为了保证武者后代的质量。从人类进化的角度来说是有道理的，但是也是很残忍的。"柳明眸长长吐了一口烟。

白一梦注视着她的红唇，完全可以理解者她的痛苦。

"项家每年都会从全国各地找到一些具有武者资质的人下血蛊，男的送往南斗山庄，女的送到我这里，这就宣告了这个人一辈子都不能离开了，也不要再想见到自己的亲人朋友了。他现在要做的事只有一件，就是修炼功法，等到有人的武者修为进步到了气宗阶，这个气宗阶的就会再被送往武者帝国。只有进入武者帝国的人才可以寻找配偶，因为气宗阶武者结合的后代一出生就是劲宗阶段的武者!"柳明眸道。

"强强联手自然事半功倍。"白一梦笑道。

"雷洪这个人很恶劣，甚至很可恶！我曾经一度想杀了他，他仗着自己在项三庄主那里得宠，经常调戏，甚至掳走我这里的初级女学员。但是三庄主项锋老是护着他，也不知道是因为什么。我想去武者帝国找项广告状，可惜没有召唤，我是不能随便离开映月湖的。"柳明眸叹了口气。

南斗山庄。

地下室中。

灯火通明。

一具晶莹的水晶棺摆在大厅中央，水晶棺中静静地躺着一具无头的红衣男尸。

这具无头男尸正是当日被千面人魔林碧瑶所杀的三庄主项锋。

另一位红衣男子端坐在高高的宝座上默默地喝着殷红的葡萄酒，看得出来，二庄主项英很愤怒，非常愤怒。

一身白衣的王刀立在一侧。

王刀的身旁站着如同一座铁塔般的雷洪。

"你是说，你没有抓住千面人魔?"项英冷冷地看着王刀。

"是。"王刀微微躬身。

“看来我们是低估了这个千面人魔，上次中我一剑不死，居然还敢再到蓝天学府去。”项英转着酒杯，眼中精光暴动。

“王刀，今天出动了多少人手？”项英道。

“回二庄主话，今天出动了两百人。”王刀道。

“王刀，你明天调出庄中一半人手，乔装打扮，全城搜索千面人魔。”吩咐道。

“是。”王刀道。

“还有，跑掉的那两个刀婢怎么样了？”项英转身看着雷洪。

“柳教官说已有线索，正在全力查办。”雷洪回道。

“我现在赶回武者帝国迎接大哥出关，老三的尸体就由雷洪明天送回武者帝国。我不想大哥一出关就伤心难受。”一口喝光杯中酒，项英大步离去。

“是。”王刀和雷洪躬身行礼。

地下室中。

只剩下王刀和雷洪他们二人。

“王刀……”雷洪转身看着王刀，不由得不低下头，雷洪实在是太高大了，就好像一只老虎在看着一只猫咪。

“雷洪，我知道你想说什么？”王刀仰首看着雷洪，“你认为是我放了那两个刀婢？”王刀还是招牌式的面无表情。

“难道不是吗？”雷洪大笑。

“上次我们到映月湖，我向柳明眸要这两个丫头，你就死活不同意，而其他的女人你却漠不关心。如果不是你和这两个丫头有过床笫之乐，你又何必为她们出头？”雷洪恶狠狠地盯着王刀。

“你要这么想，我懒得管你。”王刀转身准备离去。

“其实我知道原因，那个叫玲玲的女子，她是你的妹妹！”雷洪冷冷一笑。

停下脚步，王刀陡然转身，死死地盯着雷洪！

“其实你放了她们也没用，大庄主只要轻轻一个念头，她们身上的血蛊就会苏醒，她们就都会全身爆裂，死无全尸！”雷洪大摇大摆地在大厅中走来走去。

王刀的嘴角狠狠地抽搐了一下。陈玲是他妹妹这件事只有他自己知道！就是陈玲，都不知道王刀是她的亲哥哥！王刀宁愿亲手杀死陈玲，也不愿意陈玲死在血蛊之下。血蛊致死的死状王刀是见过的。

这么多年来，王刀深藏着这个秘密。因为王刀知道，项广是决不允许自己的属下有亲人存在的！特别是兄弟姐妹这样的至亲！假如这兄弟姐妹的血型相同，那么，血蛊就只能令其中一个人死亡！王刀和陈玲都被项广下了血蛊。王刀虽然吃不准自己和陈玲的血型是否相同，但是，摆脱血蛊的机会起码已经比别人多了一半。兄妹之间，能活下来一个，也是好事。

十年前，王刀第一次到映月湖执行任务的时候。无意中发现了陈玲的右脚掌和自己一模一样。右脚掌都是有六个脚指头的。王刀暗中打听，确定了陈玲和自己是从同一个地方抓来的。

这是一个秘密，一个对于王刀来讲天大的秘密！

“你是怎么知道这件事的？”王刀转身冷冷地看着雷洪。

“哦，”雷洪坐到了宝座上，给自己倒了一杯酒，“前几天你外出，我到蓝天一号去的时候，本来是想和她乐和乐和，没想到小妞的反应很强烈，被她踢了一脚。我抓着她的脚不放，想挠一挠她的脚心，这才让我发现的。哈哈，六个脚趾头的美人，还有一个六个脚趾头的男人，不可能那么巧吧？”

以劲宗八阶的实力，雷洪根本没把劲宗七阶修为的王刀放在眼里，更何况现在，他还有了王刀的把柄。

“其实如果认真看看的话，你们兄妹俩，长得还真有那么一点像！”雷洪大大地喝了一口酒。

“你对她用强？”王刀的眼中杀机弥漫。

“如果不是贺风那个笨蛋非得叫我走，我还真舍不得那个六个脚指头的人儿啊。”雷洪斜眼看了看王刀，“你又何必那么紧张呢，我又没有得逞？哈哈哈哈，现在人不是都被你放走了吗？我可以帮你保守这个秘密，但是你要把你得到的夜明珠给我。”

“你想要夜明珠？”王刀冷漠的脸上突然出现了一丝笑意。

这笑，令雷洪毛骨悚然，因为在雷洪的记忆里，王刀从来没笑过。

但雷洪又觉得好笑，论实力，我是劲宗八阶段，你才劲宗七阶，我为什么要怕你？这么一想，雷洪放松了许多。

“当然了。”雷洪点头，雷洪心中得意，抓住别人小辫子的感觉真好。以后这王刀在自己面前就是一条狗，自己叫他做什么他就得做什么。

“那就给你!”一颗光彩夺目，大约碗口大小的夜明珠出现在王刀手里。

雷洪的眼睛亮了。

“接着。”王刀将夜明珠抛向了雷洪。

一道比夜明珠更加刺眼的刀光亮起!

刀锋划过雷洪的脖子，雷洪那硕大的头颅抛飞而起。

雷洪的眼中是难以置信的震惊和恐惧!

他终于明白了自己和王刀之间的距离了。

“我知道你还听得见，”王刀一把抓住雷洪的头颅，就这么看着他，“你一定很奇怪我怎么杀得了你。让我告诉你，我的真正实力是气宗三阶!”说完这句话，王刀一甩手将雷洪的头颅丢进了那个血色的水塘中。

第十章　王刀的刀

“咕咚”水塘上冒起了一个水泡，雷洪的头颅沉入了水中。

收起夜明珠，王刀从怀中掏出了一个小瓷瓶，滴了几滴绿色的液体在雷洪的无头躯体上。

无头身躯冒起阵阵白色的烟雾，整个地下室瞬间弥漫着尸体烧焦的味道。短短数十秒，雷洪高大的无头身躯就化为了一摊白色的泡沫，泡沫在水晶地板上发出吱吱的响声，一点一点地慢慢消失不见。

王刀狠狠地连喝了几杯葡萄酒，转身离开了地下室。

死了一个雷洪是小事，王刀得去安排人护送三庄主项锋的尸体回武者帝国。

就在王刀离开了地下室之后的十分钟。

那个血色池塘中，似乎有了一丝变化！

原本平静的水面冒出了一个水泡，又冒起了一个水泡……荡开了一层层波纹，紧接着开始翻滚沸腾，像一锅煮开了的水！

一根绿色的藤蔓从血池中伸出，一根又一根绿色的藤蔓自血池中向四周疯狂延伸，大有无穷无尽的味道。一颗如同翡翠般碧绿的大树自血池中缓缓上升，越来越高，越来越高，撞破了天花板之后才停止了生长蔓延！

这棵树上，赫然挂着雷洪的头颅！

那水晶棺中的项锋的无头身躯突然坐了起来！摇晃了一下身躯，跳下了水晶棺，大步流星地走向大树，捧下雷洪的头颅安在了自己的短颈之上！

雷洪的眼睛猛地睁开了，但是看那眼神却不是雷洪应有的眼神，雷洪的眼神阴暗，血腥，没有感情，可这个眼神却是坦荡，大气，王者风范。和项英、项锋的眼神有点像！

这是项锋的眼神！

这是很妖异的场景，项锋的身体，雷洪的头颅！雷洪的头颅中却是项锋的意志！这是一个很不协调的身体比例，雷洪的头颅硕大了许多！

这个也不知道是项锋还是雷洪的身体活动了一下筋骨，噼里啪啦的骨头脆响声回荡在地下室中。

“没想到这个雷洪居然会死在这里？更没想到王刀居然如此之强？”怪异的连体人喃喃着，“大难不死，必有后福。只要再过一天，我的大脑细胞就要死亡了，当真是天助我也。曼陀罗果然是天地灵宝，拥有起死回生的功能！”这个怪异的身躯仰天狂笑，整个地下室似乎都在晃动！

想起了那一日被千面人魔短鞭横扫，自己的头颅幸好落入了这个水塘之中。更没想到这个水塘不仅有神农鼎，还有曼陀罗！一穴双宝，如果不出我所料，必定是当年上古时期，神农鼎中余下了一颗曼陀罗的种子，岁月悠悠，几千年以后的今天终于开始成长。没想到却救活了我。我是命不该绝啊！

“千面人魔，分尸之仇，我必定要将你碎尸万段！”项锋咬牙切齿，浑身上下气息动荡。

复活的项锋看到了水晶棺中的短鞭，那是林碧瑶的短鞭，那条扫断项锋脑袋的短鞭。那是老四项东将短鞭和兄长的尸体放在一起，为了提醒自己时时刻刻不要忘了报仇。

拿起短鞭，紧紧地攥在手里，项锋的双眸中精光暴射，他感受到短鞭上的林碧瑶的气息。

“不过区区劲宗五阶的实力。”项锋长身而起，笔直向上方飞去，撞破天花板，连续撞破头顶三层楼面，冲出屋顶，直线飞升到了上千米的夜空之中！

项锋悬空而立，红色长袍猎猎飞舞。

“呼！”

一股庞大的感知之力以项锋为中心迅速向四周扩散，瞬间覆盖了整个青虹市！

这是什么实力？

这是只有武者修为达到兵宗级别的强者才能拥有的能力。项锋起死回生，因祸得福，一下子从气宗二阶上升到了兵宗三阶，一举突破，完成了好几个等级的跨越！

“嗯？”项锋的眉头一皱，“这千面人魔就在西南方向，可她的气息却在东南方向也隐隐存在，这是怎么回事？一个人怎么可能分身两处？算了，且让你多活一夜，现在先去解决王刀的问题。”项锋做梦也没想到千面人魔是两个人，而且生命气息是一样的。东南方向的是在白一梦家中的林碧瑶，西南方向的却是躲在映月湖的林雨瑶。

项锋化为一道红色流光，激射向西南方向而去。

身化流光，果然是武者修为达到兵宗阶段修为的飞行能力。

二庄主项英绝对是一个低调的人。

以项家的实力，说一句富敌四海也不为过吧？

但是我们的项二庄主开的却是一辆黑色的老款奥迪，这辆老款奥迪此刻正在郊区的高速上飞快地前进着。

看车子的前进方向，俨然是往映月湖而去。

“也不知道大哥出关了没有？一晃，三年就过去了。大哥现在的实力，恐怕已经突破兵宗九阶巅峰状态，进入了化境，达到传说中的大圆满实力了吧？大圆满的武者是什么样的呢？”项英两眼放光，充满了期待。

此次项英赶回武者帝国，一来是恭贺大哥圆满出关，兄弟叙旧。二来是汇报蓝天之巅的情况。以项英的推算，蓝天之巅的宝物就在这几天出关，但是项英隐隐觉得其中隐患重重，有点担心这次的宝物不是那么容易得手的。他需要得到项广的肯定。

“来了。”远处的一座小山峰上，王刀高坐在电线塔上，盯着远远驶来的项英的老款奥迪。

在地下室的时候，王刀就准备截杀项英！王刀知道，项英一定会向项广汇报陈玲和穆婉君逃逸的事情，只要项广一知道，她们两个必死无疑！虽然自己和陈玲不知道是谁死，但王刀可不敢冒险。可是却遇上了雷洪这个混蛋发现了自己的秘密，要挟自己，王刀只能除掉雷洪。这一耽误时间，截杀的地点远了许多，到了映月湖前面。而这座山峰之后，就是映月湖。

王刀可不想引来柳明眸的插手，柳明眸和他王刀隐藏的实力相当，也是气宗三阶。

“那项英虽然也是气宗三阶的实力，但是他的手里有巨阙神剑，再加上有武者帝国掌控者武皇项广传授的最强一击。这一战我只能全力以赴！”王刀对于自己的实力还是很有信心的。在王刀的眼里，不可战胜的人只有一个项广，因为项广是一个武学奇才，项广创立了“广陵八剑”。据说百年前仅仅气宗一阶的项广，曾经在一场大战中，一招斩下十几位气宗九阶高手的头颅！项广不愧是武者帝国的皇帝。

王刀的手中出现了双刀。

正在大吃大喝的白一梦感受到了空间中有过一种奇异的波动。

这是因为项锋的感知之力横扫了整个青虹市，当然也就扫过白一梦的身体了。

白一梦身体中那些空荡荡的骨络之间的空气轻轻地激荡了一阵。

感知之力。

白一梦脸色大变！

这可是兵宗强者的实力！

这天地间还有谁具有这样的实力？

柳明眸不让白一梦回家，白一梦自然就没有回家了。

白一梦还想着在这里过冬呢。

整个画舫中只有两个人，一个男人，一个女人。

男的是白一梦，女的是柳明眸。

白一梦的吃相实在是令人不敢恭维。

狼吞虎咽，满嘴流油，手脚并用，风卷残云。

“有你的地方就是家。”白一梦再一次说出这句话的时候，一边还在舔着盘底的菜油。

柳明眸长长叹了口气。

“你把那两个小姑娘给收了？”柳明眸不相信。

“骗你干什么？”白一梦笑了，“如果你认为我还在骗你的话，我现在告诉你，青虹市来了一个兵宗级别强者你信不信？”

“当今世上兵宗级别的强者只有一个，那就是项广。”柳明眸肯定地说。

“我如果说我刚刚感应到了感知之力，你信不信?”吃饱喝足，再来点水果，白一梦抓着苹果靠在柳明眸的大床上啃着。

“你感受到了感知之力?”柳明眸像看怪物一样看着白一梦。

现在的白一梦对她来说真的是一个梦幻般的人物，却不知在白一梦的心目中她柳明眸也是梦一样的存在，惺惺相惜，挺好。

感知之力是兵宗级别的强者才能发挥的能力，作用是搜索和了解周围的情况，以及确定想找之人的具体位置，前提是还要知道对方的生命气息。每个人的生命气息都是不一样的。要想打破，或者扰乱别人所发出的感知之力，除非你比他还强。兵宗二阶的强者是可以销毁兵宗一阶强者所发出的感知之力的。而兵宗一阶的强者是不可能阻止兵宗二阶强者所发出的感知之力的。实力越强，所散发的空间越是宽广。

白一梦相信，项广的感知之力足以覆盖整个华夏国，这也是为什么，全国上下只要有人成为武者，就会被“请”到这个武者帝国。

白一梦突然想起了红尘姥姥，觉得有点不可思议，红尘姥姥必定是呆在华夏国的某一个地方，她能够感知逃到国外的林碧瑶，那她的感知之力有多广?而且紧接着人也就到了林碧瑶的面前，这又是什么样的速度?

这也是一个可怕的存在!

“真看不出来你懂得东西还不少咯，我现在相信你把那两个小妞给办了。难怪陈玲和穆婉君会看上你，虽然我看不出你有一点点武者修为的痕迹，但你很懂得武者的修炼之道。”柳明眸坐在新的圆桌旁，拿起一根香蕉，笑道。

“你看不出是因为你不像她们一样看到的那么多。我这不是穿着衣服嘛，你能看到的地方很有限。”对于拿着香蕉的女人，白一梦总觉得很逗。

“难道说你的衣服所阻挡的地方就有你的武者修为痕迹?我倒要看看。”柳明眸一挥长袖，白一梦只觉得一阵凉飕飕的强风席卷而来，刮走了自己身上的所有衣物，大惊之下，白一梦护住了自己身上唯一的“兵刃”。

柳明眸头都没有回，自顾自地吃着香蕉。

白一梦如同一只受惊的绵羊，缩在大床的一角，眼巴巴地看着柳明眸的背影。

“那你想不想知道我是怎么把那两个小妞给办了的?”白一梦苦笑道。

“说来听听。”柳明眸拿起了一串葡萄，仰着那细致的脖子，一颗一颗地吃着葡萄。

“就像你现在一样，她们先是吃了我的香蕉，然后我一怒之下就咬住了她们的葡萄！”白一梦还在嘴硬。

“混蛋！”柳明眸一甩手，手里的葡萄砸向白一梦，随着柳明眸这一转身，她看到了赤裸着身体的白一梦。面对飞砸而来的葡萄，白一梦不由自主地拿手去挡，这样，下体也就一览无遗地暴露在了柳明眸的眼前！

当白一梦抓住葡萄的时候，白一梦才意识到自己下面凉飕飕的，急忙用那葡萄护住。白一梦正奇怪柳明眸怎么不骂人，这才发现柳明眸正盯着刚才落在床边的衣物。

在白一梦的衣物之上，是那颗神农鼎中炼制出来的被白一梦放在胸前口袋的金丹。这颗金丹，白一梦原本是为了今夜带回给白若兰服用治病的。

“这是……这是……”

柳明眸欣喜若狂地看着金丹，胸膛剧烈地起伏着，白一梦真的很担心她那青蓝幽幽的筋络会不会爆掉。

“有什么问题吗？”白一梦一手拎着葡萄护住身体，一手拿过衣物准备穿上。

柳明眸看到了白一梦小心翼翼的样子，忍不住“扑哧”一声笑了起来，银铃般的笑声中，微微侧过了身体。一回头，却看到一串葡萄明晃晃地在眼前，还碰到了自己的脸庞。

“你的葡萄，还吃不吃？”白一梦穿好了衣物，笑眯眯地问。

“啊”的一声惊叫，柳明眸向后退了几步，直接出了画舫，往湖中坠落。

饶你是绝世高手不注意之下也会摔跟头。

说时迟，那时快。

白一梦如同一道白色的闪电，射出画舫，一把接住下落的柳明眸，凌空飞驰而去。

柳明眸看着身下越来越小的画舫和越来越远的湖面，惊讶地看着白一梦。

这么多年来，柳明眸在天上飞的日子可不少了，可是被一个男人抱着飞还是第一次。

“你是气宗阶的武者？这不可能，我怎么什么都看不出来？”柳明眸呆呆地看着白一梦的脸颊，喃喃道。

此刻白一梦抱着柳明眸的姿势，和白天二人落水，柳明眸抱着白一梦的姿势几乎一样。只是现在对换了身份，白天是女抱男，现在是男抱女。

“什么叫‘一抱还一抱’？我现在是知道了。不是报答的报，原来是拥抱的抱！白天你抱我，现在我抱你，扯平了。”白一梦低头看着怀里的柳明眸，微微一笑。

“我真是越来越觉得你这个人有意思了。”柳明眸和白一梦相视一笑，“你究竟还有多少的秘密？”

“咱们俩这样抱来抱去，抱去抱来，老是扯平，实在是没什么意思，什么时候才能更进一步呢？”白一梦自言自语道。

“扯平？”柳明眸对这白一梦的脖子轻轻吐气，搞得白一梦心如鹿撞，“你白天害我落水，可还记得是什么？”

“什么？”白一梦刚刚想起自己白天轻咬了柳明眸那胸前的幽蓝的筋络，就感受到了自己胸前一痛，可是柳明眸的角度不对，也可能她是故意的，也可能是因为男人的胸膛肌肉比较有弹力，柳明眸的这一咬，咬在了白一梦的葡萄上！

那种痛并快乐着的感觉，令白一梦一辈子都无法忘记柳明眸。

“善有善报，恶有恶报，依次循环，天公地道。”白一梦笑道。

柳明眸松开银牙，整个人一下子离开了白一梦的怀抱，凌空而立，手指一指远处的电线塔：“白一梦，你看！”

白一梦顺着柳明眸所指的方向看去，看到一条人影正从高高的电线塔上跃下，扑向下方的高速公路！

“走。”白一梦拉着柳明眸的手，迅速向下方飞去。

王刀动了！

从电线塔上跃下的正是王刀。

一道自上而下的、宽阔雄浑的刀气，席卷向下方的高速公路！

王刀的目标是下方高速公路上飞驰而来的十几辆轿车中的一辆。一辆老款黑色奥迪轿车，车里，是二庄主项英！

刀气准确无误地击中了装载着项英的奥迪车！

“轰”的一声巨响，整辆黑色奥迪车瞬间爆裂成了碎片！连带下方的高速公路整个被切断！高速公路严重塌崩下陷，中间的路不见了一大块，露出一个数十米宽的窟窿！

项英惊魂未定地悬浮在半空中，看着消失不见的高速公路目瞪口呆！

更令他震惊的是，项英发现高速公路上其它的车辆全部都定住了，无论是飞起的，侧翻的，落向高速公路下方的，包括车里各种惊恐表情的人们，全部都静止了，定格了！

时间静止！空间定格！

项英的脑海中一片空白！

三百年了，三百年了，项英三百年没有见过这样的场面了！

作为项家的二当家的，项英这三百年来，特别是前期，也曾杀死过众多的强大武者。上次见到能够施展时间静止这种领域级别的高手是在三百年前的一场大战中，那时候的项英还仅仅只是劲宗二阶的实力，只是跟在大哥项广身边摇旗呐喊的角色。

时至今日，没想到世界上还有这样的高手存在！

时间静止是时间领域中的一种能力，类似特异功能。一种精神上的意志念力，精神上的力量，有的人眼神犀利，长时间关注着一张纸，可以引起纸张的燃烧，有的人揉搓着一杯水，耗费一些精神可以让水结成冰。在武者修为的理念里，它属于领域级别的能力，武者的领域，不归属在武者修为之内，但领域的高低却可以决定武者修为的快慢。拥有领域的武者，那可是传说中最有可能突破武者修为巅峰，兵宗九阶大涅槃的凤毛麟角之辈！

没有领域的武者，至少要修炼到兵宗阶段，才能够施展出时间静止，而且会耗费极多的精神力和意志之力！通常来说，都不可能打破时间界限超过半个时辰！

武者中的人中之龙！

领域，武者修为中的一种画龙点睛之笔。

远处山顶观战的白一梦温柔地握住柳明眸颤抖的双手。

又是一道震天动地的雄浑刀芒，呼啸着劈向项英！

“不！”项英感觉到了死亡的气息！

巨阙剑耀起一片猩红光挡在了项英身前！

“轰”！王刀的刀，如同一座山岳般轰击在了项英的巨阙剑上！

项英如同被导弹撞上了一样，疯狂地从空中坠落！项英的身躯砸进了下方的乱石滩中！飞沙走石，一个人形的深坑，深不见底！

王刀的刀爆裂成了片片碎片，王刀的刀只是由普通的钢铁铸成的兵刃。

普通的兵器砸在巨阙神剑这样的千年宝剑上必定粉身碎骨！

“死!”王刀没有丝毫的惊愕和停留，这些早在意料之中！

王刀的身影如同一颗流星般，紧跟着项英砸进了乱石滩中的深坑！两人几乎是同时落入深坑之中！

地下深坑之中。

王刀的刀爆发出它们这一生中最璀璨的火花！

王刀的身上究竟有多少把这样的弯刀，没有人知道，认识他的人只知道王刀浑身上下到处都藏满了这样的刀！

王刀的人就是刀！

刀一样的人！

刀一样意志！

王刀一刀一刀快若闪电地进攻项英！

项英根本没时间反攻，只有拼命挥舞着巨阙剑护住身上的要害！

工刀的刀如浪花一样汹涌而来！

刀碎了！再取！进攻！碎了！再取！再进攻……

深坑之中是快如疾风骤雨的金铁交鸣声！

王刀的每一击都是拼尽全力！

他必须在最短的时间里击杀项英！

项英狼狈地逃窜！不顾一切地逃窜！

整个地底沙石滚滚，追杀在刹那间覆盖方圆数十里的范围！十几米深的地下！这是两台疯狂的挖掘机，而且还是超大功率的挖掘机！

项英浑身是血！

王刀“刷”的一刀在项英的后背撕开了一条长达十厘米，深可见骨的伤口！

王刀这一刀挖掉了项英肩头一大块肉！

项英拼命护着要害，全身上下伤痕累累。

王刀的第一百零三把刀！

王刀的披风里三层外三层的刀套上就快没刀了！

项英冲出了地表飞到了空中。

王刀有如附骨之疽，紧随其后。

“王刀，你疯了！”

项英怒吼着舞动巨阙剑抵挡王刀那铺天盖地，无休无止的狂刀！

项英早就认出王刀了，可惜王刀那疾风暴雨的刀，刀刀致命的杀招，让他连说话的时间都没有！现在，王刀只剩下了手里最后的两把刀，攻势一缓，项英才喘过气来。

“项英，你有巨阙神剑，你命真大！我让你见识一下我王刀独创的最强一击！比之项广传授给你的广陵剑法如何！”

王刀后退了数米，缓缓闭上了双眼，王刀没有时间了！今夜项广即将出关，项广的感知之力那可是覆盖整个华厦国的！他随时都会发现这里正在发生的事，他可是随时都会出现的！

王刀对自己很有信心！

王刀的全身亮起一层耀眼的白光，王刀的整个人越来越亮，在这黑夜中，就如同一个白色的太阳！

“最强一击！”

王刀仰天长啸！

一道亮得刺眼的刀气形成，照亮了整个青虹市！这一道刀气的光芒令人心颤！化为一头猛虎咆哮着，扑向了前方的项英！

“大哥……”

项英绝望地凄厉叫声直冲天际！

凝气成形！这王刀居然将刀气生生凝聚成了猛虎！这是领域与武者修为结合的双重领域境界！

项英彻底绝望了！

夜空中，项英的身前，突然出现一只巨大的手掌！就这样横空出现在浩瀚无垠的黑夜中！

远处，还有一道红光不顾一切地疾射而来！

巨掌直扑那咆哮的猛虎！狠狠地撞击在了一起！

“轰”“轰”“轰”……

接连不断的气爆声响彻云霄！整个天空的气流都在变幻之中！

白一梦感觉整个天空都在颤抖！

身旁的空气都在战栗！

柳明眸几乎要叫出声来，白一梦不知所措之下一口咬住了柳明眸的嘴唇！

“住手！”红光不顾一切地挡在了项英的前面！

巨掌和猛虎都在慢慢消散，最后消失无踪！

王刀浑身颤抖地悬浮于空中，大口吐出了殷红的鲜血，王刀的白衣如今已是一身血衣。王刀那个悔啊！千辛万苦，眼看就要成功杀死项英了，居然被项广给救了。

王刀知道，刚刚那只巨掌就是项广在武者帝国击出的一掌，却变幻时空到这边的战场！

项广就如同一个幽灵一般，保护着自己的兄弟！

这是什么样的实力？项广如今和神又有什么区别？

怕什么来什么，自己就是害怕项广杀死陈玲才会去截杀项英，可如今自己只怕是死无葬身之地了！

“雷……雷洪？”项英茫然地看着红光化成的红衣人。

“不，二哥，我是老三，项锋啊。”这个雷洪头颅项锋身体的红衣人抱着项英。

“老三？老三你活过来了？”项英抱着项锋，兄弟俩哈哈大笑。

王刀冷冷地看着项英和项锋，动了动嘴唇，却发现自己根本说不出话来。

项锋转身死死地盯着王刀：“我现在给你两条路走，一是你现在和我们兄弟回武者帝国，我会当做什么事都没发生。第二，就是你现在可以反抗，然后，我会杀了你。”

“老三，杀了他，给我杀了他，他刚刚要杀我啊！”项英歇斯底里地狂吼道。

项英现在几近虚脱，浑身一点力气都没有了。要不然他早就一剑剁下王刀的脑袋。

“不错，刚刚要不是大哥出手，我根本来不及救你。可是大哥也没有再出手杀他。我想大哥的意思应该和我是一样的。这个王刀，将来还有大用处。二哥，先回去疗伤吧。至于怎么处置这个王刀，我们听大哥的意思。”项锋大步走向王刀，在空中走路，就如同在陆地上一样。

“你杀死雷洪，还有你想杀死我二哥，都是因为你的妹妹陈玲。你只要臣服于我，我就让我大哥解除你妹妹的血蛊之毒。怎么样?”项锋看着王刀。

王刀沉默了。

“二哥，你不会介意吧?”项锋知道王刀担心项英。

“放心吧，老三。”项英哈哈大笑，“千军易得，一将难求，能够得到一位气宗三阶，而且竟然具备时间和刀法，这样双重领域的武者，就是让大哥解除一百个血蛊之毒，我也乐意啊!”

“走吧!”项锋大手一挥，解除了王刀布下的空间静止，率先向映月湖飞去。

项英紧随其后，长长地叹了一口气。

王刀看着因为这一场大战而满目疮痍的如同经历过一场八级地震的市郊，尾随而去。

白一梦目送着项锋、项英、王刀三人一个一个坠入映月湖中。

等到湖面恢复了平静。

白一梦这才抱着柳明眸飘然落下，落在了映月湖边的小山丘上，这才松开了嘴。

这一场千年难得一见的旷世大战实在是太惊心动魄、骇人听闻了!

如果不是亲眼所见，白一梦无法相信这些，都是人类做出来的事。

目睹了这样一场旷世大战，对于白一梦是震撼的。

王刀的凶猛。

项英手里的巨阙神剑这样的神兵利器的好处。

如果今天巨阙神剑是在王刀的手里，那么就算十个项英，十个复活的项锋只怕都敌不过!最可怕的还有那神一样存在的项广!

“那个所谓的武者帝国应该就在映月湖底啊，可是这也是最奇怪的地方了，那么大的一个武者帝国，武林王朝，怎么可能在这么小的地方?一百多万人呐!”白一梦感慨道。

“这个王刀隐藏得太深了。项锋居然复活了?而且还是顶着雷洪的脑袋。项广的武者修为已经达到了兵宗九阶巅峰之上了，应该就是所谓的大圆满大涅槊了。现在的项广应该称之为武神，而不是武皇了。”柳明眸喃喃道。

同样作为武者，看到别人一个个日进千里，长虹贯日，心中自然会有所感慨。

“白一梦，你的金丹呢?”柳明眸突然道。

“在这里啊。”白一梦拍了拍胸口。

“你能告诉我你这金丹是从哪里的来的吗?”柳明眸道。

“告诉你也可以，可是刚才的事也要扯平的啊。南斗山庄的神农鼎在我手里。是为了救治我的妹妹，我才去偷的。结果顺路救了陈玲和穆婉君两个丫头，还有千面人魔。后来我发现了鼎里还多了这颗金丹。情况就是这样，句句属实，绝无半句虚言。”白一梦认认真真地说完。

“你又来了，”柳明眸红着脸挽着白一梦坐下，“你现在认真听我说。如果我没猜错的话，你的这颗金丹，就是还魂丹。传说，当年神农氏尝百草，最后死在断肠草下。当时神农氏想为自己炼制解药，药材乃是当时天下仅存的两颗曼陀罗，岂料火候不足，三昧真火泯灭，神农鼎只是炼制了一颗曼陀罗。神农氏因此而死。如果是这样的话，那么今天的项锋复活，就是因为那颗曼陀罗。而你手里的金丹，应该就是另一颗曼陀罗现在的成型丹药。”柳明眸认真想了一下。

“还魂丹?”白一梦兴高采烈，“就是什么病都治得好的灵丹妙药了?若兰有救了!”

“是的，你现在可以去救你的妹妹了。不过我担心一件事啊。”柳明眸笑得很暧昧。

“你担心什么?怕这丹药有别的效果?”白一梦急道。

“不是，我是在想，你的妹妹如果也像你一样好色成狂的话，这世上不知得有多少男子要遭殃了?”柳明眸笑得不亦乐乎。

白一梦只好转移话题：“哦，你看。在下面停着的那辆黑色金边的跑车是我兄弟的，你帮忙照看一下，那辆小面包你收起来好了。”白一梦指着山丘下方的湖边沙滩，那里，被林雨瑶开出来的彗星。

“你这个兄弟挺有钱的嘛。”柳明眸笑道。

人要是喜欢上了一样东西，你就会觉得她怎么看都是美的，白一梦觉得柳明眸浑身上下都深深吸引着自己，自己已经着了魔一样地爱上了她。

“你……”柳明眸整个人因紧张几乎僵硬了，她看出了白一梦的心思，也不知道自己现在应该怎么办？可是，却莫名其妙地滴落了一滴泪珠。

“你?”白一梦慌了，手足无措地坐在草地上。

看着柳明眸默默地流泪。

女人的眼泪永远是对男人最具备杀伤力的武器。

白一梦从后面静静地抱着柳明眸，抱得很紧，越抱越紧，恨不得把她装进自己的胸膛，让两人融为一体。

柳明眸侧首靠在白一梦肩上，和白一梦的脸，紧紧地贴在一起。

这是白一梦今天第三次抱着柳明眸了。

柳明眸身上那桃花般的体香让白一梦彻底醉了。

我知道你的身上也有血蛊之毒，我知道你也是被项家抓来的，我知道你无亲无故，无牵无挂，我知道你已经在这里孤独无聊地呆了很多年，我知道你没有自由，没有方向，我知道你很无助，我知道你很空虚，很寂寞，很冷，我知道你需要我，因为你已经爱上了我……

白一梦低头在柳明眸的耳边轻轻诉说着。

柳明眸长长的睫毛轻轻颤抖着。

静静的夜空下。

两人就这么静静地相拥着。

感受着彼此的体温，呼吸，气息，味道。

白一梦从来不觉得喜欢一个人就一定要得到对方的肉体。

这种灵魂之间的交融，心意之间的缠绵，更加令人沉醉。

也不知道过去了多久。

柳明眸突然从白一梦的怀里坐了起来。

一瞬间就恢复了常态。

女人的伤感是很奇妙的，来得快，去得也快。

“白一梦，你该去做你该做的事了。”柳明眸在白一梦的额头上轻轻地一吻，巧笑倩兮地转身向山下跑去。

那飘飞的秀发。迎风舞动的金色长裙。还有那绿茵茵的草地。一切恍如在梦中一样。

直到柳明眸的身影消失在远处的深林中，白一梦的思绪才回到现实。

“我现在去救治我的妹妹。美人，你一定要想着我啊……我会回来的……”白一梦长身而起，凌空飞去。

白一梦知道柳明眸的苦和痛。

“你知道，你什么都知道，但是，你却知不知道，不久后，我要成为别人的新娘!”泪水再一次冲出眼眶，柳明眸痴痴地喃喃着。

山下的一颗高高的大树上，柳明眸抬头看着空中越来越远的白影，眼神中跳动着奇异的光芒。

白一梦有一种负罪感。

家里还有三个女人，可自己却又爱上了一个。

梦幻般的柳明眸。

如果说对林碧瑶、陈玲、穆婉君三人是因为同情和爱怜的狂欢的话。

那么对于柳明眸，就应该是对于梦的真实触及，心灵的触碰。

第十一章　真正的男人

白一梦想起了自己的两个兄弟，心里觉得很舒坦。

富甲一方的邱志爵邱大少。

衣食不愁的肌肉人皇甫浩泽。

有这两个兄弟也挺不错的。

白一梦仰望着远方天际的曙光。

天就要亮了。

白一梦突兀地在空中停住了。

白一梦感受到了一种奇异的波动。

他的身体骨骼空间中又一次荡起了微微的波纹。

只是这一次的震荡没有刚才感受到的感知之力那么明显。

“这是……这是……”白一梦努力搜索着记忆里对于这种波动的解释。

“这是有人从常人突破到了武者的天地感应!”白一梦大惊!

天威浩荡，大地庄严，但凡这个天地之间，这个空间之内有什么超越平凡，凌驾于世俗之上的力量产生，天地就会赋予这样事物一定的资质。每一个生命，每一样存在世间的东西，都有其存在的意义。这是《昊然正要》对于武者与天地关系的一种解释。

白一梦猛地回头望着远处的青虹市。

这股奇异波动的根源就是来自青虹市。

“有人从常人突破进入劲宗阶段了!”白一梦目瞪口呆，“如果是有人从常人成为武者，那也就是说不只有我知道了这件事，还有项家。项家这么多年来垄断了武者，他们必定有他们的一种寻找武者的方法和手段，甚至，这个世界上每一个可能成为武者的人都在他们的监视之中。”

白一梦有一点窒息的感觉。

项家就如同那一只巨大的手掌，控制着这个世界。

这世间的一切也都在他们的控制之中。

“不好!”白一梦脸色大变。

青虹市拥有着数百万人口。

但白一梦一直以来认为最强壮强悍的人却只有一个。

这个人就是皇甫浩泽!

“没错，肯定是他。”白一梦掉转方向，使出了平生最快的速度向青虹市掠去!

“我的兄弟啊，你可千万不能被抓走啊!”白一梦心中呼喊着。

皇甫浩泽，虽然你的房子只有一百二十平，虽然只给了我一个小房间，起码那也是精装修的住宅房，总比在外租房子强多了!

皇甫浩泽你虽然做菜只会做烤牛肉，而且基本上都是七分熟，但是天天都有，源源不绝。虽然你睡觉打呼噜很响，而且很没有节奏感，没有美感可言，但我已经习惯了。晚上没有你的呼噜声，你叫我怎么睡啊?

白一梦想着皇甫浩泽的种种好处，发了疯似的向青虹市前进。

皇甫浩泽正在喝酒。

酒是好酒。

好酒还需品者高。

如果你问皇甫浩泽谁是他最尊敬最热爱的人。

皇甫浩泽会告诉你。

我爱杜康。

而邱志爵所尊敬热爱的事物也姓杜。

叫杜蕾斯。

这是一坛子珍藏了二十年的女儿红。

这是当年皇甫浩泽的父母出国的时候留给皇甫浩泽的。

想要喝到这坛好酒，你皇甫浩泽必须找到心仪的女孩成亲了才能喝到。

直到今天为止，皇甫浩泽终于可以大胆地取出这坛子女儿红喝个痛快。

皇甫浩泽没找到女孩，也没成亲。

他现在可以喝这坛的女儿红的原因是因为有人让他喝。

而这个人。

就是邱志爵。

邱志爵失恋了。

皇甫浩泽从来没见过邱志爵哭过，而且还哭得这么伤心，这么的撕心裂肺，鬼哭狼嚎，呼天抢地！

男儿有泪不轻弹，只因未到伤心处。

邱志爵失恋的原因很简单，于思思对他说清楚了。

"什么叫我是好人？我什么时候是坏人了？"

"什么叫我会找到真正属于我的幸福的？我本来就很幸福，是她把这个幸福打破，撕裂。"

"什么叫我们将来还可以做好朋友？难道现在我们就不是朋友吗？"

皇甫浩泽从来都没听邱志爵说过这么多的话。

邱志爵一说就说了几个小时。

话说多了，口就会渴，口渴了就要喝东西，整个冰箱里的葡萄酒都喝完了，最后邱志爵居然还能从皇甫浩泽的床底下找到这坛女儿红。看到邱志爵在喝这坛子女儿红的时候，皇甫浩泽想阻止已经来不及了。

现在的皇甫浩泽很烦恼，哪天老爸老妈回来了怎么交代？皇甫浩泽也想哭。

现在的邱志爵很爽，很痛快，终于找到了那种麻醉的、飘乎乎的感觉。泪流满面的邱志爵乐呵呵地抱着皇甫浩泽。

偌大的客厅里，这两个大男人抱头痛哭。

林碧瑶、陈玲还有穆婉君不知所措地坐在一旁的沙发上。

这是白一梦的两个好兄弟给她们留下的第一印象。

看到白一梦的房间里居然一下子走出来三个美人，邱志爵更伤心了！

“阿泽，我现在是知道了什么叫：‘不鸣则已一鸣惊人’。”邱志爵擦干眼泪。

“我也知道了什么叫‘金屋藏娇，左拥右抱’。”皇甫浩泽仰天长叹。

忽然，邱志爵的表情凝固在了脸上。

皇甫浩泽站立起来的身躯也定格了！

窗外的阳光还是那么的明媚。

劲宗阶段的陈玲和穆婉君和林碧瑶也定格在了沙发上静静地坐着。

窗外，一身蓝衣的贺风出现在了这幢公寓房十五层的位置。

贺风的脚下踩着一个如同盾牌一样的黑色飞行器，这个飞行器的形状有点类似一只蝙蝠，红彤彤的眼睛，屁股上轻轻喷射着蓝幽幽的火焰。

乍一眼看去，你会以为贺风的脚下是一只硕大的黑蝙蝠。

仅仅劲宗六阶的贺风是武者观察团青虹市这一块的负责人。

他的职责是训练南斗山庄的武者剑法，还有发现武者，捉拿武者，押送武者到南斗山庄。

贺风在南斗山庄的制度中格外受到项广的恩赐，而一个能得到上峰最高统治者恩赐的人，必定有他的过人之处。

贺风的过人之处在于他的头脑。

比如他现在脚下站着的蝙蝠飞行器就是他贺风的杰作。这个蝙蝠飞行器不仅可以飞行，还能追踪突破进入武者之人，锁定突破之人的位置，同时还具备寻找血盅逃逸者的功能，还有武者修为高低的判定作用，更厉害的是可以小范围时间静止。

贺风是一个创造型的人才。

千里马常有而伯乐不常有。

这个世界上没有任何一个人是庸才，庸才和人才的区别仅仅在于伯乐的高下。

贺风一直以来都认为项广是他的伯乐。

看到房内的情况，贺风是又惊又喜。

喜的是踏破铁鞋无觅处，得来全不费工夫。

陈玲和穆婉君居然在这里被找到，还意外找到了千面人魔林碧瑶。

惊的是那个刚刚突破进入劲宗武者的人居然不在这里。

贺风不明白这是怎么回事。

蝙蝠飞行器两眼中的红色激光在房内五人的身上来回扫荡。

贺风挽起袖子，按下了金色手表的边缘。

“贺风，什么事?”手表中传来一个浑厚的男声。

“孟总管，我所在的青虹市区域刚刚产生了武者波动，我现在就在现场，可是我却怎么也发现不了那个武者的踪迹?”贺风急道。

“莫非那个武者逃逸了?”手表那边的浑厚男声，孟总管也呆了一下。

“不可能，”贺风否定，“刚刚进入武者阶段的常人为什么要逃逸?他根本不知道我们的存在。”

“会不会是机器出了问题?”孟总管的声音还是那么不急不慢。

“机器一切正常，我想……”贺风还想说话。

“贺风啊，会不会是你神经过敏?最近疲劳过度造成的错觉呢?我看你就不要太紧张了。只要是武者，今天找不到，不代表明天找不到。总会找到的。凡人拥有了一点过人的能力，免不了到处张扬，耀武扬威。多注意电视和报纸就行了。”孟总管呵呵笑道。

“可是，孟总管……”贺风还想解释，希望上司派人过来。

“不要可是了，不能确定的事就不要做，浪费时间不说，还搞得劳师动众，今天是城主出关的大日子，举城同庆，你就不要搞事情了。平时你的事已经够多了。”孟总管的语气永远是那么不疾不徐，滴的一声，关闭了对话器。

贺风满脸通红地愣在那里。

不怕狼一样的敌人，就怕猪一样的队友，更何况是上司呢。

贺风走进了房内，一把拿过皇甫浩泽手里的女儿红，坐在茶几上大口大口地喝着，眼光逡巡在房内定格的皇甫浩泽和邱志爵的脸上。

“老子起得比鸡早，睡得比狗晚，还不是为了武者帝国的事情，你们这些尸位素餐混吃等死的混蛋，就知道贪图安逸，分享功劳!如果我带着一个武者回去，那又是你们领导有方了，庄主的赏赐你们又死皮赖脸地来瓜分了。现在找不到这个突破的武者，虽然将来也会找到……”贺风大骂了一通之后，冷静了下来。

贺风总觉得这次的事情不简单。

对于自己制造的蝙蝠盾贺风从来没怀疑过它的性能，但是一个人进入了武者阶段又在瞬间恢复常人，这种事情可是从来没有听说过。树种可以长成大树，但是你让大树又变成种子，那是不可能的。

同样的道理，常人突破到了武者，就再也不可能变成常人，一个人通过学习锻炼具备了某种能力，他可以隐藏这种能力，甚至不使用这种能力，但不代表这种能力会消失。

虽然一个小小的武者算不了什么，可贺风不希望自己的工作出现什么闪失。

“干脆，一不做二不休……”贺风目光一寒。

不管这个诞生的武者是邱志爵还是皇甫浩泽，宁可错杀三千，绝不放过一个！

贺风拔出了腰间的软剑。

“喝了人家的酒，还想要人家的命。你这样可就太不厚道了。”随着一阵朗朗的笑声，一身白衣的白一梦气定神闲地悬浮在窗口。

“谁？什么人？”贺风大惊，软剑一振，剑尖直至窗外的白一梦。

这个世界上居然还真有漏网之鱼！存在其他的武者！而且这个男人的武者修为远远在他贺风之上！能够无视时间静止的武者，御气飞行，最少也是兵宗阶段的高手！贺风又哪里知道，白一梦是因为他那奇异的身体构造，而对时间静止忽略了。别说是兵宗那样的强大修为，他可是连劲宗的基本修为都没有的人啊！

可是这个人浑身上下看哪里也没看出一点点武者修为的痕迹。

贺风汗水下来了。

对方如果要杀他，动一动手指头就行了！

“我是谁不重要，重要的是你还想不想活命？想活命的话，还不快滚。”白一梦努力控制着额头上渗出来的汗珠，微微一笑。

贺风大喜过望，小命总算是保住了。以他区区劲宗七阶的修为，他也不想不自量力自取灭亡：“前辈，晚辈贺风，乃是武者帝国的教官。前辈修为之高，实在令人钦佩，晚辈想邀请前辈移驾南斗山庄，面见我们庄主，一同把酒言欢，不知前辈意下如何？”

白一梦既然没有恶意，贺风心想，这样一个能够隐藏武者气息的高手如果被他引进给项英，必定是大功一件。

“那就不必了，”白一梦控制着狂跳的心脏，努力保持镇定，“我对加入武者帝国毫无兴趣，你还是不要白费唇舌了。”

加入武者帝国？如果让项英知道自己只是一个能够御气飞行而毫无半点武者修为的货色，那岂不是糗大了。项英一好奇，岂不是要把自己大卸八块，好好地研究一番？白一梦可不想被人研究。

“前辈无意前往，那晚辈只有恭敬不如从命。前辈要求晚辈不杀这二人。晚辈定当从命。可是这三个女人，两个女人是我武者帝国的逃兵，一个女人是我们捉拿的要犯。前辈保护得了一时，却保护不了一世！前辈又何苦得罪我们武者帝国？”贺风还是不死心。

“这两位兄弟是我的好友，至于这三位女人，都是我的。一个男人，若是连自己的女人都无法保护？兄弟都无法帮助？那武者修为再高，又有何意义？”白一梦的声音虽平静，语气却是斩钉截铁！

听到这，贺风彻底沉默了。

曾几何时，他贺风也有一个温暖的家庭。父慈母爱，贤妻幼子，一家其乐融融。可是他贺风，为了武者修为上的造诣，为了得到武者世界的宝物，来进行他醉心的研究发明，毅然加入了武者帝国！从此与世隔绝，与父母妻儿不再相见。用他的自由，来交换心中的理想。

贺风一直在问自己，这一切值得吗。

没有人告诉他答案。

可是这个男人，却是为了朋友和女人。不惜生命，得罪他贺风不要紧。他得罪的是项家，就是等于得罪了整个武者帝国，和这几百年来全世界的武者为敌！

他这样做，也值得吗？

真正的男人，到底是亲情重要？妻儿重要？朋友重要？还是自由重要？或是理想重要？更或是生命重要？

当这一切发生冲突，需要抉择的时候，到底应该怎么选择呢？

而自己现在的选择到底是对是错？

难道自己当年错了？

贺风如遭了五雷轰顶的呆呆站在原地，眼中是一片迷茫。

“你怎么了？莫非是要逼我出手？”白一梦以为贺风是个强硬的角色，只好硬着头皮威胁道。

“既然如此，相信前辈对于武者帝国，对于项家都已经略有知晓了。晚辈只是为前辈的安全堪忧，武者帝国中，像前辈这样的强者实在是多如牛毛！在此，贺风只有预祝前辈好运了。”贺风回过神来，矛盾地看着白一梦。

白一梦在这一瞬间突然觉得这个贺风变了，变得很失落，很消沉。

就好像一个圆鼓鼓的气球突然之间被戳破了一个洞。

对白一梦一抱拳，将软剑收回腰间，贺风大步走向窗口准备离开。

“来都来了，怎么着也得留下点东西吧，就当是喝了酒，留下的酒钱好了。那个蝙蝠盾留下吧。”白一梦的语气很平静，只要卸掉了贺风飞行的依赖，白一梦的性命就算是保住了。

贺风没有任何反应，将蝙蝠盾放在了茶几上，一跃跳出了窗口，十五楼的高度，对于劲宗来说还真不算什么。

看着贺风远去的背影。

汗水已经浸透了白一梦的后背。

以白一梦只能御气飞行的能力对上劲宗七阶的贺风简直就等于找死！白一梦可以逃，可是他就没办法保护屋里的五个人了。

白一梦决定赌一把。

这一把他赌赢了。

白一梦几乎虚脱地躺在沙发上。

这可是拿六个人的生命在豪赌啊！

一个男人最基本的标准，就是要能够孝敬自己的亲人，保护自己的女人，帮助自己的朋友，守护自己脚下的土地！

这是作为一个男人最基本的标准！

也是白一梦这一生中最大的底线！

白一梦仰头看着这五张最熟悉的脸孔。

开心地笑了。

但是，白一梦也知道。

暴风雨就要来临了。

贺风的话是对的，项家绝不容许，任何拥有武者修为的人在俗世间游荡。否则项家这几百年来捉拿武者的行为就毫无意义了，顺我者昌，逆我者亡。这件事不会就这样结束。

这仅仅只是开始。

今天吓跑了贺风，明天还会有张风李风甚至是龙卷风过来抓人。

白一梦决不允许任何人侵犯自己的底线，纵然他自己只是一个弱者，无力反抗这强大的压迫。

时间静止消失了。

这一路上疯狂飞行，拼尽全部力量的白一梦却睡着了。

很多人在遇到天大的压力无力反抗的时候都会逃避，宁愿自己活在梦幻中。

可是现实总是会醒的。

总是需要面对的。

林碧瑶的厨艺明显比皇甫浩泽强多了。

一个天上，一个地下。

皇甫浩泽乐呵呵地打着下手。

以后再也不用天天吃七成熟的牛肉了。

邱志爵认真对比下来，终于不得不承认白一梦的眼光绝对是在自己之上！

穆婉君的青春活泼。

陈玲的知性优雅。

林碧瑶的百变风情。

又岂是一般女子所能比拟的。

而且这三位都是那么神秘，善解人意。

邱志爵想起了于思思。

自然也就想起了酒。

而且还是烈酒。

紧接着邱志爵哭了。

因为邱志爵发现，自己一直以来那引以为豪，灌倒一切美女的酒量，竟然喝不过穆婉君这样一个青春靓丽的小丫头。

“喂，我说邱二弟。你一个大男人，这一天到晚哭哭啼啼的像什么样子？难怪你会失恋。换了是我也会和你分手的。太丢人太窝囊了。”穆婉君喝完手里的整瓶红酒，瞪着大眼睛鄙视地看着邱志爵。

“你是说我这个样子很窝囊?”邱志爵不服气。

“废话，你看看你现在这个样子。和你喝酒简直对不起自己的肠胃。喝得少也就算了，还喝得慢，一点男子汉的气概都没有，谁会看上你啊?”穆婉君拎着酒瓶大大咧咧地说。

“那怎样才能不窝囊?怎么样才能有男子汉气概呢?”邱志爵挺了挺胸膛，瞪着穆婉君。

邱志爵这辈子最怕女人看不起自己了，于思思看不上自己也就算了，如果连穆婉君这样的小丫头都看不起自己。那以后还叫他怎么混?

“很简单的啦。你只要多学着点我们小白就行了。”情人眼里出西施，穆婉君觉得白一梦就是世界上最完美最英俊的男人。

“一哥有甚好的?整天就知道看一些奇奇怪怪的书。唉，都说书中自有黄金屋，书中自有颜如玉。我以前怎么从没听他提起过你们?难道你们都是从书中蹦出来的?你是妖怪?”邱志爵跳了起来，假装恐怖地看着穆婉君。

“你才是妖怪!我叫穆婉君好不好?再说了，你见过像我们三个这么漂亮的妖怪吗?”穆婉君没好气地瞪着邱志爵。

“看来我以后真的要多看书才行!”邱志爵认真地点了点头，充满了自信。但很快又摇了摇头，“难道说我多看书就能得到于思思的心?这看书和泡妞有关系吗?这根本就是风马牛不相及的事好不好?”

“二弟啊。”陈玲端着菜从厨房出来，听到了邱志爵的话，笑道，“看书虽然不一定泡得到妞，但是泡妞却是需要方法的。你的那个于思思女神，就是一本你到现在都没看懂的书，所以你得不到她的心。你只有看懂了这本书，自然也就得到了她的心。”

“照这么说，于思思就是一本书了。而这本书，我居然看不懂?所以这本书，我就得不到?”邱志爵心有不甘。

“你想看懂这本书，就要认真品味这本书的内容。而不仅仅只是看到它的封面和书名就下判断。你要跟随着这本书的精彩而精彩，随着她的情节悲伤而悲伤、快乐而快乐。而不单单只是看着她的美丽，就想要在这本书中加入一个自己这样的角色。”陈玲摆放着菜肴，含笑道。

邱志爵的眼睛亮了。

“我明白了。”邱志爵重重地点了点头，“我不应该去改变于思思的生活，哪怕是我自己觉得很美好的生活。我要做的，是去融入她的生活！知道她的心思，思她所思，想她所想。帮助她去实现她的想法。这样，才能俘获她的心。”

邱志爵一拍脑袋，哈哈大笑：“‘嫂子’真是一语惊醒梦中人啊！哈哈。”

邱志爵整个人瞬间精神焕发，颓废一扫而空。

“你看这家伙高兴得，唉，现在知道怎么做了吧。”穆婉君也不由得笑出声来。

“一哥果然是一哥，给我找的‘嫂子’个个都是高人啊。”邱志爵狂叫着冲进了白一梦的房间。

“但是爱之深也就恨之切，如果那个叫于思思的姑娘还是不睬二弟，你说他到时候会何等的伤心？”陈玲深思道。

“那只能说明他们有缘无分，凡事只要用了心，就没有遗憾。就好像我们，爱了，就无怨无悔。即使这个爱的时间是那么多短暂。”穆婉君也陷入了沉思。

她们知道，血蛊之毒虽然一时半会之间不会爆发，项家也找不到她们，可是只要毒没有解，就难逃一死。

她们哪里知道，她们才刚刚躲过一劫，避过了贺风的捉拿。

第十二章　白若兰的秘密

白一梦梦到自己在喝汤。

又香又甜的汤水。

白一梦从没吃喝过这么好喝的汤。

这是什么汤？

白一梦听到了邱志爵的笑声。

白一梦以为自己在做梦。

白一梦又听到了邱志爵的声音。

“这是什么情况？这么大的一颗药丸？做什么用的？”邱志爵的声音很震惊。

“一哥现在这么累，是应该好好补补，先把这一颗药丸给他吃了。”邱志爵的声音兴奋极了。

白一梦觉得自己很热。

非常非常地热。

五脏六腑好像有一把火在烧。

熊熊地燃烧。

白一梦猛地睁开了眼睛。

看到了邱志爵。

还有邱志爵手里端着的一碗汤。

一碗金色的汤。

“你刚刚给我喝了什么?”白一梦的整张脸大汗淋漓。

“一哥你醒了?”邱志爵惊喜地看着白一梦。

“哦，就是床上的那颗大药丸啊。”邱志爵看着白一梦，“你刚刚在沙发上睡着了，我们就把你抱进了房间，我看你又累又虚，就把这个药丸泡水了喂你喝。”

白一梦无语啊。

天呐，若兰的病怎么办?

自己这是怎么了?

白一梦的整张脸都变成了赤红色。

白一梦有种喘不过气来的感觉。

白一梦的全身在吱吱冒热气，就好像被煮熟了一样。

他必须拼命地尽快地呼吸。

太热了!

“一哥你怎么了?”邱志爵发现了白一梦的异样，瞬间脸色苍白，急切地问道。

“吃饭了。”穆婉君打开门看到了地上翻滚的白一梦和手足无措的邱志爵。

“一哥不知道怎么了?他现在好像很痛苦。”邱志爵大叫道。

随着邱志爵的这一声大叫，外面的人全部冲进了房间。

“马上打电话给医院。”皇甫浩泽掏出了手机。

“慢!”林碧瑶和陈玲几乎同时阻止道，“大家不要动他，我们是帮不上什么忙的。”虽然心急如焚，可是却也无可奈何。

“告诉我发生了什么事?”林碧瑶焦急地看着脸色惨白的邱志爵。

邱志爵结结巴巴地诉说着经过。

“你们两个出去，我们来帮助他散热。”林碧瑶当机立断，将邱志爵和皇甫浩泽推出了房间，关上了房门。

白一梦腹中那金色的液体在沸腾。

瞬间涌向白一梦的全身，流遍白一梦的体内。

这金色液体以无与伦比的速度包裹了白一梦体内的每一处器官，每一块肌肉，每一根骨骼，潜入每一根神经!融入每一滴血液!侵入每一个细胞!涌向大脑，疯狂吞噬着原来的一切！刺入白一梦的灵魂最深处！

白一梦的全身在大爆炸！这金色的液体在吞噬了原来的一切！这是一场惊人的爆炸！毁灭！组成！再爆炸！再毁灭！再组成！重生！再重生……

白一梦体表的每一寸肌肤，每一个毛孔，都渗出来丝丝血珠！白一梦的体内如同火山爆发！

白一梦的身体正在进行一场大改造，大加工！

这一些只发生在短短几分钟之间。

一切归于平静。

只留下白一梦粗重的喘息声。

白一梦单膝跪地，全身上下的衣物在已化为虚无了。

呼吸渐渐平和。

林碧瑶、陈玲、穆婉君三人焦急地看着白一梦。

白一梦闭着双眼，感受着丹田之中那雄浑的内力，原本那空旷仅仅只有一个神农鼎的丹田，如今却是金气环绕，金色的气流浩浩荡荡地弥漫整个丹田世界。原来神农鼎存在的这个体内世界，丹田世界出现了一颗金色的内丹。

内丹形成，白一梦的脑海之中、灵魂深处汹涌澎湃着精神之力、意志之力。

白一梦睁开了眼睛，长长吐了一口气。

"白一梦，你现在怎么样了？你没事吧？"陈玲关切地问。

"你刚才的样子好可怕。我们都担心死了。"穆婉君也急问道。

林碧瑶静静地看着白一梦，感受着白一梦的变化，突然眼睛一亮："你突破了？快说说，达到什么样的武者修为了？"

"不错，"白一梦撩了撩林碧瑶的秀发，"按照我的估计，我应该达到了气宗五阶的修为了。"

"不过，还有一件大大的惊喜！"白一梦突然往后退了几步，笑看着三位佳人。

"什么惊喜？"三人几乎是异口同声，气宗五阶已经够惊人了，还有什么比这更惊人的？

"你们看。"白一梦缓缓往右边走了一步。

"什么？"三位佳人简直不敢相信自己的眼睛。

因为在白一梦离开的位置，站着一个和白一梦一模一样的人！

两个白一梦！

两个白一梦微笑着意气风发地看着她们。

“这是分身术？”林碧瑶目瞪口呆。

陈玲和穆婉君看看左边的白一梦，再看看右边的白一梦，说不出话来。

这场景，太诡异了，太神奇了。

“确切地说，我们是同一个人。”两个白一梦一起开口笑道。

“但也可以这么说，他是我的复制体。”右边的白一梦笑道。

“而我是他的分身，我们之间，心灵相通，互相感应。”左边的白一梦笑道。

还魂丹的药力太强悍了，对于一个快死的人来说，它的所有药力可以令这个人起死回生，迅速恢复健康。可是对于白一梦这样健康强壮生命力旺盛，甚至天赋异禀的人来说，这强大无匹的药力实在是无处发泄，白一梦的身体无法承受这些药力，这些药力只能自己寻找发泄突破的地方，再造了一个白一梦。

两个气宗五阶的白一梦，堪比一个兵宗武者修为的强者。其中复制体白一梦更加强悍，他是由还魂丹的药力再造而成，近乎虚无，只有白一梦本尊想让你看见他的时候，你才能看得见他，否则，只有实力在白一梦本尊之上的强者才能够感受到他的气息与存在。

这个白一梦的复制体简直就是一个隐身人的存在。

虽然林碧瑶和林雨瑶是双胞胎孪生姐妹，可是却和常人一样，是两个人，你不知道我在想什么，我也不知道你在想什么。这两个白一梦却心灵相通，互相了解。林碧瑶和林雨瑶各自的修为都要靠自身的努力，各自的修为也归自己所有。可是这两个白一梦却是水涨船高，互相影响。

三位佳人傻眼了。

两个白一梦合二为一。

白一梦坐在了床上，也请她们坐了下来。

白一梦详细向三位佳人讲述了这几天发生的事情。包括还魂丹的由来，林雨瑶的逃逸，映月湖畔的王刀袭击项英，项锋的复活，项广的可怕，还有贺风的到来。

穆婉君泪眼朦胧地抱着白一梦又亲又啃，想到白一梦以手无缚鸡之力，吓退劲宗七阶的贺风，不禁泪眼朦胧。

林碧瑶静静地看着白一梦，也为白一梦的大胆震撼！

陈玲笑道："现在你要是再遇到那个贺风，就真的不用心虚了，你现在可是气宗五阶的强者，而且还是两个气宗五阶。"

"是哦。小白，前几天我们三个你一个都打不赢，现在就是我们三个联手也不够你一招的了。"穆婉君喜欢叫白一梦小白，白一梦很无语。

"这倒是实话，我现在可是背后有人的！"白一梦笑着看了看身后浮起的分身白一梦。

"可是此地也不宜久留，那个贺风随时都可能带人过来，他上次以为你是气宗阶段的强者，带来的人也一定是气宗阶段的高手，如果来的高手众多，只怕我们在劫难逃。"林碧瑶沉思道。

"那我们就离开这里，我也很想回去看看我的妹妹，也许神农鼎能够治好她的病呢。"白一梦笑道，"不管怎么样，我都不会让任何人伤害你们，现在的我不敢说杀敌制胜，总还算可以保护你们。想要把我一招拿下，除非项广亲自出马。"

四个人认真分析着现在的形势。

白一梦已经今非昔比，一步迈入气宗五阶的行列。目前所知的对手，在武者帝国之外的也就只有气宗三阶并有神兵巨阙剑在手的二庄主项英，突然复活突破到兵宗阶的三庄主项锋，还有那劲宗九阶的项东，映月湖的柳明眸虽是气宗三阶，但白一梦想她应该不会与自己为敌。至于神通广大的武者皇帝项广，这么多年来深居武者帝国之中，总不至于为了他白一梦重出江湖吧。

"我现在最郁闷的就是，那个贺风是怎么找到这里来的？贺风会出现，无非就是三个原因。一个来抓我的，这不可能，就算贺风看到过我的照片，没有见到本人，是不可能知道我的气息，他是找不到我的。那个复活的项锋和我交过手，他才有可能找得到我。另一个就是来捉拿玲玲和婉君的，可是她们身上的血蛊，都已经被制住了，就算是项广也不一定找得到她们。那就只有另外一个原因了，就是我们这里产生了武者，有人进入了劲宗阶段。"林碧瑶盯着白一梦轻声道。

林碧瑶的兰心蕙质，实在令白一梦沉醉。

“我也想不通。”白一梦点了点头，“我也感受到了这边的空间波动。我还以为是阿泽突破了常人的界限。可我看那贺风的反应，似乎这里并没有产生武者。这太奇怪了。”

白一梦迷茫地摇了摇头。

白一梦不知道，邱志爵刚才在厨房给他熬药的时候，厨房里面的煤气早就用完了。

就是现在，厨房里煮饭煮菜的大火，又是从哪里来的呢？

“现在，先吃饭。”白一梦走到了门外。

走到门外，安慰了一下邱志爵和皇甫浩泽，六个人边吃边聊。

白一梦可不想引起邱志爵和皇甫浩泽的好奇心，只是告诉他们自己刚才是吃错东西了。那个大药丸不能一口气吃光，每次含在嘴里就行了。身体差点就给补坏了。

“还有那个，”皇甫浩泽指着角落里放着的黑色蝙蝠盾，“你这个玩意又是从哪里弄来的？我怎么觉得市面上都没得卖。太高科技了！我捣鼓了半天，根本就用不来。”

“你慢慢研究好了，这也不是一朝一夕能搞得清楚的事情。”白一梦也惊讶于武者帝国科技方面的实力，这个武者帝国之中，还有多少不可思议的工具？

“我慢慢捣鼓，就不信我会弄不明白。”皇甫浩泽心中窃喜，总算找到点像样的东西，大大有利于我的发明研究。

吃完了晚饭。

皇甫浩泽借口要去散步，溜回了楼下，打开了十四楼的门。

邱志爵再向陈玲请教了泡妞大法之后，开着车绝尘而去。

大家都很忙嘛。

人生在世，岂能不忙。

白一梦也很忙。

分身出了复制体，不断地演练配合与默契。

只要等天一黑，白一梦就决定带着三位佳人回一趟白家庄，看看爷爷奶奶，还有妹妹白若兰。

没有了还魂丹，只有希望神农鼎能治好白若兰的病。

陈玲和穆婉君在厨房洗碗，整理东西。

林碧瑶在打扫餐厅。

白一梦觉得这个世界上最幸福的人莫过于自己了。

家是什么，不是那冰冷的钢筋混凝土，四四方方的砖头盒子。

有亲人的地方就有家。

有爱人的地方就是家。

有一句话说，心若是没有依靠，到哪里都是流浪。

心灵有所寄托的地方，装着你心灵的地方，才是家。

林碧瑶、陈玲、穆婉君，就是他的新家。

有家的感觉真好。

白一梦左手拉着陈玲。

右手拉着林碧瑶。

背上背着穆婉君。

以最快的速度向着白家庄飞射而去。

从来没感受过飞行乐趣的三位佳人开心地感受着高空中的刺激。

难怪每个劲宗武者都拼了老命向气宗挺近，天上地下的感觉太不一样了。

每一种追求都是需要付出代价的。

白家庄是一个占老的村落。

地处于深山老林之中。

几近与世隔绝，只有一条弯弯曲曲的盘山公路途经村口。

只有稀稀拉拉靠山而建的三排三十几幢泥土房屋。

全村的人口不到两百人。

村民们平时过着春种秋收，面朝黄土背朝天的生活。

村里最普遍的电器只有手电筒了。

大多数人家夜间照明还在用煤油灯。

村里的青年几乎都外出务工经商了。

留下的只是一些老弱妇孺。

这些老弱妇孺在这夜间十二点钟居然全部集中在了村里最大的空地稻谷场上。

这是因为白若兰在给大家读书信。

这是这十几年来白家庄的老人们夜间最大的乐趣了。

熊熊燃烧的火把围了稻谷场一圈。

只是为了听一个女孩读读书信。

请一个女孩帮忙读一读远方寄来的信件，听一听儿女孙辈在外过得好不好的情况。

白若兰的生活中唯一的乐趣，和哥哥白一梦一样，也是读书。她常常托镇上的邮递员给自己带书，目的是为了给这些留守的老人们讲故事。讲那城市的生活节奏，高楼大厦，每一种工作的性质，每一个做生意经商的人的方法。

这些老人们也把对儿女孙辈的思念与爱意全部都给了这个不能接受阳光照耀的白若兰。

突然，整个稻谷场的老人都把眼光转向了全村唯一的路口。

路口出现了十一个不速之客。

十一个女人。

十一个身着黑衣，走路却没有一点声息的女人。

这十一人走在乡间的泥土路上，却好像走在家中后院一般的闲庭信步。

来者不善呐，白若兰的爷爷白正昌看到这十一个女人就觉得心悸。

作为村长，白正昌走向前，对着来访的十一个女人中走在最前面的一位礼貌地问道："各位姑娘深夜到来，不知可是遇到了什么困难?"

不速之客最前面的黑衣女人对着白正昌微微点头："阁下就是白老爷子白正昌?"

白正昌心中一凛，对方居然知道自己的姓名，可是自己久居白家庄，这也就二十出头的年轻人是怎么认识自己的?

"我就是白正昌。不知两位有何指教?"白其昌点头道。

"我们是来找人的?"站在最前面的黑衣女人继续道，"听说你们白家庄在数十年前有一位身患疑难杂症，动不动就昏睡的女孩，不知道这个女孩现在何处?"

白正昌的脸部狠狠地抽搐了一下，十几年前他带着白若兰四处寻医的事，怎么到了今天还会有人来过问？这些人有什么目的?

边上的老人们不由自主地把目光转到了白若兰的身上。

站在最前面的黑衣女人也把目光射向了白若兰。

“不必问了，你看这里只有这一个年轻女子，不是她还有谁？”黑衣女人大步向白若兰走去。

黑衣女人身后站立的十个女子也同时大步向前走去。

“你们想干什么？”白若兰的奶奶，一个身体略显肥胖的老婆婆挡在了白若兰前面。

数十位老人呼啦啦一下子把白若兰围成了一个圈，一个个紧张地看着这两个黑衣人。

“你们是什么人？有什么事和我说。她是我的孙女，我绝不容许外人碰她一下！”白正昌张开手臂，和白若兰的奶奶站在一起，气呼呼地说。

“老爷子请见谅，我们是医学院的研究人员，看到了十几年前的资料，知道了这里有一位这样的病人，我们要带她回去治疗。为了你的孙女能健康、正常的生活，你不会拒绝吧？”领头的黑衣女人连忙解释道。

“你们不是什么医学院的研究人员。”白若兰突然开口道，“医学院的研究人员用得着深更半夜出来找人吗？而且还是一身黑衣。你们身上穿的衣服，脚上穿的靴子，这些衣着的布料还有款式，那可是宋朝时候的。你们干脆说你们是演员好了，这一身穿着是戏服。因为拍戏迷了路才来到我们白家庄。这样才说得过去。”白若兰静静地看着十一个黑衣女人笑道。

白若兰的这一笑，是一个什么样的笑容啊。

纵使同样身为女人，可还是被这个笑容迷倒了。

整个夜空突然就被点亮了。

颠倒众生！

“还有，说你们是演员，那你们就应该说自己演的角色是杀手。你们走路无声无息，说话中气十足，一看就是练家子，练的还是水上漂，踏雪无痕这一类的轻功。可惜你们没有这么说，现在说也来不及了。”白若兰调皮地吐了吐舌头。

“你相信这个世界上有武功？”领头的黑衣女子惊讶道。

“相信，当然相信了。其实每一件事做多了，做熟了，都是武功。像我爷爷就可以一刀砍断碗口粗的大树，白六爷爷可以在河里用小石子打昏鱼儿，白七爷爷可以在大树之间跳来跳去，十九奶奶可以用筷子夹苍蝇。只不过你们练的是轻功。不知道我练的这个算不算武功呢？”白若兰深深吸了一口气，右掌轻轻一拍身旁的大石头，整个人飘到了空中十几米高的地方。

十一个黑衣女人惊为天人地看着半空中的白若兰！

月亮的余晖洒在白若兰的身上，仿佛白若兰的身体会发光。

白若兰那双天真纯洁的眼睛，足以与明月争辉，比月亮还要动人。

一个如此平凡的女孩居然会腾空之术，虽然无法飞行。可是这也是她们做不到的事。

数十位老人无动于衷，他们早就已经司空见惯。

“我每天待在家里很无聊，除了帮爷爷奶奶烧饭做菜洗衣服之外哪里也去不了。这十几年来，我只有练习自己的呼吸，后来知道了这叫吐纳，整个人也就越发轻飘飘的了。还有我的鼻子还很灵，只要一闻就知道菜米油盐酱醋茶的比例。我相信，一个人只要用心地去做一件事，都可以做得很好，这是不是也是一种武功？现在我已经闻出来你们已经两天没有洗澡了，最久的一个应该是最前面的这位姐姐，你可是有三天没有洗澡了。”白若兰轻飘飘地往下落。轻轻地落在了十一个黑衣女人的面前。

十一个黑衣女子已经说不出话了。

那个被说到三天没有洗澡、站在最前面的领头的黑衣女子不由得脸红起来。

如果林碧瑶看到这个女子的话一定会认识她。

她就是被林碧瑶易容乔装的紫萱，十三柳叶刀之一。

紫萱这次带着十个属下风尘仆仆地来到白家庄，乃是奉命行事。

武者帝国中的众多医学研究者，看到了白若兰的资料，大喜过望，如获至宝，觉得事关重大，禀报了项广。项广吩咐了项英，项英就安排了紫萱这支小队前往白家庄抓人。在这种穷乡僻壤，人口失踪的小事情，根本就不可能有人过问。

紫萱羡慕地看着白若兰月儿般的脸庞，客气地说：“若兰姑娘超凡脱俗，兰心蕙质，但是我们也是奉命行事。你就和我们走一趟吧。”

“我说了，我这二十几年来和爷爷奶奶相依为命，你认为我会离开吗？就算真的有人可以治好我的病，我也不一定愿意离开。何况我根本不知道你们的目的。”白若兰笑道。

“你不要敬酒不吃吃罚酒。白姑娘，那我们就只有得罪了。你虽然会漂浮术，但我们也不是吃素的！”最靠近紫萱的一位黑衣女子，突然出手点向白若兰的穴道！

“啪”的一声脆响。一块石头击中这位黑衣女子的手臂，偷袭的黑衣女子捂着手臂痛苦地看着老人们。

“小姑娘突然出手偷袭，实在是太不乖巧了！”一位须发皆白的老人含笑道。这位用石子的老人应该就是白若兰口中的白六爷爷了。

“动手！”紫萱一声令下。

其余九位黑衣女子同时扑向白若兰！

“小丫头们怎么一点都不听话，反而变本加厉呢？”白六爷爷瞬间丢出了三块石子。

一根长藤卷住了白若兰的腰肢，轻轻往后一带，白若兰轻飘飘地回到了后方的大石头之上。

这位老人是白若兰的九叔公，鹤发童颜，朗朗一笑，另一只手中的长藤如同一条长蛇，一瞬间捆住了三个黑衣女子的脚。

一位正在织毛衣的老奶奶，突然就地一滚。如同一个圆球，滚进黑衣女子们中央，毛线针银光闪烁，点住了十位黑衣女子的笑穴！十位黑衣女子站在原地，银铃般的笑声此起彼伏，不绝于耳。

紫萱如同见了鬼一般看着这一切。

“小姑娘，请到寒舍喝杯粗茶吧。”白正昌笑道。

“若兰，回家泡茶。”白正昌对着白若兰点了点头。

“走嘞。”白若兰蹦蹦跳跳地走在前面。

十数位老人搀扶着十位黑衣女子往村子里走去。

紫萱一脸茫然地和白正昌走在一起。

“老头子，你看九叔公的藤法最近可是大有进展啊。老六的飞石子也有进步。十三奶奶的地滚术那要在不平坦的地方才叫厉害呢。你呢？进步了没有？没进步明天不给你饭吃。”白若兰的奶奶可是凶得很，爷爷从来都是妻管严，唯命是从。

“知道了，知道了，别老是拿我和人家对比好不好？你这样我压力很大的。几十岁的人了，别那么好斗了行不行？你有我这样的老公，已经是你这辈子最大的成就了。”白正昌摇头笑道，可是那言语中的爱意，闻者无不动容。

一路上老人们有说有笑。

紫萱觉得自己就快吐血了。

这哪是一群孤苦伶仃的山林留守老人。

明明就是一群老顽童。

紫萱想不通这样一群老人，按照他们的身手，可以说是个个进入了武者修为中的劲宗阶段，可是却一点武者的气息都看不出来。

要想将这里这些老人全部抓回去的话，至少要出动一位气宗阶段的强者才行。

这是怎么回事？难道这里是那些俗世中武者的避难所？不对啊，这里的武者可是全部都姓白的。难道这里有什么宝物导致了这些老人心境和身体的优化？

紫萱做着各种猜想。

白家庄。

可怕的白家庄。

第十三章　祸福相依

在白家庄远处高高的山峰之上。

一身白衣的王刀屹立在岩峰之上，遥望着那如同火柴盒般大小的白家庄。

脸上还是招牌式的面无表情。

王刀的归顺，让项英和项锋大喜过望。项锋为了帮助王刀找到妹妹陈玲，特意施展了感知之力，得知了陈玲和穆婉君正在前往白家庄的途中。而且意外地发现了千面人魔林碧瑶的气息所在。就命令王刀，救回妹妹陈玲，穆婉君和林碧瑶全部杀死！

王刀提前一步到了白家庄外的山峰守株待兔。

王刀不明白仅仅劲宗三阶的陈玲怎么能御气飞行。

更不明白陈玲为什么要到这样穷山恶水偏僻山村。

王刀只知道他要找到陈玲，告诉她自己是她的哥哥，现在要和她回一趟武者帝国，让项广为她解除血蛊之毒。

王刀很着急，因为陈玲的血蛊之毒撑不过今晚了，虽然他不明白为什么血蛊之毒会加速发作。

陈玲身上的血蛊之毒加速发作是因为逆反作用，神农鼎没能解除血蛊之毒，而项广在一出关的时候就已经发现有人试图解除血蛊之毒。项广告诉王刀，现在陈玲身上的血蛊之毒已经开始反扑，而且就在今晚爆发，到时候就是项广也无法控制这血蛊之毒的力量！只有抓紧时间将其解除，才能保住陈玲的性命。血蛊之毒留在陈玲体内已经无异于一颗炸弹，随时都会爆炸！

王刀所站立的位置是这一带所有山峰中的制高点。

但是他不知道陈玲会从哪个方向出现。

他只有等待。

等待的时间是漫长的。

当武者帝国中的项锋发出那强大的感知之力的时候。

白一梦清晰得不能再清晰感受到了。

如果说上次感受到项锋的感知之力是一粒波纹。

那现在简直就是一道狂烈的波浪。

白一梦吓了一跳。

这么快就有人追杀自己了！

武者帝国的办事效率实在是太高了！

白一梦带着三个佳人从高空之中落下，行走在崇山峻岭之间。

在白家庄外的盘山公路上。

邱志爵的超级跑车彗星正以最快的速度绕山而行。

车上坐着满头大汗心急如焚的邱志爵。

邱志爵的家里出事了。

刚刚遭遇了失恋的重创。

现在家里又危机重重，隐患重生。

邱家在青虹市的商业霸主地位即将不保。

整个青虹市的经济陷入了前所未有的困境中，而这一切，市里的领导们全部怪罪在了邱志爵的父亲邱南天的头上。

邱志爵真的不知道找谁帮忙好，但是他知道白一梦能帮得上忙。

而且还是大忙。

彗星轰鸣着，似乎对这样的道路很不满意。

这样的跑车来到这样的穷乡僻壤。

实在是很不合时宜。

邱志爵哪管得了这么多，拼命地踩油门，彗星强有力的发动机声响回荡在这样的山谷里。

山峰之上的王刀看到了彗星。

王刀的眼中是一片惊愕。

他发现车里坐着的不是千面人魔林雨瑶。

这个人是谁?

他跑到这个鬼地方来是要干什么?

随着彗星的轰鸣。

有灯的村落打开了电灯。

没通电的村落点起了煤油灯。

王刀惊愕地发现不单单是这一片。

包括远处，所有的人家，只要有人的地方，都亮了。

整个青虹市灯火通明，所有的人都醒了。

人们互通电话，互相告知，互通消息。

整个青虹市沸腾了，人们沸腾了。

发生了什么事?

换了是平时，王刀一定会去看一下。

可是现在不行。

陈玲的性命危在旦夕。

没有什么比陈玲的性命更重要的了。

“哇，你们这边的山上居然还有金丝猴啊?”穆婉君指着山谷小溪上方的树枝上的三只金丝猴惊喜地叫道。

“我们白家庄这一块有很多动物的，不仅仅有金丝猴，还有松鼠啊，刺猬啊，野猪啊，狼也偶尔看得到的。”白一梦一边走一边诉说着自己的童年往事。

“实在是想不到同样是青虹市，这一边怎么就这么落后，这么古老。”陈玲感叹道。

“也许是因为山高林密，人烟稀少，所以才会这样保存了下来，自然而然地保持了原生态了。”林碧瑶笑道。

“碧瑶说得有道理，我们这一块，一共只有十三个村落，彼此之间距离数十里。再加上村落之中几乎只剩下一些老弱妇孺，年轻劳力都在外打拼，务工经商。混得好的在外安家置业，谁不希望自己的子孙后代在都市里生活下去呢?将来等到这些老人故去，这一块也就成了无人区了。政府又何必花太大的代价，来建造一个未来的无人区呢?”白一梦笑道。

“可是照这样下去的话，那这些山间的梯田将来就要荒芜，这些森林就会疯长，孕育出更多的凶猛野兽。如果人们都只是生活在城市里的话，总有一天，人类的城池会成为猛兽们的餐桌的。”穆婉君想了想说道。

“你又不是不知道，人类是多么喜欢探险和打猎，有什么动物也被吃得一干二净了。你信不信，就是有一条龙，也能被那些人们给做成各种菜肴，吃得一干二净。”陈玲笑道。

“这山中的野兽倒是不多，但是有一样东西相信你们会很喜欢的。”白一梦翻过了前面的山头，指着远处的一座高山，“你们看，那就是我们这边赫赫有名的将军山，是不是觉得这座山就像一个正襟危坐手持宝剑的大将军呢！在这座将军山的山脚下，是一处山泉，那个山泉的旁边是一个一年四季都鲜花盛开的草地，实在是太美了。如果是在城市里的话，绝对可以成为一处景观!”

“还有这样的地方?”穆婉君兴奋地拉着白一梦的手以最快的速度向山下跑去。

“婉君，等等我们呐。”林碧瑶和陈玲赶紧加快脚步。

女人如花。

如花般的女人也就爱花。

这是一件很奇怪的事。

越是漂亮的女人越是喜欢美好的事物。

越是喜欢把自己打扮得漂漂亮亮。

那么这个女人也就越来越漂亮。

一切美好的事物也就向她们靠近。

一个长相一般，平常的女人。

如果每天都有人去靠近她，赞美她。

这个长相一般的女人就会越来越漂亮。

向大家赞美的那样变得漂亮起来。

反之，一个长相一般的平常女人。

从来没有人去理会她，靠近她，赞美她。

她就会觉得自己不美，甚至讨厌自己的长相。

她就会像花儿一样地迅速凋谢，枯萎。

女人如花。

需要的是赞美一样的清泉。

可是又有几个像清泉一样的男人呢?

看着三位佳人在清泉中嬉戏打闹的样子。

白一梦差一点又要流鼻血了。

泉水弄湿了三位佳人，衣服紧紧地贴在身上，三位佳人那玲珑有致的惹火身材令白一梦血脉贲张。

白一梦默默地在一旁的花丛中捧起一堆一堆色彩缤纷的花瓣。

均匀地洒在清泉之中。

“小白真好，伺候我们洗澡啊。”穆婉君躺在清泉中笑道。

“哪里哪里，我先让你们洗干净一身的臭汗，再来点花瓣的清香，待会儿我品尝起来就会更有味道了。有付出才会有收获嘛。”白一梦笑道。

“看情况你又在使坏了，难道你想和我们洗一个鸳鸯浴?”林碧瑶娇笑道。

“人家现在是气宗五阶的高手，就算我们不愿意，他要是霸王硬上弓，我们也没有办法啊。”陈玲咯咯笑着挠林碧瑶的腰肢。

什么样的环境。

就会有什么样的心情。

何况是这种人间仙境的环境。

舒服愉悦中的人就会特别放松。

放松的人心情就会特别好。

自然也就会说笑打闹了。

何况是身边还有自己的意中人，好姐妹。

“先洗澡吧，你们也辛苦了，陪我跑了这么多的山路。我现在把你们洗得干干净净，弄得香喷喷的，让那些庄里的乡民们羡慕死。”白一梦得意扬扬地笑了。

带了如花似玉的三个姑娘回家，换了是谁都会得意扬扬的。

白一梦不是神仙。

总会有一些攀比心理的。

人跟人的攀比很奇妙。

总是在和熟悉的人攀比。

你会和你老家的左邻右舍攀比。

和你一起长大的伙伴攀比。

和你的同学攀比。

和你的同事、同行、同级别的人攀比。

但你却不会和比你强大太多的人攀比。

白一梦觉得自己对不起爷爷奶奶，对不起妹妹。

还让他们居住在白家庄那样的山沟沟里。

白一梦想到了邱志爵的车。

如果自己是开着那辆彗星跑车回村落的话。

只怕乡民们会看傻眼。

白一梦刚想到彗星，就觉得自己似乎听到了彗星那特有的发动机声响。

这不可能，现在的邱志爵可是远在百里之外的青虹市。

搞不好现在正对着于思思发动新的攻势呢。

怎么可能来到这穷山恶水穷乡僻壤的白家庄?

白一梦看到了彗星的灯光。

白一梦不敢相信自己的眼睛。

像邱志爵这样的人来到白家庄这样的地方，只能是为了找我。

“你们三个待在清泉中，注意不要发出太大的声音，我去看看什么情况?”话音刚落，白一梦化为一道白光自半山腰笔直向数里之外的盘山公路射去!

心急火燎的王刀看到了这道白光!

王刀大吃一惊!

这个速度!

绝对在自己之上，这是气宗五阶武者的速度!

不管这是谁，就算他和陈玲没有关系，那也是我武者帝国要笼络的对象。如果和陈玲有关系，那就应该当面问个明白。

王刀相信自己的最强一击足以杀死兵宗阶之下的一切武者。

王刀也化为一道白光疯狂地直追白一梦而去。

林碧瑶、陈玲、穆婉君三人突然看到天边有一道白光朝白一梦射去！看其来势汹汹，三人不禁大呼不好，从清泉中跃出，使出有生以来最快的速度向山下掠去！

一千米……五百米…三百米……

白一梦快速逼近彗星跑车的灯光。

白一梦打算在距离一百米的地方落地，再走到前面去见邱志爵。

白一梦听到了身后那惊天动地的气爆声！

回头一看。

白一梦吓得三魂七魄丢了一半！

王刀怎么来了？

难道刚刚的感知之力的目标是自己？这不对啊，现在能够发出感知之力的只有项广和项锋。他们没有接触过自己见过自己，不知道自己的气息和生命特质。怎么能够派遣王刀来追杀自己呢？想起王刀最强一击的可怕，白一梦当机立断。

先下手为强！

在距离邱志爵彗星跑车两百米不到的山谷上空，白一梦猛地停下了飞射的身形。

瞬间使出了时间静止！

白一梦可以看到车里大汗淋漓的邱志爵，那一滴滴落的汗珠定格在了下巴与方向盘之间。

半空中飞射而来的王刀也被定格在了空中，因为速度太快的缘故，王刀的身后还残留着一条白光的残影。

王刀看到回头的人居然是白一梦？不可思议的眼神定格在了脸上。

是他？那个面包车司机？那个在映月湖包船的风流家伙？

王刀的双眼越来越亮！

浑身上下都在轻微地颤抖！

这是王刀在使用体内内力与真气抗衡时间静止。

“啊”一声暴喝！

短短几秒中，王刀就挣脱了白一梦的时间静止，重获行动自由！

这王刀的意志力当真比刀还锋利！

“站住！你不要走！”王刀狂追到白一梦不足十米的距离，凌空而立。

白一梦怔怔地看着这个几乎疯狂的男人。

“我问你，你把陈玲藏到哪里去了？快叫她出来！”王刀歇斯底里地咆哮道。

“你怎么还是这么阴魂不散？你到底找她有什么事？和我说也一样！”白一梦觉得事出蹊跷。这个冷漠的王刀怎么看着这么激动？什么情况？

“我告诉你，我是陈玲的哥哥！她的血蛊之毒将在天明之前爆发！如果现在还不和我回去救治的话！只怕是神仙也难救！”王刀快速地对白一梦说道。

“什么？”白一梦虽然看到了王刀追杀项英的过程，可是距离太远，却没有听到最后项锋赶到，他们之间的对话。

“你不要再问是什么原因了？总之玲玲的性命危在旦夕！你快点带我去找她。”王刀急道。

白一梦从王刀心急火燎的语气和神情判断这是真的。

那情况就不妙了。

白一梦飞身靠近了彗星跑车，打开门，点了邱志爵的穴道，先让他好好睡会。

挥手解除了时间静止。

“快走！”白一梦迅速向后方飞去。

王刀紧随其后。

一路上，两个男人快速地交谈着。

两个男人，两道快得无与伦比的白光向后方飞射。

“白一梦，我们在这里！”穆婉君三人站在白家庄的田野上冲着天空中拼命挥手。

看到满脸着急的白一梦落下，身后居然还跟着王刀。

三位佳人都面面相觑，不知所措。

“陈玲，你快和我回一趟武者帝国。你的血蛊之毒就要爆发了！”王刀大步走向前，看着陈玲着急地说道。

陈玲疑惑地看着白一梦。

“陈玲，你还是和他走吧。他是你的哥哥。他就是为了你才杀死了雷洪，截杀项英的。”白一梦点头道。

虽然白一梦很舍不得陈玲，可是为了陈玲的性命，白一梦只有这样做。

王刀急切地告诉了陈玲这件事情的前因后果，焦急得简直就是语无伦次。

一男一女两只右脚，六个脚趾头的脚摆在了一起。

陈玲沉默了。

其他人也都急切地看着陈玲。

而陈玲看着穆婉君。

穆婉君却紧紧地抱着白一梦。

她们两个人的血蛊之毒要爆发，是一起爆发的，因为她们是一起被神农鼎压制毒性的。

“项广只答应了救我一个人对不对？”陈玲苦笑道。

“对，妹妹，我们快走吧。”王刀急疯了。

“我不走，要死我要和婉君死在一起。临死之前能有你这样一个哥哥，我还有一个好妹妹，一个好姐姐。”陈琳看了看林碧瑶。

“还有一个好……相公，我死得很满足。”陈玲看着白一梦泪如雨下。

“小白……”穆婉君哭成了泪人。

白一梦强颜欢笑地将两人拥入怀中。

相公这两个字就像一把尖刀深深刺入了白一梦的心脏。

自己算什么男人？连自己的“妻子”都无法保护？

白一梦想死，恨不得自己马上去死来换得陈玲和穆婉君的生命安全。

王刀说不出话来了。

王刀恨得牙痒痒。

王刀这个恨啊。

这么多年的努力全白费了，这么多年的苦全白吃了。

自己的妹妹就这么没了。

白一梦悔啊！

悔不应该吃了还魂丹！

也许还魂丹就能够解除陈玲和穆婉君的血蛊之毒！

绝望。

彻底的绝望。

死一般的寂静。

林碧瑶静静地看着这一切。

“白一梦，我听你说过，你的妹妹得的是一种不能接受阳光照耀的怪病?”林碧瑶沉思道。

“碧瑶姐姐，你就别闹了，人家还想多享受一下小白胸怀的宁静呢。”穆婉君哭道。

“碧瑶姐姐是想到什么了吗?”陈玲觉得林碧瑶的话中有话。

王刀疑惑地看着林碧瑶。

“据我所知，有一种病和这个很像。白一梦我问你，你妹妹除了不能接受阳光照耀之外，她的病还有什么特征。”林碧瑶追问道。

“还有一个毛病就是睡觉。”白一梦心中虽然沉重，可语气还是那么淡然。

“睡觉?”所有人都不由得一愣，睡觉也算病?

“若兰的睡觉很奇特，她不是一般正常地睡觉。上一秒人还好好地，可是突然之间就睡着了。没有丝毫的征兆可言。说睡就睡，睡着了你就是再怎么叫也叫不醒。无缘无故，无论何时何地，不管时间地点，就那么突然睡着了。而且睡觉的时间也越来越长，从一开始的每次几分钟，到后来的每次半个小时一个小时，几个小时，十几个小时，甚至达到了有时候一睡就是三天三夜。我真很担心她总会有那么一次一睡不醒。正是因为这样，她才一直留在了白家庄。不能上学，不能出门，不能到处走动。她一直都待在家里，甚至都不能离开我爷爷奶奶的视线。在这里虽然很无聊很枯燥，可是还有我的爷爷奶奶照顾她。”白一梦苦笑道。

这是白一梦心中一直以来的痛。

可是过了今天，他白一梦的心中又将产生两道永远无法痊愈的伤痕。

白一梦不知道自己能不能接受这一切。

“那就应该没错了。我听姥姥说过，这个世界上解血蛊之毒的方法只有一个，那就是找到人中至宝。”林碧瑶缓缓说道。

“什么是人中至宝?”白一梦和王刀几乎是异口同声。

白一梦和王刀的心中不由得燃起了熊熊希望，没错啊，林碧瑶常年盗宝，追随着嗜宝成狂的红尘姥姥，自然也耳濡目染了不少宝物的知识，也许林碧瑶会有办法呢？

其他的人静静地听着。

“天材地宝，人中龙凤。神农鼎也好，还魂丹也罢，曼陀罗也好，都属于天材地宝中的一种，但是这个世界上具备最强大力量的东西永远是人，不管什么天材地宝最后还不是为人所用？所以具备最强大力量的人就是人中龙凤，人中至宝。”林碧瑶思考着。

“你的妹妹白若兰得的病我如果没猜错的话，应该就是人中至宝的疾病，号称‘血晕’。你的妹妹动不动就睡觉，不是因为体弱气虚，也不是因为嗜睡喜困。原因很简单，我们睡觉是因为什么？”林碧瑶反问道。

“身体的机能耗费了，所以我们需要睡觉。那也就是说，动不动就睡觉的人，是因为她的身体机能在没有运动仅仅只是清醒的情况下就消耗得一干二净，必须赶紧休息，赶紧补充能量。她睡觉的时间越来越长，是因为她的体内机能消耗得愈加的严重。体力消耗越严重，再造的时间也就越漫长。常人平时在练功的时候，那些体能消耗转化成了结实的肌肉，强壮的体魄。那么像这种无法控制自己的身体不断累积能量、囤积机能的人，她的能量转化到了哪里去了？如果我没猜错的话，你妹妹不仅没病。她的体内还有一颗不断吸收生命能量的内丹，生源之力。”林碧瑶看着白一梦，又看了看王刀。

白 梦的眼睛亮了。

王刀的眼睛也亮了。

如果林碧瑶说的是真的话。

那么白若兰不仅仅没病。

白若兰老是睡觉是因为她的身体囤积了太多的能量了。

而这些能量又一次一次反噬白若兰的身体机能，创造更多的能量。

创造出来的能量再次囤积，再反噬，再囤积，再反噬……

白一梦想起了自己喝下还魂丹的过程，那岂不是也是还魂丹巨大能量的反噬创造了自己的复制体分身？

那么这么多年来，白若兰的身体又创造了多少的能量？囤积了多少的能量呢？

想起自己融合还魂丹的痛苦，白一梦终于可以深深地、刻骨铭心地体会到，这么多年，白若兰睡了多少次，就等于是吃了多少颗还魂丹啊！

白一梦震撼了。

妹妹白若兰比自己坚强多了。

坚强太多了。

“那也就是说，白一梦的妹妹需要释放体内丹田中的能量？可是却又要怎么样引导她的能量进入陈玲和穆婉君的体内来化解血蛊之毒呢?”王刀也明白了问题的关键所在。

“那就要看神农鼎的厉害了。”林碧瑶对着白一梦点头道。

“事不宜迟，我带路，边走边商量。”白一梦率先大步向白家庄走去。

陈玲、穆婉君、林碧瑶、王刀，快速跟上。

一走进白家庄。

白一梦就觉得不对劲。

在这个时间段，深夜两点多，村落间应该是万籁俱寂，一片漆黑才对。

整个白家庄灯火通明。

可是家家户户却看不到半条人影。

“爷爷，奶奶。”白一梦大声呼喊着。

一冲进白家祠堂。

白一梦被眼前的景象吓了一跳。

老人们分坐两侧的木椅之上。

爷爷白正昌高居大堂之上。

祠堂中央的是清一色十一个黑衣女子，齐刷刷地站成一排。

气氛严肃，威武。

大有一派开堂审案的气派。

白一梦晕了，什么情况？一向和蔼可亲待人友善的各位爷爷奶奶居然还有这种威风?

“一梦回来了。”十九奶奶惊喜叫到。

“一梦?”大堂之上高坐的白正昌看到了白一梦，连忙快步走下。

“一梦，你不是在市里读书吗？怎么突然回来了?”白一梦的奶奶拉着白一梦的手，欣喜地说道。

“紫萱?”白一梦身后的陈玲看到了紫萱。

“真的是紫萱啊?”穆婉君瞪着大眼睛惊呼道。

紫萱不可思议地看着陈玲和穆婉君，她们怎么会在这里?

“这三位姑娘是?”白一梦的奶奶疑惑地看着林碧瑶和陈玲，穆婉君。

“一会再说，爷爷，奶奶，这十一个女孩是怎么回事?还有，若兰呢?”白一梦急道。

“这十一个小丫头也不知道是从哪来的，一跑来就要抓你妹妹若兰，我们气不过，就把她们给拿下了，敢欺负我的孙女，实在是太可恶了。”白一梦的奶奶说得轻轻松松。

白一梦晕得不轻啊，这可是十一个劲宗阶段的武者啊，就凭这一票不是头发白就是胡子白的老农夫就给拿下了?

王刀、林碧瑶、陈玲、穆婉君都惊讶地看着这个比白一梦矮了一个头的身体略显臃肿的，满脸笑容的小老太婆。

白一梦的奶奶拉着白一梦，嘘寒问暖，白正昌在一边插不上嘴，气得吹胡子瞪眼。

两个老顽童，林碧瑶等人心里笑开了花。

“老婆子，一梦要找若兰。你快放开他，也让他们兄妹见见面啊。”白正昌终于插上了话。

“哦，对对。”白一梦的奶奶反应过来，“你妹妹在翠竹林，刚刚可能是受惊了，又说想睡觉，我们就把她送回去了。你快去看看。”白一梦的奶奶催道。

“嗯，我现在就过去。”白一梦转身快速冲去祠堂，林碧瑶、陈玲、穆婉君、王刀紧随其后。

“哇，一奶奶，你的孙子跑得很快啊。速度很吓人啊。”白六爷惊呼道。

“废话，我的孙子会比别人差吗?”白一梦的奶奶瞪了一眼白六爷，“别啰唆了，咱们继续，这几个丫头片子要是再不招，就让我来动用大刑了。”

紫萱突然觉得这里最可怕的应该是白一梦的奶奶。

另外十个黑衣女子也惊恐地看着白一梦的奶奶，不知道这个彪悍的老太婆会做出什么来。

白一梦掠进了翠竹屋。

那个兄妹从小一起玩耍的用竹子搭建的屋子。

绿竹已泛黄，往事不可追。

白一梦已经一年没有见白若兰了。

白一梦有时候是一个固执的人，就像茅坑里的石头又臭又硬。

白一梦离开白家庄的时候就告诉自己。

如果没能找到救治白若兰的办法，他就永远都不见白若兰，就算自己有御气飞行的能力，来回一趟白家庄只不过几个小时的时间。

一走进竹屋，王刀、林碧瑶、陈玲、穆婉君觉得自己仿佛看到了一轮明月。

那是一张令一切都黯然失色的绝美脸庞。

那病态的苍白，令所有人的心都要碎了。

即使是身为女人，林碧瑶、陈玲、穆婉君都觉看痴了。

王刀觉得自己想哭，鼻子酸酸的。

感情脆弱的穆婉君已经控制不住地泪流满面。

她也不知道自己为什么会哭。

可是她就是无法控制自己的泪水。

陈玲抱着林碧瑶，红着眼眶说不出话来。

什么叫“闻者伤心，见者流泪”?

只要是有心的人都无法控制自己的感情。

白一梦的心都要碎了。

轻轻坐在床边的竹椅上，白一梦抚摸着白若兰的脸庞，微微一笑。

“哥哥?”白若兰笑吟吟地看着白一梦，坐了起来。

“哥哥，你怎么回来了?”白若兰享受着哥哥的抚摸，小鼻子一动一动的。

“这一天，终于要结束了。”白一梦轻声道，“过了今晚，若兰，你就可以像正常人一样想上那儿就上那儿，彻底恢复自由，再也不用担心会突然睡着了。”白一梦有点激动，他的手轻微地颤抖着。

“是吗? 哥哥找到救治的办法了吗?”白若兰也有点激动，她就知道她的哥哥是不会让她失望的，白一梦也从来没有让她失望过。

“闭上眼睛，若兰。”白一梦吩咐道。

“嗯。”白若兰听话地闭上了双眼。

“伸出你的双手，和我掌心对掌心。”白一梦让若兰盘膝而坐，凝神静气。

四掌相对。

白一梦瞬间引动丹田中的神农鼎，神农鼎快速旋转起来，卷起一阵青色光晕的龙卷风。由白一梦的筋络之中涌向双臂，顺着白一梦的掌心潜入白若兰的体内。白一梦清晰地感受到，白若兰的气息的平和，血液的缓缓流动，白若兰的体内一片祥和宁静。白一梦有一种朝拜圣地的感觉。青色气流，不断向前，直接扑向白若兰的丹田。

一进入白若兰的丹田，白一梦目瞪口呆，这是一副什么样的景象。霞光四射，五彩缤纷，白若兰的丹田之中有两个椭圆的不规则金色圆球在缓缓自转。天哪，若兰的丹田中竟然有两颗内丹！白一梦要疯了。自己吃了还魂丹之后，丹田之中才有了一颗内丹，而从来没有武者修为的若兰的丹田竟然有两颗内丹？这叫她这普通的血肉之躯怎么受得了？若兰是受了多少罪啊？白一梦感同身受。

白一梦引导着青色光晕向那两颗金色球体卷去，青色光晕如同一张大网捕鱼一般紧紧地缠住了一颗金色的内丹。白一梦试图将这颗金色内丹往后拽，太重了，白一梦觉得自己就像一只蚂蚁一样想要搬动一只大象。白一梦疯狂地引动无穷无尽的青色光晕源源不绝地包裹着金色内丹，可是就好像蚍蜉撼树，螳臂当车。白一梦如同热锅上的蚂蚁急得团团转，这玩意太重了，我这是在拽一个地球啊！

白一梦爆发了自己的内丹！金色光晕辅助着青色光晕共同推动者白若兰丹田中的内丹。这是一场大战，内丹之战，神农鼎发疯似的旋转，发出嗡嗡的轰鸣声，整个鼎身由青变紫，由紫变红，最后如同燃烧一样红光暴涨！

白一梦和白若兰的身体热气腾腾，浑身冒烟，如同在云端之间。

“不好！”白一梦发现自己不仅没能将白若兰丹田中的金色内丹引导出体外，反而被那颗金色内丹所吸引，自己的内力真气，神农鼎的灵气都在源源不断地涌出自己的丹田！反噬！白若兰的内丹太强大了，正在疯狂地反噬白一梦的力量！

白一梦大惊，这样下去自己不但前功尽弃，若兰也会因为受不了丹田中的庞大真气，而导致丹田爆炸，死于非命。

“哥哥，我好难受。”白若兰虚弱的声音传来。

“妹妹别怕，马上就好了。”白一梦心急如焚，安慰道。

“不好，白一梦的真气正在被反噬，这样下去他们两个都会内丹爆裂而死。”

王刀目光急切。

“小白!”穆婉君拉着陈玲的手，紧紧咬着下唇。

“放手！白一梦!”林碧瑶拎起旁边的水桶，猛地朝两人泼去。

就如同滚烫的铁块突然被放进了水池，白一梦浑身一抖擞，猛地放开了双手。

在那一瞬间，真气迅速窜回体内。白若兰体内丹田中的那颗金色内丹随着白一梦真气不顾一切地后退，冲进了白一梦的丹田!

感受到丹田中两颗内丹的雄浑充盈，浑身上下那源源不断的生命之力。白一梦欣喜若狂。

睁开双目，白若兰静静地坐着笑看白一梦。

“若兰，没事了。”白一梦一把将妹妹拥入怀中。

“哥哥，我刚才感受到了体内似乎少了点东西，整个人突然变得好轻松呢。”白若兰笑道。

“你的体内有两颗不断涌出生命力量的内丹，一遍一遍地让你死去活来，妹妹，你都不知道自己是死过多少次，又活过来多少次了。”白一梦后怕地说，“现在哥哥给你拿过来了一颗，如果以后你还是经常睡觉的话，我就把那一颗也拿掉。”

兄妹俩开心地说着话。

“白一梦，你还不快救人。”林碧瑶笑道，“看得出来，你已经突破兵宗了!”

“‘娘子’果然贤惠，加上这一颗生源之力金丹，不多不少，刚刚好，兵宗一阶的修为!”白一梦朗笑道。

“小白，你就这样达到兵宗一阶了？几天前的你还是一个梁上君子，现在的你居然是一个高手了？小白好棒啊!”穆婉君搂着白一梦又蹦又跳。

“还不快救人!”林碧瑶也很高兴。

“谨遵‘娘子’圣谕。”白一梦笑道，所谓艺高人胆大，白一梦双掌一挥，两道青色金边的生源之力涌向陈玲和穆婉君。

陈玲和穆婉君慢慢漂浮了起来，两人的身体耀起一阵青光。

生源之力不断涌出。

在陈玲和穆婉君的体内，白一梦隐隐约约看到了一个浑身青气缭绕的高大人影！这条人影令白一梦想起了古代的大将军，可是白一梦看不清他的面貌，这只是一个幻影。这个青影嘶吼着，咆哮着，目空一切地怒吼着，任凭白一梦的真气攻击，也绝不动摇一下身躯。白一梦加大了数倍的真气之后，这条青影仰天怒吼声越来越大，震耳欲聋，最后才轰的一声化为虚无，消失不见！

“啊！”白一梦白衣猎舞，浑身上下真气激荡，大喝一声，收回了生源之力。

陈玲和穆婉君双双跪在了地上。

“哇”的一声各自吐出了一口青色的血液。

那青色的血液落地之后不断翻滚，滚动了几下，慢慢消失在了土地上。

“这就是血蛊？”王刀看着慢慢消失的青色血液，疑惑地说。

“不错，这就是项广放在陈玲和穆婉君体内的血蛊。”白一梦点头长长喘了一口气道，“幸好我是突然袭击，它还没有反应过来就被我驱逐出了体外，如果不是生源之力这样强大的真气，光凭我原来的那一点真气，只怕不是他的对手。”

“这不过是一滴血液而已，却可以存活于任何一个人的体内，还随时随地可以要了这个身体的命，实在是太邪门了。”王刀看着白一梦说道。

“如果我没有猜错，这滴血的主人，应该是一个死人。”白一梦沉思了一会。

“死人？”王刀脸色大变。

“那也就是说这滴血不是项广的？”林碧瑶追问道。

陈玲和穆婉君坐在床上，白若兰端来脸盆帮她们擦拭着嘴角的血迹。

白一梦想起了刚才在陈玲和穆婉君体内看到的一切，脸色铁青。

“这应该是一具千年以上古尸的血液，但是这具千年古尸却拥有着万年，甚至十万年以上武者的修为。力量之强大，不可思议。这具千年古尸生前，必定是一个杀人魔王，戾气之重，如同阴曹地府。仅仅是他死后的这一滴血中所蕴含的力量，杀气，如果不是上次有神农鼎和它的一场大战，它至今还在疗伤静养之中，只怕刚才就是我拼劲所有的生源之力也无法动其根本。”白一梦的眼中布满了恐惧。

“这项广拥有着一个这样的千年古尸，难怪可以轻轻松松打造一个武者帝国，控制近百年来的所有武者。”林碧瑶长叹道。

“我现在知道为什么项英要安排紫萱带人来捉拿你的妹妹白若兰了。”王刀眼睛一亮，“他们也怀疑你妹妹身上的病可能就是生源之力，可是他们拿到生源之力之后，项广却不是用来自己用。”

“那是给谁用?”白一梦隐隐猜到了什么。

“是给那具千年古尸的。”林碧瑶颤声道。

白一梦说不出话来了。

让这一具千年的古尸复活?

这样强大无匹的千年古尸复活了，那岂不是天下大乱?仅仅只是他身上一滴血的杀气戾气就已经如此恐怖，那这个古尸岂不是阎王再生，魔鬼复活?

让一个杀人魔王复活，岂不是等于自掘坟墓?

谁能控制得住他?

项广这是在玩火自焚啊!

第十四章　民以食为天

死一般的寂静。

王刀深深叹了一口气："好在项广现在对你妹妹的生源之力，还没有引起十分的重视，他认为你妹妹的病只是一种人体形成内丹的征兆，并不知道你妹妹的丹田里居然有两颗成形的内丹！所以今天来的，仅仅只是紫萱她们这些小丫头。项广现在最重视的，是蓝天学府的蓝天一号任务。"

"那是不是也就是说，蓝天一号任务，比生源之力更重要？"白一梦急问道。

生源之力可以轻轻松松地让一个常人起死回生，却不一定能够让一个千年之前死去的一个近乎拥有数十万年修为的旷世强者复活。

那么蓝天一号出关的重宝是不是可以轻轻松松让千年古尸复活呢？

"蓝天一号的宝物什么时候出关？"白一梦看着王刀。

"据说下个月就是鸣鸿刀出世之时！"王刀点头道。

林碧瑶的脸色变了。

白一梦的脸色瞬间惨白。

所有人的脸色都变了。

"若兰，你好好照顾这三位女子，带她们去和爷爷奶奶问好。我和你王刀哥哥现在有要事要办。王刀，我们现在立刻回到蓝天学府！"

白一梦交代了几句。

“现在我妹妹的血蛊之毒也解除了，项家兄弟再也找不到她们了。项英、项锋如果问起，我就告诉他们陈玲和婉君都毒发身亡了。这样一来，玲玲和婉君在你家里，也就彻底地安全了！”空中，王刀对着白一梦笑道。

“另外，至于你抓捕千面人魔林碧瑶的事，你就说你已经把她给杀了！有了这个，项锋会相信你的。碧瑶她们三个留在白家庄，就算项锋再次施展感知之力，也无法知道碧瑶的位置了！”白一梦递过去交给王刀的，是林碧瑶的金丝软甲。这可是林碧瑶的护身法宝。有了这个，项锋肯定就会相信林碧瑶已经死了。

“我真的不明白，为什么你们白家庄那么多的老头老太太都是劲宗阶段的武者？可是项家却无法察觉呢？难怪你执意要将玲玲她们留在白家庄了。”王刀疑惑地看着白一梦。

“我一开始也不明白，但是我现在突然想通了！”白一梦笑道，“因为我的妹妹！若兰是生生不息的生源之力金丹，十八年来和这些老头老太太待在一起，间接地也改造了他们的生命气息！所以项家的锁定武者设备，包括感知之力，都无法得知他们的确切方位！碧瑶也好，玲玲，还有婉君，她们待在白家庄，和若兰在一起，她们原本的生命气息就得到了改变。所以，项锋是无法通过感知之力找到她们的！”

“现在玲玲安全了，等哪天我恢复体力，我再把你身上的血蛊之毒也给解除了。那你也就是一个彻底的自由人了！不需要再服从项家兄弟的号令了。现在，你继续待在项家，伺机而动，你主内我主外，我们一起拿光那些宝贝！哈哈。”白一梦开心得哈哈大笑。

“你少开心了，先看看能不能得到鸣鸿刀再说吧？还想其他的宝贝？太贪心了！”王刀也难得地哈哈大笑。

“走！”两道白光划破夜空。

长空之中。

白一梦遥望着整个灯火通明的青虹市。

飞身而下，解开邱志爵身上的穴道。

邱志爵猛地睁开眼睛，惊喜若狂。

“一哥，不好了，整个青虹市的粮食都不见了！整个青虹市的大米都不见了！”邱志爵状若疯狂，“天下大乱了！”

天下真的大乱了！

一夜之间，整个青虹市家家户户，没有一个人看得到一粒大米！

就是面条、玉米、饼干之类的副食品也都消失无踪！

吃的全没了！

青虹市上空。

白一梦和王刀凌空而立。

看着下方疯狂的城市。

再多钱有什么用？

你买不到一粒大米！

开再好的车有什么用？

换不来一碗稀饭！

人们奔走相告，全部涌到了大街上！

整个青虹市沸腾了！

疯狂的城市！

疯狂的人们！

白一梦静静地看着下方炸开了锅一般的城市！

能够一夜之间将整个城市的粮食一卷而空的人物。

当今天下，除了武者帝国的项家兄弟，还有谁拥有这样的能力？只是白一梦不明白项广为什么要这样做。

白一梦看了看王刀。

王刀也不明白这是怎么回事。

“这不是项广的所作所为。”王刀冷冷地说道，“这么多年来，武者帝国中自给自足，丰衣足食，没有到凡人社会中抢掠粮食的必要。”

远处，青虹市郊外，大批量的卡车正在警车的护送下从邻市源源不断地往市内运送粮食。

“有人！”白一梦看到不远处的蓝天学府中有人影极速闪过。

“王刀，这里就交给你了，你务必要找出抢掠粮食的凶手，我去去就来。”白一梦身化白光，扑向蓝天学府。

“放心，有这样胆大妄为的高手，我王刀倒真的很想会会他。就是项广也不会让这样的狂徒逍遥法外的。”王刀朗朗一笑，战意升腾，转身飞向重灾区。

那是一条闪电般腾挪纵跃的白色人影。

劲宗阶的高手，这条白色人影正在一幢一幢的教学楼上挪动，扑向红枫林。

白一梦站在红枫林一棵枫树的顶端，饶有兴趣地看着越来越近的白色人影，突然，这条白色人影消失了。

白一梦吃了一惊，正想飞离树端，细细寻找。

“你居然是气宗阶段的强者？”白一梦的身后传来一个冷冰冰的声音。

白一梦大惊，回头，身后的树上，赫然是一身白衣的项东！

“你是兵宗阶段的修为？”白一梦惊道，都说项东是劲宗九阶的修为，打死白一梦也不相信。

“不，我是劲宗九阶的修为。”项东冷冷地看着白一梦。

“可是你靠近我，我居然感觉不到你的气息？”白一梦疑惑道。

“那是因为我大哥给我的宝物。”项东面无表情，白一梦觉得这个项东的表情和王刀招牌式的冷漠就如同一个模子印出来的一样。

宝物？项东是项广的四弟，项广给他几件宝物也可以理解。项英的手里就有巨阙神剑这样的神兵利器，要不然上次就是有两条命，也被全力爆发的王刀给结果了。

“如果我要杀你，你已经死了十遍都不止了。因为我要问你话，第一，你把陈玲和穆婉君那两个丫头藏到哪里去了？最好是乖乖地给交出来。第二，今天夜里的偷盗青虹市全城粮草的事是不是你干的？”项东注视着白一梦，眼眸中杀机浓郁。

白一梦觉得自己很冤枉。

白一梦在想，如果项东知道自己几乎整个晚上都和王刀在一起，会不会发狂？这个证人还是算了吧。

白一梦懒得解释，这个项东发现了自己是气宗阶段的修为，而又没有其他强者出现在青虹市，认为是他白一梦做的也很正常。相信现在，无论是谁，除了王刀之外，恐怕整个武者帝国任何一个人都会认为这件事是白一梦干的。

白一梦不说话。

当你跳进黄河也洗不清的时候，那就干脆在黄河里洗个舒服的黄水澡。

“难道你认为你是气宗五阶的修为我就杀不了你吗?”项东身上爆发出了不符合自身修为的庞大杀气，整个红枫林的枫叶疯狂地飘落。项东的手里突兀地出现了一把墨绿色的长剑，剑身如水，剑做龙吟，青光悠然映照在项东白皙的脸庞上。

“干将!”白一梦的眼珠几乎要夺眶而出!

项东手里握着的竟然是春秋战国时期名动天下的神兵干将神剑。天哪！这项家究竟有多少神兵利器？巨阙神剑已经是惊世骇俗了，这干将神剑更是神剑中的佼佼者。

“你倒是很有眼光，看来也不完全是一个好色之徒。”项东居然笑了。这项东居然笑了？项东如同抚摸着爱人一般轻轻抚摸着干将神剑的剑身，灿烂地笑了：“能够死在干将神剑的剑下，也不枉你气宗五阶的修为，身为一个武者的荣耀。”

白一梦呆呆注视着项东，浑身不由自主地轻微颤抖着，丹田之中的神农鼎无缘无故地颤动着，突然冲出了白一梦的丹田，出现在白一梦眼前，不顾一切地破空逃窜!

“什么？连你也逃？主人你都不要了?”白一梦破口大骂，“你这个没义气的东西，居然自己跑路？你不是神器吗？怎么这么不中用?”白一梦化为一道白光，疯狂追向神农鼎。

白一梦能理解神农鼎的心思，大战完血蛊之后，自己紧接着又让它炼化了还魂丹，然后又是大战生源之力金丹，神农鼎已经是不堪重负，体力不支了。天天上班也就算了，还每天夜里加班，还是熬通宵，换了是谁，也受不了啊!如果是在平时，神农鼎才不怕干将神剑呢，但是现在，没了獠牙利爪的老虎，看到饿狼也心惊啊!

“想逃？你能逃到哪里去?”项东冷笑一声，一脚踏上干将神剑，御剑飞行，冲天而起，飞速朝白一梦追去，速度之快，骇人听闻!

“等等我，不要跑。”白一梦呼喊着前方疯狂逃窜的神农鼎，回头看到脚踏干将、飞快靠近的项东。

“这么快?”白一梦心中大骇，加速逃窜!

“白一梦，你跑不掉的，你只要乖乖束手就擒，和我回一趟武者帝国，面见我大哥项广，我可以求他饶你不死。但你必须乖乖服下血蛊，以后唯我项家号令是从。”项东的声音越来越近。

“放屁，想让我成为你项家的奴隶，受那血蛊制约，我白一梦宁死不从。”白一梦回头骂道。

“好，有骨气。既然你执迷不悟，那我就送你归西!”项东大喝一声，速度暴增，眨眼之间就到了白一梦前面，拦住了白一梦的去路。

两人悬空而立，四目相接，杀气弥漫。

就这么静静地对视着。

白一梦爆发了有史以来最强大的气场，酝酿着所有的真气和力量。

“临死之前，我想知道一件事。”白一梦淡淡道。

“说吧。”项东轻轻一挥干将，天空中亮过一道青虹。

“你项家，拥有近百万的武者力量，这样一个强大到无以复加的无敌军团，足以横扫全球的庞大力量，几百年来与世隔绝，藏身于尘世之外，你们，到底想干什么?”白一梦凝视着项东的眼睛。

“一切……皆因时候未到!”项东一振手臂，干将神剑剑尖直至白一梦，“这不是你该知道的事情，你只需要知道，除了归顺我项家之外的一切武者都必须死！无论你是劲宗，气宗，兵宗，乃至最强大的大圆满大涅槃，都必须死!”项东的目光陡然凌厉起来。

“也许这是你们项家的执着，但我也有我的执着，我的执着就是自由。生命诚可贵，爱情价更高。若为自由故，两者皆可抛。这几百年来，你们杀死了多少不愿归顺的武者，垄断了我华厦国人武者。我虽不是你大哥的对手，但是你嘛，我还是有把握的!”白一梦动了。

白一梦突然扑向了项东!

既然无处可逃，那就勇敢地面对。

白一梦知道，项东的手里有着神兵利器干将，就算自己全力一击也无法伤到项东一根毫毛，而干将神剑随便只要挨到自己身上一下，自己都要支离破碎。

锋利，是神兵利器的基本特点。

白一梦冲到了项东的眼前，两人之间的距离不足一米。

“找死!”干将神剑掠起一道青虹，刺入了白一梦的胸膛。

血花飞溅，染红了项东的白衣。

对于白一梦这种自杀式的进攻，项东虽然惊惧，但是他却感到惋惜，又一个为自由而死的笨蛋！又一个天之骄子陨灭了！

什么，这家伙的心脏不在左边？项东大惊！

机会稍纵即逝。

白一梦的本尊出现在白一梦的身后，白一梦的复制体分身死死地抓着干将的剑身。

项东拼命后撤，可惜干将神剑纹丝不动。

白一梦的本尊两眼通红，疯狂地挥出一拳。

拳头轰的一声击中了项东的左肩，项东闷哼一声，撒手放开了干将神剑的剑柄，狂吐了一大口鲜血，从空中直线坠落。

“没有了干将神剑，看你还狂什么?”本尊挥手拔出刺在白一梦本尊胸膛的干将神剑，两者合二为一，心意一动，白一梦将干将神剑收入体内。

“抓住这个项东问一下蓝天一号的情况?”白一梦笔直向下，飞身追向项东。

从高空中飞速下坠的项东，向映月湖落去。

“项东，风水轮流转，今年到我家，刚才是你追我，现在是我追你，哈哈哈哈。”白一梦大笑着接近向东，现在我有神兵干将在手，就是你项家四兄弟一起上，我也不在意。白一梦体内的生源之力正在源源不断地运作，胸膛上的剑伤正在一点一滴地恢复，白一梦豪情万丈。

项东一咬牙，浑身上下居然冒起一丝丝的黑气，下坠的速度暴增！

“哗啦”一声掉进了映月湖。

“这气息，这黑气？和陈玲、穆婉君体内的血蛊怎么这么像？只是更加浓郁，更加凌厉了。”白一梦紧随其后，扑通一声冲进了映月湖。

湖底清澈宁静。

各种鱼儿自由自在地游来游去，各种水下植物散发着勃勃生机。

项东不见了？

白一梦郁闷地东张西望，在湖底游来游去，四处寻觅着项东的身影。

“哗……”白一梦散发出了感知之力，笼罩了整个映月湖底，可是居然还是没有项东的踪迹和气息，这项东就如同人间蒸发了一般消失得无影无踪。

白一梦不死心。

可是整个映月湖底除了鱼，还是鱼，各种各样的鱼。

白一梦死死地盯着一条远去的鱼，一条红色的鲤鱼。

因为刚才那条红鱼看了他一眼。

白一梦平时最喜欢在家乡白家庄的小溪池塘里抓鱼了。仗着自己体内气息充足的优势，白一梦常常在水下一呆就是一天一夜。要论对动物的了解，和鱼儿打了这么多年交道，白一梦相信没有人比他更了解鱼儿的习性。鱼儿是害怕陌生生物的胆小物种，一有一点风吹草动，就逃之夭夭。其它的鱼儿都是这样的，只有这条鱼儿，居然看了他几眼。

白一梦觉得这很有趣。

白一梦闪电般游了过去，一把抓住了这条红色的鱼儿。

红色的鱼儿，愣愣地看着白一梦。

“还看?”白一梦郁闷地在红色鱼儿的脑袋上打了一下。

那红色鱼儿猛地张开了嘴。

一张好大好大的嘴。

大得不像话的嘴。

这红色鱼儿的嘴就像一个黑洞一样漆黑得看不到边，也看不到半点光明。

白一梦还没反应过来就消失在了红色鱼儿的嘴里。

红色鱼儿闭上了嘴，自顾自地向前游去。

那么大一个活人就这么被吞了。

第十五章　武者帝国

白一梦很晕，正在想着刚才到底发生了什么事的时候。白一梦看到了光明。同时，白一梦看到一条和刚才把自己给整个吞了的，一模一样的红色鱼儿从身边缓缓游过。可是，自己现在却不是在映月湖底了。

“这是什么地方?”白一梦环顾四周，不由得倒吸了一口凉气。

这里，这里，要么是太平洋的海底，要么就是大西洋的海底。

看着无边无际的海水，宽广的海域，还有那远处的各种只有在海底才能出现的庞然大物，白一梦的脑海一片空白。

被刚才那条红色鱼儿给整个吞了，自己就到了这个现在还不知道是哪里的海底？而刚才又有一条一模一样的红色鱼儿游过……

这是什么？空间转换？从映月湖一下子就到了海洋底下？

白一梦极力让自己冷静了下来。

白一梦的感知之力全面爆发，以自己所在为中心，瞬间覆盖了周围近百里的海域。白一梦看到了海域中所有的生物和植物。

白一梦确定自己现在就在大西洋的海底，海面之下近千米的地方。这里，还算是明亮，脚下百米，却是黑暗，漆黑一片，伸手不见五指的黑暗海域。

白一梦看到了下方黑暗海域中的一点点光明，有一个人正在向着更深更黑暗的海底前进。

白一梦收回了感知之力，发动真气，向着人影潜去。

“那个白一梦太可怕了，居然会分身抢了我的干将神剑。这家伙的心脏居然是长在右边的。有意思。而且居然还能隐藏自身气宗五阶武者修为的踪迹？难怪神农鼎被他抢走了？人才啊。”黑暗海域中前进的项东感慨着白一梦的实力，如果他知道白一梦还有生源之力，随时可以修复伤口，那就不会那么轻敌了。

“现在这家伙估计还在映月湖找我找得团团转呢。就让他慢慢找吧。我这次回去，定然要禀报大哥，亲自出手除掉这个心腹大患。”

项东对大哥项广充满了信心，在项东的心目中，自己的大哥项广就是神，没有任何人能够战胜项广。这几百年来，有多少天赋异禀的绝世强者出现，哪一个不是死在了项广的手里？

项东慢悠悠地在黑暗海域中行走着，身前包括上下的海水自动分开两边，自动退出一个方圆近三米的无水空间。

项东的手里拿着一个晶莹剔透的白色球体，照亮了身前的无水空间。

“这项东手里拿着的，居然是一个避水珠？”白一梦暗叹，这天下的宝贝都在项家的手里了。

黑暗中的白一梦收敛着气息，尾随项东。

突然，前方的光明泯灭了。

项东的身影不见了。

“什么？”白一梦吃了一惊，凭借着刚才的感觉，快速来到刚才项东消失的位置。

“砰”的一声，白一梦感觉自己撞在了一堵墙上。

白一梦伸出双手摸了摸，感觉着这坚硬的，冰冷的墙面。

这一摸，就摸出了几百米，似乎这块冰冷的墙面没有尽头。白一梦一发狠，瞬间散发出感知之力，感知之力沿着这冰冷的墙面四面八方地扩散，绵延出去了几千公里。可是这冰冷的墙面似乎没有尽头，没有边际。感知之力已经达到了尖端，无法再扩散了。

白一梦一阵阵地发蒙。

难道这个巨大无比的金属盒子就是项家的武者帝国？项家的武者帝国就在这黑暗无边的大西洋海底？这个金属盒子里面就隐藏着项广，还有那近百年来的百万武者？这是一个水下的武者帝国？这样一个巨大无匹的金属盒子是怎么放到这无边无际的黑暗海域中的？制造一个这样的金属盒子要花费多少的人力物力？耗费多少时间？这样一个金属盒子里居然生活着几百万人？他们是怎么生存的？

白一梦四处寻找着进口。

项东刚才一定是进入了这个金属盒子里面，这附近一定有进口通道。

白一梦小心翼翼地寻找着。

白一梦失望了。

白一梦从来就没想过要将项东赶尽杀绝，追到这里只是因为好奇，既然现在知道了武者帝国是在这个大西洋的黑暗海域之中，进口通道又找不到，那就离开吧。

找到那个偷盗青虹市全城粮食的恶贼才是眼前最重要的事，还有蓝天学府中项家想要的蓝天一号宝物。

白一梦决定离开。

白一梦刚想动，就看到了远处有一团大大的光明圆环靠近。

白一梦听到了音乐声。

震耳欲聋的唢呐声。

迎亲的唢呐声。

在那团光明圆环无水的空间之中的，是一顶红色的花轿。八个红衣劲装的彪形大汉抬着花轿，昂首阔步行走在黑暗的海域中。花轿的前方是清一色红衣长裙的十八个少女，十八个少女高举着如同芭蕉扇一样的旗帜，旗帜之上是一颗硕大的夜明珠。花轿之后，又是十八个红衣劲装少女，高高举起飘扬着“项”字的大旗，之上是一颗避水珠。

白一梦死死盯着花轿中新娘子那白皙到耀眼的脖子。

白一梦的心沉了下去。

白一梦看到了花轿中的新娘那轻轻滑落的泪珠。

还有那因为一抬头，掀动了盖头，而露出那幽蓝筋络的胸膛。

白一梦的眼眶红了。

花轿里的是柳明眸，是她，一定是她。

那个在自己心目中如同梦幻一般的女人。

她为什么不告诉自己她要嫁给项家的人?

因为自己没办法阻止这件事?因为他白一梦没有那个能力?

她为什么落泪?是因为想起了他白一梦吗?

白一梦相信柳明眸是喜欢自己的。

白一梦决定动手抢亲。

突然整个迎亲队伍不见了,就和刚才项东不见了一样,在那无边无际的金属盒子墙面上不见了。

白一梦急速窜到迎亲队伍消失的地方。

白一梦的眼睛亮了。脚下明显不再是那坚硬冰冷的金属,而是一层由强劲的气流形成的厚厚隔膜。而此时,正有一片金属缓缓地盖过来。

事不宜迟,白一梦不顾一切地钻进了气流隔膜之中。

“轰”地一声,那块大门一样的金属覆盖了身后的气流隔膜。

眼前的是,灯火通明的一条圆形通道,这条通道弯弯曲曲地向下延伸,如同陀螺一样。

白一梦悬空而起,倒立在通道的顶端,快速向前飞奔。

白一梦听到了水声,如同瀑布一样倾泻而下的水声。

听到了马达发动,机器的轰鸣声。

听到了如同飞机呼啸掠过的巨大声响。

通道的尽头是一片黑暗,白一梦探出头向外望去。

下方是一个城市,比青虹市还要庞大的城市。

一个极度发达的城市。一幢幢摩天大楼林立。一条条高速公路错落有致地蔓延。一个个绿树成荫,湖泊荡漾的公园。最醒目最壮观的是城市中央的广场上屹立着一尊顶天立地的雕像,一尊古代大将军的雕像,雕像的目光深远,左手叉腰,右手握着一柄长枪。这枪身通体透明,明明就是一座足以容纳上百人同时上下的电梯。此时,这长枪电梯,正在飞速上升。这尊巨大将军雕像的内部就是一层一层的办公大楼。

这里所有的建筑物都是由水晶、翡翠、玛瑙、宝石之类的稀有物品构成。这里没有银行,没有市场,没有商贩,没有任何商业性质的东西。

有的只是一个一个标题醒目的巨大区域。蔬菜区，粮食区，水源区，成衣区，用品区，兵刃区，关押区，会考区，决战区，训练区……一座座庞大的透明区域中人来人往，好不热闹。

道路之上，来往飞驰的是一把一把宝刀宝剑，各式各样尺寸各异的兵器。最多的交通工具，就是那天看到的贺风脚下踩着的蝙蝠形状的飞行器了。

御剑飞行在这里司空见惯，兵器就是这个世界的交通工具。

偶尔会有那么几个透明的圆球飞过，气波中的人，一看就是兵宗阶段的强者。

这个城市最多的就是学校，从劲宗一阶学院、劲宗二阶学院、劲宗三阶学院到劲宗九阶学院到气宗一阶学院……一直到兵宗九阶学院。

这个世界的太阳是一颗巨大的夜明珠。

“这就是武者帝国？项广的世界？”白一梦不觉得下面生活着的武者们会感到痛苦，相反，白一梦觉得他们过得很快乐。到处都是夫妻成双成对，每幢屋宇中从窗口看去，都是一家家其乐融融。现在的武者帝国应该是早晨，白一梦看到公园之中有很多须发皆白的老人在耍拳，舞剑，一个个幼童在一旁学得津津有味。

白一梦不敢散发感知之力，这里的强者太多了。多得无法用言语来形容。

白一梦看到了柳明眸的迎亲花轿正在向巨大的将军雕像飞去。

“这里的水压好大。”白一梦亮出了体内的干将神剑，御剑飞行，却无法在天空中飞行太多的时间。气宗阶段的白一梦觉得自己一下子就回到了凡人的状态。在这里，气宗五阶的强者根本就飞不起来，撑死了每次也就漂移个几百米。

白一梦看着柳明眸的花轿进入了朝天而立的长枪的底部，进入了电梯，飞速地笔直向上飞驰。白一梦收起了脚下的干将神剑，看着广场上的人来人往，内心一阵阵地发虚。

就是那一个孕妇怀里的婴儿，那也是劲宗阶段的高手。一生下来就是劲宗阶段啊。那在喷泉旁边打闹的少年儿童，个个都是气宗阶段的高手。随随便便走过白一梦身边的一个成年人，都是气宗巅峰或者兵宗开始的强者。

白一梦觉得现在的自己就像一只兔子跑进了狼窝。

白一梦抬头看到了巨大将军雕像脚下的三个大字“霸王宫”，白一梦只能看到巨大雕像的腰部，再往上的地方已经是在云雾之中，朦朦胧胧了。

霸王宫的大门就是那以长枪为电梯的地方，站立着一排上百人的岗哨，个个都是气宗阶段的强者。广场上纵横交错的黑色盔甲卫队，也是气宗阶段的高手。

白一梦傻眼了，在这里自己只有挨揍的份，白一梦坐在广场中央的喷水池旁，呆呆地注视着百人看守的霸王宫入口，心如刀割。

难道自己就这样失去柳明眸了吗？

白一梦牙关紧咬，恨恨地盯着霸王宫的入口电梯。

白一梦看到了项东，项东正乘坐着电梯，自那高耸入云的长枪之中飞速落下，项东走出了电梯，上了一顶黑色的八人大轿。轿子由八个劲装大汉抬着，凌空飞起，向着广场之外飞去。

“现在只有抓住项东，用他当人质，才能够逼迫项广放了柳明眸了。”白一梦当机立断，起身追随轿子。

可惜这里是武者帝国，白一梦拼劲了全力也没能追上轿子，眼睁睁看着轿子停下，项东出了轿子进了一幢漂亮的大楼。八名大汉，抬着轿子飞身离去，看样子是回霸王宫广场。

白一梦看看左右无人，飞身跃入二楼的窗户，屋里一片漆黑。白一梦小心翼翼地摸索着，打开了这个房间的房门，看到了下面大厅。

白一梦的心脏剧烈地颤抖着。

瞬间强迫自己停止了心跳。

两条身影正在大厅的沙发上扭成一团。

这两条难分难拆的人影，竟然是王刀和项东！

项东果然是女的。虽然早就怀疑过，可白一梦没想到会在这里以这样的方式被识破。

此刻的项东哪里还有平时的冷漠，冷若冰霜的寒冷？目光迷离，一脸的陶醉，娇羞红晕的脸庞就如同那风中的花朵。

而下方的王刀更是一改平日的冷峻无情，目光火热，柔情似水。

两人结合得意醉神迷，激情澎湃。

白一梦也感到脸红心跳，热血沸腾。

白一梦实在是看不下去了。

白一梦闭上了眼睛。

"大胆王刀！居然胆敢亵渎圣女。可知死罪?"一条蓝色人影大笑着从后方的院门中大步走进了大厅。

缠绵中的两个人如同受惊的猫儿一般反弹起来。王刀一把扯下桌布盖在了项东的身上，自己只是在腰间盘上了大衣，冷冷地注视着来人。

来者是贺风。

白一梦看着这个劲宗七阶的贺风，不由得暗暗为他担心。以王刀的实力，一招之下，就可以将贺风彻底杀死。这个贺风疯了吗?

"没想到啊？四庄主居然是女儿之身。"贺风大马金刀地在对面的红木椅子上坐下，戏谑地看着两人。

"你想怎么样?"王刀冷冷地看着贺风，如同看着一个死人。

"王刀，你应该知道。大庄主曾经说过，项氏一族，如若有女儿，则尊为圣女，入住枪冢。贺风不才，不明白四庄主为何要隐瞒女儿之身。但是你王刀玷污圣女，大庄主必定大发雷霆，你二人必将死无葬身之地。"贺风笑道。

项东听到大庄主三个字，不由得浑身一颤。

王刀更是双目喷火，咬牙切齿地看着贺风。

"我知道四庄主的身上有一件神兵利器，不知道可否赠予贺风?"贺风笑道。

"东儿，不要将干将神剑交给这个小人。就算他今天得到了干将神剑，他抓住了我们的把柄，以后就还会有其他的要求。"王刀大声吩咐道。

"干将?"项东脸上一片茫然。

他们哪里知道，干将神剑已经被白一梦给抢走了。

"难道这贺风撞破王刀和项东的秘密，为的就是这干将神剑？可惜现在干将神剑却是在我身上。"白一梦暗忖。

"你是怎么找到这里的？怎么发现我和东儿之间的秘密的?"王刀想知道这件事除了贺风，到底还有多少人知道，他决定不惜一切代价杀死这些人。

"这件事说来可就话长了。"贺风一会手中的白纸扇，"每次四庄主外出，你王刀必定也找理由外出，尽力和四庄主同行结伴。这我看不出什么。但是，百密尚有一疏，前年冬天，你追杀千面人魔，结果空手而归。按照我们武者帝国的规矩，你要接受一年的面壁思过，外加血蛊的二次注加。我无意中看到，拿着血蛊之毒的四庄主居然把血蛊之毒给毁灭了。从那以后，我就密切注视你们的一言一行，一开始我以为你们是断背之交，四庄主才会对你呵护有加。直到我在你们的避水珠中增加了这个。”贺风举起手表，手表中赫然是整个武者帝国的地形分布图，精确到每一条街道，每一幢房屋。

“我听到了你们的对话，哈哈，我才知道了四庄主是女儿身的事。”贺风得意之极。

“你竟然在我们的避水珠中安装追踪窃听器?”王刀钢牙咬碎，浑身上下杀气乍现。

贺风不仅仅是南斗山庄三庄主项锋麾下的剑法教官，在这个武者帝国之中，贺风还有着他更重要的身份，机械师。整个武者帝国的所有现代化机器，武器，电气设备，皆出自贺风之手。所谓艺不压身，贺风能够得到项广的青眼有加，正是因为他科技方面的天赋，而成为武者帝国举足轻重的人物。

贺风到目前研制成功的最重型武器，当属“电芒炮”，那可是连项广也忌惮三分的绝杀性武器。可谓一击之下，劲宗灰飞烟灭，气宗死无全尸，兵宗之下不死也要脱层皮。因为电芒炮的恐怖性杀伤力，项广将它列入了最高武器等级。不到万不得已，绝不大规模使用电芒炮。除了项广的身边的卫队之外，其他人一律禁止使用。

贺风的手里，此刻，正摆弄着一柄精雕细琢、紫色、小弓。

王刀恐惧地看着贺风手里的紫色小弓，脸色瞬间苍白。

项东瞪着大眼睛，不可思议地看着贺风。

“贺风，你竟然私自藏匿电芒激光炮?”项东喝问道。

“四庄主息怒，哦不，应该是圣女，圣女还请息怒。说了这么多，我要的东西很简单，就是干将神剑。只要你们将干将神剑给我，我就为你们保守秘密。既不会告诉大庄主你四庄主是女儿之身的事实，也不会说出你们苟且的证据。至于为什么我手里会有电芒炮，那还不简单吗?”说到这里，贺风的脸扭曲了一下，“东西是我辛辛苦苦发明的，可是呢，我自己却不能享有自己的成就，还要被那些各大区域的管区长们管着，被七十二府的府主监视着！我几点进的实验室，几点离开的实验室，都会有人盯着我。有事情，叫帮忙的时候，一个一个却纹丝不动。他们算什么？就因为他们是元老？因为他们早期对武者帝国的贡献？他们都是一群吃饱了喝足了，混吃等死，没有半点贡献的武者帝国的废物!”

贺风将紫色小弓对着王刀，脸色通红：“他们以为他们能够看得住我吗？我现在研制成功的东西远远不止现在贡献给武者帝国，贡献给项广大庄主的那一点点！我不会掏出来的，我就死也不会让这些混蛋拿着我的成就到大庄主面前邀功。就好像你们现在看到的这把电芒炮，它就是升级版的组装电芒炮，平时就是一把小弓，轻轻一摇，就成了杀死兵宗之下强者如砍瓜切菜一样容易的电芒炮。”贺风的目光陡然凌厉，紫色小弓对准了王刀和项东。

“交出干将神剑，否则死路一条!”贺风手里的紫色小弓，那空无一物的弓弦位置，此刻竟然是一条白色的电光在扭曲闪耀。

白一梦看着面无色血的王刀项东二人，这才明白上次自己逃过一劫是多么幸运。

别说上次救皇甫浩泽、邱志爵还有林碧瑶她们的时候，自己毫无半点攻击能力。就是换了今天，恐怕自己也只有找死的份。难怪这贺风胆敢招惹王刀这样的高手，敢打干将神剑的主意。看样子就是干将神剑在手，贺风也没放在眼里。

这紫色的小弓究竟有多大的杀伤力?

第十六章　世界的主宰

突然，王刀甩出了缠在腰间的大衣！连带大衣之中的数百把弯刀！

王刀一把将桌布包裹着的项东推向了墙角。

王刀不顾一切地扑向了贺风！

动作连贯，一气呵成！

飘向贺风的大衣变成了碎片，贺风手中的紫色小弓射出一道手指粗细的白光，贯穿了王刀那宽厚的胸膛！

一个黑乎乎的血洞出现在王刀的身上！

这可是气宗三阶的身体啊，就像豆腐一样被射穿了。

激光射穿了王刀的身体之后，直接击中了后方的墙壁，“轰隆”一声巨响，墙壁爆开，泥土飞扬，白一梦也不由自主地从房间之中扑向了一楼的墙角！

看到了另一边墙角包裹着桌布的项东。

白一梦大惊之下，欺身而进，连点了项东身上十几处大穴。

王刀的身体一震颤抖，手中的双刀连续挥洒出数十道凌厉的刀芒！

贺风飞身后退，手中的电芒炮再度射出两道白光！

仅仅一道激光就将数十道刀芒击溃！

另一道激光将王刀右肩连同右臂整个击成虚无。

白一梦惊恐地看到王刀整个人无力地跪下。

幸亏这里是武者帝国，如果是在外面，恐怕我就死在王刀刚才的一击之下了！贺风惊惧于王刀的实力，中了一击，居然还能爆发出快速凌厉的反击。

远处，正有大批的卫队听到巨大的响声赶来。

贺风再度启动了电芒炮，目标是王刀的脑袋。杀死王刀，大不了连四庄主也杀了。得不到干将神剑也就算了，绝不能他们活着。否则自己私藏电芒炮，也是性命难保。

电芒炮射出了一道白光，飞射向王刀的眉心。

“唰”一道红影闪过，一柄疯狂旋转的猩红色的巨剑自空中落下，笔直插在了王刀身前的地上，入土三分。

白色的激光击中宽阔的血色巨阙神剑，白光反弹出来，击中了旁边的房屋，整幢房屋爆炸成了一片废墟。

项英的身影从天而降，一把抓过巨阙神剑，当头劈向贺风的头顶。

“二庄主，你……”贺风大惊失色，连忙飞身闪躲。

巨阙神剑击中脚下的土地，整片土地被劈出了一条长达数米的裂缝。

这里是武者帝国的世界，这一剑如果是在外界，恐怕这一片土地都要化为焦土了。

大批量的卫队士兵集结，御剑飞行而来，这些黑色盔甲的士兵全部跪在项英的身后。

“参见二庄主！”士兵们行礼。

“你为什么要杀王刀？还有你藏匿电芒炮是何居心？”项英厉声道。

“因为……”贺风心头电转，“如果自己告诉项英项东是圣女的事就可以脱罪，倒也不错。可是自己索要干将神剑也一样会被摆上台面，那也必定是死罪。事情既然捅破了，项东大不了被项广一顿臭骂，但今后在武者帝国恐怕没有自己的容身之地。”

贺风心中暗暗叫苦。

什么叫偷鸡不成反蚀把米，赔了夫人又折兵？

“说话！再不说我现在就杀了你！”项英大喝道。

王刀跪在地上，抬头看了看贺风，沉默不语。

“二弟，你让他们到霸王殿来！”天地之间突然响起了一道恢弘的声音，这声音响彻整个武者帝国的每一个角落，响起在每一个人的耳边。这是一个绝对霸道的声音，绝对不容许抗拒的声音，这是项广的声音。

窝在房间角落里的白一梦只感到心惊肉跳，灵魂似乎都在轻轻地颤抖。

“房里的贵客既然来访，何不现身一见?”项广响彻天地的声音继续说道。

“房里有人?”项英转身，巨阙神剑劈出一道巨大的猩红色剑影扑向房屋。

“不好!”白一梦大惊，一把抱住项东，撞破墙壁，干将神剑出现在脚下，腾空飞去。

现在被发现了，只有杀出一条血路了。

白一梦不顾一切地向上逃窜。

“抓住入侵者，重重有赏!”项英飞身狂追，脚下巨阙神剑如同一片血云。

无数脚踏蝙蝠盾的强者腾空而起，整个天空瞬间黑压压的一片。

无数的飞刀、飞箭，各种各样的暗器如同雨滴一般涌向白一梦。

“竟然是他？他怎么到武者帝国来了?”王刀抬头看着空中的白一梦，目瞪口呆，“你个混蛋，骗走了我妹妹，现在还想拐跑我老婆？混蛋!”

机会难得，此时不逃，更待何时？贺风快速跑向一边，脚下出现一个蝙蝠盾，乘乱混入了漫天追击白一梦的强者之中。

无数的强者不断地攻击着疯狂逃窜的白一梦。

白一梦挥舞着干将神剑抵挡着。

这样下去自己必死无疑，上吧，兄弟。白一梦的复制体分身瞬间离体，凌空而立，手中的干将神剑亮起几道青虹，数十道青色剑气横扫半片天空。

剑气呼啸而去，数十个脚踏蝙蝠盾的强者惨叫着被劈成两半，或者拦腰斩断。

剑气之所及，无坚不摧，阻挡者非死即伤。

复制体白一梦挥洒着干将神剑，杀入了追击的武者帝国空中大军。

血肉横飞，一个一个强者从空中落下，就此陨灭。

白一梦本尊发疯般地继续逃窜。

“白一梦，我大哥知道了，我们逃不掉了!”白一梦本尊肩膀上的项东眼眶赤红，喃喃道。

“闭嘴!”白一梦本尊一声怒吼，回头看到了和追击卫队杀成一团的复制体分身。

这是一场古代兵刃的空中大战。

武者帝国的卫队一律一往无前，明知是死，却没有一个人后退。

天空中的朵朵白云正在缓缓集中，慢慢凝成了一张巨大的人脸。一张剑眉星目，威严霸气的脸庞，这张脸庞中的双目不怒而威，摄人心魄！

“大胆小贼，竟敢闯我霸王城，还不放下我四弟，乖乖束手就擒！”巨大脸庞双唇轻动，整个天空如同响起了一声声的惊雷，白一梦再也没办法移动分毫，这声音传进了耳边，进入了大脑，白一梦头晕目眩，从高空之中坠落，落入了武者帝国旁边的金色大海！

“本尊快走！”复制体分身白一梦一剑斩杀身前的七个卫兵，疯狂后退，正好看到白一梦本尊坠入金色大海，消失无踪。

“本尊！”

白一梦的复制体分身怒吼着。

“能闯我霸王城，果然不是等闲之辈！”巨脸中闪过一丝笑意。

白一梦的复制体分身凌空而立，手持干将神剑，望着天上的巨脸，白衫猎猎飞舞。

整个世界一片宁静。

所有的卫队士兵远远低看着，没有一个敢靠近。

整个武者世界的人们全都看着天空中的巨大脸庞，他们的主宰，他们的神，项广凝聚云朵幻化的巨大脸庞。

项英注视着金色的大海内心悲伤，这条海洋在武者帝国被称为“无回之江”。不是武者帝国创造的东西，它是天然存在的，是武者帝国的禁区，自古以来，武者们有去无回，那不是你能憋气水性很好就能驾驭的海洋。

“老四没了……”项英悲从中来。

“你可是项广？”白一梦的复制体分身眼眶赤红，对着巨大脸庞吼道。

“正是。”巨大人脸轻轻地点头。

“你也何必躲躲藏藏，现身吧！”白一梦的复制体分身朗朗一笑。

“好气魄！”巨大脸庞哈哈大笑，整个天地间风起云涌，“项英听令，不惜一切代价，与我拿下这小辈。为四弟报仇，我要送他到枪冢祭枪。”

“等一下，项广，我有话问你。”白一梦朗声道。

“哦?”巨脸微微一怔，“不会是要求饶吧?”

“我问你，青虹市所有的粮食一夜之间消失无踪，我想知道，这是不是你干的?”白一梦厉声质问道。

“可笑!”巨脸怒目圆睁，“我霸王城中储存的粮草足够所有城民百姓，百年之内衣食无忧，从来没有到外界搜寻粮草的必要!”

“小子，难道你是为了外界粮草无故消失的事情闯进我霸王城的?”项英微微一怔。

“正是如此。”白一梦点头称是。

“有心解救黎民于水火，侠之大者也。你所说的青虹市粮草消失之事，我必定查个水落石出。将幕后黑手严惩不贷。但是，你私自闯入我霸王城，你的兄弟更是挟持我四弟陨落于无回江中，已是死罪。项英，给他留个全尸。”巨大脸庞沉思了一会，淡淡道。

巨大脸庞慢慢消散。

“遵命!”项英飞身靠近了白一梦的复制体分身。

“小子，今天，就让你看一看你项二庄主真正的实力。今天，就是你明年的祭日。”项英庄严肃穆，项英的掌心出现了一滴碧绿如墨的血滴。随着这碧绿血滴的出现，一股庞大的凌厉杀气以碧绿血滴为中心散开。

白一梦的复制体分身只感到浑身筋脉都在颤抖，就连呼吸也变得异常困难。

“这是什么鬼东西?”白一梦的复制体分身心惊肉跳。

“受死吧!”项英将这滴碧绿如墨的血滴往眉心位置一放，这滴碧绿的血滴就如同鱼儿找到了水塘一般钻进了项英的眉心，没入了项英的体内!

项英的双目瞬间变成了骇人的惨碧色，脸庞变得苍白无比，全身的筋脉凸起，如同一条条碧绿的盘根错节的绿蛇盘踞于全身之上!项英牙关紧咬，森森白牙发出咯咯的响声，整个人的气息完全改变。

如果说原来的项英是霸道凌厉的阳刚之气，那此刻的项英却是充满了凶残暴戾之气，还有那无尽的怨恨杀戮之气!那种傲视天下，横扫宇内的强大气势。

“这个人不是项英?”白一梦心头大骇。白一梦的复制体分身清晰地感觉到项英的灵魂气息完全消失了。取而代之的是另一个人的生命特征，可是这个人的灵魂气息似乎已经完全扭曲，被那惊天的杀气与怨气淹没。这是一个没有感情的战斗灵魂，一个没有人性的杀人机器！

“啊！”项英仰天怒吼，无尽的气流横冲直撞，风起云涌，天昏地暗，漫天的御气飞行的气宗阶段的强者一个个口吐鲜血，头晕目眩，意志崩溃，再也无法控制自己的身形，纷纷从空中坠落！

白一梦的嘴角渗出来鲜血，体内的真气激荡。

“呀！”项英挥舞着巨阙神剑，划出了一道惊天动地的剑气席卷向白一梦！

“呀！”白一梦的分身一咬牙，紧握干将神剑仰面而上，针锋相对。

硬碰硬！

神剑对神剑！

巨阙对干将！

两把剑凶猛地撞击在了一起！

“吼！”两剑相撞！

一道圆弧形的气浪冲击波以两剑交击的地方为中心，横扫整个武者世界！

山岳崩塌！江河断流！屋宇纷飞！高楼倒塌！就连那天幕，也被撕开了一道数丈的裂缝！无数金属碎片的落下，如同下起了一场金属暴雨！

白一梦的分身上半身近乎一半森森白骨爆出体外，握剑的右臂仅仅只剩下白骨！

白一梦体内的生源之力疯狂地运转，疯狂地修复着白一梦那残缺不堪的血肉之躯！

项英的身形仅仅只是微微一颤。

项英那没有感情的碧绿色双眸绿光爆闪。

“呀！”项英高高举起了巨阙神剑，夹带着雷霆之势，一剑又一剑地劈向白一梦。

白一梦分身体内血气激荡，双目赤红，全身血肉横飞，那紧握干将神剑的双臂血肉无存。

“无回江”底，白一梦的本尊和项东正静静地躺在江底，透过那近百米深的金色江水望着天空中的战斗。

“啊！”白一梦的本尊一次又一次运气挣扎，可那覆盖在全身的江水，那金色的液体令人动弹不得，别想移动分毫。

这金色的江水就像万能胶一样，一点一点地粘在了白一梦和项东的身上，覆盖两人的体表，从表面上看，白一梦和项东此刻就如同两尊金色的雕塑。

最后，金色的江水覆盖了白一梦本尊的双眼，白一梦本尊闭上眼睛。

“分身，我帮不了你了!”白一梦本尊绝望了。

白一梦清晰地感受到自己和分身彻底失去了联系。在此之前，在被金色江水完全覆盖之前，白一梦的本尊还能感受到白一梦分身的生命气息，虽然很弱，但却存在，分身的伤势之重，斗志之昂扬。如今却是音讯全无，彻彻底底地分开了。

如果白一梦的分身战死，虽然对本尊没有影响。可那毕竟是心灵相通，互相感应的另一个身体，等于是一个亲兄弟啊！另一个白一梦啊！一脉相承，思想感情，性格脾气都一模一样的另一个白一梦啊！白一梦心中呐喊着，失去了和分身的联系。

白一梦的本尊成了一尊金色的雕塑。

项英拥有着无穷无尽的力量。

如果不是因为手中紧握着的是神剑干将，如果不是因为体内的生源之力源源不断地修复着肉身，白一梦分身都不知道自己已经死了多少次了。

这一剑，白一梦分身自知无法抵挡。

猩红色的巨阙神剑再度当头劈下。

白一梦分身感受到了死亡的到来。

白一梦分身闭上了眼睛。

“本尊，我们完了。”在闭上眼睛的刹那，白一梦分身心中发出了这个声音。

突然，白一梦分身睁开了眼睛。

盯着那远处天边的太阳。

那硕大的夜明珠。

干将神剑脱手破空飞去，如同后羿射日，笔直射向太阳!

“不!”项英那碧绿的眼睛也浮现出一丝惊恐!

“不!”整个武者世界的人们发出了恐怖的狂叫!

“轰”，巨阙神剑剑气劈在了白一梦的天灵盖上，从头到脚，白一梦分身的脸庞失去了半边脸的血肉，白一梦分身的身体如同落叶一般随风飘舞，自空中落下。

"轰隆隆"，震撼天地的巨响，武者世界的太阳爆炸了！

项广那由浮云凝聚而成的巨脸再度出现，占据了整个天空，巨脸中是无尽的震撼！

太阳消失了！

夜明珠爆裂成了漫天的光雨。

整个武者世界失去了光明。

整个武者世界陷入了一片黑暗。

所有的人都明白。

从今以后，他们只怕是要生活在黑暗之中了。

那颗巨大的太阳。

这颗夜明珠。

这个几百年来为武者世界带来光明的太阳，乃是项家用亿万颗普通的夜明珠经过千锤百炼耗费几十年的时间凝聚而成。

这也是项家统治武者世界的最大武器。光明之下，人人安居乐业。如今，天地之间一片黑暗，只怕那些异己分子，又要蠢蠢欲动，胡作非为，武者世界今后天下大乱！

光明对于人类是多么的重要。

没有光明就没有方向。

黑暗，永远是罪恶滋生的摇篮。

白一梦的分身落在了下方的一个院子里。

落在了一口没有一滴水的枯井之中。

白一梦分身沉重地喘息着，生源之力缓慢地修复着白一梦的肉身。

白一梦分身听到了外面地面上来去匆匆的脚步声，远处的惨叫声，怒吼声。

白一梦分身觉得自己已经睁不开眼睛了。

生源之力已经濒临能力的边缘，释放着最后的力量。

难道自己就这样死在武者世界了吗?

整个武者世界乱成了一锅粥。

那些平时慑于项家统治势力之下的强者全面暴动。

贪财的开始抢掠。

好色的开始翻墙入室。

平时就有过节恩怨的展开了报复。

无聊至极的，凑热闹的，闻风而动的。

全城一片混乱！

在“太阳”毁灭的前一刻，贺风脚踏着蝙蝠盾刚刚好到达了进出口通道的位置。

贺风目瞪口呆地看着武者世界变成了一片黑暗。

“武者世界的一场灾难啊！”贺风长叹道。

“反正我也要离开，我得罪了王刀和四庄主项东，私藏电芒炮，随便哪一条都是死罪。这还得多谢那个白衣人。要不然我也不可能走得如此轻松。凭我的科技方面的能力，在外面绝对是举世第一的科技之王。”贺风丝毫不担心项家的追杀，因为他已经掌握了摆脱血蛊控制的方法。

“嗯，居然启动了封锁程序？”贺风打不开进出口通道。

贺风笑了：“这可是我设计的东西，还难不倒我。”

贺风一拧手表，对准了通道墙上的机关，输入了一串数字，通道发出“嘀嘀嘀”的响声，随后开启，贺风闪身进入，大步离去。

贺风匆匆离开，却忘了关闭身后的通道大门。

一条黑色的人影闪电般掠出，经过贺风的身边而去，可是贺风竟然一点都不知道，贺风自顾自地快速离开。

又有一条人影在通道自行关闭的一刹那冲出了通道，进入了黑暗的海域。

通道的里面，无数的强者拼命攻击着通道的大门，可惜却是徒劳无功。

贺风做梦都想不到。

逃出武者世界的人绝不只是他一个人。

第十七章 皇甫浩泽的徒弟

大西洋上空数百米的高度。

此刻正有一个穿着银白色盔甲的人影在注视着海面。

这人脚下赫然脚踏着和贺风所使用的蝙蝠盾很像的飞行器，不同之处在于，这个飞行器如同鞋子一般大小。

这个金属人戴着一副红色的眼镜，微微抬起的左手手表上有一个一动不动的红色光点。

“这个一哥，可真是能跑啊。刚刚还在映月湖，一眨眼之间居然就到了大西洋了？看情况在海底还呆了快一天时间了。天哪，这还是人吗？这是鱼啊!”金属人嘴里骂骂咧咧，赫然是皇甫浩泽的声音。

“咦，有人出海了。”皇甫浩泽大喜。

一条白色的人影正从海底迅速地往上浮。

“好家伙。这人是谁啊？手里拿的是什么？海水居然退避三舍？这是什么宝贝？嗯，既然让皇甫大爷撞上了，这样的宝贝又怎能错过?”皇甫浩泽兴奋极了。

皇甫浩泽每天都窝在自己公寓的十四楼里研究一些高科技的东西。白一梦和邱志爵一直以来都不明白，这三年来，每个周末和节假日皇甫浩泽都上哪去了？他们到现在还不知道皇甫浩泽十五楼的房间是直通十四楼的。更不知道十四楼整层也是皇甫浩泽的。

别看皇甫浩泽平时大大咧咧，其实也是很浪漫的。

皇甫浩泽觉得，在自己没有取得什么成就之前，就埋头苦干吧，没有必要让兄弟们知道。所以他理解白一梦，你白一梦能御气飞行，不告诉他和邱志爵，这是一个多么大的惊喜。

皇甫浩泽也想给白一梦和邱志爵一个大大的惊喜。

直到皇甫浩泽得到了那个蝙蝠飞行器，他的研究得到了大大的突破，很多平时想不通的关键地方豁然开朗。皇甫浩泽的研究是关于重型武器的，他觉得，天威难测，天灾永远是人类最无力抗衡的能量。打雷闪电，海潮海啸，地震龙卷风，等等，都是人类最无助的敌人。

“刚刚研制成功的东西，就拿这个家伙练练手好了。”皇甫浩泽眉开眼笑，摩拳擦掌。

他可不知道，这位浮出海面的白衣人可是武者劲宗七阶的贺风，也是武者帝国的第一机械大师，醉心于研究发明高科技武器的贺风。

贺风最得意的地方绝不是在机械武器方面的成就，蝙蝠盾飞行器，电芒炮，这些对于贺风来说都是举手之劳，小菜一碟。贺风最得意的地方是他摆脱了血蛊的控制，为了这个，贺风不得不转变方向呕心沥血地进攻生物方面的研究，花了近十年的研究时间。贺风终于完美地完成了克隆技术！运用克隆出来的贺风，贺风一次又一次分化了血蛊的力量，直到第一千个贺风克隆体的出现，他终于完全摆脱血蛊。这也是贺风逃出武者帝国，不怕追杀的原因。现在的贺风，早在武者帝国的家中存放了一个活生生的克隆体，王刀和项广不可能想到真正的贺风已经逃出了武者帝国。

“原本还想在武者帝国中多弄一点宝贝再离开的，可惜干将神剑没到手，白花了我那么多的时间和心思。假如我电芒炮九级威力形成，那就是项广也无法抵挡。那武者帝国就尽入我手了。”想起项广宝库中那堆积如山的宝物，贺风就心痛不已。

“三百年了，我贺风终于自由了！”浮出海面，脚踏着蝙蝠飞行器，贺风对着蓝天白云，对着灿烂的太阳，兴奋地大叫。

“嘿，小家伙，你从哪里来的？”一个比贺风还兴奋的声音响起在贺风的身后。

贺风吓了一跳，转身看到了浑身银色盔甲的皇甫浩泽。

贺风像看着一个怪物一样看着皇甫浩泽，一堆破铜烂铁包装起来的行头也能飞行？贺风看到了皇甫浩泽脚上的两个鞋子蝙蝠飞行器。

这就好像鲁班看到了有人在搞木工，而且还搞得不伦不类。

“小家伙，我在和你说话呢？看什么看，小心皇甫大爷揍你。”皇甫浩泽实在是受不了贺风那鄙视的眼光，忍不住臭骂道。

皇甫浩泽一米九几的高大身材站在贺风的眼前，就好像大人在和小孩子说话一样。

“没想到，这世上还有人能有这等的技术。有趣，有趣。”贺风捂着肚子笑得眼泪都出来了。

“大爷也不和你废话，把你身上的那个能让海水退开的珠子交给我，乖乖交出来，免得大爷动手。”皇甫浩泽吩咐道。

“什么？居然还是个打劫的？我不行了。”贺风一边擦眼泪，一边捂着肚子弯着腰。

“居然胆敢取笑你皇甫大爷的行头？看我不揍得你满地找牙。”皇甫浩泽很生气，后果很严重。

皇甫浩泽挥起砂锅大的拳头一拳打向贺风。

“砰”！贺风只是轻轻抬了一下拳头。

皇甫浩泽倒退了近十米。

贺风可是劲宗七阶的武者，身体的坚硬程度可是比得上一般的钢铁。

看了看自己出现裂缝的拳头，皇甫浩泽吓了一跳。这个小家伙的拳头怎么这么硬？刚才那一拳，就是卡车也得被打翻了。

“你这个小家伙的拳头倒是蛮硬的。不过，你皇甫大爷还有更硬的东西。”皇甫浩泽从口袋里摸出了一根类似于电击棒的东西。

“电击棒？是十万伏特还是二十万伏特？”贺风哭笑不得，这种电击棒可是武者帝国五十年前就淘汰的产品。

“我就站在这里给你打，你要是能把我打倒，我就把避水珠交给你。”贺风强忍着笑意。

“这可是你说的。”皇甫浩泽咬牙切齿。

轻轻地一按电击棒的按钮，一道蓝幽幽的电光射向了贺风，这电光平平无奇。

但当这道电光靠近贺风的时候，贺风感到了不妙，这道电光中所蕴含的强大的电力，绝不是普通电流所能产生的。想躲，已经来不及了。

“哧哧”，电光击中了贺风。

“啊!”贺风四肢抽搐，口吐白沫，身上衣物瞬间化为虚无，全身冒起浓浓的黑烟，一股皮肉烧焦的浓烈味道弥漫开来。

贺风的头发被烧得一干二净，露出一颗圆溜溜的光头，眉毛也烧没了，门前一排牙齿掉了好几颗。那挂在腰间的电芒炮也焚烧得一干二净，怀里的夜明珠和避水珠裂开成了好几块。

贺风赤裸着黑黝黝的身体，呆若木鸡地看着皇甫浩泽!

这是什么情况?这是什么级别的武器?跟自己还没能完成的九级电芒炮是那么的相似。

“喂，小光头，现在这两颗珠子也破裂了。你还有没有其他的宝贝?快点交出来。”皇甫浩泽看着那两颗破裂的夜明珠和避水珠想哭。

其实他也知道，贺风的身上就是再有什么宝贝也被烧成渣了。

“早就告诉你了。别玩了。现在好了，什么都没了。要不是我只用了一半的威力，你这小光头只怕要被烤熟了。还站在这里发什么呆?赤身裸体的，还不快去找点东西来遮羞?你丢不丢人呐!”皇甫浩泽大骂了一通，转身准备离开。

抢人家的东西，人家不给，把人家的宝贝毁了，还把人打成重伤，最后，还是别人的不对。这就是皇甫浩泽一贯的风格。

“师傅!”贺风不顾一切地死死抱住了皇甫浩泽的大腿，打死也不能松手啊。

“干什么啦?”皇甫浩泽原本是想踹贺风一脚的，可一想起贺风身体的坚硬程度，不由得语重心长地教导道，“你这个样子是做什么?有话你就说嘛。搂搂抱抱的成何体统。”

“师傅。”贺风一脸的诚恳，“我叫贺风，我这一辈子最大的愿望和目标就是追求机械方面的最高境界。我原以为如今的我，放眼天下，绝对是机械中第一人。今天遇到师傅才知道人外有人，天外有天。我研究出来的电芒炮在师傅面前简直就是一个笑话。我愿誓死追随师傅左右。您就收下我吧。当牛做马，任劳任怨我也愿意啊。”贺风泪流满面，紧紧抱着皇甫浩泽的大腿。

这个小光头，看样子也喜欢研究一些东西，有一个助手也不错，可以帮忙搬搬那些笨重的机械金属，平时没什么事还可以用来揍一揍，免费的陪练啊。这样一想，皇甫浩泽乐意了。

“嗯。看在你一脸诚恳的份上，我就收下你了。从今天开始，你就跟我混了。我叫你上山，你不能下水。我叫你打狗，你不能抓鸡。我说是，你不能说不是，不是也是。我说不是，是也不是。明白了吗？小光头。”皇甫浩泽感受到了一种东西叫做威严。

“没问题，一切谨听师父教诲。”贺风松了口气，放开了紧抱的大腿。

“第一课，不要再叫我师傅，这样会把我叫老了。以后你让我怎么泡妞？你就叫我皇甫少爷。我叫皇甫浩泽。”皇甫浩泽吩咐道。

“是。”贺风微微躬身，一脸崇拜地看着高大的皇甫浩泽。

如果皇甫浩泽知道身边的这个小光头贺风是一个已经活了三百多年的老怪物，估计得疯掉。

“现在我问你，你从哪里来的？那个能让海水退避三舍的亮光珠子又是什么东西？你在海底有没有看到一个一身白衣的，样子有点坏坏的家伙？他在是不需要用你的那个退水珠子的。”皇甫浩泽一口气问了一大堆问题。

没办法，贺风只能把所有的事一件一件慢慢地说给皇甫浩泽听。从武者阶段，宝贝，项家，霸王宫……

“分身没事！”白一梦虽然变成了雕塑，不能听，不能说，不能动，但是白一梦感觉到分身此刻虽然很虚弱，但却均匀的气息。

“分身，你怎么样了？”白一梦本尊心中问道。

如果是平时，本尊和灵魂分身本是一体，两者相知相通。本尊经历的事分身会知道，分身经历的事本尊也能够全部知晓。可这次伤势太重，沉淀在金色的无回江底，白一梦本尊现在只能感受到分身的存在，至于分身目前的情况就无法感知了。

“我没事。我现在在一口枯井井底。我现在正在疗伤，我伤势很重，神农鼎炼化的还魂丹形成的躯体被毁灭了。没有了肉身，仅仅残余真气的我，现在就好像是一个透明的幽灵，没有一定修为的武者无法看到我。我也不知道还能撑多久，会不会就这样慢慢地烟消云散。我感觉越来越冷了。”白一梦的分身盘膝端坐在枯井井底。

“你呢？本尊，你情况怎么样？”

“也不知道这无回江的江水是怎么回事？江水已经把我整个人包裹了。估计现在的我就是一尊金色的雕塑。无法动弹啊。”白一梦本尊心中苦笑。

“现在我们都被困住了。要想逃出去必须增加实力。我现在炼化还魂丹的残余之力尽快形成肉身躯体。你呢也快点修炼，突破到中阶兵宗者，也许就能够破开包裹重获自由了。白一梦分身道。

“也只好如此了。既来之，则安之。”白一梦本尊无奈道。

白一梦本尊和分身双双沉浸在了修炼之中。修炼了，也许无法战胜那拥有奇异墨绿色血滴的项锋和那近乎天神一般的项广。但如果不修炼，不去进步，就只有死路一条。

逆境，是考验一个人的真正时刻。

在逆境中，又有几个人能够静下心来。

“那奇异的墨绿色血滴太可怕了！”

“仅仅只是一个意念形成的巨脸我都挡不住，这个武者世界项广是如何建造的？或者说，是从哪里来的？但是有一点，这条无回江绝对不是人为的，更不是项广所能够控制的。要不然我此刻不可能还停留在江底，都没有人来捉拿我。很显然，无回江无回江，有去无回，它是武者世界所有人的禁地。这江水也太奇怪了，太粘人了。”怀着一连串的问题，白一梦努力静下心来修炼。

可你叫人怎么修炼啊。

饿啊！

从进入武者世界到现在，连番大战，飞奔，逃窜，直到现在，这一天一夜，白一梦可是什么东西也没吃啊。体力消耗太大了。白一梦知道，不出七天，就算没被项锋杀死，自己也得被饿死。

还好分身拥有还魂丹之力，就是不知道能不能为本尊带来能量？白一梦不敢再想下去。

第十八章　真正的孤独

是要死了吗?

白一梦感到昏昏沉沉。

就连思想都快要停止了。

冷，无尽的寒冷包围着白一梦。

“本尊，本尊，你怎么了?”脑海中传来白一梦分身焦急的声音。

“你很虚弱，我都快感觉不到你了。”白一梦分身大声地呼喊着。

白一梦本尊努力锁定灵魂分身的存在。

“我也一样，我也快感受不到你了。”白一梦本尊的声音断断续续地传到白一梦分身那边。

一口枯井井底。

白一梦的分身蜷缩在地上，透明到肉眼已经无法看到。

本尊死，分身灭。

分身亡，本尊伤。

两者之间是相辅相成的。

“轰”一声，白一梦的本尊和白一梦的分身终于彻底失去了联系!

同一时间，原本平静的金色大江，无回江咆哮了!滚滚的江水汹涌澎湃地向着前方涌去!整个武者世界的人们都知道，百年一遇的无回江大潮又爆发了!

不到十分钟，金色的无回江水全部消失，露出了深不见底的黑暗河床。

白一梦也随着滚滚的江水，从江底消失了。

大西洋上空，阳光明媚。

皇甫浩泽和贺风把游艇停在海面上。两人惬意地躺在甲板上，喝着香槟，吃着牛排，皇甫浩泽动不动问一个问题，贺风老老实实地回答。

突然，远处的海面上轰隆一声巨响，紧接着爆发出一个惊天动地高达几百米的巨浪，如同海中盛开了一朵巨大的兰花。

什么情况？什么情况？

皇甫浩泽和贺风迅速飞到空中，呆呆地看着这一切。

“这是武者世界的无回江大潮爆发了！”贺风明白了。

“无回江大潮?”皇甫浩泽疑惑道。

“是这样的师傅，我前几天不是和您说过，你的那位白衣朋友掉进了无回江吗？无回江有一条铁律，那就是有去无回，必死无疑。百年一遇，江水一空。刚才的巨浪，就是武者世界无回江涌入大洋造成的。我不是说他必死无疑吗？今天无回江大潮来了，他的尸体必定被冲进了大洋之中。”贺风解释道。

“放屁！一哥不会死的。小光头，我们现在马上回去，准备潜水设备，进入大洋找人。”皇甫浩泽狠狠敲了贺风的光头一下，一个核桃大的红色大包缓缓升起。

“是！”贺风摸着脑袋上的大包，和皇甫浩泽迅速往家中飞去。

海水慢慢落下，海面慢慢恢复了平静。

更高的空中。

一架私人飞机正在横跨太平洋。

飞机上只有三个人。

两男一女。

那位年轻貌美，青春靓丽的美少女正拿着望远镜在海面上观察着。

“琼儿不必惊慌，也许是大洋里的鲸鱼冲出海面的声响呢。”一位须发皆白的老者笑眯眯地对少女说道。

“萧俊，降低飞行高度，我似乎看到了什么?”名叫琼儿的女孩对驾驶飞机的那位黑衣男子惊叫道。

“是吗?”老者表情瞬间凝重起来，连忙拿起望远镜，向着少女的观察方向看去。

“东南方向，快!”老者对萧俊吩咐道。

“是。”萧俊点了点头。

飞机迅速降低高度，贴着海平面缓缓飞行。

“那似乎是一道金光，那会是什么呢?”琼儿拿着望远镜东张西望。

飞机绕着海面上一尊金色的人形雕塑飞行着。

“嗯，这金光居然是一尊雕像，技术非常高超，栩栩如生，实在是太逼真了。但是这是用什么材料制作的，居然会浮在海面上?”老者两眼放光，神情激动。

“我的好爷爷，您的老毛病又来了，一看到好的艺术品连自己姓什么都快忘了吧？萧俊，还不快点，把爷爷的心肝宝贝给弄上来。”琼儿拉着老者的长胡子，笑道。

“谁说的？爷爷真正的心肝宝贝是琼儿。艺术品哪里能和我的琼儿比呢。哈哈哈哈。”老者抚摸着少女的额头，哈哈大笑道。

萧俊打开舱门，拿了一条麻绳，将一头固定在飞机的座椅上，继而纵身跳入海中。将金色的雕塑捆好。然后爬上飞机。三人齐心协力将金色石雕拉上了飞机。

“老爷子，这次的艺术品大奖赛冠军，是非您莫属了。”萧俊对着老者一躬身。

“那是当然，这都是琼儿的功劳，这可是琼儿发现的。”老者笑道，“只是我到现在都没弄明白这雕塑用的究竟是什么材质呢。这可是一种从未被发现的新型材料啊。遇水不沉，你看，火也烧不坏。”老者拿火机去点燃雕塑的表面，不可燃。

“也没有磁性，不是金属，也不是木头，更不是石头，这究竟是什么呢?”老者陷入了沉思。

这老者显然是一位艺术造诣很深的收藏家。

“爷爷，你先帮我和这个雕塑照个相嘛。这可是我发现的哦。”琼儿兴奋地搂着金色雕塑。

“好吧。”老者无奈地笑道。

私人飞机向着青虹市的方向飞去。

青虹市的世纪广场上多了一尊“和平王子”的雕像，引起了全市人民的好奇心。

电视上，报纸上，网络上，都进行了最大篇幅的报道。这可是全国最具知名度的石雕大师傅青山大师的最新作品。

看到雕塑的人们都不由得惊呼：“哇！太逼真了！哇！大师的杰作啊！”

白一梦做梦也没想到自己有一天会受到万民的敬仰，而且还会戴上这么漂亮的王冠，纯金的王冠，王冠中间更有一块夜光四射的翡翠。高高站立在十几米高的高台上，环顾着整个世纪广场。

现在的白一梦正处于一个极度的安静环境之中。听不见看不见。在感觉到无回江大潮来临前的一瞬间，白一梦本尊逼迫自己迅速进入龟息状态，强制休克昏厥。此刻，白一梦本尊将身体的消耗降到最低，脉搏十分钟一次，心跳一分钟一下，能不跳尽力不要跳。

白一梦的眼前，只有无尽的黑暗。白一梦如果知道自己不但回到了青虹市，而且还站在青虹市最热闹的世纪广场正中央，成了万众瞩目的和平王子，一定会哑然失笑吧。可惜却没有人知道这里有一个活人，更没有一个人来救他。这才是真正可怕的。

白衣梦本尊醒了，在醒来的一瞬间，白一梦本尊感受到了白一梦分身的存在。白一梦能感觉到自己现在是站着，不像在无回江底是躺着。那自己现在又站在哪里呢？在太平洋的海底？或者是在某种大型鱼类的肚子里？白一梦也懒得想。

更不知道自己到底还能撑多久。

第十九章　天性的力量

武者世界，霸王城。

这是一个古色古香的大型院落。

名字叫“思危堂”。

思危堂的后院的一口深达几十米的枯井之中，白一梦那近乎透明的分身蜷缩成一团，突然睁开了眼睛。白一梦分身再度感受到了本尊的存在，白一梦分身松了口气。

此刻，白一梦的本尊和分身都已经虚弱到了极限，都无法动弹，唯有慢慢等死。和本尊想比，白一梦分身唯一的好处就是，他能看见，能听见，但是也一样不能动。

灵魂分身就这么静静地躺在井底。

枯井的井底不知道什么时候有水了，而且还越来越多，井水越来越多，白一梦的灵魂分身就这么浮在水面上，一点一点地升高。

终于，当井水满到井口的时候，井水不再增加了，而白一梦的分身，就这么浮在井面上。

眼前是一片草地，高高的院子的榕树上挂了一盏巨大的灯笼。武者世界的黑暗基本上得到了控制，家家户户都分配到了若干的夜明珠。远处传来隐隐约约的人声，看来因为太阳消失的黑暗暴乱已经得到了控制。

浮在井面上的灵魂分身一点都不怕被人发现，就算现在有人站在他的面前，对方除非是兵宗级别的强者，要不然不可能发现他。

还魂丹之力所剩无几了，也不知道究竟还能撑多久。白一梦的分身苦笑。

后院的大门突然开了。

一位鹤发童颜的老者手持夜明珠缓步走到了庭院中，一步一步走到了枯井旁的石椅，沉重地坐了下来。他身上的灰色制服，彰显着他的身份。老者就这么静静地坐在石椅上，注视着掌中的夜明珠。苍老的，布满皱纹的脸上书写着无尽的沧桑。

这是一个疲倦的老人，没有一点生气，和这个夜晚一样的阴暗心情。

老者距离白一梦的分身只有不到两米的距离。如果这个老者心情开朗一点，精神旺盛一点，他肯定能够感受到漂浮在枯井之上的白一梦。可惜，老者现在的精神很差，甚至可以说很萎靡，很颓废。

他很孤独，很无助，白一梦静静地注视着老者。这样的高手，这样的修为，还有什么能够让他变成这样呢？白一梦看得出来，这个老者距离跨越兵宗阶段的修为仅仅只是一步之遥。现在的老者，已经达到了兵宗九阶巅峰的状态，即将进入大圆满大涅槃阶段！

“大限将至，天意难违。”老者喃喃道，两行眼泪，无声滑落。

宗劫！

白一梦恍然大悟。

难怪老者忧心如焚，心如死水。在武者修为中，从劲宗到气宗再到兵宗，基本上修炼起来没有太大的难度，无非就是修炼方法，个人天赋悟性，时间长短的问题。只有从兵宗九阶巅峰再进一步，多少武者穷其一生也无法逾越，停滞不前，直到死去。

这个思危堂就是为那些多年以来突破无望的武者准备的居所，这里留有很多项广为武者强者们准备的各种修炼法门，如果在这里还是无法参悟的话，那也就只有死在这里了。居安思危，最后的冲刺。

“父亲。”一男一女两道身影从远处飞来，落在了院中。

增加了两颗夜明珠的光辉，整个庭院被照得如同白昼一般。

男的同样是一身制服，肩上是黄色虎头标志。

女的也是一身制服，肩上是青色虎头。

两人均是一脸悲痛之色，双双跪倒在老者身前。

女人的怀里还抱着一个约莫几个月大的婴儿。

“阿朗，小敏。你们无须难过。为父已经活了将近三百年了。你们如今都已经长大成人，我就算死了也无憾了。”老者张开双手，放在儿女的头顶，长叹一声。

继而仰望着漆黑的天空，平静地说：“人生在世，不可能完美。为了追求武者的最高境界，我自愿加入项家，进入这武者世界。如果说还有难以割舍的，那就是你们的娘……虽说两百年了，但我相信，她没死。”说到这里，老者的脸上充满了坚毅之色。

“如果有一天，你们兄妹二人，或者是其中一人，有机会离开霸王城，去到外面，一定要找到你们的娘亲，尽一尽为人子女的孝道……”

“是。”一男一女齐声回答。

“小敏，这个婴儿是怎么回事?”老者笑看着女儿。

“是这样的，父亲。我和大哥追捕越狱的逃犯陆豹。追着追着，那陆豹不见了。无意中在街头的死人堆里发现了这个婴儿，也不知道是谁家的孩子。我们正准备将这个婴儿送到管理处去。”那叫小敏的女孩回答道。

“阿朗，你也该为我们白家开枝散叶了。”老者笑望着男子。

“我会抓紧的，父亲，我也想快点让您抱孙子啊。”白朗苦笑道。

“来来，让我抱一下这个婴儿。”老者伸手接过了白敏手中的婴儿。

“爷爷抱抱，这孩子真漂亮。”老者惊叹道。

婴儿估计也就六七个月大的样子，虎头虎脑，居然还有一颗门牙，一双无邪的乌黑大眼珠闪烁着好奇的光芒。身上仅仅挂着一件火红色的小肚兜，一双肉嘟嘟的小手抓着老者的长胡子来回摆动，嘴里发出稚嫩的叫声。

“哈哈哈哈!”老者开心地大笑。

“父亲，我实在是不明白，这个宗劫到底是怎么回事？前几天看您还容光焕发，青丝不改。这才两天而已，怎么突然就须发皆白，皱纹满面，老态毕现?”白朗疑惑地看着老者。

“武者，较之常人而言，原本寿命就会长得多。所谓宗劫，乃是武者与天地之间的一种感应，在这最后的九天，武者修为都会消散于天地之间，慢慢回归常人，最终老死。假如能够跨入兵宗九阶阶段，进入大圆满大涅槃阶段。那便是又一番新天地。所以说，岁月，时间，才是这世间最强的力量。无声无息，创造一切，也在无声无息之中毁灭一切。不论你是帝王将相，还是草民百姓，都无法从中解脱。”

老者注视着认真听话的儿女，身上能看到的只是一个父亲对儿女的慈爱，往日的那种统领千军万马的气势根本已经不复存在。

“难道就没有人能够打破时间法则，摆脱天地束缚？直到永恒吗？”白敏拉着老者的手，美目之中泪如泉涌。

“这个……”老者的眼中是无尽的迷茫，“项广曾经说过，武者修为中，大涅槃阶段就是武者修为的最高境界。没有人能够超越兵宗大涅槃！敏儿，不要流泪了。”

大涅槃？白一梦分身心中大惊。《昊然正要》中提到的武者修为最高境界是兵宗九阶巅峰状态！自己却不知道原来兵宗九阶巅峰之上，还有这两个可怕的飞跃——大圆满，大涅槃！

“滴滴。”白朗和白敏的手表发出了声响。

“该干活了。去吧。”老者挥手笑道。

“是重大监狱方向，看来又有人越狱了。”白朗苦笑一声。

“父亲，看您这么喜欢这个孩子，那就辛苦您照看一下了。”白敏在老者的手背亲吻了一下。兄妹二人双双越过围墙，紧急离去。

白一梦非常理解老者现在的心情。对于一个垂死的老人来讲，突然间有一个如此可爱的婴儿陪伴，那是一种何等的爱怜之情。

老者将婴儿高高举起，婴儿伸展着双腿，努力踩在老者的大腿上。

也许，老者很希望在有生之年看到儿孙满堂。可惜现在已经来不及了。看到老者逗弄婴儿洋溢的欣悦笑容，白一梦甚至忘了自己现在的处境。

突然，婴儿脸上的天真笑容不见了，咯咯欢叫的小嘴也合上了。那原本天真无邪的乌黑大眼睛变得冰冷无比，就这么冷冷地盯着老者。

这是成年人才具有的眼神！

白一梦如同见了鬼一般看着婴儿！

一个七八月大的婴儿，却拥有成年人那凶狠的眼神。这场景，诡异至极，恐怖至极。

在和婴儿眼神对视的一瞬间，老者浑身的汗毛都竖了起来，毛骨悚然之下，老者不顾一切地将婴儿扔了出去。

身为兵宗九阶巅峰的强者，就是面对项广的时候，也没有令他恐惧到六神无主、手足无措的地步。老者发现自己的身体居然僵硬到无法控制！

牙齿咯咯作响，浑身也在轻微的颤抖！

那是一种深入灵魂的恐惧！

凌空飞起的婴儿撞在了庭院中间的大树上，掉在了地上。可他没事，一点事都没有，摇摇晃晃的婴儿啊呀啊呀地欢叫着走向老者。在婴儿爬起来的一瞬间，白一梦发现，他又变成了那个天真无邪的婴儿，惹人疼爱的小宝贝。

婴儿欢叫着一步一晃地走向老者，在距离老者不到一米的时候，老者的身体就如同豆腐一样支离破碎了！

在老者消失的地方，一颗金色的内丹从空中坠落，落在了婴儿的手心里。

婴儿抓着内丹，就好像我们吃苹果一样，大口大口地吃了起来，

白一梦死死咬着自己的嘴唇，白一梦很害怕自己会叫出声来。

吃内丹啊！老者三百多年的修为就这么轻而易举地被这个婴儿吞噬了！这个婴儿是魔鬼！是恶魔！

吃完了内丹，婴儿还是那么一摇一晃爬上了石椅，石椅上，是老者残留下的夜明珠和手表。霸王宫的每一个成员，都会拥有一块手表，这是成员之间的联络工具。

婴儿厌恶地一脚踢开了夜明珠，双手抓住手表，在上面点了几下。

这个恶魔在干什么？难道……白一梦明白了，他是想把老者的儿子女儿叫过来。

不一会儿，远处一点光辉快速逼近，落在了庭院中。

果然是老者的儿子，白朗。

白朗疑惑地东张西望，他一收到老者的传唤就立即赶回来了，可是老者呢？

白朗一把抱起石椅上的婴儿，右手拔出腰刀，警惕地戒备。

兄弟啊，你手里抱着的才是最可怕的敌人啊！白一梦实在不愿意再看下去。

白朗点了一下手表："小敏，你快点回来，父亲不见了。快点。"

"我已经在路上了。"手表上传来了白敏的声音。

白朗的视线停留在了枯井上，一步一步缓缓地逼近了枯井。

难道你觉得你父亲掉到井里来了？我的天哪！白一梦疯狂地呼唤着，可惜没有声音，也没有人看得见他。

白朗怀里的婴儿已经安静地看着白朗的侧面，那冰冷没有感情的眼神诡异之极。

白朗站在枯井旁边，注视着满池的井水发呆。

婴儿的小手缓缓抓向了白朗的丹田。

白一梦无奈地看着这一切。

白一梦闻到了香味。

一股浓郁的如同人参一样的香味。

这股香味的来源竟然是来自婴儿的身上。

难道这婴儿是人参？

婴儿的小手刚刚刺破白朗的丹田，握住了白朗的内丹，还没来得及收回。白一梦拼尽了所有的力气，运出干将神剑，干将化成一张小网，密密麻麻地牢牢包裹住婴儿。婴儿的眼中现出了恐惧，忽然化为人参。

果然是千年人参，白一梦大喜，沉入了井底。

原来传说是真的，千年的人参不仅仅可以化成人形，而且居然还喜欢吃武者的内丹！这个千年人参可能才刚刚化成人形，道行太浅，个头也小，也只能变幻成婴儿模样。可惜你终究只是一种植物。

白朗按着丹田的血洞，脸色苍白，后退几步，摔倒在地。

刚才，他差一点就没命了。婴儿刚刚是要直接摘取他的丹田内丹啊！内丹只要一离开丹田，那他白朗就死定了。这个婴儿太可怕了。

"大哥你怎么了？"白敏扑倒在白朗的身边，脸色苍白。

"是那个婴儿。是他，是他。他杀死了父亲，我也差一点死在了他的手里。难怪我们是在死人堆里发现了他。那些人都是他杀的。"白朗浑身还在颤抖。

"婴儿杀人？"白敏大惑不解。

"就像我这样，直接拿掉你的内丹，我差一点点就死了。如果不是井里出现了什么东西，将他拖进了水里，我现在已经是一个死人了。”白朗努力站起身。

“水里还有东西?”白敏看着水花四溅的井面。

“马上叫人过来帮忙，我倒要看看这都是些什么怪物。”白朗边包扎，边在手表上快速按键。

兄妹二人注视着井面。

水下。

“我不管你听不听得懂。”白一梦对着千年人参说话，“也不知道你能不能感受到我的心情。我只想告诉你，你吃人内丹是你的天性使然，就好像花草需要阳光，人类需要吃饭一样。但我希望你尽量不要去伤害另一个生灵。我现在可以放你走，但为了防止你继续残害无辜，我需要留下你的内丹。”

千年人参的眼中闪过一丝惊喜，猛地一缩腹部，一颗鸡蛋大小，金光闪闪的内丹吐了出来。

白一梦觉得自己快晕了。

这是兵宗九阶巅峰才能拥有的金丹!

迅速将金丹收入丹田，白一梦松开了干将神剑化作的小网，千年人参欣喜地在井壁上掏了一个洞，消失了。

第二十章　当参也不错

白一梦盘膝端坐在井底水中，炼化着丹田中的那颗金丹。不到一会，金丹的能量就被全部消耗一空，连带着原本残留的一点点还魂丹之力，都被全部炼化掉了。

白一梦的分身实力大增，原本有助于本尊的武者修为提升，可惜两者现在距离太远，本尊无法感受到。

金丹以雷霆之势流窜在白一梦分身体内的每一个角落，强化着白一梦分身的肉身，每一个细微之处。白一梦分身脸色红润得如同初生的婴儿一般嫩滑，神采飞扬。双目开合之间，精光闪烁。就连那收入体内的干将神剑也实在受不了，飞出体外，立于井底。

白一梦分身感受到了本尊的微弱气息，也感受到了本尊身上所包裹的那一层金色液体。

这是什么东西？也不知道干将神剑能不能劈得开？白一梦分身思考道。

白一梦听到了井上白朗和白敏的对话。

可怜这个老头临死之前也没能看到儿女最后一面，白一梦分身为老者的死感到惋惜，这可是兵宗九阶巅峰的强者啊，距离大圆满仅仅只是一步之遥。

白一梦这样想着，却不知道，当他想着老者的时候，他的身体，包括他的脸，都在轻微地扭曲，转眼之间就变成了老者的模样。

“我不管，就是死，我也要杀了那个婴儿，为父亲报仇。”白敏不顾一切地冲向井边，白朗死死地抱着妹妹。

白敏一把推开白朗，手持长剑，就纵身往井里跳。

清澈的井底，白一梦看到白敏的身影出现。

看来只能制服这个小妞再想办法去救本尊了。白一梦的分身突然看到了白敏眼中的老者，还有白敏一脸的欣喜。

千年人参可以变换人形，我炼化了它的千年金丹，所以我也能够变幻了。白一梦的分身瞬间明白了一切。

“父亲!”白敏不顾一切地抱住了白一梦。

温香软玉抱满怀，还是在水里，现在体内本来就能量充沛，白一梦差一点就流鼻血了。

如果连亲人都能骗过，那我岂不是可以以老者的身份大摇大摆地出现在外面了，还可以大摇大摆地出去了。本尊啊，我来救你了。

白一梦分身大喜过望。

一纵身，父女二人，冲出井底，落在了庭院之中。

“父亲，你没死啊。”白朗愣了一下，连忙迎了上来。

旁边是白朗呼叫来的数十名霸王军战士，所有人看到老者的出现，都吃了一惊，继而全部单膝跪下行礼。

“小敏啊，不要哭了，为父刚才差一点就被那个小恶魔杀死了。现在不是没事了吗?”白一梦轻轻拍打着白敏的后背，示意众战士免礼起身。

“父亲，你怎么会在水里呢?我还以为……”白朗喜极而泣。

“我被那个小恶魔打成重伤，掉入井中。朦胧之间看到他正要对你下毒手，大惊之下使出毕生功力将其吸入井底，最后两败俱伤，小恶魔逃之夭夭。”白一梦编着谎言。

“可是父亲，你的气息……”白朗追问道。

“不错，我突破了!哈哈哈哈!生死关头，恶战之下，我居然一举突破了兵宗九阶进入了大涅槃。阿朗，小敏，为父成功了!”

“恭喜白府主!贺喜白府主!”数十名霸王军激动地大声呼喊。

“恭喜爹，贺喜爹!”白朗和白敏也激动得不得了。

“都散了吧，我要回家大醉一场。”白一梦挥手解散了战士。

“我们回家。”白朗白敏一人挽住白一梦一只手，父女三人大步向巨大雕像走去。

巨大将军雕像第一百层，白敏正在厨房和大厅之间忙碌着。

宽敞明亮的餐桌上，白朗目瞪口呆地看着白一梦，“他的父亲”。

饿啊！白一梦这一辈子都没有这么饿过。

狼吞虎咽，风卷残云，除了鱼之外，所有的菜连渣子都没有剩下。

“妹妹，厨房里还有菜吗？”白朗问道。

“有。”白敏又一次冲进了厨房。

“父亲，您慢点吃，不要着急啊。小心噎着。”白朗赶紧给白一梦满上了一大碗女儿红。

“爽啊！”白一梦拍着肚皮，四仰八叉地躺在了竹椅上。

“原来突破到大涅槃会这么饿啊？看来我只能吃鱼了。”白朗苦笑。

“老哥，你也不想想，父亲这几天可是粒米未进，滴水未喝。现在突破大涅槃，心情大好，自然要大吃一顿了。”白敏端出两盘牛肉，坐在了餐桌上。

“嘀嘀”，白朗的手表响了。

“父亲，项二庄主，请您立刻上殿。”白朗开心极了。

“看来父亲大人进阶大涅槃的事已经传到庄主们那边去了。父亲，你又要加封了。”白敏也很开心。

“知道了。”正在闭目养神白一梦笑了。

正愁怎么离开呢，正好去看看有什么任务，如果是被派到外界，那岂不是正好名正言顺地去救本尊？真是天助我也。

巨像将军的左眼之中，也就是霸王城武者世界的统治核心所在。

霸王殿。

白一梦、白朗、白敏，单膝跪在大殿中央。

大殿之上，宝座之中，二庄主项英端坐上方。

项英的左右两边，各站着三十六个红色制服、红色披风上有红色虎头的男男女女。

这七十二个人是武者世界霸王城七十二个府的府主，都是刚刚进入兵宗九阶巅峰的强者。

项英的身后，是十四个黑衣，没有任何标志的强者，从气息上来分析，白一梦认为，这十四个人都已经是兵宗九阶大圆满的领域。因为白一梦无法感受到这五个人的修为境界。

大殿的左右两边，各站着一百八十名橙色制服、披风之上有橙色虎头的男子。这三百六十个皆是清一色的兵宗九阶的强者。他们是武者世界霸王城三百六十个街区的管区长。

白一梦有点晕了。

这些人随随便便，任何一个人都可以战胜项英，为什么这么多人却要听命于项英呢？白一梦想不通。

“白杨区长，啊，不对，白杨府主请起。”项英洪亮的声音回荡在整个殿内。

修为的进步，也就是身份的进步，这个项英倒是分得很清楚嘛。这也难怪武者世界的每一个人那么辛苦地修炼，因为强者不仅有好的待遇，更受到所有人民的尊敬。

“白朗，还有白敏，你们也起来。”项英点头道。

“想我霸王城，这几天被强敌入侵，失去了光明。各区各府都在抓紧启动电力供应。可笑那机械区长贺风居然逃离了霸王城，而且还毁坏了电力工厂。我已经派出了强者前去追杀贺风，顺带着铲除所有叛变逃出霸王城的武者。另外，关于外界的三位教官。其一王刀教官保护四庄主不利，致使四庄主和入侵者命丧无回江，如今已被收押进了死牢。雷洪教官却是不幸战死。也就等于三位教官都已经失去了职能。所以，白杨区长荣升为府主，三大教官尽皆废除，特在外界多设一府，名为无赦府。无赦府的地点就设在映月湖对面的奇岩峰上。另外我已经派出秦杀、罗亡、高绝和郭灭四大高手奔赴外界。当前任务就是铲除一切叛徒。”项英大手一挥。

两名身穿紫色长裙的少女手捧玉盒，缓步走到了白一梦身前。

一个盒中是一颗夜明珠和一颗避水珠。

另一个盒中是一套漆黑的制服和有黑色虎头标志的披风。

“多谢二庄主。”白一梦单膝跪下。

“白朗，白敏，兄妹二人诛杀逃逸者有功。赏黄金万两，封为区长。”项英赞赏有加。

“谢二庄主。”白朗、白敏心中激动。

“最后一件事，各区各府听令。第一，尽快恢复城中秩序，该建的建，该清理的清理。要保证民众居有其所，衣食无忧。另外，加紧搜查工作，一定要找出入侵者的分身，一旦发现，杀无赦!”项英厉声道。

“是!”众人齐声遵命。

回到住所。

白一梦站在客厅里发呆，到底哪一个房间才是白杨的卧室呢？这要是进错了房间，那岂不是引起白朗白敏兄妹的怀疑？

“父亲，你怎么了？莫不是因为升为府主，要搬离这里，感到舍不得？”白敏笑着扶着白一梦坐在了沙发上，把头靠在了白一梦的肩膀上。

“嗯……嗯……这个，还真是有点舍不得。毕竟在这里生活了这么多年了。”白一梦打着哈哈，闻到白敏身上那如兰的体香，白一梦的老脸微微发烫。如此近距离的身体接触，白一梦拼命控制着下体的反应，真是要命。

“啊，这个，小敏啊，你哥哥升为区长，找朋友庆祝去了。你为什么不一起去呢？”白一梦抱起一个大西瓜，放在两腿之间，挡住要害部位，趁机摆脱了白敏依靠的脑袋。

“这个，姑娘家家，要多到外面走动，整天窝在家里，小心变成没人要的老姑婆啊。”白一梦一瓢一瓢大口地吃着西瓜，故意流得满嘴都是西瓜汁，来阻止白敏的靠近。

“哼，我才不嫁呢？这里的男人，我一个都看不上。我要嫁的人，必须是人中麒麟，武者中的帝王。”白敏站在白一梦的身后，揉捏着白一梦的双肩。

真是一个又乖巧又孝顺的好女儿，白一梦感叹道，同时也是一个心比天高的女人。

“人中麒麟，武者帝王？那我看咱们霸王城中也就只有项广项大庄主才配得上你了？不要太挑剔啊。小心千里马没有了，就连骡子也没有了。”白一梦哈哈大笑。

“大庄主当然是武者中的经天纬地之才了。但是年纪也太大了吧？活了两千多年了，至今还是兵宗九阶巅峰状态。就连项二庄主身边的侍卫王刀都已经是气宗三阶了。要不是因为有血蛊，就是这些手下，包括父亲在内，有好多大庄主也不一定打得赢啊。”白敏笑道。

“敏儿，说的也是。”白一梦心里一动，觉得继续套一套白敏的话，“要是咱们能够摆脱血蛊的控制，那岂不是可以彻底离开霸王城了？”

“父亲想离开霸王城，父亲莫不是在开玩笑吧？”白敏脸色微变，认真地盯着白一梦，盯着自己父亲的脸。她看到了父亲眼中的坚定。

“敏儿尽管放心，为父突破大涅槃，已经掌握了空间领域，我们的谈话都在领域之内，纵使是项大庄主，也绝对无法洞察得到的。”白一梦笑着点了点头。

白敏的脸色很快又恢复自然：“不管父亲怎么决定，敏儿都支持父亲。可惜千百年来，还没有一个人能够彻底摆脱血蛊的控制。就算父亲因为升为府主，到了外界，项大庄主一个念头还是可以轻易杀死父亲大人的。”

“在外界我自然不是项大庄主的对手，要对付项广，就一定要在霸王城。为父至今也想不明白，项大庄主在这霸王城中为何就能够翻云覆雨，撒豆成兵啊。”白一梦想起了柳明眸，想起了外界的白一梦本尊，顿时有一点心急如焚的感觉。

“女儿也想不明白。”白敏沉思了一会，“据城中居民的传说，这武者世界霸王城并非由项家兄弟创造，那‘无回江’就是一个例子。都说项大庄主手里有一个宝贝，掌握了这个宝贝就等于掌握了武者世界，所以项大庄主在霸王城才能够如同神一般的存在。”

“可惜从来没有人见过这个宝贝，也没有人知道项大庄主到底在哪里。都说项大庄主最近在枪冢，这个枪冢又是哪里呢？依我看，也许只有项二庄主才知道项大庄主的所在。”白敏喃喃道。

“哎，敏儿，今天是什么日子，我怎么觉得今天似乎看到了有一顶花轿进入了大厦？”白一梦赶紧打听柳明眸的消息。

“父亲是说映月湖的柳明眸柳教官吗？听说柳教官被大庄主看上了。今天被项二庄主送进了枪冢。这么多年来，十几个庄主夫人进了枪冢，就没看到一个回来过。”白敏叹了口气。

“敏儿，为父累了。来，扶我进房休息。”白一梦一进房间，立刻反锁房门。

“父亲大人晚安。”听着白敏的脚步声，白一梦确定她进了房间之后，立即恢复了本相。

白杨的房间很简单，一床，一桌，一椅，一个书柜，一盏台灯，一套茶具。

现在先调理一下身体，找个机会拿下项英，逼问出柳明眸的下落，就算那个什么枪冢再可怕，也一定要把柳明眸救出来。然后去找本尊，也不知道本尊现在到底怎么样了？虽然能够感受到本尊存在于外界，可是却无法得知具体的位置。

白一梦盘膝而坐，缓缓运气修炼。

如今不仅拥有了空间领域，时间静止领域，还掌握了千年人参千变万化的天赋。凭着手中的干将神剑，以自己目前的实力，就算项英使用了墨绿血滴，也应该能够一战了。如果是突然袭击的话，项英没有使用墨绿血滴，那岂不是手到擒来？白一梦心中计划着行动步骤，预想着可能发生的任何情况。现在要做的，就是养精蓄锐，明天早朝，再见机行事。

“父亲!”

一步入房间，白敏关紧房门，背靠着房门，瘫坐在地上，泣不成声。

也不知道哭了多久，白敏慢慢抬起了头，布满血丝的大眼睛里眼神愈发坚定起来。

“不管你是谁？如果我查出父亲的死与你有关，我一定要将你碎尸万段！至于你为什么要冒充我的父亲，你的目的是什么？只要你没有伤及无辜百姓，我暂时不和你计较。”白敏抚摸着手中的长剑，擦干了眼泪，深深吸了一口气。

这下情况复杂了。

夜深了，万籁俱寂。

盘膝而坐的白一梦缓缓飘起，悬浮在半空中，缓缓舒展开来四肢。

端坐在书桌前，白一梦给自己泡了一壶大红袍。

随手从书柜上拿了几本书翻一翻。

这白杨老头挺喜欢看书的嘛，白一梦飞快地看完了书柜上所有的书籍。直到放在角落里最不起眼的一本灰尘遍布的书籍。

哇，这种书也有？白一梦打开一本书，书中赫然是一页一页的春宫图。这个老色鬼，白一梦的鼻腔又发热了，这看到裸女就流鼻血的老毛病还真是改不了。

几滴鼻血滴落在春宫册上，鼻血居然不见了。

什么？白一梦不敢相信自己的眼睛。

一壶大红袍缓缓地浇在春宫册上，图册上的春宫画面不见了，取而代之的是黑底白字的另一本书。书面上，赫然映着三个大字“破空诀”。

白一梦有一点激动了。

这居然是一本适用于兵宗九阶大涅槃阶段武者修为的剑法秘诀。这也难怪白杨将其扔在一边，这本剑诀对于兵宗九阶巅峰的白杨来说，根本就是一本废纸。

这么多年，白一梦看了那么多的武功秘籍，拳法，刀法，剑谱，学得很杂，平时也只是任意发挥。还没有遇到过什么能够让他觉得是真正的绝世武功。

可是这本破空诀就不一样了。

随着越看越深入，白一梦如痴如醉，整个人都陷入了那满天剑雨，精妙绝伦的剑法之中。就连那隐藏在丹田之中干将神剑，也为破空诀的强悍感到兴奋，不时地发出阵阵轻吟。

第二十一章　热闹的地方

沉醉地修炼。

白一梦听到了“叮叮”的响声。

这是什么声音？原来是外界本尊金色石雕上传来的声音。

难道是有人知道这金色石雕里面有人，所以来救我了。白一梦本尊惊喜地想。

此刻，青虹市世纪广场正是深夜凌晨2点，昏黄的路灯，整个世纪广场显得很冷清。白天的喧嚣过后，夜里的世纪广场，只有偶然经过的汽车尾声。

一条黑色的人影，正攀爬在白一梦所在的和平王子的雕像上，一只手里拿着锤子，一只手里拿着凿子，用力地敲打着石雕的眼部。

白一梦，也就是和平王子头上的王冠已经进了黑影的背包。现在黑影的目标是白一梦的眼部的两颗眼球，那可是两颗晶莹剔透的蓝宝石啊。

“哇靠！这也镶嵌得太结实了吧！”黑影一边擦着汗水，一边用力地挖着蓝宝石。听着这个声音，居然还是个女的。

白一梦不由得苦笑。

等一等，这个声音，似乎还很熟悉。是谁呢？白一梦有点晕。

“看来不得不出绝招了！要是不小心弄坏了，那就不值钱了。”女贼嘟嘟囔囔着，放手从腰间摸出了一把短剑。

听到短剑出鞘的声音，白一梦就知道这是一把神兵利器，我的姑奶奶啊，你挖宝石可千万要掌握好分寸啊，这要是不小心弄瞎了我的眼睛，我的青春美貌就玩完了。

白一梦祈祷着。

白一梦可不喜欢当瞎子，更别说独眼龙了。

“啪”，左眼的蓝宝石脱落了。

“哈哈，成功了。”女贼兴奋地叫了一声，目标转向了另一颗蓝宝石。

白一梦感到了眼前似乎有了一丝丝的亮光。这是石雕眼部产生的裂缝造成的。只是视线太窄，白一梦看到了一片黑乎乎的东西在移动。那是女贼的身体在晃动。

随着女贼身体晃动的弧度增大，白一梦看到了远处巨大的钟楼，这可是青虹市标志性的建筑之一。

我在青虹市？白一梦吃了一惊。按照这个距离计算，这个方位……这里是青虹世纪广场？白一梦哭笑不得。大难不死，自己居然在青虹市最繁华最热闹的地方？如果是这样的话，那全身僵硬的自己，难不成被当成了一件艺术品被摆放在世纪广场上？

“啪”，又是一声脆响另一颗蓝宝石脱落。

黑影一把抓住蓝宝石放进背包，正准备跃下雕像离开。

“有贼!”突然不远处传来一个女人的惊叫声。

“大胆毛贼！竟然敢毁坏和平王子的雕像，还不快快束手就擒!”紧接着响起的，是一个男人浑厚的声音。

听到女声的尖叫，白一梦已经喜从天降了。

听到这个男人的声音，白一梦简直快呼喊起来。可惜嘴唇也被金色液体包裹，无法张开。

这个男人的声音白一梦实在是太熟悉了，这是邱志爵的声音。

随着这两声大叫，两条人影从黑暗处走了出来。

男的果然是邱志爵，女的自然是于思思了。

邱志爵现在的心情简直是糟透了!

好不容易终于约到了于思思，看了场电影，吃了夜宵，来到世纪广场谈谈心，正准备寻思着用什么理由把于思思带到居所好好地过一过二人世界。眼尖的于思思居然发现了贼？实在是太倒霉了。

身为男人，身为准男朋友，总不可能临阵脱逃吧。邱志爵硬着头皮上。

要不是看到小贼的手里还拿着锤子和凿子，邱志爵发誓，自己一定痛扁小贼一顿。

“你倒是快点跑啊？怎么还傻站着呢？快走啊！”邱志爵心里怒骂着，看着站在那里一动不动的黑衣人，心里直冒火。你跑了，我假装追几步，不就得了。求你了。

“小贼，看招！”于思思挥舞着拳头就冲了上去。

原来思思这么猛啊？邱志爵大呼失算，也跟了上去。

等到邱志爵和于思思冲到了和平王子雕像下面，雕像上的黑影，轻轻一跃，凌空一个漂亮的转身就落在她们的身后几米处。

于思思转身：“阿爵，上，狠狠地给我揍这个小贼，我们要保卫和平王子，夺回被小贼偷走的王冠和宝石，到时候市政府一定会嘉奖我们的。多有意义的事情啊！”

女人的虚荣心是会害死人的。邱志爵不由得想起了这句话。

“听见了没有，留下王冠和宝石，本少爷可以放你一条生路。看你这么大半夜的还出来开工，想必生活也不容易，不要一失足成千古恨啊。就你偷的这些，够判你个十年八年的了。想一想家里的老母亲，想一想老母亲把你拉扯大的不容易，你这又是何必呢？”邱志爵大义凛然，对着黑影吼道。

“我说你倒是上啊！你不是跆拳道九段吗！上啊！”于思思干脆一把将邱志爵推了过去。

红颜祸水，这话一点没错。邱志爵无可奈何地扑向黑影。

黑影一动不动地看着邱志爵，似乎还笑了一下。

抓腕，勾脚，向前轻轻一带，借力用力，邱志爵直接掠过黑影身旁，扑向后方巨大的石柱。

“咚”的一声巨响，眼冒金星的邱志爵缓缓转身，靠着石柱坐在了地上。

“啊！”于思思尖叫着，拿着手里的手机砸向黑影，转身就跑。

就算是逃跑，那身影也足以令我沉醉。看着于思思快速消失的背影，邱志爵看到了天上越来越近的一点亮光，难道是流星？邱志爵最终晕了过去。

黑影也看着天上落下的亮光，以及伴随着亮光落下的人。

来者赫然是贺风。

光头贺风。

踩着改进的靴子版飞天蝙蝠盾的光头贺风。

现在的贺风是皇甫浩泽的私人助理。刚刚从军事基地为皇甫浩泽弄了一些稀有的金属回来。从空中看到了邱志爵挨揍的场面。邱志爵和贺风已经认识了。邱志爵只知道贺风是皇甫浩泽的远房亲戚兼职书僮。实在是没想到像邱志爵这样的大老粗也会需要书僮！只能感叹这个世界变化实在是太快了。

相处了几天以来，贺风对于邱志爵的泡妞技术，特别是对于女人了解程度的细微洞察力，简直是叹为观止。皇甫浩泽是贺风机械方面的师傅。那邱志爵就是贺风追求另一半，找到人生幸福的终极导师啊！在邱志爵的谆谆教诲下，贺风成功地勾搭上了几个靓女。如今看到邱志爵挨揍，贺风又岂能袖手旁观呢？在空中，贺风就知道这个黑衣黑裤的盗贼，仅仅只是劲宗五阶的武者。以他贺风劲宗八阶的实力，动一根小指头也能够轻易地捏死他。更何况贺风现在身上，可是带着和皇甫浩泽共同开发出来的最新式武器，电芒炮九级的改进版，雷霆一级。

贺风现在也终于明白了当初皇甫浩泽那普通电击棒能够打败自己、粉碎避水珠和夜明珠的奥秘。因为那普通电击棒发射出来的激光不是一般的电光。那是皇甫浩泽长年累月收集的空中的雷电。天威难测，人类的力量永远无法和大自然的力量抗衡！与此同时，皇甫浩泽在研发的不仅有雷电激光炮，还有太阳能激光炮，飓风激光炮。这三种大自然现象的加强版武器。

这会，看到邱志爵被人欺负，贺风很生气，这个混蛋，要是把邱志爵打坏了，谁教我泡妞啊？这是要断送我的终生幸福啊？你小子死定了。

劲宗八阶的强者，难道是项家霸王城的人？黑影盗贼吃了一惊，手中迅速亮出短剑。

“你可是项家霸王城的人？”黑影喝问道。

“哦？你也知道项家？”贺风一摸光溜溜的脑袋，朗朗一笑，“以前我是项家的人，现在嘛，就不是了。”

“你敢背叛项家？你不怕血蛊？难道……你已经脱离了血蛊？谁帮你解除血蛊的？快说？”黑影盗贼急忙追问道。

“对项家的事这么了解，看来你就是三庄主口中的千面人魔了。谁告诉你我的血蛊解了？我为什么要告诉你怎么解除血蛊？”贺风想起了自己脱离血蛊的不容易。

千面人魔？雕像中的白一梦终于想起来这个熟悉的声音的主人。但是，这个人绝对不是林碧瑶，那么，这个人就是林碧瑶的双胞胎妹妹林雨瑶了？这个男的，声音也很熟悉，白一梦实在想不起贺风。

看到黑影手中的短剑，贺风眼珠子都快掉出来了，

“哇，不得了，这可是鱼肠剑！”贺风赶紧亮出了雷霆一级——一把紫色的小弓。杀了这个女人，夺走鱼肠剑。贺风心里已经盘算好了，

“不错，这就是鱼肠剑。”黑影盗贼点了点头，感觉到了贺风凌厉的杀气，

鱼肠剑是一把勇绝之剑。

如今留在世上的这短剑，实际上只是断裂之后留下一半的断剑。

“你想杀了我，然后夺走我的鱼肠剑？”林雨瑶笑了。

贺风不说话，突然凌空而起，手中的紫色小弓快速射出三道白光，飞扑向黑影盗贼。

“好大的威力！”林雨瑶大惊失色，急忙躲避。

三道白光其中一道击中了白一梦所在的和平王子石雕的石柱，石柱瞬间粉碎，和平王子轰然倒下，落在了花坛里面。

第二道白光还在继续前进，射到了远处青虹市游乐园的摩天轮上，巨大的摩天轮从空中落下，发出惊天动地的巨响。

第三道白光不偏不倚正中林雨瑶的鱼肠剑上，林雨瑶如同断了线的风筝摔落在花坛中，倒在了白一梦身边。

经过这么一砸，白一梦整个人彻底清醒了。眼睛部位的金色液体也全部脱落了，隔着石雕两个黑乎乎的眼睛窟窿，白一梦看到了林雨瑶的侧脸。不错，和林碧瑶一模一样的脸庞。

“留下鱼肠剑，我放你一条生路！”贺风将雷霆一级对准林雨瑶。

林雨瑶脸上的黑布已经掉了下来，嘴角流出丝丝鲜血，怒目圆睁地盯着

贺风。

“谁也别想走，统统把命留下!”两道黑影自空中降落，悬浮于世纪广场的上空，响彻整个天地之间!

今天世纪广场可真是热闹极了！白一梦很无语。

“时间静止!”林雨瑶脸色苍白地看着空中的两个男人，两个兵宗九阶大圆满级别的强者。林雨瑶已经无法动弹了，无法言语了。

天地间的一切都被停止了，包括远处的钟楼的摆动。

“秦杀，罗亡。”注视着空中杀气腾腾黑衣黑袍的两个男人，还有他们肩膀上的黑色虎头。贺风暗暗叫苦。这是什么情况？怎么把黑虎卫都调出来了？贺风的脸剧烈地抽搐着。

贺风不是没想过项锋会派人追杀他。可他做梦也没想到的是来的人会是兵宗九阶大圆满级别的黑虎卫。

霸王城中的第一号杀手组织。特别是这秦杀和罗亡还是数一数二的执行者。对付我这样的小角色，有这个必要吗?

轻轻一挥手，左侧的黑袍人解除了对贺风的控制。

“你们不是都陪着项广吗?”贺风苦笑道。

“贺风，”左侧的秦杀长叹了一声，“我们这次出来的主要目标不是你，你只是我们要诛杀的末流目标。可惜你命不好，我们今天刚刚出门就遇到了你在这里抢劫鱼肠剑。”

“叛徒贺风，你毁坏电力设备，私自逃出霸王城，而且还暗地里研究脱离血蛊方法的叛逆行为。这些都够你的死罪了。”罗亡厉声喝道。

“但你万万不应该在逃出霸王城的时候居然没有关闭进出通道。造成部分高手逃出霸王城的糟糕局面。就这一条，够你死上十次都不止了。”秦杀严肃道。

贺风的脸色瞬间苍白，他想起了自己逃离霸王城当日，的的确确手忙脚乱，没有关闭通道的事实。

“有人逃出来了？有高手逃出来了？这些逃出来的人是你们的主要目标?”难怪要出动黑虎卫了。

“你倒是也知道情况的严重性。至今为止，十天以来，我和罗亡、高绝、郭灭，我们四个人，一共击杀逃出霸王城的武者二十五人，植物之灵十九个，兽类之灵十五个，可以说基本上铲除了所有的主要目标。但是你知不知道，这些在霸王城中生存了千百年的狂暴武者，植物之灵，兽类之灵，给这个世界带来了多大的伤害？造成了多少无辜人类的死亡？”秦杀重重地叹息了一声。

如果白一梦分身在的话，他就会知道，千年人参的出现不是偶然，而是因为武者世界的暴乱，各种生灵的乱窜。千年人参是属于植物之灵的行列。

“但是有这么一个人，我们四人至今也没有找到他们的踪迹。”罗亡的眼中几乎要喷出火来。

“什么人？”贺风叫苦不已，贺风想起了一个人，一个曾经出动整个黑虎卫，伤亡惨重才拿下的一个人。一个项广舍不得杀，但又舍不得放的人。

“刀霸，陆朝阳!”秦杀和罗亡齐声道。

贺风不愿意想起这个人，更不愿意提起这个人的名字。因为这个人太可怕了。

那是武者世界霸王城中有史以来最大的一场浩劫。

陆朝阳原本只是武者世界霸王城中的一个小小铸剑师。武者修为仅仅是气宗一阶的陆朝阳，居然迷恋上了项广的夫人云姬。思念成狂，居然妄图接近。项广大怒之下，将陆朝阳浑身上下筋骨脉络尽皆打断，弄成了终身残疾，弃于兽狱之中。不料几天之后，这陆朝阳身体恢复如初，实力暴涨，挥舞着一把金刀，杀入霸王城中。

历时一天一夜，霸王军十万人马，十三名府主，五十名管区长，尽皆被杀。在数十名黑虎卫的团团包围之下，与项广激战于无回江上空。天地颤动，风起云涌。最终，在死伤十几名黑虎卫的惨重代价之下，陆朝阳被项广囚禁于“无缝困狱”之中。项广也是元气大伤，剩下半条人命。如今，这陆朝阳的实力又到了什么地步呢？没有人敢去想象。

“陆朝阳逃到了外界？”贺风喃喃道。

“那他是怎么逃出无缝困狱的呢？”贺风想不通。

“太阳劫当日（武者世界中把白一梦射破巨大夜明珠，令武者世界陷入黑暗称为太阳劫之日），监牢暴动，在镇压人犯的激战中，无缝困狱的防御系统被毁坏。陆朝阳趁机逃了出来。如果不是因为你贺风打开了通道，在霸王城中，以我们的实力加上大庄主的神通对付他轻而易举。可如今是在外界，大庄主分身无暇，我们自己对付他，那是免不了一场血战了。”秦杀叹息道。

“贺风，念在这一百多年的共事之谊，死也让你死个明白。秦杀，你动手还是我动手?”罗亡冷冷地看着贺风，就像在看着一具尸体一样。

“我来!”秦杀缓缓举起了右掌，掌心之中翻滚着暗黑的雾气，这是秦杀的必杀技之一，狂蟒毒杀掌。

“只怕没有那么容易!”贺风高高举起了右手，右手的中指上，是一个金边的绿翡翠戒指。忽然，贺风的身边，出现了一个又一个贺风，只是这些个贺风都不是光头。

眨眼之间，整个世纪广场上空，出现了一千多个贺风！黑压压一大片全是！每一个贺风的手里都持着一把紫色小弓，不顾一切地扑向秦杀和罗亡!

只有光头贺风手持雷霆一级站在原地，一脸惨烈地看着空中。

这么多年来，贺风致力于脱离血蛊的控制，复制了一千多个自己，除了留下一个在霸王城中迷惑项广之外，其余的复制体全部都是随身携带。因为贺风的手里还有一件宝贝，那就是由空间压缩而成的空间戒指。这个宝贝，那是贺风在霸王城最大的收获!

看着空中一个接一个死去的贺风，光头贺风心痛不已。虽然这一千多个贺风不像白一梦本尊和分身一样心灵相通，同气连枝。可那毕竟是同一个人的思想和习性，就如同一千多个亲生兄弟啊。

“绝不能让秦杀罗亡施展第二次时间静止。一旦所有的贺风都被禁锢住，那就等于是待宰的羔羊任人屠杀。机会只有一次，必须疯狂进攻!”一千多个贺风抱着一样的想法。如同潮水般涌向秦杀罗亡。

一千多个贺风，一千多个劲宗八阶，脚踏蝙蝠飞天盾的贺风，一千多个电芒炮，一千多道白光在空中此起彼伏，横扫激荡。

“轰!”秦杀的右掌拍出一道山岳般大小的巨大掌印，靠前面的近百个贺风被轰成了一摊血！数十道电芒炮击中了秦杀，秦杀挥舞着手中的长剑，拼命抵挡着。

罗亡一剑斩掉了几十个贺风的头颅，胸前被电芒炮射出了好几个血洞。

“那一把居然是紫电剑!”林雨瑶认出了罗亡手里的宝剑。

罗亡手中的宝剑，横扫出一道又一道的紫色长虹，一个又一个残缺不全的贺风自空中陨落。

“拼了!”剩下的不到八百个贺风形成一个里三层外三层，上三层下三层的包围圈，拼命地发射着手中的电芒炮。

罗亡双目赤红，手中的紫电剑挥舞成一张剑网，抵挡着电芒炮的进攻。罗亡的双掌血肉尽皆消失，只留下一双森森白骨紧握着剑柄上。

紫电剑光华大盛，紫光暴涨，愈战愈狂。

“上古神兵果然惊人！如果我有一把上古神兵，这罗亡早就死在我的手里了!”贺风咬牙切齿，手里的雷霆一级已经酝酿到了极限。

秦杀的掌法相当惊人，巨掌之下，数十个贺风瞬间被震慑成血雨。

“我倒是想看看，你们能不能挡得住我的雷霆一级!”贺风对准罗亡发射了雷霆一级。

白光一闪而没，罗亡的眉心之中出现了一个窟窿。

罗亡阵亡!

罗亡的尸体自空中落下。

连续不断的电芒炮冲击之下，秦杀身前的先天罡气环绕而成的保护罩终于被冲破了。

无数的电芒炮疯狂射向秦杀，秦杀一把射出长剑，目标是下方的光头贺风!

长剑破空而下，一路开膛破肚，几十个贺风自空中陨落，长剑刺在了白一梦的石雕像上。

“上古神兵白虹剑!”林雨瑶虽然不能动弹，但她还是认出了长剑。

这一剑的威力非常大，纵使击杀了几十个贺风，白一梦还是能感受到长剑刺在石雕上的巨大冲击力。白虹剑的剑尖，刚刚好刺破了白一梦身上包裹着的金色液体的。此刻，金色的液体正在一点一点地脱落。外围的石雕也开始一点一点地出现裂缝，白一梦喜出望外。

“贺风!”

秦杀的体力已经消耗殆尽了。

秦杀仰天长啸，双掌朝天，浑身金光暴涨。

“我要和你同归于尽!”

秦杀怒吼着。

“不好!”剩余的贺风往四面八方逃窜。

光头贺风也飞快逃窜。

什么情况?林雨瑶惊恐地看着空中的秦杀。

自爆金丹!林雨瑶想起了这一个必杀技的名称。

“轰!”天崩地裂,天地之间响起了一声巨响,一道金色的光晕以秦杀身体爆裂成虚无的地方为中心,向四面八方横扫出去。如同波纹一般一层一层激荡开去。逃得慢一点的近三百名贺风化成了血雨。

以世纪广场为中心,方圆一公里之内,所有的房屋,树木,摩天大楼,高层建筑,如同豆腐一般倒下,可怜多少人在睡梦之中,就这么离开了这个世界。世纪广场上也出现了一条一米多深的裂缝!

金色光晕慢慢地消失,整个世界慢慢恢复了运行。

兵宗九阶大圆满级别的的强者自爆金丹,丝毫不亚于一场地震海啸,山崩地裂,江水倒流,所造成的破坏恐怖至极!

第二十二章　逃出生天

时间静止解除了。

林雨瑶觉得自己能动了，林雨瑶猛地睁开眼睛。

林雨瑶不敢相信自己的眼睛。

雕像动了，这个刚刚被自己盗窃了王冠和眼睛的和平王子雕像站起来了，还挡在了自己的前面。看着四周倒塌的房屋，断裂的桥梁，破裂的地面，林雨瑶站了起来，绕着和平王子的雕像走了一圈，难道刚才是自己搬过来挡在前面的？林雨瑶有点晕。

看到了石雕身上的白虹剑，林雨瑶暂时忘了石雕站起来的事。拔下白虹剑，林雨瑶四处寻找紫电剑。

“我说姑娘，不要这么贪心行不行？”身上的金色液体已经全部脱落了。白一梦动了动嘴唇，发现自己想要挣脱身上外层的石雕的话，可能力气还不够。现在的白一梦实在是太虚弱了。

“谁？是谁？”林雨瑶东张西望，挥舞着白虹剑。

“你就不怕那几百个贺风回来吗？还不快点带上我离开这里？”白一梦笑道。怎么说我也是你“姐夫”啊。这句话白一梦现在可不敢说，等到恢复了体力再说不迟。

“原来你躲在和平王子的里面？”林雨瑶尖叫起来，“你是怎么躲到这里面去的？你又是什么时候躲到这里面去的？看样子不像刚刚躲进去的呀？难道这么久以来你就被一直摆放在世纪广场上？天哪？这得有多久了？你怎么还没死啊？没有空气不会憋死？不吃饭不喝水也得饿死啊？天哪？刚才是你救了我吗？你为什么要救我呢？”林雨瑶抓着石雕，问出了一连串的问题。

“我说姑娘，你听到了远处的警笛声了没有？你有没有看到四面八方的灯光正在一个一个亮起，这说明已经有很多人往这边赶过来了。如果你想知道你刚才问的一大堆问题的答案的话，那么，就请你把我带走。请我吃一顿丰盛的大餐。”白一梦现在就想着大吃一顿。

“带你走嘛，也不是不可以。不过，为了安全起见，我先不放你出来。等你告诉我一切的起因经过之后，我再放你出来。”林雨瑶一把将白一梦石雕扛在肩膀上，迅速离开了世纪广场。

此刻，远处空中的另外两名黑虎卫——高绝和郭灭，看到青虹市这边的大动静，也是目瞪口呆，半天说不出话来。

“能闹出自爆金丹这样的大事？难不成是秦杀或者罗亡遇到了陆朝阳？”长须飘飘的高绝喃喃道。

“当今外界之中，除了遇上陆朝阳，你觉得还有什么情况能逼得秦杀、罗亡自爆金丹的？”脸色铁青的郭灭看了看高绝。

“那你说，是秦杀自爆金丹还是罗亡自爆金丹？”物伤其类，高绝面对着青虹市方向掏出腰间的酒葫芦，大大地喝了一口。

“应该是秦杀的金丹，你看那消散的光晕，金色之中还带着暗黑的毒气，正是秦杀毕生修炼的狂蟒毒杀掌的先天罡气。”郭灭长叹一声，又道，“看来秦杀罗亡二人已经陨落了。”

“仅凭我们二人之力，你认为我们能够斩杀陆朝阳吗？”高绝认真地盯着郭灭。

高绝和郭灭从来可没觉得自己的实力在秦杀、罗亡二人之上。

“不能。按照目前的情况推断，我们二人如果遇到了陆朝阳，结局也是一样的，要么被陆朝阳杀死，要么我们自爆金丹，和他同归于尽。”郭灭沉思了一会。

“但是，目前看来，陆朝阳应该没死。如果无路可逃，死到临头，陆朝阳也会自爆金丹的，那动静可就不是这一点点大了。”高绝点头道。

“场面不小啊。哈哈哈哈……”伴随着大笑声，项锋项三庄主出现在高绝、郭灭面前。

“参见三庄主。”高绝、郭灭连忙行礼。

虽然现在的项锋拥有着雷洪的头颅，怎么看怎么别扭。

“不必多礼了。”项锋冲二人点了点头。

“你二人分析得很有道理。那陆朝阳十有八九就隐藏在青虹市内。你们先去把秦杀和罗亡的尸骨残骸收集起来送回霸王城，再通知他们的家人，按照因公殉职厚葬。待我先去会一会这陆朝阳。”项锋大笑着破空而去。

“难道三庄主已经发现了陆朝阳的藏身之处?”高绝不相信。

“三庄主的实力是兵宗三阶，我们虽然是兵宗九阶大圆满，我们的空间搜索感知之力无法得知陆朝阳的所在。原因只有一个，陆朝阳的武者修为在我们之上。三庄主能够发现陆朝阳的所在，那也就是说，三庄主拥有找到兵宗九阶大圆满强者藏身之处的办法!”郭灭分析道。

“但是你别忘了，当年陆朝阳仅凭着兵宗一阶的实力，可是斩杀我们十六名兵宗九阶大圆满的黑虎卫!”想起三百年前的那场大战，高绝脸色苍白。

“说的也是，”郭灭长叹了一声，“我就不明白了，那陆朝阳的刀法究竟是从哪里学来的，太可怕了。”两人边说边聊，一起飞向世纪广场，去收集秦杀罗亡的残骸。

白一梦不是一个喜欢吃辣的人。

那是委婉的说法，事实上白一梦最怕吃辣了。

平时下馆子，什么川菜馆，湘菜馆，基本上是不去的。

对于一个就快饿死的人来说，但是你的面前只有堆积如山的辣椒，那你是吃还是不吃呢?

白一梦正在考虑这个问题。

很严肃地考虑这个问题。

白一梦是那种哪怕是闻到一点点辣味都会不停地打喷嚏的那种人。

白一梦此刻正在不停地打喷嚏。

林雨瑶的藏身之处居然是一个辣酱厂。

青椒，红椒，黄辣椒，各种颜色的辣椒。

堆积如山，瓶瓶罐罐里是无数的辣椒酱。

林雨瑶正在一旁的厨房里炒菜。

面前炒好的菜，有酸辣土豆丝，麻辣豆腐，青椒炒肉丝……

每一道菜都和辣椒有关系。

现在的白一梦被泡在一个热气腾腾的大铁锅里。

身上的雕塑已经被林雨瑶用白虹剑劈成了两半。

但是无回江那金色的液体还有不少残留在皮肤上。

特别是白一梦的脸，居然变成金色的。

“我说林雨瑶同学，你是准备把我煮来吃还是怎么着？难道你不觉得这锅里的水已经开了吗？”白一梦一边打喷嚏，一边对着厨房大叫。

“白一梦同学，”林雨瑶端出最后一道菜，爆炒田螺，“放心吧你，煮不熟你的，火候要是不够大，你身上那黏糊糊的金色油漆怎么能弄得下来呢？”

林雨瑶搬了一把凳子，坐在白一梦的身边，大口大口地吃着饭菜：“饿不饿啊，要不要我先喂你吃一点？”

“少来，你没看到我这么大的反应吗？我不会吃辣啊！”白一梦打了几个震天响的大喷嚏，对着林雨瑶怒吼道，“你还坐这么近，你摆明了就是欺负我。”

“爱吃不吃，人家煮得这么辛苦，没有夸我两句也就算了。居然还挑食？饿不死你。”林雨瑶脑袋一歪，不搭理白一梦。

白一梦现在实在是没力气，软绵绵地躺在大铁锅里动不了。

“我说白一梦同学，我实在是想不通，你怎么会变成和平王子雕像的？这有什么好玩的？难道是被人迫害的？”林雨瑶眨着大眼睛笑得花枝乱颤。

看着这张美丽的脸庞，白一梦想起了林碧瑶。同样美丽的脸庞，怎么一个那么端庄高雅，这一个却嘻嘻哈哈，跟个小女孩似的。

林碧瑶、穆婉君、陈玲现在应该是在白家庄和若兰、爷爷奶奶在一起，也不知道她们现在等得是不是都快急死了？想到这里，白一梦咬了咬牙。

白一梦从来没有流过这么多的眼泪。

吃这顿饭根本用不着喝汤。

白一梦几乎是眼泪伴着饭菜吞进了肚子里。

林雨瑶目瞪口呆地看着哭得稀里哗啦的白一梦狼吞虎咽地吃完了所有饭菜。

白一梦心满意足地躺在了椅子上。

“乖，不哭啊。”林雨瑶扔过来一条毛巾。

白一梦擦拭着眼泪：“林雨瑶同学，前几天青虹市粮草消失的事情现在怎么样了？”

“刚开始的一两天可不得了，到处都是抢劫的，打架，整个城市都疯狂了。每个人都可以说是罪犯。第三天的时候，每个人都发现自己家里又有大米了，家家户户的厨房里都有了几包大米。有了这些大米先撑着，市政府再组织所有的货车到周边的城市运大米过来。基本上一个礼拜之后，青虹市就恢复了正常。这个事情也实在是太神奇了。”林雨瑶回答道。

其实白一梦和林雨瑶都明白，这件事情肯定和项家有关。只是林雨瑶认为盗米的是项家，解救危难的另有其人。而白一梦却知道盗米的另有其人，而解救危难的却是项家。

按照时间推算，从那一夜进入霸王城到今天破开雕像逃出生天，已经过去快一个月了。

“你这里有男人的衣服吗？”白一梦看了看身上变成金色的，湿漉漉的衣服，苦笑道。

“我这里没有男人，哪来的男人的衣服？”林雨瑶瞪了白一梦一眼。

“这样好了，你到我房间里去洗洗刷刷，把衣服脱下来给我，我用熨斗给你熨熨干。你看看你现在这个样子，胡子拉碴，头发上都是泥土，嘴巴又臭。快点去。我还等着听你讲怎么变成雕像的故事呢。”林雨瑶狡猾地眨了眨眼睛。

“喂，浴室里有两把牙刷，我用哪一把呀？”白一梦赤身裸体地站在浴室里问道。

“你用紫色的那一把，那是我姐姐的，白色的那一把不能用啊，那是我的。”隔壁厨房传来林雨瑶的尖叫声。

“你还有一个姐姐？你姐姐人哪去了？”白一梦拿起林雨瑶的白色牙刷明知故问。要是林雨瑶知道她姐姐在自己家里，估计会疯过去。小丫头，“姐夫”就要用你的牙刷。

“哦，她到外地出差去了。把你的衣服裤子扔到洗衣机里去洗，洗好了叫我。毛巾也用紫色的，浴巾也要用紫色的。记住了没有？”林雨瑶吩咐道。

“知道了。”看来紫色的东西都是林碧瑶的，白色的东西都是林雨瑶的。白一梦开心地笑了。

现在的白一梦纯粹是报复，混蛋，居然让你“姐夫”吃辣椒，吃我最怕的辣椒。

白一梦狠狠地洗着澡，哇，实在是太舒服了。

都说人在开心的时候，精神状态最饱满。

白一梦的脑海中迅速出现了一个画面，那是白一梦分身在霸王城中看到的画面。

“本尊，你好吗？”分身惊喜的声音响彻白一梦的脑海。

“分身，是你吗？你现在在哪里？”白一梦也是惊喜交加。

“我现在在霸王城，我没事了。我吞噬了千年人参的金丹，现在已经达到了兵宗九阶大涅槃修为的实力。我现在幻化成一个叫白杨的兵宗九阶大涅槃强者，身份是府主。月底就走马上任到映月湖对面的奇岩峰担任无赦府主。你呢？”白一梦分身询问道。

“我现在青虹市的一个辣酱厂，吃了好多辣椒，现在正在洗澡。”白一梦大笑道。

白一梦和白一梦分身在脑海中互相感受着信息，一瞬间，双方都知道对方这十天都发生了什么事。心灵相通，同气连枝。

白一梦惊喜地发现，自己也达到了兵宗九阶大涅槃修为的武者实力。白一梦分身武者修为大进，对于本尊白一梦也同时起到了潜移默化的影响和提升。

特别是白一梦分身修炼的破空诀剑法七式，令白一梦感到大喜过望。

按照目前的情况看来，第一，青虹市粮草消失事件，和项家霸王城无关，甚至项家对于这件事还是有功无过的。盗窃粮草的人另有其人。而这个人的神通修为，就连项广一时半会也无法找得到对方。

第二，那女扮男装隐藏自己性别特征的项家老四项东现在却是杳无音讯。会不会项东也被当成一件艺术品雕像，被某个国家某个城市的某个人给收藏了呢？至少目前霸王城那边没有消息。而项家老四的老情人王刀现在被打进了死牢，只等项广定夺。

第三，柳明眸被项广纳入了枪冢，要想知道枪冢在哪里，柳明眸在哪里，也就等于是去会一会项广的本相。目前知道的，唯有项二庄主项英能够找得到。综合实力判断，只要项英没有使用墨绿色的恐怖血滴，突然袭击，还有一丝机会。

第四，无赦府的成立，意在填补三大教官的职位空缺，完全由无赦府一同治理。现在在外界，由项家老三项锋带领着秦杀、罗亡、高绝、郭灭四个黑虎卫斩杀所有在逃人员。如今剩下的最大目标就是那个刀霸陆朝阳。这五个人中，秦杀、罗亡已经阵亡，余下的三个人目前都待在映月湖的画舫上。

第五，没想到这个仅仅劲宗八阶的贺风居然是一个人才，不仅在机械方面有超人的造诣，成功研制了雷霆一级。还复制出了上千个分身。项家也没有想到，秦杀和罗亡，这两个兵宗九阶大圆满级别的执行者会死在一个劲宗八阶实力的贺风手里。项家的人，霸王城的人，都认为秦杀和罗亡的死是刀霸陆朝阳的手笔，而认为这个刀霸陆朝阳藏匿在青虹市中。

现在的青虹市，应该已经在项老三项锋的空间搜索感知之力之内。项锋目前要做的，有四件事，第一是搜查盗窃粮草的幕后黑手，敢犯下如此不顾黎民生死的大罪，无异于挑战项家统治天下的威严。

第二是斩杀陆朝阳。

第三是斩杀叛徒贺风。如果让项锋知道陈玲和穆婉君的血蛊早就被白一梦解除了，搞不好项广都会发疯！如今项广没有大手笔捉拿陈玲和穆婉君，那也就是说项广目前是相信她们血蛊发作死了。

第四，那就是等待蓝天学府的鸣鸿刀出世。

绝不能让鸣鸿刀落入项家的手里。一想到项广手里那个血蛊之主是一个千年甚至万年以上的古尸，再想一想自己和项老二项英在霸王城无回江上空的恶战，项英仅仅使用了一滴墨绿色的血滴的恐怖杀气，惊天的暴戾之气，白一梦的冷汗都下来了。

情况很复杂呀，白一梦抓了抓脑袋。

现在在青虹市，能够威胁到自己生命安全的人一共有五个——项锋、高绝、郭灭，这三个人肯定是敌人。他们只要发现自己居然还没死，必定发动进攻。陆朝阳自己不认识，是敌是友，目前还不清楚。贺风这个家伙和自己打过一个照面，但那个时候他是替项家做事。目前看来，是友非敌的可能性更大一些。想到贺风那黑压压一大片的分身，漫天闪耀的电芒炮，白一梦也有点怕。

白一梦做梦都没想到的是，贺风现在就在白一梦的家里，正在和白一梦最好的两个朋友把酒言欢，左拥右抱，不亦乐乎。

“我们现在这样安排，分身，你先去救王刀，告诉他，我没死。那也就是说项东也极有可能没死。你要求他和你一起去救柳明眸，而我则在外界帮助他找到项东。但是，不到万不得已，不要现身和项英硬拼。我还要去寻找贺风，这个家伙能够解除血蛊之毒，对于柳明眸、白敏、白朗都有巨大的帮助。另外，我再回一趟老家，看一看碧瑶、陈玲、穆婉君、若兰、爷爷、奶奶，免得他们担心。最后，我还得盯着蓝天学府的鸣鸿刀，这种帝王级的上古神兵要是落在项广的手里，那我们就真的只有死路一条，毫无反抗之力了。”白一梦拿起白色的浴巾包在腰间，脑海中对着分身说道

“收到，我现在就去安排。本尊，保重。”霸王城中的分身白一梦点了点头，继续沉浸在破空诀的修炼之中。

“喂，我的衣服洗好了么?”白一梦大摇大摆地走出了浴室。

“啊!”林雨瑶尖叫着从藤椅上蹦了起来，指着白一梦破口大骂，“混蛋，不是告诉你了吗？用紫色的东西，你身上围着的浴巾是我的啊!”

“我知道。”白一梦拿起一个苹果，微笑道。

“知道了你还用，你是故意的。”林雨瑶恨不得狠狠地揍白一梦一顿，但是，她真的很想知道白一梦变成雕像的故事。

女人的好奇心是很可怕的，在没有听完故事之前，林雨瑶决定先容忍白一梦，到时候，再修理白一梦也不迟。

凭她林雨瑶劲宗五阶的实力，对付白一梦这样一个普通人，就和捏死一只蚂蚁一样容易。可惜林雨瑶做梦也想不到，在她眼前的这个男人，如今的白一梦那可是武者修为达到兵宗九阶大涅槃的绝世强者，还掌握了千年人参千变万化的天赋。

“我只是觉得这条白毛巾上的味道闻起来特别舒服，简直令我如痴如醉，无法自拔。所以我就用了。我不仅现在用了，我还想天天都用。”白一梦开玩笑地看着林雨瑶。

“你这个大色狼!”气急败坏的林雨瑶拿起电熨斗朝白一梦扔了过去。

“小姑娘，不要这么激动。要知道，有人欣赏你，崇拜你，把你当成女神，那是一件很值得骄傲的事。”白一梦接住熨斗，大步走到了林雨瑶的面前，浴巾飘扬。他将熨斗放在了桌上，然后死死地盯着林雨瑶。

林雨瑶觉得白一梦并没有做什么，仅仅只是握住了自己的左手。

“这条假肢不好用吧。”白一梦温柔地说。

“什么?”林雨瑶，看到了白一梦轻握着自己的左手。

“你，怎么知道我的左手是假肢?”林雨瑶闻到白一梦身上男性特有的气息，眼中不禁有了一丝的迷茫。

白一梦可不想告诉林雨瑶自己就是那一天在南斗山庄被她们姐妹追得狼狈逃窜的黑衣人，更不想现在让林雨瑶知道自己已经和林碧瑶在一起了。

惊喜，比什么都重要。

“我送你去一个地方，那个地方有人能够治好你的断臂之痛。”白一梦打算带着林雨瑶去一趟白家庄老家，让妹妹白若兰的生源之力为林雨瑶再生左臂。

“骗人。”林雨瑶盯着白一梦的眼睛。

“你可别以为我是什么无知少女，想把我拐带到什么地方去。我的左臂已经不在了，难道还能重新长出来不成?”林雨瑶狠狠地瞪了白一梦一眼，企图挣脱白一梦紧握着的左手。

“我在想一件事，来这里的时候，是你把我扛回来的，我现在也把你扛出去。”白一梦放开了林雨瑶的手，慢条斯理地熨起了衣裤。

“喂，白一梦，你是不是想女人想疯了?你该不会真的想把我拐带出去吧?”凭良心讲话，林雨瑶还真舍不得伤害白一梦。

“是哦。”白一梦一边熨着衣物，一边笑道，“被关了十几天，要不是你这个大盗误打误撞救了我，搞不好我还真得饿死了。救命之恩无以为报，我没车没房，没存款，孑然一身。唯有以身相许。雨瑶，你就收了我吧?”

“我不要。”林雨瑶歪着脑袋。

“你看看嘛，肌肉结实，身材匀称，没有不良嗜好。很不错的哦。”白一梦原地转了几个身。

“就是不要。”林雨瑶拼命地摇头。

“不要这个样子嘛。你这样考虑都不考虑就这么直接拒绝，很伤我自尊心的。”白一梦拿着已经熨好了的衣服裤子，笑眯眯地看着林雨瑶。

“你看嘛，你仔细看看嘛。”白一梦一点点地拿开了浴巾。

“你干什么？你这个混蛋!”林雨瑶尖叫着捂住了眼睛。

“你少来了，假装捂住了眼睛，事实上指缝里还在偷看。”白一梦哈哈大笑着拿掉了浴巾。

“混蛋，色狼，暴露狂，早知道是这样就不救你了。你快点穿上衣服裤子，我要狠狠地揍你。”林雨瑶气得直跺脚，却发现怎么没有踩到地面的感觉。

“我的衣服裤子，早就穿好了，现在，我带你去治疗左臂。”白一梦的声音响起在林雨瑶的耳畔。

猛地睁开眼睛，林雨瑶发现自己此刻正在白一梦的怀里，正在腾空飞行。

“哦，原来你就是那个在南斗山庄被我们姐妹追杀的黑衣人。”林雨瑶恍然大悟。

“不许说话，现在要加速了。”白一梦也想看一看，现在达到兵宗九阶大涅槃武者修为的自己的速度究竟有多快。

白一梦化作一团白光，甚至超过了音波的速度。

林雨瑶在白一梦的怀里，惊恐万分的她紧紧地贴着白一梦的胸膛，心中的震惊无法言喻。

第二十三章　重回白家庄

王刀这几天的心情很低落。

低落到了极限。

这个世界上最难熬的是什么。

是等待。

特别是那种渺无音讯的等待。

这么久，王刀没有收到一点点关于项东的信息。

都说无回江有去无回，项东和白一梦必死无疑。

王刀也明白这是霸王城千百年来不变的铁律。

哀莫大于心死。

王刀的心已经死了。

霸王城。

死牢。

在项英、项锋的眼里，他们可都舍不得王刀死。

不仅仅是因为王刀的武者修为，更是因为他居然已经拥有了领域的力量。这可不是一般人所能拥有的。项英、项锋深信，像王刀这样的人才，只要悉心教导，日后必定是霸王城的中流砥柱。

在王刀袭击项英未遂，被项锋带回霸王城之后，项锋向项广求情，解除王刀妹妹的血蛊之毒，得以留下王刀这样的人才。没想到王刀在霸王城中居然莫名其妙地和贺风打了起来，紧接着是白一梦和项东掉进了无回江。项广大怒之下，责怪王刀保护项东不利，将王刀打进了死牢。

项广相信，事情绝对没有那么简单，不管王刀心中有着怎么的秘密，自己都有办法让王刀一五一十地说出来。

“参见三城主。”死牢的军士看到缓步而来的项锋，纷纷跪下行礼。

“嗯。”项锋点了点头。

“带我到王刀的牢房，本城主有话问他。”项锋大手一挥。

“遵命。”靠前的两名军士打开了大门，带着项锋来到了王刀所在的牢房。

“你们退下。”项锋吩咐道。

“是。”两名军士转身离开。

“项锋，你不要再问了。我保护四城主不利，罪该万死。至于我和贺风争斗一事，那是因为贺风在外界的时候滥杀无辜，我看他不顺眼。”王刀的声音还是一如既往的冷。

“错!”项锋不怒而威，指着王刀厉声道，“你并非保护四城主不利，导致四城主和入侵者坠入无回江，而是你和四城主朝夕相对，日久生情。你为了保护四城主是女儿之身的秘密，免得四城主被当成圣女祭枪，所以和勒索干将神剑的贺风争斗。”

“你……”王刀整个人从地上蹦了起来，冲到死牢边缘，面如土色地死死地盯着项锋，半天说不出话来。

“你应该这么说，你和贺风争斗，是因为你发现了贺风私自复制分身的秘密，贺风为了杀人灭口，所以追杀你和四城主。你为了对付贺风，无暇顾及四城主的安危，才被入侵者有机可乘，抓走了四城主。还有一件事，你不能说错了，你还有一个漂亮的妹妹，柳明眸。”项锋大笑道。

“你……”王刀这下是彻底说不出话来了。

王刀的瞳孔放大：“你不是项锋？你是谁?”

“大舅子就是大舅子，有本事。我的大舅子，你说我是谁?”项锋的脸上慢慢浮现出了白一梦的脸庞，一瞬间，又回到了项锋的模样。

“是你?”王刀又惊又喜，紧张地东张西望。

“放心，我们的对话都在我的空间领域之内。就算是项广也不能轻易察觉。”白一梦严肃地点了点头。

“你没死，那也就是说项东也没死。你快告诉我她在哪儿?”王刀激动得浑身颤抖。

“淡定，我已经安排了人在找了。”白一梦难得看到王刀如此地失态。

“那我们是不是冲出死牢?”王刀觉得浑身充满了力量，重新找到了活下去方向和目标。

“不要急，你先听我的安排。”白一梦严肃道。

“好，听你的。”王刀摩拳擦掌。

“下次不管是项家哪一个兄弟过来问话，你就照我刚才的话回答他们。”白一梦认真道。

“照你刚才的说法，应付项家兄弟的审问，行得通吗?”王刀疑惑道。

“王刀，目前贺风已经通过不断复制自身稀释血蛊之毒的方法，解除了血蛊逃到了外界。这些，项家兄弟都是已经知道的。现在外界，项锋带着高绝和郭灭两个黑虎卫正在全力追杀他。我们就是要逼得贺风走投无路，贺风将来才有可能为我们所用。你放心，就算贺风被项锋抓了，他也没有机会向项锋汇报项东是女儿身。我已经安排人去找贺风了，只要我们先一步找到贺风，项东的秘密就永远不会被项家兄弟知道。”白一梦重重地点了点头。

“那为什么要说柳明眸是我妹妹呢?”王刀问道。

“原因很简单，你要保护项东，我就要保护柳明眸。只有说柳明眸是你的妹妹，项广为了你这个人才，会让你和柳明眸见面。那样，我才有机会进入枪冢，把她救出来。”白一梦老实交代。

“你这个混蛋，你有了陈玲、穆婉君、林碧瑶三个女人了，你还不满足吗?居然敢叫大舅子帮你去救别的女人，你休想。你让我这样做，我对得起陈玲吗?”王刀破口大骂。

白一梦无言以对。

“唉，”王刀叹了口气，“那万一柳明眸喜欢枪冢的生活不愿意离开，甚至她还爱上了项广呢？那你怎么办？你这不是自作多情吗？毕竟枪冢我也没有去过，谁知道那是一个什么样的地方？也许是人间仙境，世外桃源。”

“也有可能是人间地狱，罪恶之源呢?”白一梦听王刀这么一说，心里还真没有了底。但是白一梦相信自己的心，也相信柳明眸的心。

“我们俩在这里救柳明眸，那我的项东怎么办?”王刀气急败坏。

“我的大舅子，你忘了，我可不是一个人，我的本尊还在外界呢。”白一梦笑了。

“来人，给王刀教官送两壶好酒，弄几个小菜，好好伺候着。”白一梦大摇大摆地走出死牢，扬长而去。

这还差不多，一口一个大舅子，叫得这么亲热，这下总算捞到了一点好处，王刀喝着好酒扯着烧鸡，开心地笑了。

远远地，白一梦就看到邱志爵的超级跑车“彗星”停在白家庄村子前面的空地上。

和“彗星”停在一起的，左边是一辆米黄色的兰博基尼，这辆兰博基尼的车身上赫然写着“光头一号”，右边的是一辆经过改装的超大型乌黑色的悍马H2，车身上写着“皇甫一号”。

什么情况?如果说彗星跑车是邱志爵开过来的话，那这皇甫一号就是皇甫浩泽开过来的了。可是这个光头一号又是何许人也?

这些家伙跑到我的家里来干什么?

难道家里出事了?

心里一急，白一梦掠过三辆豪车，闪电般冲进了家门。

一走进家门，白一梦还以为进错了房子。

认真一看，没错啊，是自己的老家啊。

家里多了好多的人，

好多好多的女人。

好多好多忙碌的女人。

白一梦看到了紫萱她们十一个女孩居然穿着保姆装。

干什么?什么情况?

只有在大厅的角落里有四个男人。

爷爷白正昌，老哥们邱志爵、皇甫浩泽，还有一个小光头，贺风!

四个男人正在打麻将。

而女人们全都在干活。

家里的变化实在是太大了。

这还是我白一梦的老家吗?

大厅里的泥土地面安上了瓷砖，中间还摆放着一张新西兰羊毛地毯。

四面木板墙上贴上了雪白的墙纸。

四幅寓意吉祥如意的中国风装饰画高高悬挂。

大厅的竹制长椅换成了漆黑色的真皮大沙发，沙发前面的茶几上是令人眼花缭乱，品种繁多的水果。

“一哥，你回来了!”邱志爵尖叫着冲上来给了白一梦一个结实的熊抱。

“一哥回来了!”皇甫浩泽嗷嗷大叫着也冲了上来。

林雨瑶站在一边，不知所措地看着白一梦。

“有没有搞错，你又带回来一个美女?”皇甫浩泽看了看林雨瑶，突然眼睛瞪得像牛铃那么大，“你怎么和房里的大嫂一个样?”

“你说什么?”林雨瑶顺着皇甫浩泽的眼睛，一眼就看到了躺在床上看电视的林碧瑶。

“姐姐!”林雨瑶又惊又喜，快步向前，冲进了房间。看到了房间那张大的不像话的大床上还躺着两个女人。

“雨瑶?”林碧瑶简直不敢相信自己的眼睛。

“哥哥!”白若兰抱着白一梦。

“妹妹，你现在没事了吧?”白一梦关切地问道。

“没事啦，现在敢晒太阳，也不嗜睡了，一切都和正常人一样。”白若兰笑道。

“你是贺风?”白一梦不敢相信。

“是我，我是贺风。你是那个独闯霸王城的白衣人?”贺风也是目瞪口呆。

“你怎么变成光头了?”白一梦问道。

“你的衣服怎么变成金色的了?就连你的肤色，也变得金光闪闪了。”贺风笑道。

“怎么说话的?”皇甫浩泽一指头重重地敲打在贺风光溜溜的脑袋上，“这是我们大哥，也就是你老大的老大，要叫老老大。知道吗?”

“是。”贺风摸着红了一块的脑袋，恭敬地对着白一梦鞠了一躬。

“你去霸王城了?”林碧瑶从衣柜里给白一梦翻出了一套雪白的长衫。

陈玲则是给白一梦倒了一杯红茶。

“嗯。”一面对林碧瑶那几乎可以看穿自己的眼睛，白一梦点了点头。

“而且是连番的恶战，差一点把小命都丢了。”林碧瑶叹了口气。

“对不起，我以后再也不轻易冒险了。”白一梦抓住林碧瑶的玉手，轻轻地在林碧瑶额头上吻了一下。

位于霸王城中的无赦府主白杨，莫名其妙地在霸王殿上仰天大笑，众多同僚纷纷侧目。

“无赦府主为何发笑?”二城主项英含笑问道。

“啊，”白一梦收敛心神，正色道，“属下这几日苦思寻找陆朝阳藏身之处，刚才突然想起了一个地方，觉得十有八九陆朝阳就藏身于此。故此发笑。还请二城主见谅。”白一梦心头电转，还在考虑有没有必要将自己的发现告诉项英。

“哦，无赦府主觉得陆朝阳会藏身在哪里呢?”项英也是一脸的期待。

“那陆朝阳当年是在兽狱之中实力大增，所以，属下推断，那陆朝阳隐藏的地方，一定是外界豺狼虎豹比较集中的地方。如果是在青虹市的话，那也就只有一个地方可以藏身。”白一梦笑道。

“动物园!”项英大笑。

“正是。”白一梦点了点头。

“无赦府主心思细腻，来呀，重重有赏。”项英大笑着吩咐左右抬出了几箱黄金。

“退朝之后，无赦府主就陪本城主到后堂痛饮三百杯。”项英含笑对着白一梦点了点头。

之所以去研究陆朝阳就是为了接近项英，等待合适的机会一鼓作气拿下项英，打开进入枪冢的大门。

“根据狱卒禀报，昨日夜间那死刑犯王刀，高呼着要求见二城主，还请二城主定夺。”掌管监狱牢房的典狱府主上前奏到。

“知道了。”项英大手一挥，继续早朝。

终于要开始了。

白一梦分身的讯息传到了外界白一梦本尊的脑海里。

第二十四章　小明和小亮

白一梦晚上狠狠地大吃了一顿，一家人其乐融融。

酒足饭饱，邱志爵开着彗星超级跑车，走在最前面。

贺风的光头一号兰博基尼，在中间，车上带着白一梦和林雨瑶。

皇甫浩泽开着皇甫一号悍马，负责押后，三辆车行驶在回去青虹市的路上。

在白一梦将所有的经历和林碧瑶、陈玲、穆婉君、林雨瑶都述说了以后，林碧瑶决定，她们三个人现在还是继续留在白家庄，免得白一梦分心。而妹妹林雨瑶就继续待在蓝天学府，观察鸣鸿刀出世的情况。当然，在这里，白一梦没有说出分身在霸王城的主要目的是解救柳明眸，只说是正在想法子搭救王刀。对于陆朝阳，林碧瑶倒是不觉得担心，人不犯我我不犯人嘛。倒是王刀，是一个很好的团结对象。那盗窃青虹市粮草的幕后黑手，却是一个可怕的存在。

白一梦没有注意到，林碧瑶看着三月三的日历，长长地叹了一口气。林碧瑶不觉得现在兵宗九阶大涅槃修为的白一梦，拥有可以战胜姥姥的可能。

一路上，白一梦和贺风都在沟通着有关于霸王城的事情。

“你当时把霸王城的事情告诉阿泽的时候，没把他吓坏吧？”白一梦笑道。

“吓坏他？”贺风的头摇得像电风扇，“师傅高兴得差点没蹦起来，嗷嗷大叫着就要马上和我下水去霸王城救人。”

“但是，贺风啊，我可要告诉你一件会吓坏你的事。比如那天，是你杀了秦杀和罗亡。”白一梦也学皇甫浩泽，敲了一下贺风的光溜溜的脑袋。

“什么？你说那天我和秦杀罗亡大战的时候，你也在场?”贺风大叫道。

“对，我在场，就在那个和平王子的雕像里面。”白一梦笑道。

“还有还有，你要抢鱼肠剑的小贼就是我。”林雨瑶揪着贺风的耳朵转啊转。

“啊!”贺风凄厉的惨叫声回荡在天地之间。

“你可千万不能让邱志爵知道那一天把他摔晕的人就是我，知道吗?”林雨瑶吩咐道。

“知道啦。要不然邱志爵肯定恨你让他出糗，足足被于思思笑了三天呢?”贺风笑道。

“现在白虹剑在我的手里，那另一把紫电剑呢？是不是你后来拿走了?”林雨瑶追问道。

“我没拿呀？当时情况危急，我逃命都来不及，哪里还有空去寻找紫电剑呀?”贺风也觉得奇怪。

“这倒是一件怪事。”白一梦陷入了沉思。

“现在情况很明朗。你的敌人一共有三个，项锋、高绝、郭灭。但是现在外界之中能够杀死你的人那就不止三个了。还有陆朝阳，还有那神秘的一夜之间盗窃整个青虹市粮草的神通广大的恐怖人物。依我看，那把紫电剑，极有可能就是这个恐怖人物或者陆朝阳拿走的。”白一梦分析道。

“按照你现在说的情况，大哥，那王刀现在也等于是自己人了？那我们是不是去寻找一下项东的下落?”贺风问道。

“不急，我想看一看你和阿泽的研究成果以后再说。”白一梦笑道。

停好了车子，回到了家中，一起走进了皇甫浩泽的房间。

皇甫浩泽一把将床铺拉了起来，露出了床底下一个小小的铁梯子，直通十四层楼的铁梯子。

“没想到原来整层十四楼都是你的。阿泽，真有你的。两年多了，我居然都没有发现!”白一梦纵身跃下铁梯子。

皇甫浩泽、光头贺风、林雨瑶相继走了下来。

整个十四楼楼层，各种各样的金属堆积如山，一台台精密的仪器正在井井有条地运行，各种各样的仪表机器闪烁着各种各样的色彩。

一百多个身穿白色制服的贺风正在紧张忙碌地工作着。

几十个柜台的墙面上，悬挂着一把一把紫色的小弓。

“傻眼了吧?”一边戴上白色的手套，皇甫浩泽得意扬扬。

“白大哥，这里是我们的研发基地。”贺风对着白一梦点了点头。

“你现在还剩下多少复制体?”白一梦询问道。

“经过那天晚上和秦杀罗亡的大战之后，仅剩一百二十人。都在这里。”一提起这个，贺风一脸的悲痛之色。

“按贺风说的，雷霆一级一击之下就穿透了罗亡的头颅。如果我这雷霆二级一出来，那岂不是战无不胜?”皇甫浩泽哈哈大笑。

“我研制的电芒炮八级，对于兵宗领域的高手，也是可以造成重大的伤害。但是这些黑虎卫，兵宗九阶巅峰阶段的强者，几乎每个人的手里都握有一件上古神兵。可以轻易抵挡我的电芒炮八级的进攻。”贺风叹气道。

“可惜我们目前仅仅只有两把雷霆一级。雷霆一级每天仅仅只能使用五次，它里面的能量来自雷电。而电芒炮八级却可以近乎无限量地使用，它的能量主要是电力，有电的地方，就可以使用。”贺风解释道。

“不要着急。”白一梦笑道，“阿泽，你现在抓紧时间研制雷霆二级。贺风你抓紧制造雷霆一级。多一把是一把。”

“给我一把电芒炮八级，教教我怎么用。”林雨瑶抓住一个正在工作的贺风，认真地研究电芒炮八级的使用方法。

“你那天为了对付秦杀和罗亡，释放出了所有的复制体，你把他们都藏在哪里呀?”白一梦问道。

“都在这里。”贺风举起了右手，中指上是一个绿莹莹的翡翠戒指。

“这是空间戒指?”白一梦恍然大悟。

“这么多年来，如果说我真的有在霸王城中偷到什么宝贝，那就只有这个空间戒指了。”贺风笑道，“这个空间戒指里面的空间并不是很大，只如同一个城堡。据说有的空间戒指，里面简直就是另外一个世界，丝毫不亚于地球。”

现在空间戒指里，正在紧张地复制更多的贺风。贺风将空间戒指举到白一梦的耳边，白一梦清晰地听到里面忙碌的脚步声。

“现在，我们这样做。”白一梦沉思了一会。

“阿泽，你马上去一趟世纪广场和雨瑶的辣酱厂，把我身上脱落的那一层金色的东西弄回来。我总是觉得那无回江的江水是一种外界不存在的金属，如果不是白虹剑的锋利，外界的兵器根本不可能把它弄下来。它将是一种很好的防御性金属。也许对你的研制会有重大的帮助。另外，再派出一些人手，围绕整个大西洋寻找项家老四项东的下落。”

“这个霸王城的位置，大概存在于大西洋海底黑暗海域的深处。要想进入霸王城，必须是持有通道令牌和夜明珠避水珠等宝贝的高层人员。”

“那映月湖里和大西洋底的红色鱼儿，乃是能够让时空转换的鱼类之灵。如果我没记错的话，那就是传说中的往返鱼。”

“项广如今最大的目标，就是蓝天学府即将出世的鸣鸿刀。究竟这鸣鸿刀对于项广，对于整个霸王城来说，有着怎样重大的意义，目前还无从知晓。项家目前的武力分布，除了十八名黑虎卫之外，下来就是那七十二府的府主，这些都是兵宗九阶大圆满修为的强者。再下来就是三百六十区的管区长，基本上是兵宗阶的存在。可那项广手里究竟有着多少的神兵利器？这些下属中，又有多少人的手里握着神兵利器呢？比如那令项家兄弟杀死强大于自身数十倍数百倍对手的墨绿色的血滴，项广的手里又有多少这样恐怖的法宝呢？所以，我们绝不能让项广得到蓝天学府的鸣鸿刀！”

蓝天学府。

白一梦一如既往地来到咖啡厅。

林雨瑶寸步不离地紧紧跟随着白一梦。

“你这也看得也太紧了点吧？”白一梦无语了。

“你这样的色狼，我就知道你会往美女多的地方跑。你看你看，跑到咖啡厅里来了？还不是为了看美女？”林雨瑶不依不饶。

“我说你有没有搞错？这个咖啡厅是蓝天学府的正中央，周围的动静一目了然。”白一梦解释道。

“这还差不多。”得到了满意的答案，林雨瑶点了点头，也叫了一杯咖啡。

“说实话啊，你看你，一天二十四小时跟着我，我上哪你就上哪。除了我上厕所你没进来以外，我几乎无处遁形啊。”白一梦笑道。

“那当然了，我答应我姐姐、玲姐姐、婉君妹妹要看紧你的。”林雨瑶得意极了。

“所以我就郁闷啊，这一天下来，我都没看到你上厕所，你是怎么做到的?”白一梦问道。

“要你管!”林雨瑶脸色羞红，脑袋歪向一边。

“告诉我嘛，雨瑶，你就告诉我嘛。”白一梦抓住林雨瑶的右肩，轻轻地摇。

“我就不告诉你，就不告诉你，就不告诉你。”林雨瑶一把打掉白一梦的手掌，羞得耳根子都红了。

“那我晚上睡觉的时候你怎么看着我?”白一梦问道。

“我就在门外等着呗。”林雨瑶爽快接招。

“那你就不怕我会提前叫好美女在房间里？你要知道这个世界还有一种女人是随叫随到的。”白一梦笑道。

“你敢!”林雨瑶狠狠地瞪着白一梦。

白一梦突然觉得自己似乎看到了什么从眼前一闪而过。

那是什么?

白一梦觉得自己看到了一只金钱豹。

一只活生生的金钱豹。

在这个人来人往的校园里。

在这个繁华大都市里，白一梦看到了一只金钱豹。

白一梦可从来不觉得自己有老花眼。

“雨瑶，你在这里等着。我去去就来。”

话音还在耳畔，眼前早就不见了白一梦的身影。“混蛋，把我一个人丢在这里。”林雨瑶喃喃着。

这只金钱豹的速度很惊人，跳跃在城市的屋顶，如履平地一般地向前飞奔。

白一梦远远地跟着这只金钱豹。

看着它进入了动物园。

难道这只金钱豹是陆朝阳安排到蓝天学府盯着鸣鸿刀的?

陆朝阳真的躲在这个动物园里?

白一梦苦笑着，我可没想害你啊，陆朝阳。如果你真的躲在这里还是快点现身吧，搞不好过一会那项锋就带着高绝和郭灭来了。

白一梦心里着急，站在动物园旁边的大楼上，搜索着陆朝阳可能藏身的地方。

今天的动物园还是很热闹的，人来人往。

白一梦的目光锁定在了虎园上。

此时，正有一只生病了的老虎正乖乖躺在地上，一个看起来四十多岁的工作人员正在给老虎打针，喂老虎吃肉。

突然，那个工作人员转身面向白一梦，微微一笑，随即招了招手。

白一梦吃了一惊，随即进入动物园，来到了这个工作人员的身边。

中年的工作人员继续给老虎吃肉。

“你是陆朝阳，陆老前辈？”白一梦淡淡地说。

“你是那个太阳劫的白衣人？”中年工作人员的声音不大，但听在白一梦的耳中，却如同钟鼓一般洪亮。

“是的。”白一梦承认。

陆朝阳站了起来：“这么说来，你还是我的救命恩人呢。小小年纪，独闯霸王城，有胆识。”

“你叫什么名字？”陆朝阳问道。

“我叫白一梦。”白一梦回答。

“陆老前辈已经超越了兵宗九阶巅峰？”白一梦为自己没能察觉对方的存在感到吃惊。

“不错，陆某现在是兵宗九阶大涅槃！一百多年前就已经是了。”陆朝阳含笑点了点头。

“什么？”白一梦吓了一跳。一百年前就已经达到了，现在还是兵宗九阶大涅槃，难道武者的修为真的就这样到顶了吗？

“白一梦。”陆朝阳坐在了一旁的石椅上，白一梦也恭敬地站在了一边。

“想必你也不相信兵宗九阶大涅槃，就是武者修为极限的说法吧。”陆朝阳笑道。

“是的。”白一梦老老实实地回答。

“我也不相信。在无缝困狱之中，我苦苦修炼。但这一百年来，却始终不能突破进入新的境界。但我隐隐之中有一种感觉，这个兵宗九阶大涅槃是能够突破的。只是缺少了一点什么。”陆朝阳仰望长空，双目之中充满了期待。

“我毫无办法察觉到你的武者修为气息。你现在是什么阶段的武者？如果不是小明的话，我根本不知道你的存在。”陆朝阳疑惑地看着白一梦。

“我现在也是兵宗九阶大涅槃的修为。”白一梦实话实说。

“啊，那个，陆前辈，小明是谁啊?”白一梦不相信附近还有别人。

“小明，就是你眼前的这只老虎啊。”陆朝阳抚摸着老虎的脑袋，老虎亲昵地用脑袋蹭着陆朝阳的掌心。

“呵呵，小伙子可比我强多了。二十岁的年纪，兵宗九阶大涅槃的修为。想我二十岁的时候，还仅仅只是劲宗一阶。”陆朝阳赞许地看着白一梦。

“相信项家兄弟，包括整个霸王城的人，都认为你已经死了吧?”陆朝阳分析道。

“是的。”白一梦点了点头。

“你到霸王城是为了什么?”陆朝阳问道。

“一开始是为了青虹市粮草一夜之间成空的事情，后来，那就是为了我所爱的一个女人了。”白一梦笑了。

“是个真男人!”陆朝阳大笑。

“一个真正的男人，最起码要做到这几点。守住脚下的土地，保护自己的亲人，爱护自己的女人，帮助自己的兄弟。如果连这几点都做不到。那活着还有什么意义?”

第二十五章　霹雳时代

陆朝阳一拍老虎小明的屁股，小明欢叫着蹦了起来，绕着铁丝笼来回跑。

“我也是为了一个女人，和项广为敌。老弟，看来我们有很多共同之处啊。哈哈哈哈！”陆朝阳爽朗的笑声告诉白一梦，这是一个率性而为的真性情男人。

“晚辈一直很想知道，前辈在那兽狱之中究竟是怎么样生存下来的？之后又有什么样的奇遇？据说当时陆前辈筋脉尽断，已经是半个死人。这实在是太匪夷所思了。”白　梦问道。

一提起往事，陆朝阳的眼中，出现了一个紫色的、曼妙的身影，还有那张绝世的容颜。

陆朝阳的手里出现一枚青色的玉簪。抚摸着玉簪，陆朝阳缓缓开口：“这是我的爱人给我的定情信物。因为这个信物，我陆朝阳，才活到了今天。这是我的信仰，我的生命所在，我的爱。

“当年，年仅二十二岁的我，刚刚踏入劲宗一阶。就被南斗山庄的军士带进了霸王城。在霸王城中，我还是继续着我的老本行，铸剑。就这么安安静静地生活着，直到那一天，我看到了她……

“她的名字叫丁晗。她是一个销售兵器的大家族的独生女。我俩一见钟情，情投意合，不顾一切地相爱了。就算那个时候我已经知道了她是项广选定的要纳入枪冢的姬妾。

“突然有一天，她不见了。

“我跑到霸王城去要人。结果被军士打成重伤。直到一个月以后，项广出巡，我在人群之中看到了王座之上的她，我不顾一切地冲了上去，我要问个明白，她为什么要不辞而别，为什么抛弃我，是因为荣华富贵，还是因为项家的强大。无论结局是什么，我只要她的一句话。

“项广大怒之下，命人挑断了我的手筋脚筋，打碎了我的全身骨头，将我扔进了兽狱之中。打算让我葬身兽腹，让野兽分食我。

“没想到那兽狱之中，有一只金钱豹因为生下来的小金钱豹不幸夭折，竟然把我当成小豹子一样哺养。我喝着金钱豹的奶水，存活了下来。其他的豺狼虎豹一旦靠近我，或者对我有敌意，就会遭到母豹的疯狂撕咬。就这样，我在兽狱之中待了半个多月。

“后来，我发现，这些野兽每天夜里，都会追逐着一颗金光闪闪的圆形石头，一开始我没在意，而后认真一看，那居然是传说之中的石中至宝，舍利子！

“我等待着机会，一口吞下了舍利子，顿觉得天昏地暗，浑身上下灼热难忍，简直就是生不如死。但是过了一炷香的功夫，我不仅身体康复，武者修为更是一日千里，直接跨进兵宗九阶巅峰！

“那兽狱之中死去的强者实在是太多了，到处都是兵器，我挑了一把金刀，破开兽狱大门，顿时万兽奔腾，涌出狱中，整个霸王城天下大乱！

“我手持金刀，一路杀进了霸王宫，杀上霸王殿。直到五十名兵宗九阶巅峰的黑虎卫的出现，将我团团围住。

“我一鼓作气，斩杀了近三十人！

“项广大惊之下，使用了那墨绿色的血滴！顿时实力暴涨！此时的项广身上的残热暴戾之气，那惊天动地的杀意，像我等这样普通的灵魂心智，简直有一种魂飞魄散的感觉！

“我大惊失色，渐渐体力不支，一天一夜之后，那项广连续几剑劈在我的身上，居然不能伤我分毫。我才终于明白了，我吞食舍利子的最大好处，就是我得到了金刚不坏之身，也叫不死金身。

“项广无奈之下，唯有将我困在那无缝困狱。

“项广不杀我，那是因为他杀不了我，项广认为，天地之间能杀死我的只有两样兵器，一个是枪冢中的神枪，另一个就是鸣鸿刀。项广对我说过，一旦枪冢祭枪成功，我就是第一个死在神枪之下的亡魂。如果不是你大闹霸王城，导致城中混乱不堪，有人毁坏了无缝困狱的设施，那我现在恐怕还在狱中等待着死期呢。”

“你看，最多再过七天，那鸣鸿刀就要出世了。”陆朝阳看着蓝天学府的方向大笑道。

“陆前辈，这天地之间到底有多少的宝物？为什么今年出世的宝物特别之多呢？难道你不觉得奇怪吗？”白一梦发现自己现在对于宝物越来越麻木了。

“天地之间，一共有七大宝。天地有七宝，分别是曼陀罗、舍利子、千年人参、忘忧草、菩提花、三生石、三足鸟。这些宝物对于普通的人类来说，都具有延年益寿，百病全消的功效。对于武者而言，更是有增进功力，提升修为的奇效。

“其中，曼陀罗和舍利子可以起死回生，续命还魂，打破了生死的局限。千年人参可以使服食的人变化无常，化身千万。忘忧草令人忘却一切烦恼，达到真正的忘我境界，不再受到时间、空间的限制，纵横宇内，逍遥自在。三生石可以让人看到前世今生，可以预知未来，掌握时间领域的最高境界。菩提花更是妙，大成者不仅仅可以自成一界，还可以藏身界内，更是一界之主，如同神灵一般的存在。这就是对于空间领域最高境界的完美诠释。还有最最美妙的三足鸟，据说三足鸟生活在太阳的上面，如果有人能够吃下一只三足鸟，那他将成为太阳之子，拥有太阳一样的光明能量。”陆朝阳侃侃而谈。

“那么那些上古神兵利器呢？这些宝贝又和天地七宝有着什么样的联系？”白一梦抓紧时间学习。

“白一梦，你要知道这个世界是一个平衡的空间，万物之间有一定的规律和对立。人也好，动物也好，植物也好，有生就一定有死。有男有女，雄雌公母，黑白水火，都是对立的。但却往往又是依赖的。没有火的煎熬，水就是水，不能变成美味的汤。没有水的存在，火就会永无止境地烧下去，最终毁灭一切。那些具备了生命，拥有了自己思想和感情的上古神兵，它们也懂得这个道理。神农鼎和曼陀罗相生。而我的舍利子形成的不死金身，那么这个天地之间就一定有能够克制不死金身的武器。目前得知的天地之间的神兵，我华厦国排名第一的，自然是鸣鸿刀了。”陆朝阳笑道。

按照陆朝阳说的，看来，还有四件宝物没有出世，忘忧草、菩提花、三生石、三足鸟。这些可都是很诱人的宝物啊。白一梦心中激动万分。

“喂，白一梦，你现在是不是很想得到这些宝物啊？”陆朝阳大笑着一拍白一梦的肩膀。

“当然想了，有宝物不想要，那岂不是变成傻瓜了？”白一梦回过神来，呵呵笑。

“我如果告诉你菩提花已经出世了，只是没有人去取，你相信吗？”陆朝阳笑道。

“什么？还有这种事？”白一梦整个人蹦了起来！

“不会吧？难道项广也没察觉到菩提花出世吗？陆前辈，你不要开这种玩笑好不好？”白一梦盯着陆朝阳的眼睛。

很显然，陆朝阳没有说谎。

“我再告诉你，菩提花现在所在的地方，就是你发现小亮的地方。”陆朝阳哈哈大笑。

老虎叫小明，小亮又是谁啊？难道是自己在蓝天学府的咖啡厅发现的金钱豹。难道菩提花就开在咖啡厅外的花坛里？白一梦想起了蓝天学府咖啡厅外的那一大片花坛。

“陆前辈，你知道前一段时间，那个一夜之间偷盗整个青虹市粮食大米的盗贼，是什么人吗？”虽然现在，白一梦恨不得马上回到蓝天学府找到菩提花，可白一梦还是想问一下这个问题。

“这个问题，我也无法回答。因为这个人，我相信他和你一样，都是一个没有任何武者气息的高手。要想知道答案，恐怕你只有去找一个人了。”陆朝阳微笑道。

“谁？”白一梦追问道。

“红尘姥姥。”陆朝阳一字一句地说道。

白一梦倒抽了一口凉气，盯着陆朝阳的眼睛：“陆前辈知道红尘姥姥在哪里？”

白一梦其实是很想去见一下这个红尘姥姥的，明年三月三，也就是林碧瑶口中的大集会，这个恐怖的老太婆，一定会惩罚甚至杀了林碧瑶姐妹的。如果想要得到红尘姥姥的原谅，按照林雨瑶的说法，只有得到鸣鸿刀，交给姥姥，才可能抵消林碧瑶盗取神农鼎失败的失职大罪。

“白一梦，大隐隐于朝的道理，你可知道？”陆朝阳哈哈大笑起来。

“大隐隐于朝……”白一梦的眼睛亮了。

“陆前辈的意思是说……那个红尘姥姥，就在霸王城！包括那个粮草大盗，也在霸王城！”白一梦跳了起来！

这个世界，最危险的地方，往往却是最最安全的地方！

当今天下，无时无刻不在项家兄弟，特别是项广的监视之中！那个红尘姥姥，几百年来一直和项家作对，争夺宝物。如果她是在外界的话，只怕是无处藏身。稍微有一点蛛丝马迹，就会遭到项家兄弟的围剿。如果她是霸王城里面的人，甚至是项家兄弟身边的人，那才是最安全的所在。难怪，项家兄弟发现哪里有宝物，红尘姥姥都会先一步得知，而安排林碧瑶姐妹先下手为强！

一定是这样！

白一梦激动地看着陆朝阳：“那，陆前辈可知道，这个红尘姥姥究竟是谁呢？”

“这个，”陆朝阳盯着白一梦的眼睛，“具体是谁我不知道，但我可以肯定，红尘姥姥就在项家兄弟身边，而且还是一个重要的人物。”

“多谢前辈指点。”白一梦点了点头，心里记挂着菩提花，“我先去找一下菩提花，前辈呀，你可不要闹着玩啊。我去去就来。”

白一梦撒腿就跑。陆朝阳哈哈大笑，这个白一梦，倒是不想放过任何一件宝物。

就在白一梦的身影刚刚消失在拐角处的时候，一个雍容华贵的老妇人，一个脖子上披着狐狸皮的两鬓斑白的老女人，缓步走到了陆朝阳的面前。

“这只老虎好可爱啊。”老妇人伸出手，也抚摸着老虎的脑袋。

“是啊。有时候，和动物相处，比和人相处简单的多了。”陆朝阳含笑道。

忽然陆朝阳满脸的笑容僵硬在了脸上。陆朝阳死死地盯着这个女人，眼中，是无尽的震撼和不可思议！

“你……”陆朝阳张大了嘴，久久说不出话来。

“是我。”老妇人继续抚摸着老虎的脑袋，看都没看陆朝阳一眼，继续缓缓说道，“你为什么不杀了这个年轻人？”

陆朝阳浑身轻微地颤抖着，脸上竟然出现了一丝丝的皱纹，一头的黑发，竟然慢慢地变白了，最后一把一把地脱落。眨眼之间，他就从一个四十多岁中年人的形象，慢慢变成了一个衰老的皮包骨头的驼背老人！

“你不杀他，是因为你觉得他和你年轻的时候很像，都是一个为了女人，为了爱而奋不顾身的真男人。”老妇人轻轻一笑，还是没有看一眼陆朝阳，“你以为躲在这个动物园里，和野兽们在一起，就可以过宁静生活，对吗？可惜了，因为我也从霸王城里面出来了。我需要你的帮助，帮助我完成我的事业。”老妇人说着话，扶起了老人形象的陆朝阳，缓缓离开了动物园。

在原地留下的，是陆朝阳手里的玉簪子。还有老虎小明！

当林雨瑶喝到第八杯咖啡的时候。

林雨瑶看到了玻璃窗外白一梦绕着花坛转了第一个圈。

这么多的花，什么颜色都有，那菩提花到底长得是什么样子？

白一梦绕着花坛转了第二个圈。

不行，不能这样盲目地寻找，但我也不至于，把所有的花都吃进肚子里吧？想办法。

白一梦绕着花坛转了第三个圈。

白一梦绕着花坛转了一个又一个圈。

白一梦一朵一朵地认真研究花坛里的花。

“喂，你在干什么呢？怎么疯疯癫癫的？”林雨瑶快走出咖啡厅，重重地拍了一下白一梦的肩膀。

“嘘，不要打扰我，我现在很忙。”白一梦轻轻推开林雨瑶，继续一朵一朵地研究花儿。

“居然不理我，混蛋。”林雨瑶臭骂了一声，转身离开了。

天渐渐低黑了。

浑身酸痛的白一梦终于研究完了最后一朵花儿。

一瘸一拐的白一梦慢慢地向家里走去。

“你还知道回来？”林雨瑶做好了一桌丰盛的饭菜，倚着灶台笑道。

“不是吧，又是辣椒?”一看到一桌子和辣椒息息相关的菜肴，白一梦就想起了上次的痛苦经历。

在辣酱厂吃了一顿之后，白一梦拉肚子拉了一个晚上。

一看到这一桌子的菜肴，条件反射之下，白一梦顿时觉得菊花一紧，两腿一软，差一点就瘫坐在地上。

“你这是在虐待我，我抗议。”白一梦大叫。

“爱吃不吃，随你的便。不高兴那就自己煮吧。”林雨瑶大口大口地吃着红辣椒，高兴极了。

泡了一碗方便面，白一梦瘫坐在沙发上，百思不得其解。陆朝阳不可能骗自己，那菩提花到底哪里去了呢?

“来吧，这个总不会辣了吧。”林雨瑶递过来一盘花生米放在茶几上。

“这还差不多，总算还有点小姨子的样。”白一梦高兴地抓起花生米，抓起一大把放进嘴里。

“啊!”白一梦杀猪一样的惨叫声差点没把楼下认真工作的一百多个贺风给吓死。

“这是什么?怎么这么硬?”白一梦一边吐出嘴里的花生米，一边抓起桌上的百事可乐一口气喝了下去。

“花生米啊?”林雨瑶走过来一看。

“哈哈哈哈，你怎么把皇甫浩泽带回来的无回江水的颗粒给吃了?”林雨瑶笑得弯下了腰。

“你还笑?”白一梦拼命吐出嘴里的金色颗粒，肚子里已经如同一团火在烧了。

“快，快点，给我几瓶冰啤酒，冰水，冰饮料也可以。”白一梦痛苦地在地上翻滚着。

林雨瑶大惊失色，手忙脚乱地把整个冰箱都拖了出来，各种各样的啤酒、红酒、饮料，掉得满地都是。

“你没事吧，小白，你不要吓我。”林雨瑶跪在地上，将白一梦的脑袋放在膝盖上，喂白一梦喝东西。

在喝了五六瓶红酒、啤酒、冰水之后，白一梦才觉得五脏六腑的烧伤感觉没有那么疼痛了。

“你有没有闻到一股香气？好像烤肉的味道？”白一梦抬头看着林雨瑶笑道。

“是哦，还真的有一股烤肉的味道，这味道从哪里来的呢？”林雨瑶努力闻着，闻着，闻着就闻到白一梦的嘴上。

“啊！味道是从你嘴巴里面传来的，难道你的五脏六腑都煮熟了？”林雨瑶大声尖叫着，然后半天说不出话来。

“就差一点点了。”白一梦也觉得好险。

“看来这无回江水果然是一种可怕的东西，如果不是在紧急关头，自己体内的兵宗九阶大涅槃的真气一拥而上顶住了灼热的蔓延。换了一般人，已经被烧成灰烬了。”白一梦暗暗后怕。

“谁在烤肉？好香啊。这不像是牛肉啊，什么肉啊？”皇甫浩泽和贺风从房间里走了出来，鼓着鼻子到处找肉吃。

两人走路的姿势，脸上的表情，眼神的迷离，简直就是一模一样。

这一大一小，一高一矮。身高不足一米六的贺风和足足一米九五的皇甫浩泽走在一起，光是看着就令人捧腹。

“大块头，你怎么回事？东西乱放，差一点就把小白害死了。”林雨瑶对着皇甫浩泽发飙。

“一哥怎么了？”皇甫浩泽和贺风都大惊，赶紧扶着白一梦坐在了沙发上。

“不要紧，不必紧张。”白一梦摆摆手，微微一笑。

“还不是你弄回来的无回江水，小白刚才抓了一大把吞了下去，差点没把五脏六腑给烧熟了。”林雨瑶指着茶几上铁盘里的金色颗粒臭骂道。

“什么？”皇甫浩泽整个人都蹦了起来，眼珠子几乎要夺眶而出，“你连这个也吃？是你疯了还是我傻了？”

“你研究清楚没有？这究竟是什么东西？”白一梦笑道。

“我正准备上来和你说呢。”皇甫浩泽眉飞色舞。

“嘿嘿，这玩意可不得了。”皇甫浩泽抓了一大把金色颗粒解释道，“我刚刚在下面和贺风足足使用了超过三千度的高温才将这个颗粒熔解成了液体，现在正放进超低温的冷库里打造。因为目前数量有限，我和贺风觉得只能打造出十三把飞刀。你是不知道这玩意有多锋利。乖乖，随随便便和雨瑶手里的白虹剑对撞，居然把白虹剑给弄了一个缺口!”

“一哥你看。”贺风手中的白虹剑的剑刃上赫然有着细细的三个小缺口。而右手握着的一把轻盈小巧的金色小刀，刀刃之上完美无瑕。

“厉害吧？上古神兵居然出现了缺口！这无回江水还真是水中的猛兽。就是不知道比鸣鸿刀又如何？”贺风激动得满脸通红。

“有了这样的兵器，一哥，下次遇到什么黑虎卫拿着神兵利器，肯定杀得他们屁滚尿流!”皇甫浩泽哈哈大笑。

“这是刚刚锻造出来的第一把飞刀。其余的还在锻造之中。”皇甫浩泽拿起桌上的铁盘，“小光头，我们把这些也拿下去，在天亮之前，十三把飞刀要全部完工。”

“一哥，这把飞刀你先留着，全部弄好了以后，我再交到你手里。”贺风将手里的金色飞刀交给了白一梦，和皇甫浩泽回到了楼下实验室。

“咱们也该忙起来了，来，雨瑶，我们进房吧。”白一梦从沙发上站了起来，大步走进了自己房间。

“啊……你说什么？”林雨瑶看着白一梦的背影，一时之间还没反应过来。

“进房一起睡觉啊？你不是要看着我吗？”白一梦倚着房门笑道。

“谁要和你一起睡觉了？”林雨瑶瞪着白一梦骂道。

“你真的不进来？”白一梦叹了口气，“漫漫长夜，你真的忍心让我一个人独守空房？雨瑶，我空虚，我寂寞，我冷。不要这样嘛。”白一梦幽幽道。

“就不进去，说什么我也不进去，你这个坏蛋，我宁愿睡沙发也不进去。”林雨瑶直接倒在了沙发上。

“那你怎么看着我？你就不怕我半夜从窗户里出去偷腥吗？”白一梦话音刚落，林雨瑶已经从沙发上跳了起来，大步走进了房间。

将窗户上的插销全部插上，还在插销上挂了一个小小的风铃，林雨瑶转身正准备离开白一梦的房间，却发现白一梦已经轻轻关上了房门，此刻正靠在房门上。

“你你……你想干什么？”林雨瑶看着一点一点走过来，揉搓着双手，两眼直勾勾盯着自己胸部的白一梦，大叫道。

第二十六章　变生肘腋

“我打电话给姐姐!”林雨瑶闭上眼睛，靠在窗台上，猛地按下了拨号键。

“不闹了。”白一梦一把抢过手机直接挂断。

“现在闭上眼睛，气守丹田，我来还你一只崭新的左臂。”白一梦卸下林雨瑶的左臂假肢，一把搂住林雨瑶的杨柳细腰，一个转身，盘膝坐在了地板上。

“你?”林雨瑶又惊又恼，身不由己地盘膝也坐了下来，和白一梦面对面。

白一梦的左掌对上了林雨瑶的右掌，迅速引动丹田之中的神农鼎，神农鼎飞速运转，层层金色的光晕沿着白一梦的筋脉缓缓注入林雨瑶的体内。

大西洋海域。

深不见底的黑暗海底。

武者世界霸王城中。

化身无赦府主白杨的白一梦长长吐了一口气。

自房中的地板上站了起来，遥望着霸王城的万家灯火。

经过这一个多月的修炼，这破空诀总算是基本上研习了一遍，虽不能完全领悟其中的奥妙，但总算略有小成。不管是对于时间，还是空间领域都大有进展。

白一梦点燃了支香烟。

等一下早朝的时候，项英就会安排自己到外界接管奇岩峰的无赦府了，也不知道前几天王刀和项英谈过之后，项英是否相信柳明眸是王刀的妹妹？会安排王刀到枪冢和柳明眸见面吗？项广会解除柳明眸体内的血蛊之毒吗？

“父亲大人。”白敏在门外敲门，“早朝的时间到了，我们该出发了。”

“知道了。”白一梦打开房门，微笑着看着白敏。

这个小丫头，实在是一个难得的孝顺女儿。更是一个高傲的女人，除了会和他这个假冒的父亲，以及兄长白朗说话之外，几乎不和任何人接触，更别说会理睬其他的异性了。

从巨大的将军塑像的胸膛来到了巨枪之中，沿着枪身电梯向上，来到了巨像的左眼，霸王殿。

“无赦府主出列。”宫廷总管对着满朝的府主喊道。

项英大步走下宝座，拿起侍女托盘中的青铜酒杯：“饮下这一杯送行酒之后，无赦府主正式晋升为黑虎卫之一，特赐予夜明珠，避水珠，黑虎卫战甲，今日下午，统领江城、燕霜，即刻出城，赶赴奇岩峰。”

“属下遵命。”白一梦接过托盘，点头朗声道。

“好，白府主可以先行退下，快快去与子女道别去吧。此次出城，任重道远。”项英一口喝下樽中美酒。

白一梦也一口喝下美酒，转身大步离开了大殿。

“退朝。”宫廷总管一声呐喊，大殿之上所有的府主陆陆续续离开了。

偌大的一个霸王殿上，只留下了宝座之上大口饮酒的项英。

“这个人不是无赦府主白杨。”黑暗的角落，雕龙附凤的石柱后面走出了项锋。

“老三。你怎么来了？”项英走下宝座，兄弟二人立于大殿中央。

“三弟刚才说什么？无赦府主是假的？”项英震惊地看着项锋。

“二哥没有听错。”项锋目光炯炯。

“干将神剑就在这个假的无赦府主的身上！”项锋斩钉截铁地点了点头。

项锋心意一动，手里出现了一把青光幽幽的长剑，长剑正发出阵阵轻啸，剑身微微颤抖。

“你这把剑是……是镆铘？”项英瞪大了双眼。

名扬天下的神兵利器中的夫妻之剑——干将，镆铘。

“正是。”项锋冷漠的脸庞露出一丝轻笑，“我刚刚从枪冢回来，大哥赐给了我这把镆铘剑。刚刚上朝的时候，我正准备出来看一看最近晋升的黑虎卫，没想到丹田中的镆铘剑居然剧烈地震颤起来，几乎要冲破我的丹田。我拼命地压制，同时仔细观察了大殿之上的所有人，最后断定干将神剑就在这个无赦府主白杨的身上。

“干将神剑原本一直都在老四的手里。那个白衣人在临死之际，投掷出干将神剑，射爆了太阳之后，大哥断言此人已经灰飞烟灭。而干将神剑也不知所踪。”项英浓眉紧缩。

“我一发现此人身上藏有干将神剑之后，不相信小小一个府主胆敢私藏神兵，便迅速禀报了大哥。大哥传音入密告诉我，那白杨早在一个月前就已经死了，当初下在白杨身上的血蛊之毒也已经消失了。而此人身上没有血蛊之毒，所以我断定，此人必是那入侵我霸王城的白衣人!”项锋冷笑道。

“不管这个人是那从我手中侥幸逃生的白衣人，还是另有其人，敢闯我霸王城的人，必死无疑。老三，大哥为什么不出手直接拿下?”项英不解。

“大哥现在正处于紧要关头，刚才我禀报情况，还被他臭骂了一顿。对付这样的小毛贼，还不至于事事都要大哥出马吧?”项锋面对着自己刚才现身的黑暗角落。

“来呀，这个假冒的无赦府主的首级，就靠你们带回来了。”项锋沉声道。

“是。”随着三声没有一丝感情的男音，黑暗的角落里走出了三个男人。

这三个男人，有两个是黑虎卫江城、燕霜。

另外一个一身白衣飘飘的，居然是王刀!

王刀还是一如既往地冷漠，唯一不同的是，他的双眸之中，隐隐泛着暗红的血光。

那江城和燕霜也是一样，双瞳之中血光浮动，凶光闪烁。

居然给人一种如同死人一般的气息。

没有思想，没有感情，没有情绪，没有呼吸，甚至没有心跳……

这三具躯体，已经不能够称之为人了，应该是行尸走肉，人间凶器!

“王刀，刚才我们的话，你可听见了?”项锋冷冷道。

“杀!必杀!”王刀的双眸瞬间通红如血。

项锋、项英相视一笑。

回到住所。

白一梦的面前跪着白朗和白敏。

“起来吧，阿朗，敏儿，为父下午就要离开霸王城了，你们兄妹二人要互相照顾。为父会多抽时间回来看你们的。”白一梦对于身上的这套黑虎卫制服还是相当满意的，很合身，尺寸材质都是上佳之作。

这一个月来的相处，白一梦对于这兄妹二人的感觉还是很好地。白朗年轻激进，阳光开朗。白敏勤劳贤惠，孝顺得不得了。虽然对于异性显得实在是太不近人情了。

看着白敏，白一梦想起了于思思，那也是一个高傲的女人。但是于思思只对邱志爵一个人高傲，对其他的异性却显得很热情。也不知道于思思这么做，是不是故意的。

不要把对方对你的爱，当作自己骄傲的资本。白一梦相信，假如有一天，邱志爵厌恶了于思思的冷漠，黯然离去。那么，于思思将无法继续她的生活。因为她失去了生命中最珍贵的最重要的东西。

“我到楼下将父亲的行李装车。”白朗拎着白一梦的行李先行离开了。

偌大的客厅里只留下了白一梦和白敏。

白一梦觉得白敏在看着自己。

就这么静静地看着自己。

目不转睛地看着自己。

对上了白敏那清澈的眸子。

白一梦的老脸微微一红。

“啊……敏儿……这个……那个……”白一梦想制造话题。

“谢谢你。”白敏突然起身，拥抱了白一梦。

“谢我？谢我什么？……敏儿，我们是……”白一梦感到情况不妙。

离开白一梦的怀抱，留下四肢僵硬的白一梦呆坐在沙发上。

“我的父亲，是一个赌博鬼。”白敏笑了笑，看着白一梦缓缓说道。

白一梦说不出话来了。

“每次赌博输了回到家里，就会把家里贵重的东西拿到当铺抵押换钱。直到有一天，他把我母亲的嫁妆也给输掉了。母亲一气之下离开了我们。父亲后悔之下，发誓戒赌，举刀剁手，年幼的我扑向前阻止，结果在手臂上留下了一条刀疤。”

白一梦静静地坐在沙发上，一句话也没有说。

“那一天，在思危堂，我和阿朗送你回来的时候，你笑着问我什么时候你才能当外公，又问我这条疤痕应该要去弄掉。我就知道你不是我的父亲了。

“父亲不可能会要求我弄掉这条刀疤，因为这是他一辈子的伤痛。我的父亲突然变成了另外一个人，刚开始的时候，我有一点害怕。一个兵宗九阶大涅槃的强者冒充我的父亲，他究竟要干什么？如果是要对付项家，或者觊觎项家的宝物，这些都会给我们兄妹带来灾难。

“好几次，我都想在大殿之上拆穿你的身份，但我发现，我做不到，我真的做不到。我宁愿相信我的父亲还活着，看着你泡茶，看着你烧饭做菜，拖地板，洗衣服。每天听我诉说工作中的烦恼，讲我的想法，和我聊天。”

白敏已经泣不成声。

“我甚至在想，我的父亲没有死，他只是变了，变得让我更加依恋了。再过一会，你就要离开了，离开霸王城到外界去。我很清楚，不管是真的父亲，还是假的父亲，我都要真正彻底地失去父亲了！从今以后，再也没有温馨的父女之间的生活了。不管你是谁，你的目的是什么，我都要谢谢你，谢谢你让我父女之间的梦得到了延续。”

白敏直直地盯着白一梦。

“在你临走之前，我想看一看你的真面目，可以吗？”白敏擦干眼泪，含笑道。

白一梦微笑着，轻轻叹了一口气。

白一梦的全身如同波纹一样地涌动，全身的骨骼轻微地转化，白一梦出现在了白敏的面前。

凝视着白一梦真诚的双眸，白敏的粉脸微微一红。

“你叫什么名字？”白敏发现自己几乎说不出话来。

“我叫白一梦。”属于白一梦的声音响起，“令尊大人是在那思危堂被那个婴儿取走了内丹而死。那个婴儿乃是千年人参幻化而成，喜欢吞噬武者的内丹。

我已经将令尊的尸骨残骸收集起来存放在安宁园之中。柜号和锁匙都在房间里的抽屉里。还请白敏姑娘节哀顺变。”

“谢谢了。”白敏感激地一笑。

“这算不算最后的午餐呢？我还是想和我的父亲好好喝几杯哦。”白敏笑道。

身体轻微扭曲，白一梦又回到了白杨的模样。白一梦也有一点伤感，每天晚餐的时候，自己都会和白敏喝几杯，倾听白敏的女儿心思。

“来，满上。”白敏端出厨房里的饭菜，挽着白一梦的手臂，看着父亲大口喝酒。

不管今天出去以后还会不会再来霸王城，都注定了自己再也不能和白敏在一起了。再回霸王城，肯定不会再用白杨的样子回来了，也不能再来找白敏，要不然项广肯定会对他们兄妹不利啊。这一段父女情缘，今天总算是到头了。

父女两人开怀畅饮。

其实白一梦很想告诉白敏，要不你和我走吧。我能解除你的血蛊，我们到外界去生活吧。我能给你自由。可是白一梦现在不敢说，柳明眸还没有救出来呢，带着白敏，只会让白敏身陷险境。

白一梦不想连累白敏。

只能等救出柳明眸之后再说了，白一梦心中打算到，只要救出了柳明眸，自己一定也要将白敏兄妹带出霸王城。

既然现在做不到，那就干脆不要说。

白一梦大步离开了房间。

留下一脸迷茫的白敏坐在餐桌上。

就这么静静地坐在那儿。

白朗开车将白一梦送到了校武场。

校武场是项英为所有外出征战的武者送行的地方。

望着台下黑压压的霸王军战士。

七十二府的府主，三百六十个管区的管区长。

白一梦觉得头都晕了。

“当今天下，外界之中，存在着逆贼陆朝阳。前几日，传来哀号，秦杀、罗亡，两位黑虎卫双双阵亡。秦杀护法更是自爆金丹，意在与敌人同归于尽。无论是否击杀逆贼，都功不可没，精神可嘉！我霸王城的勇士，就是要视死如归，奋勇杀敌。追封秦杀、罗亡为忠烈侯。其家眷亲属全部赏黄金万两，衣食终生无忧。”项英的声音回荡在百万士兵的耳畔中。

所有的士兵顿时感觉热血沸腾，恨不得立刻出城杀敌。

“今日，黑虎卫白杨，连同江城、燕霜。三位勇士，即将出城。让我们一起为三位勇士呐喊。”项英振臂一呼。

“杀！”

“杀！”

“杀！”百万士兵齐声呐喊，声震云霄，地动山摇！

就连白一梦都觉得自己真的是要出去和陆朝阳决一死战。

白一梦也高居手臂，狂呼大叫。

百万整齐的士兵高居长枪，如同一片兵器的海洋，整齐，有序。

项广组建这样的军队干什么呢？这个世界上还有什么样的敌人值得这样的军队去对抗吗？白一梦突然想起了陆朝阳说过的天地平衡理论，一个东西的存在，必然有另一个东西的压制。难道说有什么东西令项广也感到恐惧？项广需要这样的军队去与之抗衡？

“静！”项英大手轻轻向下一放，百万军队瞬间安静得连一根针掉在地上都听得见。

随后，所有的士兵，所有的人，都抬头仰望着天边。

似乎是在等待着什么。

“吱！！！”

随着一声响彻天地巨大叫声，天边出现了一团黑影。

黑影越来越近，赫然是一只巨大的蝙蝠！

那双血红的眼睛，如同两颗血色的太阳！

巨大的蝙蝠迅速逼近，一股强大的吸力袭来。

白一梦，江城，燕霜，三人都不由自主地落在了蝙蝠的嘴里，站在了蝙蝠的獠牙之上！

蝙蝠迅速掉头，面对着黑暗的天际，飞射而去！

这只巨大蝙蝠伸展开来的翅膀足足超过千米，光是这张嘴里的空间大小，就可以容纳近百人！飞行的速度，白一梦推算，就算自己的最快速度，也不及这个蝙蝠的十分之一。

想不到这霸王城中还有这样的怪物！白一梦终于明白自己实在是太小看项家的实力了。能够让这样的庞然大物唯命是从，这是什么样的手段？

蝙蝠继续飞快前进着，在那伸手不见五指，漆黑无边的空间里飞行，白一梦的震惊无法用笔墨来形容。这个武者世界霸王城究竟有多大？

黑暗中，白一梦突然发现江城和燕霜的双眸也是血红色的，就和这巨大蝙蝠一样的血色眼眸。

我们这是要去哪里？白一梦很想问。

终于白一梦还是忍住了。

透过那巨大蝙蝠的獠牙的缝隙，隐隐约约可看到一片红光，那是蝙蝠的血目射出来的光芒。

突然间，黑暗的世界消失了，取而代之的是一片血红色的空间！

在这片血红色的空间里，到处都是一根根看不见头，也看不见尾，巨大的圆柱形的藤条纵横交错，遍布四周。巨大蝙蝠在这些巨大的藤条中时而高，时而低地飞行着。

扑鼻的腥臭味，血腥味，还有那如同尸骨腐烂的味道，充斥着整个空间！

突然，血红色的藤条世界消失了，进入了 片雪白的世界！这个世界的四面八方，到处都是一团团，一块块，或者是椭圆形，或者是长方形，如同雪糕一样黏糊糊的白色物体。这些物体上，还渗出一抹一抹白色的液体，到处滴落。

白一梦捂着胸口喘不过气来。

白一梦突然觉得这些白乎乎的东西就像是脑浆。刚才飞过的血红色空间就像是肠胃。

白一梦觉得自己想吐。

白一梦终于忍不住吐了。

翻江倒海，吐得稀里哗啦，胆汁都给吐出来了。

在这片白色黏糊糊的世界的上端，是一个凹陷下去的血色大湖，在这个血水汇集而成的血湖上方，十二根巨大的石柱之上，耸立着一座金碧辉煌的宫殿！

那宫殿的上方巨大的牌匾之上书写着两个大字“枪冢”！

第二十七章　枪冢

怎么到枪冢来了？这里就是枪冢？白一梦一时半会还没反应过来，就被巨大的蝙蝠放在了宫殿前面的广场上。蝙蝠狂啸一声，转身离去，消失在了白色的世界中。

天天想着到枪冢救柳明眸，可是没费一点功夫，这就到枪冢了？

幸福来得太突然了！

白一梦热泪盈眶。

宫殿的大门打开了。

白一梦看了看江城，又看了看燕霜，这两个人一点表情都没有。

三人大步走进了大门。

大殿的宝座上，一个和项英有着几分相似的男子正威严地看着三人。

这个男人的脸色苍白得可怕，几乎找不到一丝丝的血色，就如同白纸一般。但是，他身上所散发出来的王者气息，眼神之中那睥睨天下、无视生死的帝王般的威严，令白一梦有一种下跪的冲动。

站在一侧的赫然是项老三项锋。就连项锋都得站着，那坐着的人不是项广还会有谁？

在他的面前，站着，就是一种罪过！

白一梦拼命控制着自己的身体。

这就是真正的王者风范?

这个男人就是项广?

白一梦发现自己就连喘气都觉得实在是太大声了。

“参见城主!”江城和燕霜双双跪下，白一梦咚的一声也跪了下来。

“你就是白杨?”项广的声音响彻整个宫殿，撞击在白一梦的耳畔。

“属下在。”白一梦发现自己几乎说不出话来，费了好大的力气，终于蹦出了这三个字。

第一次，白一梦发现，原来说话也好花费这么大的力气。

“你不是白杨。”项广笑道。

这句话就如同一把重锤，重重地砸在了白一梦的心上!

白一梦的脸都绿了!

白一梦猛地抬头，站了起来，心脏几乎都要跳出喉咙来了!

白一梦不由自主地想要逃跑。

逃得远远的!

项广实在是太可怕了!

可是直觉告诉他现在不能跑，就算跑出了这个宫殿，没有巨大蝙蝠，那又如何离开枪冢?

白一梦发现自己已经露出了本相。

那幻化而成的白杨的躯体仅仅因为项广的一句话，就被彻底打破了!

白一梦说不出话来，死死地盯着项广。这项广真的是神吗?他怎么什么都知道?

第一次，白一梦有一种无力感!

一种任人宰割无力反抗的绝望感!

就好像项广只要说一句要你死!

你就必须马上去死的感觉!

任何的反抗，挣扎，那都是毫无意义的!

在项广的面前，任何人都会觉得自己很渺小，渺小得就是一个蝼蚁。

项广太强大了!

太可怕了!

江城和燕霜还是那么恭恭敬敬地跪在地上，连头都没有抬。

“干将神剑也在你的身上吧?”项广的声音还是那么的平稳洪亮。

白一梦拼命控制着颤抖得越来越厉害的身体。

绝不能让恐惧给打倒。

白一梦牙关紧咬，咬得腮帮子钻心的疼。

白一梦你绝不能就这样倒下。

“知道为什么你现在还活着吗?因为我要找到这个人。”项广的手里突然出现了一张照片。

白一梦死死盯着项广手里的照片，面无血色。

那一日白一梦和项英大战，身上的东西，都在大战中遗失了。项广现在手里握着的照片，正是自己钱包中和妹妹白若兰合影的照片。

“看你们眉宇之间有些微相似之处，我断言，此女绝非你的妻子，她若不是你的姐姐，必定就是你的妹妹。我所言可对?”项广问道。

“你想干什么?”白一梦手中现出了干将神剑，怒目直视着项广。

“难道你又想把她带到这个阴森寒冷的枪冢吗?”白一梦心中燃起熊熊战意。

保护白若兰的必死决心熊熊燃烧，白一梦身上的气势越来越盛。

“居然还会隐藏实力?我倒是小看你了。”项广突然之间发现白一梦身上的气息大盛，隐隐居然是兵宗九阶大涅槃的修为。

“给我拿下。”项广大笑道。

地上跪着的江城和燕霜猛地站了起来，两人眼眸之中血色越来越重，竟有一丝血迹溢出眼眶。

江城的手中现出一把通体银白的长剑!

燕霜的手中现出一把通体碧绿的长剑!

神剑流星!

另一把是神剑工布!

“杀!”江城怒吼着扑向了白一梦!

“杀!”燕霜一剑刺向白一梦的胸膛!

“死!”白一梦咆哮着冲向二人。

流星剑狠狠地和干将神剑撞击，江城狂吐着鲜血向后飞退。

白一梦白衣猎舞，一剑斩掉了燕霜的头颅。

燕霜的工布神剑直直地刺在白一梦的胸膛，白一梦的左手死死地抓住工布的剑身。

白一梦的白衣染成了血衣。

转身看着项广。

“大哥，让我来会一会这个兵宗九阶大涅槃。我倒是想看一看，干将镆铘夫妻之剑，到底是丈夫厉害，还是妻子厉害。”项锋大笑着手中出现了镆铘神剑。

“老三想出手了？好，这个人就交给你了。”项广大笑。

“杀！”项锋大喝一声，凌空而起，镆铘剑猛劈向白一梦的天灵盖。

“杀！”白一梦斗志昂扬。

一听到杀，那倒在血泊之中的江城立刻不顾一切地扑向白一梦！

白一梦一口气在江城的身上刺了五六个窟窿，可那江城还是不顾一切地狂劈猛砍！

破空诀第一式“石破天惊”！

一团青色的剑芒划过，江城被一剑劈成了两半！

一层又一层青色的剑网飞扑向项锋，项锋大喝一声，左手中现出镆铘剑！

“破！”镆铘剑旋转着，在剑网之中破开一个豁口。

项锋暴退，一直退到了宝座下方。

高手过招，一切只在电光火石之间。

“让我来！”项广突然就从宝座上扑向了白一梦！

等到白一梦在看到项广的时候，一道巨掌已经到了面前！

白一梦使出破空诀第二式“破釜沉舟”！

雄浑的青色剑气斩断了项广拍出的巨掌！

项广的第二掌又到了！

这一掌，打掉了白一梦手里的干将神剑！

紧接着的第三掌！

打断了白一梦全身上下的筋脉！

最后一掌！

打在了白一梦的天灵盖！

粉碎了白一梦全身的骨骼！

白一梦难以置信地睁大了眼睛！

如同一摊烂泥般倒在了角落里！

当年的陆朝阳也是败在这一招之下！

白一梦相信。

就是今天陆朝阳在这里。

也不可能抵挡得住项广的这种鬼神一般的掌法。

"让我杀了这个小子。"项锋腾空而起，镆铘剑带起一条血虹，席卷向白一梦！

"等一等！"项广大呼住手，他还要知道白若兰的下落呢。

项广单手抓住了镆铘剑，正要和项锋说明。

"杀！"项锋的红袍之下，冲出两条人影。

一个是项英！

一个是王刀！

项英一剑击中项广的胸膛！

王刀双刀在手，刺向项广的咽喉！

一切就在眨眼之间！

"大胆！"项广大惊失色，一把抓断了巨阙剑！

半把巨阙剑削掉了王刀的胸前的一大块血肉！

项英一掌打断了项广胸前一排肋骨！

项广一抓一把扯下了项英整条右臂！

项英断臂之处，血如泉涌！

"老二，老三，你们疯啦！"项广抵挡着双目赤红的项锋的疯狂进攻，狂叫道！

一把抓住镆铘神剑，项广如同拧麻花一般将镆铘神剑拧成了一团烂铁！

突然，项英仅存的左手，一把抓起地上的流星神剑，紧接着就地一滚，张嘴用牙咬住了工布神剑的剑身，再度扑向项广！

王刀根本不理会身上的伤痛，甩手射出了七把飞刀，手中紧握两把飞刀也扑向项广！

项锋高举着仅余下半把的巨阙剑，狂风暴雨一般笼罩向项广！

白一梦目瞪口呆地看着这一切！

这是什么情况？

项家兄弟自己打起来了？

“老三，你要造反吗！”项广怒吼着一掌将巨阙剑打成了碎片！

王刀的飞刀有三把直接没入了项广的小腹！

项广捂着鲜血淋漓的小腹，节节败退！

“杀！”

项英射出了手中的流星神剑，抓住嘴里的工布神剑飞身进攻！

流星神剑穿透项广的掌心，刺穿了项广的琵琶骨！

“啊！”

项广咆哮着，怒吼着飞身跃上宝座。

“给我杀光他们！”项广双目赤红，猛地一甩黑袍，黑袍之中激射出八条人影！

挡在了宝座的前面！

项英、项锋、王刀站在下方一动不动，静静看着这八条人影。

这才是霸王城中最最可怕的存在！

亡魂八剑士！

没有灵魂的八个兵宗九阶大涅槃强者！

如果说江城、燕霜是那种不知道疼痛的人间凶器！那八剑士就是人间的勾魂使者！

八条不动如山的身影。

八张苍白如纸的坚毅脸庞。

八双惨碧如同野兽一般的眼眸。

八把夺人心魄的神兵——掩日、断水、转魄、悬翦、惊鲵、灭魂、却邪、真刚。

看来这天下的好东西可都是在项广的手里啊。

白一梦暗叹。

白一梦丹田之内千年人参的内丹正在疯狂地修复着白一梦的身体。

连接断裂的筋脉，复原破碎的骨骼。

快呀，快一点！

白一梦心中焦急地呐喊着。

第二十八章 值不值得

以目前的情况判断。

高手过招。

瞬息之间，高下立判，此时的项锋、项英、王刀三人明显处于劣势。

一旦他们三人被杀身亡，这八个杀神对还存在生命气息的自己必定也是痛下杀手。

这八剑士就是铲除一切生灵的存在！

“老二，老三，我不管你们究竟是怎么了？现在交代的话，我还可以酌情考虑，一旦我一声令下，你们很清楚，你们就再也没有回头之路了。”宝座之上的项广咬牙切齿地看着下方的三人。

项广做梦也想不到，项英和项锋会杀他。

项广想破了脑袋，也想不出项英、项锋一定要置他于死地的理由。

项英、项锋面无表情地如同看着一个陌生人一样看着他们的大哥项广。

项英、项锋两人对视了一下。

项英和项锋的手中双双出现了一滴墨绿色的血滴，血魄。

快速举起掌心，墨绿色的血滴就像鱼儿一般钻进了眉心里面。

两人几乎同时发出撕心裂肺的怒吼。

喉咙深处响起如同野兽一般的嚎叫。

浑身上下的骨骼咯咯作响，全身的筋脉暴涨凸起。

两双眼睛瞬间变成了魔鬼一般的惨绿色。

血色双瞳的王刀摘下了右手中指的空间戒指。

重重地摔在了地上。

空间戒指破碎。

隐藏在空间戒指之中的七十二名府主整整齐齐地站立在王刀的身后。

白一梦注意到。

这七十二名府主和在校武场上相比，已经完全变了一个人。

都是血色的双瞳，疯狂的杀意。

这些人全部都变成了不知道血肉疼痛，失去了知觉的人形兵器。

七十二名兵宗九阶的强者。

七十五比八。

“你们……你们……”浑身颤抖的项广指着项英、项锋露出难以置信的表情。

“你们居然不惜使用血魄？使用我给你们的护身符？你们真的是不想活了？还有你们这些小小的府主？混蛋！居然敢来刺杀我！”项广仰天长啸。

“杀了他们！”项广热泪盈眶，咆哮着。

那呆立不动如同僵尸一般的八剑上一瞬间就扑向了下方。

“杀！”

“杀！”

“杀！”

震天动地的喊杀声中。

项英、项锋、王刀率领着七十二府的府主，不顾一切地迎了上去。

一场惨绝人寰的血战。

白一梦震撼地看着这一切。

眨眼之间，就有十三名府主倒在了血泊之中！

掩日剑士对上了断臂的项英！

掩日神剑和工布神剑剧烈地撞击在了一起！

工布神剑断裂！

三名府主的长剑齐刷刷砍下，掩日剑士被剁成了四段！

但是，这三名府主瞬间也被剁成了肉酱！

惊鲵剑再度划起一片耀眼的紫光！

真刚剑金光闪闪！

两道剑气交织在一起！

五名府主看着胸前的血洞，轰然倒地！

转魄神剑将两名府主劈成了两半之后！

项锋的厚掌将转魄剑士砸成了肉饼！

却邪剑快速地划过项英的脖子！

项英捂着喉咙的血洞，疯狂地后退！

悬翦剑和灭魂剑将项锋拦腰斩断！

王刀爆射出的数百把飞刀将断水剑士射成了刺猬！

断水剑士还是凶猛地攻击者王刀！

千钧一发之际，王刀抱住了断水剑士，将剩下两把柳叶刀！

刺进了断水剑士的双眼！

断水剑士怒吼着折断了王刀的双臂！

“住手！”项广看着瘫坐在地上的项英大叫！

剩下的五名剑士迅速回到了项广的身前！

七十二名府主眨眼之间仅仅剩下十九个人！

整个大殿血流成河。

堆积的尸骨。

整个大殿瞬间陷入了死一般的寂静之中。

只有那项英粗重的喘息声听起来格外刺耳。

项锋抬头盯着宝座之上的项广，双目中熊熊燃烧仇恨烈火。

“老二，老三。”项广扶着宝座艰难地站了起来。

一把一把地拔出了腹部的三把飞刀，淋漓的鲜血染红了宝座前的地面。

握住流星剑的剑柄，一点一点地向外拉。

流星剑从项广的琵琶骨退出，再经过右掌的掌心，项广的两根手指掉在了地上。

项广的整个右掌支离破碎，森森白骨可见。

左掌捂着胸前凹陷的肋骨。

浑身剧烈地颤抖着。

“说！为什么？这是为什么！”项广歇斯底里地咆哮，喉咙中涌出鲜血。

“为什么要杀我？是什么样的仇恨值得我们兄弟之间自相残杀？我是你们的大哥啊！”项广大声喝道。

项英和项锋不说话，只是静静地看着他们的大哥。

“回答我！”项广再也支持不住，跌坐在了地上。

“大哥？你是我们的大哥吗？”项英咳嗽了一声，溅出大量鲜血。

项英的眼神开始黯淡，死神已经在向他招手了。

“项广！”项锋盯着项广的眼睛，“项广，虎毒尚且不食子。你别以为我们不知道，是你！是你抢走了我们的女儿！”

项广怔住了。

项广做梦也没想到项英和项锋居然知道这件事。

项广的脸上露出了痛苦的神色。

“我们是亲兄弟啊！”项锋的声音已经平静了下来。

人之将死，内心的平静是常人所无法体会的。

按照项锋和项英的伤势，恐怕是回天乏力了。

“大哥，快两千年了吧。”项锋苦笑道，“在这两千年里，我一共娶了十七位夫人，二哥也娶了二十一位夫人。而大哥你，也收了十五位夫人了吧。”

项锋顿了一顿，嘴角溢出了墨绿色的血液。

“也不知道是为什么，也许是天意，也许就是因为我们借用了老祖宗的血液，虽然活了这么多年，可我们三兄弟居然没有子嗣，没有后代。这是多么可悲啊！我们掌握着这个世界上所有武者的命运，拥有这个世界上最强大的武力，凌驾人类的一切律法规则之上。可我们居然没有后代？

“这是多么的不容易，多么的难得，我的第十七位夫人给我生下了一个女儿，我的灵儿，她才十二岁，我看着她一天一天地长大。突然她就不见了！你别以为我不知道，灵儿是被你抓走的，否则在这霸王城，有谁敢动我的宝贝女儿？我藏灵儿藏了十二年啊！你就是想一想我的不容易也不应该这么做啊！我的大哥!”

“圣女?哈哈哈哈……”项锋的笑比哭还难看,“圣女是什么?就是被你拿给那个所谓的老祖宗,老怪物的祭品!我的女儿没了,我的女儿就这么没了!项广你知不知道,我是多么想要有一个孩子,多想享受一下,体会一下身为人父的感觉?城主算什么?天下又算什么?就是把你宝库里的所有宝物,所有的神兵利器也比不了我女儿的性命!你知不知道,每当我看到城中的那些百姓城民一家几口其乐融融共享天伦的时候,我觉得我们实在是太孤独了!”

“我们的妻子,无论我们是多么相爱,可她们都会一个接一个地老死,我麻木了,我已经不想再去爱了,因为爱得越深,记忆就越深刻,回忆起来就痛苦!我恨自己,我恨自己的长命,更恨自己是项家的人!”

项广张了张嘴,想说什么,却什么也没说出来。

“在你的心里,没有爱,也没有恨,没有兄弟,更没有一丝丝的亲情。对待兄弟女儿的怜悯,半点都没有!

“没有任何东西值得你关心。因为你的心里只有老祖宗!只有那个恶心的老怪物!不是我们疯了,是你,你才真的疯了?看看你的样子,还像一个人吗?你已经不是人了,你就快变成魔鬼了!

“而且,你有很多的秘密,很多很多的秘密,你为什么不告诉我们?为什么要瞒着我们?难道这些秘密比你的兄弟还重要?比你那十二岁就被你扼杀的侄女更重要?你说?你说啊!”项锋越说越激动,双目之中,鼻孔里,耳朵里,都溢出了细细的墨绿色血液。那是因为服用了血魄之后,修为暴涨,身体爆裂造成的。

“三弟,我承认,灵儿是我抓走的,可我那是为了老祖宗啊!我的心里的的确确只有老祖宗,是老祖宗让我们活了两千年,我们一定要完成老祖宗的心愿。除了这个,天下间没有任何人,也没有任何事情值得我留恋。我杀了你的女儿,我该死!可是,你们也太冲动了,你们知道吗,只要三天,只要再过三天,一切的事情就会结束了,为什么你们偏偏却在这个时候来杀我?如果我现在死了,谁来完成老祖宗的夙愿?两千年了,我们熬了两千年了,眼看就要大功告成了,你们却在这个时候破坏了我的千秋大计?不应该呀,你们太不应该了!”

“你们看到了吗?看到了那个躺在角落里的白衣人了吗?我们只要找到他的

那个妹妹还是姐姐，一切的一切也就彻底结束了！就都结束了！现在，我们三个人都身受重伤，离死都不远了。我们死了，霸王城的这几百万武者谁来统治？这些人要是跑到了外面谁来收拾？还有……”

项广似乎想到了什么可怕的东西，那张脸庞上浮现出了深深的恐惧。

项广看着远处墙角的白一梦，痛苦地闭上了眼睛。

“还有你，老二。老三是为了女儿，你呢？你又是为了什么？”项广指着项英吼道！

“因为……因为……”项英猛地睁大了眼睛，“我的夫人今天就要生下一个女儿！”

项广的手，笔直定格在半空中。

呆呆地看着缓缓闭上了眼睛的项英。

项英死了！

“啊……”

项广仰天长啸，啸声回荡在宽阔的大殿中久久不能散去。

“还我女儿！”

项锋突然暴起，扑向了陷入癫狂的项广，死死地抱住了项广。

张开嘴，朝着项广的右眼狠狠地咬了下去。

“老三！”

项广嘶吼着一掌贯穿项锋的胸膛！

项锋的头颅滚下宝座前的台阶！

滚到了王刀的脚下！

项英项锋战死！

王刀以及那剩下的十九名府主也轰然倒地！

从他们圆睁的双眼，可以看出，他们那血红色的眼眸渐渐回到了正常人的状态。

项锋施展在他们身上的“忠诚蛊毒”，一点一点地消散。

项广慢慢走过身前的五剑士，走下了台阶。

弯下腰，双手轻轻抱住项锋的头颅，走到项英的尸体边上。

跪了下来。

号啕大哭！

“我到底是对是错？我这么做究竟值不值得？”项广喃喃着，又好像是在自言自语。

没有人回答他。

没有答案。

只有那一地的血肉，尸骨。

还有那屹立不动如同死人一般的五剑士。

项广就这么跪在那里。

久久地跪着。

白一梦的手指轻轻地动了一下。

白一梦注视着项广，害怕被项广发现。

白一梦的眼珠轻轻动了一下。

经过千年人参的治疗，白一梦已经完全恢复了。

白一梦在判断着局势。

项广一定不会放过自己的，他宁愿杀死项锋的女儿，杀死项英和项锋，也要维护口中所说的那个老祖宗，一旦清醒过来，肯定会逼问自己若兰的下落，虽然不知道若兰和那个什么老祖宗有什么关系，但自己绝不可能让若兰落在项广的手里。

项广活着的原因只有一个。

那就是为了他的老祖宗。

老祖宗就是项广的信仰。

是项广活着，以及组建霸王城的理由。

眼前如同僵尸一样的五剑士个个都是兵宗九阶大涅槃强者。

一旦被发现自己现在居然没事的话。

那就只有死路一条了。

这五剑士可没有什么手下留情的可能。

更没有商量的余地啊。

白一梦观察着大殿的环境。

却发现，不知道什么时候，那五剑士正在缓缓地转过身体，慢慢地面对着自己这个方向。

想都没有想一下。

白一梦闪电般猛扑向大殿右侧的通道。

不顾一切地夺路而逃!

“抓住他!”身后传来项广又惊又怒的大吼。

往后一瞥,那五剑士在距离只有不到三米的地方疯狂追赶。

第二十九章　十万火急

外界。

青虹市。

林雨瑶的辣酱厂的地下室中。

手持白虹剑的白一梦舞出一道亮如白昼的剑影。

白一梦的身后层层叠叠的白一梦身影一个一个回到了白一梦的身上。

破空诀中关于剑之领域的第三层境界。

剑意。

第一层境界是剑气。

第二层境界是剑影。

第三层是剑意。

普通人使用兵器是以兵刃的本体伤人。

剑气可以在一定的距离之内和武者的真气配合远距离伤人。

剑影的话，已经不是一把剑，没有量的限制，高速运作之下，可以以一化十，甚至一剑出，在同一个空间里，攻击好几个目标。

剑意的威力在于，可以将剑影充分运用。一剑刺出，可以排山倒海。

“哇！太夸张了！不知道的还以为看到鬼了呢！”皇甫浩泽兴奋地一掌拍在了贺风的肩膀上。

直接就把贺风打趴在地上。

贺风龇牙咧嘴地站了起来："师傅啊，好歹你现在也是快到劲宗一阶了，要温柔一点啊，我这个小身板可经不起你这么折腾啊。"

摊上这样的师傅，贺风很无奈。

这几天，白一梦每天都能感受到有两道空间搜索感知之力在青虹市扫荡。

那应该是高绝和郭灭的空间搜索感知之力。

白一梦也在暗中悄悄地观察他们。

兵宗九阶大圆满的高绝和郭灭当然发现不了兵宗九阶大涅槃的白一梦了。

白一梦觉得自己以兵宗九阶大涅槃的实力去观察他们，就好像是在偷窥。

自己看得到人家。人家却根本不知道。这就是强者的权利啊。

通过最近的观察，白一梦觉得，这高绝和郭灭倒不是什么大奸大恶之徒。

皇甫浩泽和贺风这几天只有寸步不离地跟着白一梦。

白一梦施展出的领域牢牢地将他们包围在保护之中。

高绝和郭灭是肯定发现不了他们的了。

皇甫浩泽是怕被抓到霸王城下血蛊。

贺风则是爱惜自己的小命。

"两个胆小鬼。"林雨瑶狠狠地瞪了一眼这个高矮大小组合。

经过前几天在房间里的治疗。

现在的林雨瑶已经拥有了一条全新的胳膊。

一条如同初生婴儿般娇嫩的左臂。

白一梦现在最喜欢做的一件事就是把林雨瑶的新手臂放在脸上蹭呀蹭。

那感觉，实在是太舒服了。

林雨瑶还是大骂白一梦混蛋。

白一梦这几天正在为突然之间和分身失去了联系感到不安。

刚刚又感觉到分身正在迅速地恢复生机。

白一梦只是知道分身到了枪冢，然后就什么也不知道了。

现在刚刚联系上，却感觉到分身那绝望，恐惧，疲惫的气息。

"怎么回事？你怎么了？"林雨瑶拿过一条毛巾，看着忧心忡忡的白一梦。

"分身现在情况不妙，我感受到了他的气息，他似乎正在被人追杀。"白一梦喝了一口茶。

“那还不赶快去救他？他死了就等于是你死了。那可是你的第二条生命！这个世界上最最了解你的人！”林雨瑶焦急地说。

“阿泽，贺风，你们马上带上最强的家伙，我们动身去霸王城。贺风，霸王城的入口你知道吧，怎么开启？”白一梦霍地站了起来。

“小意思，那些进出通道都是我设计的。”贺风点头道。

“要开战了是吧？我先去换一身行头。”皇甫浩泽兴奋地嗷嗷叫。

“雨瑶，你留在这里，盯着蓝天学府即将出世的鸣鸿刀，我们去去就来。”现在的白一梦可一点都不怕外面的高绝和郭灭。所谓艺高人胆大，两个兵宗九阶巅峰而已，怎么可能挡得住自己这个兵宗九阶大涅槃？

原本是计划等到分身救出来柳明眸，和分身会师，再一起去争夺鸣鸿刀。没想到，现在分身居然有危险，不去一趟是不行了。

“我先去收拾了高绝和郭灭，半个小时以后，在家里集合。”话音未落，白一梦已经不见了。

只见那层层叠叠的白影正从楼梯口慢慢消散。

白一梦飞到青虹市的高空，肆无忌惮地散发出兵宗九阶大涅槃的庞大气息。

笼罩了整个青虹市，继而不断地扩散。

瞬间就锁定了正在映月湖画舫上喝酒吃肉的高绝和郭灭。

这两个家伙正在热烈地讨论今天应该送什么东西给美人。

高绝说当然是鲜花啦。

郭灭却觉得是武功秘籍。

突然间，高绝和郭灭就跟火烧屁股一样跳了起来。

感受到白一梦兵宗九阶大涅槃的气息。

高绝和郭灭都被嘴里的肥肉给噎住了。

桌上的一大壶酒也打在了地上。

两人几乎同时蹦了起来。

亮出了手里的兵刃。

看情况，他们还以为是陆朝阳找他们的麻烦来了。

白一梦化为一道白光，来到了映月湖，悬浮在画舫之外。

旁边画舫上的几个少女，看到高绝和郭灭这样的高手吓成了这样，都躲在竹帘后面偷看着。

高绝和郭灭呆呆看着天神一般白衣猎舞的白一梦。

天哪，这个外界之中怎么还有一个兵宗九阶大涅槃？

这家伙不是陆朝阳啊？哎呀，是那个太阳劫的高手，那不是气宗五阶的吗？怎么才不到两个月就达到兵宗九阶大涅槃了？不公平啊。

高绝和郭灭心中号啕大哭。

表面上还是要顶住，镇定。

“我现在给你们两条路走，”白一梦淡淡道，“第一，你们现在跳到湖里去抓鱼。第二，我把你们扔到湖里，那就变成喂鱼了。”

白一梦不是一个嗜杀的人。

现在的白一梦如果想杀高绝和郭灭的话，只需要一招就可以了。

在绝对的强者面前，弱者是没有发言权的。

“你……你这是什么意思？我们跳到湖里，你就放过我们？”高绝心中大喜。

“当然。”白一梦笑道，“但是呢，你们要把湖里的鱼一条一条地抓起来，给每一条鱼取一个名字。名字嘛，就写在鱼的脑袋上，但不许伤了鱼的身体。还有，这些鱼的性别也要分一下，公鱼有多少条，母鱼有多少条，成年的有多少条，未成年的有多少，哪条鱼和哪条鱼是一家子，哪条鱼又和哪条鱼正在谈恋爱，这些，都必须全部搞清楚。”

白一梦也觉得这个要求实在是太难了。

白一梦本来还想没收他们的避水珠和夜明珠，后来想了想，还是不要太难为人了。

这简直就是在欺负人嘛。

白一梦这么做的目的是为了让高绝和郭灭找一件事做，不希望他们去追杀贺风和皇甫浩泽。

“在这些事没有做完之前，你们不许离开这个湖，听到了吗？”白一梦看到了远处快速靠近的画舫上，是那自己上次遇到柳明眸的时候见过的十四个水性惊人的少女。

“是你？你怎么来了？”十四个少女看到了白一梦都一起惊叫起来。

落在了十四个少女的画舫上，白一梦有一种掉进花丛的感觉。

“想你们了呗，想得我都快疯了。所以今天就来看你们呀。”白一梦深深呼吸着少女们身上的特有气息，顿时觉得神清气爽。

“柳教官……”站在最前面的少女张了张嘴，她想告诉白一梦，柳明眸嫁人了，可最终不忍心，还是没有说出口。

“不用说，我都知道。”白一梦挥了挥手，潇洒地一指发呆的高绝和郭灭，“这两个人我现在安排了一点事情给他们做，你们替我监督，工程量还是比较大的，你们最好是轮流监督。”白一梦把刚才对高绝和郭灭的要求和少女们说了一遍。

十四个少女就像是在看着一个疯子一样看着白一梦。

这个家伙居然敢吩咐高绝和郭灭做这种荒唐的事情。

可是看情况，好像高绝和郭灭还真的是要去做这件事。

“你叫什么名字？”白一梦问那个领头的女孩。

“我，我叫蓝馨。”深蓝色头发的女孩回答道。

“好，这里就交给你来安排了。我去办点事。”白一梦对着高绝和郭灭点了点头。

只见高绝和郭灭就这样乖乖地跳进了湖里，潜入了水中。

“下次有空再来看你们。”白一梦凌空而起，化为一道白光，疾驰而去。

白一梦刚刚一离开，湖面上就探出了高绝和郭灭的脑袋。

“两位大人这是怎么回事啊？”蓝馨连忙问道。

“怎么回事？”郭灭大叫道，“兵宗九阶大涅槃叫你做事你能不做吗？”

“姑娘们，来帮帮我们吧！”高绝恳求道。

“那个家伙现在是兵宗九阶大涅槃？”十四个少女发出的尖叫引得湖中蹦起来了好几条鱼儿。

紧接着，是十四个少女七嘴八舌的激烈讨论声。

太令人难以置信了。

上次相遇的时候，她们中的任何一个都可以把白一梦当泥巴捏。

今天，却可以号令兵宗九阶巅峰下水抓鱼。

人生的变化好大啊！

“不就是抓鱼吗？这太简单了。”蓝馨仰头看着天上的白光，对着高绝和郭灭莞尔一笑，轻轻一抬手臂。

那映月湖水中的鱼儿疯狂地涌动，一瞬间就将高绝和郭灭托起，在高绝和郭灭的身下，是不断跳跃的鱼儿。

“这是……”高绝和郭灭目瞪口呆地看着身下的鱼儿，又看了看站在画舫上的蓝馨。还没反应过来，两人的身影就消失在了鱼群之上。

一条红色的鲤鱼跃出水面，落在了蓝馨的手里。蓝馨转身将红色鲤鱼放进了桌上的鱼缸里。

这条红色鲤鱼，赫然是白一梦第一次去武者世界霸王城时候的那条往返鱼！

蓝馨拍了拍手，十四个少女驾驶着画舫，慢慢远去。

回到家中，来到十四层楼，皇甫浩泽的实验室中。

“报告大哥，人马已经准备完毕，一百二十个贺风，一百二十把电芒炮八级。我的手里是能量充沛的雷霆一级。”贺风高举着手中的空间戒指大叫道。

白一梦看着一身用无回江水打造的金色盔甲包裹得严严实实只露出一双眼睛的皇甫浩泽，不禁感叹，好一个金甲战神的形象。

还有十三把金色的锋利到不像话的飞刀几天前就已经锻造完毕，被白一梦收入了丹田之中。

皇甫浩泽左手是一把雷霆一级，而右手则是一把如同南瓜大小的铜锤。

这些有关武者的事情，白一梦一直以来都想告诉邱志爵，但是白一梦后来想了一想，以邱志爵的身体，永远都不可能成为武者，那又何必让他对一个陌生的世界充满恐惧呢？多一事不如少一事，况且现在的邱志爵正在和于思思热恋之中。

白一梦突然很羡慕邱志爵。

也许，像他这样活着也挺好。

“假如我们这次有去无回，那你，就要负责克隆出我们的身体。”白一梦对着另一个站在一边的贺风吩咐道。

白一梦拿起一个瓶子，划破了手指，往瓶子里灌了大半瓶的血液。

皇甫浩泽也拿起一个瓶子，露出手腕，装了大半瓶的血液。

亮出了丹田中的白虹剑，白一梦朗声道：“现在，我们出发。”

以白一梦为中心，一个如同肥皂泡泡一样的气罩形成，包裹住了皇甫浩泽和贺风。

一点白光冲出窗户，向着远方的大西洋射去。

偌大的实验室中，就剩下了一个贺风呆呆地站在了那里。

而这个贺风盯着眼前的两个瓶子，静静地发呆。

这两个瓶子里装着的，是白一梦和皇甫浩泽的血液。

这一次，不仅要救出身处险境的分身，还要救出柳明眸和白朗、白敏兄妹。

现在最令白一梦头疼的，就是到了霸王城之后，如何召唤出巨大的黑色蝙蝠，到达枪冢。如果项英誓死也不愿意送他去枪冢，那分身就真的没得救了。

白一梦根本不知道，项英已经死了，项锋也死了。

大西洋深处的黑暗海域中。

白一梦和皇甫浩泽，贺风打开了通道。

进入了霸王城。

刚刚步入霸王城的通道，整个霸王城就响起了惊天动地的警报声。

身后的通道大门轰隆一声关闭了。

“被发现了!”贺风一抹光头大叫道。

“看来是有人修改了你的关门口令。不要管那么多了。冲!”白一梦快速冲了进去。

皇甫浩泽，贺风紧随其后。

“箭阵!”白一梦刚刚冲进霸王城，就看到了空中正前方的防御台上，那由十万霸王军组成的箭阵。

“放!”指挥官红旗一挥。

比雨点还要密集的利箭就扑面而来!

“让我来!”身材高大的皇甫浩泽挡在了前面，箭雨叮叮咚咚地砸在皇甫浩泽的金甲上，却连一点点的痕迹都看不到。

“石破天惊!”白一梦跃出通道，白虹剑划出一道雄浑的剑气，隔着数百米的高空射向箭阵!

轰隆一声巨响!惨叫声中，箭阵被劈成了两半!

上百具霸王军的尸体从空中跌落!

“上！”贺风一甩空间戒指！

一百二十名贺风凌空扑向箭阵，同时空中亮起一百二十道令人心颤的激光！

“飞天军！”贺风看到了黑压压一大片凌空飞来的霸王军，这些战士的脚下，全部踩着蝙蝠飞行器，手中拿着电芒炮七级。

“让你们尝尝雷霆一级的味道！”皇甫浩泽嗷嗷大叫着和贺风双双启动了雷霆一级。

这是两道白得刺眼的光华。

两道死亡之光！

一击之下！

冲在最前面的近五百名霸王军就被烧成了灰烬！

从空中陨落！

但这些霸王军就没有一个是怕死的，依旧源源不断地从校武场起飞，黑压压地涌上来！

整个天空中到处都是一闪而没的电芒炮！

还有撕心裂肺的惨叫声！

呐喊声！

喊杀声！

皇甫浩泽咆哮着冲进了霸王军的海洋，挥舞着巨大的铜锤！

霸王城的所有百姓城民都惊醒了！

观看着天空中的这场大战！

白一梦看到了远处霸王宫所在的顶天立地的巨大雕像右眼中快速飞来的十四名黑虎卫！

白一梦可不想皇甫浩泽和贺风面对这样对手！

白一梦快速地迎了上去！

白一梦疯狂地散发着身上兵宗九阶大涅槃的气息！

笼罩了整个霸王城！

同时释放出空间搜索感知之力搜索白朗和白敏的位置。

居然没有项英的气息？白一梦呆了一下。

十四名黑虎卫呆了一下。

放慢了速度，缓缓飞到了白一梦的跟前。

“马上吩咐战士们住手！我要见项英!”白一梦一挥白虹剑朗声道。

“二城主去枪冢了。”当前的一名黑虎卫畏惧白一梦的兵宗九阶大涅槃实力，老实回答道。

“那你们谁知道去枪冢的路？还有，怎么召唤那巨大的蝙蝠?”白一梦问道。

十四名黑虎卫都摇了摇头。

十四名黑虎卫都想不通，城中发生这样的大战。

项广为什么还不出手阻止。

他们又哪里知道，他们心目中的神灵项广，现在也已经只剩下了半条人命。

“杀!”霸王军战士如潮水一般涌向皇甫浩泽!

贺风也退到了皇甫浩泽的身边。

太多了，霸王军的人数实在是太多了。

第三十章　会合本尊

突然，所有的霸王军战士觉得自己的身体都僵硬了。

突然，天边传来了那令人毛骨悚然的叫声！

紧接着亮起了两轮血色的太阳！

是它，是那巨大的蝙蝠出现了！

巨大的蝙蝠自天际探出了那硕大的头颅！

血色的巨眼看到了白一梦！

“抓住它！”白一梦大喝一声，挥舞着白虹剑闪电般冲向巨大的蝙蝠。

“轰！”巨大蝙蝠从黑暗中挥出了巨爪抓向白一梦，白虹剑击中蝙蝠的巨爪，火星四射！

“吱吱！”巨大蝙蝠感到了疼痛，缩回了巨爪！

白虹剑上居然出现了一排的缺口！

紧接着蝙蝠扫出了巨大翅膀！

巨大气流和风力将白一梦扫出了几百米！

“看招！”皇甫浩泽踩着飞行器飞了过来，射出了两把雷霆一级合并的惊天一击！

白光刺中巨大蝙蝠的翅膀！

“吱吱！”巨大蝙蝠被激怒了，整个身躯都从黑暗中冲了出来，獠牙森森的巨嘴中发出了响彻天地的怪叫!

一股肉眼看不到的声波，横扫整个霸王城!

“啊!”白一梦捂着耳朵，一把抓住了前方的皇甫浩泽，施展出了防护气罩。

十四名黑虎卫四处逃窜。

空中的数万霸王军四处逃窜!

剩下的几十个贺风也四处逃窜!

来不及跑的，全部七孔流血，浑身筋脉尽断而死!

“孽畜!”白一梦看着眼中溢出鲜血的皇甫浩泽，拿出丹田中的金色飞刀，对准巨大蝙蝠的心脏，用尽全力，射出了三把金刀!

“怪物，去死!”十个贺风高举着电芒炮八级，对准巨大蝙蝠疯狂不断地攻击!

“吱吱!”三把金刀没入了巨大蝙蝠的心脏，巨大蝙蝠发出更加剧烈的狂叫!

对着白一梦飞了过来，一双翅膀挥舞之间，十几个贺风被打得支离破碎，四面横飞!

巨大蝙蝠的身上，到处都是细小的血洞!

下方的城市之间，下起了血雨!

“畜生!”白一梦一把将皇甫浩泽抛给最近的贺风。

“纳命来!”白一梦爆出所有的真气，飞射到了巨大蝙蝠的脑袋上。

白虹剑高高举起，一剑刺下，刺瞎了蝙蝠的一只眼睛!

白虹剑中的真气直接透过剑身，越过巨大蝙蝠的眼睛，削掉了巨大蝙蝠的半个脑袋!

一朵乌云从空中坠落!

巨大蝙蝠巨大的身躯掉进了无回江中!

溅起的金色江水在霸王城中又下起了金色大雨!

“阿泽，你怎么样了?”白一梦飞到皇甫浩泽的身边，握着皇甫浩泽的手，焦急地问道。

“师傅没事。只是被那怪物的超声波震伤了脑袋，休息一会就没事了。”贺风解释道。

“你看，我说了吧，叫你别来，你偏不听。这下挂彩了吧?”贺风笑道。

咚的一声，皇甫浩泽在这个贺风的脑袋上狠狠地敲了一下：“混蛋，怎么和师傅说话的？敢取笑我？回去以后看我怎么收拾你？”

“我们回不去了！！！”

远处剩下的十五个贺风望着天际飞来的两团黑影，声音充满了绝望。

“什么？还来！不会吧！”皇甫浩泽彻底昏了过去。

“贺风，你马上带着阿泽离开这里，我来挡住这两个怪物！”白一梦心急如焚。

这下情况糟了，这黑暗的天际到底有多少的大蝙蝠？

“这个给你，我们先跑路了。”贺风点了点头，将手里的两把雷霆一级和空间戒指交给了白一梦，“两把雷霆一级一起用威力更大，空间戒指里面还有很多的电芒炮八级。还有吃的喝的用的，总之一应俱全。一哥，你好好保重啊。”

“什么！你带着这么多东西出来打仗，你累不累啊你？你干脆把家都带上好了。打完仗还能进去洗个澡换身衣服再出来。”白一梦无语。

“我也想啊！可惜这个空间戒指太小装不下啊！不和你说了，你要多保重啊！我们先闪了。走！”贺风一把背起皇甫浩泽，转身朝着通道飞去。

这里原本是白一梦和霸王军的战场。

可是现在，变成了白一梦和巨大蝙蝠的战场！

谁也不敢靠得太近！

霸王城中的几百万居民和近百万战士，都像看着天神一样看着白一梦！

这个家伙太疯狂了，上次来到霸王城没有死在二城主项英的手里也就算了，这一次居然和巨大蝙蝠对战！

两团黑云迅速地靠近。

这是两只比前面那只更大更强壮的蝙蝠！

白一梦在他们的面前，就好像一只蚊子面对着两只青蛙。

两只蝙蝠张开翅膀，一前一后，将白一梦围在了中间。

两只蝙蝠挥动利爪，疯狂地抓向白一梦。

两只蝙蝠的巨大叫声撞击着白一梦的身躯和神经。

白一梦丹田内的神农鼎疯狂地转动。

白一梦的周身泛起一层又一层的青色气罩保护着自己。

在两只巨大蝙蝠的利爪之间，庞大的身躯上，如同鱼儿一样游来游去，躲避着攻击！

“呀！”白一梦的眼中已经溢出了鲜血。

整个人头疼欲裂。

白一梦再次射出了丹田中剩下的十把金刀！

金刀在距离蝙蝠不到五米的地方停了下来。

然后从空中坠落！

这次，白一梦死定了。

白一梦血气大乱，五脏六腑都在剧烈地跳动！

就像快要爆炸了一样！

临死之前，白一梦突然想起了项广的样子！

还有项广的声音！

蝙蝠都是瞎子！

他们是凭借声波来判断身边的事物的！

白一梦瞬间改变了自己身上的气息，变得和项广的生命气息一模一样。

突然，两只蝙蝠停止了超声波的狂叫，就好像被人打了当头一棒，整个懵了。

因为它们发现，目标不见了，反而主人出现了。

两只巨大的蝙蝠绕着天际飞了几圈，却再也找不到白一梦的踪迹了。

怎么回事？这是什么情况？

两只蝙蝠不攻击白一梦也就算了，怎么还带着他飞走了？整个霸王城的城民都目瞪口呆。

难道那个白衣人就和城主大人一样，驯服了巨大的蝙蝠？

枪冢。

项广坐在宝座上。

项广的手心里握着半颗如同水晶一样的球体，透过球体的表面，看到了霸王城里发生的一切。

“他居然能够杀死血蝠？”项广震惊。

“还有那毁天灭地的激光？那是什么样威力级别的武器？”

项广从怀里摸出紫金铃铛，轻轻地摇了几下。

不一会儿，五剑士就出现在了大殿中。

“找不到那个白衣人就不要找了。现在，你们到外面去，杀死另外一个白衣人。这个白衣人和被我打伤的白衣人一模一样，他的身上有着和我一样的生命气息。去吧。”项广又摇了一下紫金铃铛。

五剑士迅速离开了大殿。

项广缓缓走下了宝座，走进了内堂。

内堂。

一间比大殿更大更宽广的空地上。

中间是一个圆形的台阶，台阶之上赫然摆放着一口石棺！

一口长满了各种植物的石棺！

在这石棺的下面，是一个圆形的凹槽，这个凹槽里面，奔流着鲜血，流到下方的血湖中。

在这个石棺的旁边，赫然站着两排绝色美女，第一排八个，第二排八个，一共十六个少女。仔细观察之下，这些少女已经是了无声息！

这些绝色美女的相貌都有七八分的相似，没有认真看，还以为是同一个人。

从左到右一个一个地看过来，直到最后一个少女，竟然已经和白一梦的妹妹白若兰有了九分的相似。

这些少女身上所穿着的服饰，都是一身轻盈的古装。她们睁着眼睛，静静地看着石棺。

而在这个宽阔的内堂的四面八方的墙面上，屋顶上，摆放着密密麻麻如同天上繁星一般的蜡烛。这些蜡烛全部都是点着的。蜡烛有大有小，有长有短，每一根蜡烛的底座上，都刻着一个人的名字。

如果仔细看来，有七根蜡烛是熄灭的。

两根足有拳头大小的熄灭的蜡烛底座，赫然写着项英和项锋。

另外有三根红色的蜡烛底座写着柳明眸、陈玲、穆婉君的名字。

还有一根白色的蜡烛底座上写着贺风和白杨。

无数的人的名字，如同阎王殿一样的阴森可怖。

“老祖宗！”项广扑通一声跪在了石棺前面，声嘶力竭！

“您快点醒醒吧！老祖宗！广儿撑不住了？真的撑不住了！”项广泪流满面，一个接一个地磕头，重重地磕在地面上！

项广就像疯子一样，不断地哀求，不断地磕头！

凹槽里面的血水冒起了一个接一个的血泡，慢慢地开始沸腾起来！

项广凄厉的呼喊在这空旷的大堂里听起来，简直就如同鬼哭狼嚎一般！

加上这样诡异的场景！

这里的一切，就像是地狱中的场景！

两只巨大的蝙蝠带着白一梦已经飞过了黑暗的世界。

进入了血色的藤条世界。

隐隐约约，白一梦感受到了前方惊天的杀气。

五条人影出现在了蝙蝠的背上。

五把神剑就已经到了自己面前！

白一梦还没有反应过来。

双方就已经交手了。

却邪神剑对上了白虹剑。

白虹剑直接被砍成了两段！

根本不是一个等级的兵器！

白一梦大惊之下幻化出一连串的幻影，直接逃离了巨大蝙蝠的背上！

白一梦按照分身的记忆，飞速向前激射！

五剑士在后面穷追猛赶！

身后呼啸而来的五道毁天灭地的剑气！

只要随便沾上一点，白一梦相信，自己随时都有可能变成一堆肉泥！

神农鼎从来都没有如此疯狂地运转过，神农鼎的身上，现出了一条又一条的轻微的裂痕！

不断躲闪的白一梦，回头盯着离自己最近的真刚剑士，发射出酝酿已久的雷霆一级双炮合并。

一道耀眼的白光亮起！

意识到死亡的来临，真刚剑士爆发出了惊人的一剑，真刚剑挥出一道夺目的金色巨型剑气！

雷霆一级双炮合并轰击在了真刚剑的剑气上！

震耳欲聋的爆裂声！

整个空间都产生了轻微的波动！

“轰隆”，真刚剑士化成了灰烬！

周围那巨大的血色藤条炸断了数十根之多！

涌出了排山倒海一般的血河！

整个血色世界变成了一个血色的海洋！

白一梦疯狂地倒飞着！

再次发射出雷霆一级炮！

雷霆一级每次和四道剑气的剧烈碰撞，都会产生惊天动地的爆炸声！

扭曲整个空间，产生剧烈的空间波动！

周边的巨大血色藤条到处断裂，血色的河水淹没了半个空间！

双方激烈地交战着进入了白色黏糊糊的世界！

眼看着白一梦就要靠近枪家了。

四剑士那空洞的眼神中居然也现出了一丝的焦急。继而是坚毅的眼神。

保护项广，是他们存在的唯一理由。

他们决不允许白一梦伤害项广。

悬翦剑士突然射出了手中的悬翦剑！

一剑贯穿了白一梦的左肩！

悬翦剑士不顾一切地扑向白一梦！

他要干什么？不要命了？白一梦看着空门大露，破绽百出的悬翦剑士目瞪口呆！

“不好！”白一梦感受到了一丝强烈的空间震荡。

“这个家伙要自爆金丹！”白一梦不顾一切地向下逃窜。

“轰轰轰轰……”

许多不规则形状的白色块状物体爆炸成了漫天遍地白色粉末！

一层又一层金色的光晕向四面八方激荡而去！

白一梦甚至看到了空间被撕裂的巨大的裂缝！

白一梦被淹没在了如同牛奶一样的海洋之中！

白一梦不断地游啊游，拼命地向上游!

白色海洋中传来的腥臭味道几乎令人昏厥!

白一梦屏住呼吸，运用体内储存的氧气，快速地向上爬去。

白一梦的后背连皮带肉消失了一大半。

白一梦龇牙咧嘴地在白色海洋中挣扎。

白一梦不敢搜索分身的位置。

也怕被那剩下的三剑士发现，同样作为兵宗九阶大涅槃，人家可是不要命的啊!

三道空间搜索在白一梦的身上快速地来回掠过!

白一梦隐匿着气息，收敛心神，一点一点地蠕动着。

第三十一章　圣女的秘密

三剑士跳进了白色的海洋，搜寻白一梦的踪迹。

“本尊来了！”白一梦分身惊喜万分。

从死人堆里爬了出来。

为了躲避六剑士的追杀，白一梦分身腿都跑断了。

最后跑回了大殿，发现项广居然不在，便纵身钻进了尸骨如山的死人堆里。

隐匿了所有的气息，进入了假死状态。

那些剑士对于有生命气息的东西会有所察觉，却万万想不到白一梦分身就躲在他们的眼皮子底下。

因为隐藏了生命气息，暂时和本尊失去了联系，可现在听到外面惊天动地的爆炸声，白一梦分身断定，白一梦本尊来了。

“会合本尊！”白一梦分身冲出了死人堆，冷不丁发现旁边有一具尸体站了起来

“王刀！”白一梦分身仔细观察着王刀，发现王刀的眼睛已经回到了以往的冷漠，没有了刚才那血色的眼眸。

白一梦分身看着失去了双臂的王刀，心中隐隐作痛。

一个武者，失去了用刀的双手，无异于失去了最最宝贵的东西。一般人失去了双臂尚且痛不欲生，何况一个刀法精湛的气宗三阶武者？

“快走！救你的本尊！”王刀点了点头，两人冲出大殿，纵身跳进了白色的海洋。

“你们刚才怎么回事？怎么都听项英、项锋的号令？”一边在白色海洋中搜索着白一梦本尊的踪迹，白一梦分身问王刀。

“我按照我们的计划告诉了项英柳明眸是我的妹妹，项英也确实感到很意外。之后项锋就来了，告诉我他可以要求项广解除柳明眸的血蛊，也可以给柳明眸自由。但这样一来，我们兄妹身上就有可能都没有了血蛊之毒，所以要在我的身上重新种下血蛊之毒。那时候我就在想，反正陈玲的血蛊之毒已经被你给解了，大不了到时候找你再解除一次。我就答应了。项英和项锋也确确实实把柳明眸的血蛊之毒给解了，还让我亲自把柳明眸送到了映月湖。但没想到项锋给我种下居然是‘忠诚之蛊’。也就是说，我这个子体从今以后只对项锋那个母体唯命是从。”

一听到柳明眸已经到了外界，白一梦分身心里乐开了花。

“那八剑士也是中了忠诚之蛊吗？怎么给我的感觉好像有一点不一样？”白一梦分身道。

“区别太大了。忠诚之蛊是分为子体和母体的，我们是子体，项英、项锋是母体，子体只是丧失了理智，迷失了本性的工具，但是身边发生的人和事，全部都是一清二楚的。只是无法控制自己的身体而已。子体的死亡不会影响母体，但是母体一旦死亡，则所有子体就自动解除联系，恢复原来面貌。

“而八剑士是项广身边最恐怖的力量，八个兵宗九阶大涅槃，再加上手中拥有神兵利器，不知道疼痛，不知道冷暖，没有感情，没有弱点可言，唯一的思想就是保护项广，杀死一切项广要杀的东西。

“我甚至怀疑这八剑士是没有灵魂的，他们就像是幽灵一样的存在。

“至于他们为什么对项广如此忠心耿耿？我也不明白。但可以肯定的一点就是，他们没有被下血蛊之毒这样的东西。八剑士如果要对付项广，那项广死一千遍都不止了。”王刀感叹道。

“没想到项锋也有一枚空间戒指，更没想到的是，那八剑士居然躲藏在项广的黑袍里面。”白一梦分身也叹了口气。

“我估计，项广的那件黑袍，也是类似于空间戒指一样的东西。”王刀没了双臂，行动速度确实慢了很多，白一梦分身只有用一条手臂抱着他前进。

“你可给我顶住，只要咱们逃到了外界，我妹妹应该可以治好你的双臂。”白一梦分身道。

一说到白若兰，白一梦分身皱眉道：“我真不明白，那项广为什么要抓我妹妹？项广的那个老祖宗和我妹妹有什么关系？”

“这个恐怕只有去问项广了。”王刀笑道，“现在，我已经把你的柳明眸救出去了，那你答应我的呢？我的项东呢？”

“会帮你找到的。”白一梦分身笑道，“项锋和项英要杀项广都是为了自己的女儿。你说项广夺走项锋的女儿干什么？项东之所以隐瞒自己女儿身的秘密，也是为了那个所谓的圣女。这个圣女，到底是怎么一回事？”

“项东也告诉过我，大约在一千年前，有一天，项广的巨脸出现在了霸王城的上空，召唤所有的武者到霸王宫广场，在那霸王宫巨型战将的建筑上，挂着一幅巨画。画中是一位倾国倾城的女子。

“整个霸王城中凡是和那画中女子有些神似的女子都被巨大蝙蝠给带走了。这一千多年来，所有在外界的执行者基本都是有两个任务的，一个是捉拿武者，另一个则是捉拿神似画中女子的女人。

“你现在明白上次为什么会有人到白家庄抓你妹妹了吧？但项广那个时候只是认为你妹妹可能是生源之力的持有者。如今项广知道了，他这一千年来要寻找的圣女居然和你妹妹一模一样！所以项广现在如此地疯狂地要找到她！”王刀笑道。

“不过这么多年以来，长得和画中女子最最相似的当数项锋的女儿项灵儿。年仅十二岁的项灵儿就已经和画中女子有了七八分的相似。项锋大惊之下，将项灵儿藏在了外界的南斗山庄。可最终还是被发现。”王刀解释道。

“项广、项英、项锋、项东，他们四人不是亲兄弟吗？怎么会不知道项东是女儿身呢？”白一梦分身不解。

“那项广、项英、项锋的确是亲兄弟。但是项东却是他们同父异母的‘弟弟’。在那样一个庞大的家族中为了有地位有身份，项东的母亲从小就把项东当成男孩子一样抚养。而项东为了母亲的地位，也只能这样一直生活了下来。再后来，突然有一天，项广给三个弟弟喝下了一碗血汤水。等到项东醒来的时候，大家就已经身处这个霸王城之中了。这时候的项广，突然之间变成了这个世界呼风唤雨无所不能的神灵一般的存在。拿出了大量的修炼秘诀、奇珍异宝给兄弟们使用，并且让大家四处捉拿武者，开始了种血蛊、打造霸王城的宏伟计划。”王刀想起了项东的好，语气之间，不禁有了一丝丝的焦急。

“我刚才听项英说，他的女儿就在今天出生。难怪他会和项锋一起行刺项广。在亲生骨肉和手足大哥的面前，的确是很难取舍啊。”白一梦分身感叹不已。

白一梦分身下定了决心，自己就是死了，也不能让妹妹被项广抓到。

“我不是很清楚那个石棺里是不是项广的老祖宗，因为这个老祖宗只有项广能见到。项英、项锋、项东都从来没有看到过。项东只是推断，老祖宗应该是一具至少万年以上的古尸，甚至几十万年的古尸！否则不可能仅凭借着一滴血液，就能够控制一个人的身体。还有那墨绿色的血魄，一滴血魄中蕴含的力量就超过了兵宗九阶的修为，虽然只是短暂的仅仅一个时辰的力量，那也足以让一般人越阶斩杀对手了！”王刀也感到了恐惧。

“邪术……古尸……”白一梦分身喃喃道，脸色越来越难看。

“屏住呼吸，前面有人。”白一梦分身停下了缓缓移动的身形，手中出现了干将神剑，紧张地注视着前方隐隐约约的人影。

灭魂剑士刚刚感受到白一梦分身的存在。

灭魂剑就带着七道灰色的剑气斩向白一梦分身！

干将神剑和灭魂神剑剧烈的摩擦在白色的泡沫中掀起滔天巨浪！

干将神剑不愧十大名剑之一，和灭魂剑相撞，竟也不输半分！

白一梦分身和灭魂剑士激烈地交锋！

原本平静的白色海洋瞬间就成了惊涛骇浪！

惊鲵剑士，却邪剑士，也都浮出了白色泡沫海洋，杀了过来！

以一敌三，白一梦分身钢牙紧咬，使出了浑身解数！

同级别之间的战斗，不需要太多的花哨功夫，力量，速度，兵刃的强度，心智的反应，决定了一切！

硬碰硬的较量！

整个白色海洋沸腾了！

白一梦本尊游过白色的泡沫海洋。

爬上了血湖的边缘台阶，躺在了台阶上。

大口大口但又慢得不能再慢地呼吸着空气。

太臭了，由于憋气憋得太久了，白一梦本尊的整张脸都变成了猪肝色。

算了算了，就算现在被那剩下的四剑士杀死，也不能阻止我呼吸的愿望。

该死的分身，你现在倒是在哪啊？

白一梦本尊郁闷得要死。

浑身上下臭得要死，先洗个澡再说。虽然这湖里的水是红色的，搞不好还是血水，也总比腐烂的味道要强得多吧。

白一梦轻轻地划入了血湖里面，趴在了血湖台阶上。

只留下一个脑袋在外面。

这湖水一点都不冷嘛，温温的，好舒服。

血湖的湖水泡在了白一梦的身上，湖水轻轻敲击着白一梦后背上的大伤口，冲洗着那露出在外的脊椎骨。白一梦背上的血液和湖水混在了一起。

白一梦没发现，身后那偌大的血湖荡起了一圈一圈细微的波纹，继而冒起了一个接一个细小的水泡，慢慢地，慢慢地，整个血湖的湖水都开始沸腾起来……

白一梦忘了，他的血液中蕴含着生源之力的能量，他在这里洗澡，就等于是给上面枪冢里的项广家的老祖宗输送生命力！

突然间，白一梦看到了远方白色海洋上爆炸开来一团巨大的浪花。

紧接着就看到白一梦分身和灭魂剑士战到一块，随后惊鲵剑士和却邪剑士破开水面，飞身攻击白一梦分身！

三个欺负一个，不公平！

白一梦本尊“哗啦”一声跳出血湖，拿起手中的雷霆一级双炮合并，瞄准却邪剑士射出了白光！

“分身，快闪开！”白一梦大叫着，冲了上去，同时手中酝酿出了三道细小的激光再度射出！

“轰隆”，飞射而来的白光轰掉了却邪剑士的头颅，却邪剑士的身躯掉进了白色海洋！

惊鲵剑士和灭魂剑士突然又看到一个白一梦，以及飞射而来的三道激光！

两人双双举起了双掌！

“本尊！”白一梦分身正在为却邪剑士的死感到惊讶，一回头看到了白一梦本尊！

“分身快跑！”白一梦惊恐地看着惊鲵剑士和灭魂剑士，这两个人形兵器要自爆金丹了！

这怎么得了啊！

“本尊！”白一梦分身不顾一切地扑向了白一梦本尊。

分身白一梦和本尊白一梦合体！

分身和本尊终于相聚了！

白一梦爆发出前所未有的速度和力量，疯狂地向着枪冢方向飞去！

“轰！轰！!!”

两声几乎同时响起的爆炸声回荡在整个白色的泡沫世界里！

整个白色海洋的海水疯狂地向四面八方激射而去！

惊鲵剑士和灭魂剑士自爆金丹的位置，撕裂了一个数十丈宽阔的空间裂缝！巨大的空间波纹一层一层荡漾在白色世界！

撞击着那黑暗边缘的世界尽头！

黑暗边缘的世界尽头剧烈地颤动着！

白一梦觉得整个上空都在疯狂地震动，根本就无法飞行。

空气也产生了一连串的爆炸声，真正的气爆声！白一梦不断地运作真气形成防护气罩，破裂了，再形成，再破裂，再形成……抵挡着那潮水一样四面激荡的光波！

分身已经被震出了体外，重重地摔倒在了枪冢的广场上！

整个世界都在颤抖，在战栗！

枪冢之中。

内堂。

项广还在一个接一个地给漆黑的石棺磕头。

突然整个内堂发生了剧烈的震动，地动山摇，空间也在颤动。

项广身旁摆放的紫金铃铛“砰”的一声裂成了好几块。

项广看着手里破裂的紫金铃铛，目中闪过一丝疯狂。

“八剑士都死了！”项广站了起来，不断地后退着，竟然如同一个疯子。

“难道真的是天要亡我项广？这真的是天意？”

项广喃喃着，步履蹒跚地从墙上拿起一颗夜明珠，走进了一旁的一个房间。

在这个房间正中央的墙上，挂着一幅画，画中是一个身着古装白色长裙，倾国倾城的绝色女子。

“为什么我就找不到一个和你一模一样的女人呢？为什么我就找不到一双和你一样的眼睛呢？”项广站在画像的前面，注视着画像中的女子，自言自语。

项广低头注视着手中缓缓出现的长剑，眼中闪过了一丝坚定，突然大步走出了房间，走出内堂，站在了枪冢大殿的前面。

就在项广刚刚离开内堂的一瞬间。

那漆黑色的石棺竟然冒起了丝丝的白气。

石棺之中竟然传来了一声长长的叹息声！

石棺周围圆形血槽的血水也开始了剧烈的翻滚！

更加令人没有想到的是，那原本熄灭了的刻着项英名字的蜡烛，竟然重新燃起了一丝幽蓝的细小火苗！

“来者何人，报上名来！”项广站在大殿门前一声大喝。

大殿之外，滔天的白色巨浪在下方涌动，整个枪冢也在摇摇晃晃。

项广看着迎面走来的白一梦。

白一梦也静静地看着项广。

根本就不理会这个动荡不安的世界。

白一梦分身也从乱石堆里爬了起来，站在了白一梦的身边。

此时的项广战意滔天，仅剩下的右眼中精光暴射，一身金色战袍猎舞，气势之强大，风范之卓绝，仿佛那天上的骄阳一样夺目！

“项广。”白一梦朗声道，“我叫白一梦。我无意与你为敌，也不想杀你。我只想知道，你为什么要找我的妹妹？还有，你为什么要捉拿天下的武者？并且要种下如此恶毒的血蛊之毒来控制他们？你打造霸王城又是为了什么？”

“哈哈哈哈……白一梦，你这个无知小儿，你坏我大事啊！”项广的笑声充满了无奈。

"难道就为了你的大事，你就能够让这数百万的武者抛妻弃女，亲人之间骨肉分离？你剥夺了他们的自由和意愿，让他们生活在你项广一个人的威严之下？你杀死那么多不愿意来到霸王城的人，杀死那么多所谓的圣女，这难道都是对的吗？"白一梦厉声喝问。

"白一梦！这个世界上有很多事情不是常人所能体会和想象得到的！我项广，活了将近两千年。看到了一个接一个朝代的兴起和毁灭。也看到了烽火连天，战乱纷飞，百姓流离失所，饿殍遍野。也看到了这个世间的丑恶和美好。

"你现在看到霸王城中的这些武者，你认为他们都是被我强行掳进了霸王城，你为他们失去了自由感到愤怒？可你知不知道，没有我项广，他们在外界会不会自相残杀？会不会把天下搞得更加的动荡不安？你要知道，能力越大，本事越大，野心也就越大！也许会有更多更多的生灵涂炭！

"正是因为有了我霸王城的存在！因为有了我项广！他们失去了自由，但是却在霸王城安定繁荣地生存了下来！我保存下来的武者，保存下来的秘籍，神兵利器，珍禽灵兽，总比在外界互相残杀要好！

"我只知道，我这两千年来的所作所为全部都是对的！我没有错！纵使是杀了坏我大计的两个亲兄弟，我也心甘情愿！"

项广咆哮着。

白一梦说不出话来了。

"我今时今日所做的一切，那是我的祖先一代一代传承下来的使命，身为项家儿郎，身为项家子弟，这就是我的命运，也是我毕生的荣耀！只要使命得以完成，就是我项广，也可以立刻殒命！"

项广斩钉截铁地说。

"项广，你的使命到底是什么？你快点回答我！"

白一梦也咆哮起来。

能够让项广这样的人物两千多年来誓死完成的，那绝对是一件天大的事情，到底会是一件什么样的事呢？

白一梦很想知道答案。

第三十二章　项广的使命

“今日你我之间，不是你死，就是我亡。你死了，我自然会找到你的妹妹。我项广如果死了，我也不愿我的使命长埋地下，我可以告诉你。”项广点了点头。

“白一梦，你可知道我们所谓的霸王城在哪里?”项广问道。

白一梦回答：“似乎是在一个巨大无比的盒子里。但是，我对于你的设计、布局，非常不满意。如果是我打造一个这样的海底世界，不会像你这么恶心和变态，设计得如此地丑陋不堪!”

“我告诉你白一梦，在这个世界里，除了霸王城是我项广历经一千八百年创造而成。其它的东西都是原来就存在的。”项广道，“我来到霸王城之后，才慢慢地打造这个世界，驯服蝙蝠，设计通道，捉拿部属，搜集天下间的奇珍异宝，打造出了这个数百万武者的霸王城。白一梦，你觉得是用什么东西喂养，才能够让蝙蝠那种细小的动物生长得如此巨大?”

“能够生长到如此庞大的体积，它们吃的难道是什么奇异之物?”白一梦想起了血色巨大的藤条世界和这个白色的黏糊糊泡沫世界。

“不错！那些巨大的蝙蝠吃的是龙肉。”项广点了点头。

“难道说这个世界是一具龙的尸体？霸王城在一具龙的尸体里面?”白一梦死死地盯着项广。

项广重重地点了点头："正是！我们现在的位置就在这头黑龙的脑里！那一根一根巨大的血色藤条就是这头龙的筋脉！我们的霸王城，就存在于龙的肺部！我们目前看到的，仅仅只是这龙身上小小的一片器官。"

"但是，白一梦，这条黑龙没有死，他只是受伤了，昏厥了，沉睡了将近一千八百年！他现在正在苏醒！按照我的推算，不出三天，他就会苏醒了！

"上次无回江的大潮就是征兆。

"你知道无回江的江水是什么吗？那是龙涎！

"大潮是什么？那是它在咳嗽！

"它就快醒了！

"一旦它苏醒过来，那这个世界就完蛋了！彻底地完蛋了！"

项广痛苦地大叫。

白一梦如同被雷劈了一般，呆呆地站在那里。

一条这样庞大，如同一个国家大小的黑龙就要醒了？它醒来之后，只要随随便便打几个喷嚏，转几个身，那不就是海啸加地震？

白一梦不敢再想下去。

"这黑龙哪里来的？他就要醒了，那那……谁能阻止它？"白一梦结结巴巴地问。

"这个世界上只有一个人，能够阻止它！

"那就是我们的老祖宗！

"因为这条黑龙，当年就是被我们的祖先西楚霸王项羽打伤的！项羽还抽了黑龙的龙筋！正要痛下杀手之际，却发现黑龙目中含泪。项羽一时心软，终于没有杀他。项羽还用黑龙的龙筋，做成了一张弓，世人号称霸王弓！

"霸王弓上有细细文字的记载，上面说，将来必有黑龙作乱，唯有项羽的贴身兵刃霸王弓、霸王枪可杀之。

"我项广自知无法拉开霸王弓，也无法使用霸王枪，千百年来，唯有守候在老祖宗的尸骨旁，寻找那因为抽筋之痛昏厥的黑龙。我找遍了天下，也没有找到黑龙的踪迹！

"直到一千八百年前，我得到了第一颗避水珠和夜明珠，在海底细细寻找了三年，才发现了黑龙！我大惊之下，回去之后呆立在老祖宗的石棺前，苦思良策。”项广长叹。

“你是说棺中古尸，乃是西楚霸王项羽?”白一梦骇然道。

“这我就不知道了。”项广摇了摇头，“我并不知道枪冢石棺中的古尸究竟是谁? 家中长辈们也从没有对我们细说。我是按照家中数代长老们的吩咐，开始守候老祖宗的石棺。因为长辈们告诉我们，老祖宗终有一天会醒的! 老祖宗的尸骨迟迟没有腐烂，必定是因为还有没有完成的意愿。

“可我根本不知道老祖宗什么时候会醒? 也不知道那大西洋黑暗的海域的黑龙什么时候会醒? 如果是这条庞大无比的黑龙先醒过来呢?

“我感到了恐惧!”

“恰好的是，你终身所学的正是那旁门左道的邪术。于是你就动起了老祖宗尸骨的主意?”白一梦隐约有些明白。

“不错!”项广点了点头，赞许地看了白一梦一眼，“我平生热衷的正是那旁门左道，喜欢操纵人的意愿，控制人的身体。我一点一点地将老祖宗的血液放入我的身体，我居然感受到了老祖宗的存在，他现在的虚弱，他曾经的强大。而我们兄弟也得到了老祖宗的恩赐，一直活到了现在。

“为了感谢老祖宗的恩赐，我更加坚定了守护老祖宗的决心。我立誓要求自己，一定要在黑龙醒来之前让老祖宗提前苏醒。我更加发奋地研习血蛊的方法，利用老祖宗的血液控制其他强大的武者。”

“那圣女又是怎么回事?”

“我为了让老祖宗快快地苏醒，想尽了办法。家中长辈留给我的，除了霸王弓和霸王枪之外，还有一幅绝色女子的画像。

“我和你白一梦想的一样，我也认为石棺中的老祖宗是项羽。我觉得，这画中的女子，极有可能就是那项羽的爱人虞姬，如果我找到一个和画中女子一模一样的女人，说不定老祖宗就会苏醒过来。

“所以我不仅将霸王城中所有和画中女子相像的女人全部带进了枪冢，也在外界日复一日地寻找和画中女子一模一样的女人。

“可惜事到如今，依旧功败垂成!

“直到我得到了那张照片，那照片中和你白一梦在一起的女子，她不仅仅相貌和那画中的女子一模一样，就是神韵气息也一模一样。我敢断言，你的妹妹就是我项广千百年来要寻找的目标!”

项广的目光突然凌厉了起来。

一瞬间，项广整个人都精神了起来，浑身上下气流涌动，双目之中精光爆射。

“白一梦，你想知道的我都已经告诉你了！为了不让这条黑龙苏醒，我需要唤醒老祖宗，在黑龙醒来之前杀死它！我辛辛苦苦打造霸王城，控制着这数百万的武者，寻找圣女，这一切的一切，都是为了杀死黑龙！

“就算霸王城中的这数百万武者同时自爆金丹，最多也只是将黑龙的肺部炸穿！并不能给黑龙致命的一击！现在，黑龙最多再过三天就要苏醒了！让你白一梦这么一闹腾，引得八剑士自爆金丹！现在，黑龙受到震动，按我看，不出一天，这黑龙就要醒来！

“你让我前功尽弃啊！我一千八百年的心血全让你给毁了!”

项广痛苦地摇了摇头。

“我……”白一梦说不出话来。

“拔剑吧，白一梦！

“你是那种为了天下苍生的人吗？

“你不会为了我而把你的妹妹带到这里来的。但是，我却一定要找到你的妹妹！战吧！白一梦，你死了，我就去把你的妹妹抓来。

“我死了，你自然可以安然离开。但是，黑龙醒来之后的事，那就让你白一梦去面对吧！来吧!”

项广大笑着举起了手中的长剑。

白一梦晕了。

彻底地晕了。

这是一个很难选择的问题。

突然，白一梦想起了白若兰身上的生源之力，那能够让人伤势快速自愈的神奇力量。如果真的如项广所说，妹妹白若兰和那幅古画中的女子一模一样。难道指的并不是古画中的女子是项广他们老祖宗的意中人，而是这个模样的女子的身上有着能够让古尸起死回生的生源之力！

白若兰真的能让项广的老祖宗起死回生？

白一梦惊呆了。

如果要复活这样一个强大到无与伦比的古尸，是不是要耗尽若兰所有的力量？

若兰会死的。

要是若兰死了，项广的老祖宗还是没有活过来呢？

那岂不是白白搭上了若兰的性命？

白一梦不愿意失去白若兰。

可按照现在这样下去，黑龙一天之内就会醒来，到时候谁能阻止它？

白一梦不敢想下去。

“白一梦，你在干什么？来吧！”项广战意熊熊。

“好！项广，我佩服你这一千八百年的守护！但是我告诉你，我不能让你抓到我的妹妹！战吧！”白一梦和分身合体，手持干将神剑面对着杀气滔天的项广。

“我要让你，见识一下我项广独创的广陵八剑的真正威力！”项广大步向前！

“杀！”项广一声怒吼，浑身爆发出喷射式的白气，一步一个深坑地冲向白一梦。

项广居然将全身的真气都调动出来了！

“杀！”白一梦挥剑迎击。

“砰”的一声，白一梦退了三四步，心头大骇。

“时间静止！”白一梦爆发出了兵宗九阶大涅槃的定格！

项广高举着宝剑被定在了原地！

项广圆睁着双目，猛地牙关一咬：“破！”

随着一声大喝，项广挥动手中的长剑，居然引起了空间波纹，解除了白一梦的时间静止！

什么？白一梦大惊失色！

什么情况？这项广居然以区区兵宗九阶巅峰的实力破解了自己大涅槃的时间静止？

还有项广手里的那一把宝剑，这是什么剑？居然能够撕裂空间，产生如此强大的能量？

"石破天惊！破釜沉舟！"白一梦不敢再小看项广了，连续使出破空诀里自己已经学会的两式精妙剑法！

两道白色的如同海啸一般的剑气呼啸着扑向项广，枪冢广场的地面被切开了两条数米的深坑！

"来得好！"项广凌空而起，避过了两道剑气！

高高举起的长剑对准白一梦猛地劈下！

一道看不见的空间波纹撕裂着空气，产生巨大的气爆声，瞬间就到了白一梦的前面！

"平步空间！"白一梦瞬间化出数十道白影，凭空踩踏着空间以项广为中心，刺出了漫天的剑雨！

"呀！"项广看着空中无数的白一梦身影，还有那呼啸的剑气，大喝一声，挥剑一指。

只见从项广的身后冲出了八把宝剑，刺破了白一梦空中的幻影，斩断了白一梦的漫天剑气！

项广欺身而进，一剑出，九剑至，一剑回，八剑绕体护身！

什么情况？那八把剑……那不是八剑士手里的神兵利器吗？

掩日剑，断水剑，悬翦剑，转魄剑，灭魂剑，真刚剑，惊鲵剑，却邪剑——怎么这八把神剑好像自己会攻击人一样？都不需要人的操控？

白一梦心头大骇。

白一梦手中的干将神剑每次要对上九把剑的轰击，双手已经抬不起来了！

九把长剑再度袭来，白一梦感受到了死亡的气息！

千钧一发之际，白一梦的脑海里响起了白一梦分身的声音：这八把剑的攻击和撤退都和项广手里的长剑是一个轨迹的，也就是说只要拿下项广手中的长剑，那这八把神兵就不会攻击我们了！

白一梦打算夺剑。

"上！"

白一梦分身突然出现在白一梦的身后，雷霆一级双炮合并射出！

"轰隆！"

雷霆一级射穿了项广的胸膛，项广的胸膛出现了一个篮球大小的窟窿！

"死吧!"

项广猛然挥出了一道空间波纹，八把神剑全部贯穿了白一梦分身的胸膛!

"不好!"白一梦发出了撕心裂肺的咆哮，跪倒在分身的身旁，"分身，你怎么样了?回答我!"白一梦迅速和分身合并，运动体内的神农鼎，还有那生源之力形成的金丹，千年人参的金丹。

浑身是血的白一梦跪在地上，浑身颤抖地盯着项广!

而项广低头看着胸前的窟窿，难以置信地看着手中的长剑!

死不了!白一梦感受到着身体的伤痛，一把一把地拔出了身体上的长剑!

"老祖宗!"项广仰天厉吼，"项家的列祖列宗，项广有负所托!你们要怪我，就到那地府再怪我吧!"

项广举起了手中的长剑，朝着脖子抹去!

第三十三章　千年古尸

随着回荡在枪冢四周的厉吼声，项广的头颅被高高抛起！

那伟岸的无头身躯，轰然掉进了下方的血湖中！

“不！”

白一梦无奈地大叫。

白一梦并不想杀死项广。

甚至觉得项广很伟大。

虽然他的伟大是建立在血流成河的代价上。

一千八百多年的孤独。

一千八百多年的担忧。

随着这一声厉吼，结束了。

整个白色世界，也就是黑龙的脑海，震动得更厉害了，地动山摇！

无法动弹的白一梦看着眼前崩塌的世界无可奈何！

漫天的血雨中，白一梦听到了一声恍如隔世的叹息声！

白一梦惊恐地看着倒塌的枪冢！

还有那四处飞射的蜡烛！

看到了枪冢中央的那一具漆黑的巨大石棺！

这漆黑的巨大石棺的棺材盖已经不见了！

巨大石棺中正如同太阳升起一般，缓缓地立起一个身长一丈有余，浑身乌金战甲的男子！

这个男子的右手之中，紧紧握着一把金光闪闪的长枪，背上背着一张金色的大弓！

“老祖宗复活了？”

白一梦目瞪口呆地看着这个战神一般的巨人！

巨人的男子猛然睁开了双眼，目中四道金光爆射！

因为这个巨人男子居然是重瞳之眼！

四道金光照亮了周身方圆十丈的范围，照在了白一梦的身上。

白一梦只觉得浑身上下如沐春风，舒坦不已。

这金光，居然是金丹的感觉。

这金甲战神的目光，都是那金丹的光晕！

这金甲战神是什么样的武者修为？

何止在兵宗九阶大涅槃阶段之上的千万倍？

金甲战神的眼神，如同神灵俯视苍生，浑身上下激荡着傲视天地，气吞山河的霸主气息！这是何等的气势！

白一梦又有了下跪的冲动，没有人在这金甲战神的面前能够站着。

可白一梦已经跪着了。

金甲战神一步迈出了石棺，一抖火红色的披风！

眨眼之间，传来了疾如雨点的马蹄声，二十名杀气腾腾的精锐铁甲骑兵就出现在了金甲战神的面前！

“参见少主！二十铁骑在此听命！”

二十名只露出眼睛的铁骑兵，跳下战马，跪地行礼！

这二十名铁骑，每一个骑兵的身长也都在九尺以上。

这二十名铁骑，无论是人，还是马，都给白一梦一种凌驾于兵宗九阶大涅槃修为之上千万倍的感觉！

白一梦相信，别说是人，就是这二十匹战马，随随便便哪一匹，自己都不是对手啊！

“吾乃是西楚霸王项羽之子项央！下跪何人？还不快快报上名来？”

金甲战神看到了下面浑身是血，单膝跪地的白一梦，怒喝道。

“项羽之子？”

白一梦的脑海一片空白。

白一梦看着天神一般的项央。

“嗯？”项央看到了白一梦正在快速愈合的血洞，还有白一梦脚边丢得乱七八糟的八把神剑。

“那是广儿的八大护法的兵刃？为何会在你身边？难道是你杀死了广儿？”

项央长枪一指白一梦：“尔等听令，此人杀我广儿，大逆不道，罪无可赦，杀无赦！”

“杀！”

那原本跪在地上的二十名铁甲骑兵瞬间就到了战马的背上，高高举起手中的长矛，马蹄疾如狂风暴雨，面对着白一梦冲了过来！

“快逃！”

白一梦一把收起身旁的八把神剑。身后的白一梦分身握起干将神剑，一剑在地上刺破了一个窟窿！

白一梦跳进了窟窿，不顾一切地疯狂逃窜！

“等等我！”身后的白一梦分身焦急地呐喊，想要和白一梦合并。

“你快点呀分身，再不跑就玩完了。”白一梦头都没回，大叫着向前飞射！

白一梦从来没想到自己能飞得这么快，不一会儿就到了血色的藤条世界。白一梦知道，现在这个速度，可以说是平时的十倍以上的速度了。

“逆贼受死！”

白一梦觉得身后的马蹄声好像就在耳边一样，如影随形。

“逆贼看招！”

身后刺破空气而来的两根长矛眨眼就到了跑得慢的白一梦分身的身后！

这哪是两根长矛，明明就是两根铁柱啊！

“咣当！”

分身挥动干将神剑去阻挡，长矛巨大的力量反震在他的手上！

分身再也抓不住手中的干将神剑，干将神剑掉进了血色藤条世界之中，消失无踪。

“呼”的一声，两根长矛又回到了铁甲骑兵的手里！

五根长矛呼啸着再度射出！

“本尊，不好了！”

白一梦分身惊恐地大叫！

“看剑！”

白一梦猛然转身，射出了丹田中的八把神剑！

五把神剑撞上了身后的五根水桶粗细的长矛，爆起耀眼的火花！

五根长矛被切成了两半！可仅仅只是一瞬间，这五根长矛又恢复了原状，回到了铁甲骑兵的手中！

另外三把神剑刺破了当前的三名骑兵的胸前的铁甲，刺进了他们的胸膛！

没有惨叫声，没有鲜血，三名骑兵依旧策马奔腾！

看都没有看一眼胸前刺着的神剑，其余的铁甲骑兵轻轻挥动手臂，抓住了空中掉落的五把神剑，依旧追杀过来！

“什么情况？”

白一梦心中大叫恐怖！

“让我来！”

白一梦分身掏出了雷霆一级双炮合并，“轰”的一声射出了一道白得耀眼的光！

白光笼罩了身后的二十名铁甲骑兵，却不见有人化成灰烬！

二十名铁甲骑兵在白光中依旧喊杀声震天地冲过来！

“邪术？这是邪术！”

白一梦不可思议地看着越来越近的二十铁甲骑兵，没有了斗志！

“杀！杀！杀！杀！”

伴随着杀声，二十根长矛雨点般射向了前方已是必死之心的白一梦和分身！

那二十匹战马头顶的利刃也无情地卷来，那如同石柱一样大小的马蹄已经踏上了白一梦的头顶，就好像一大片的乌云！

就这样死去吧！

白一梦睁开眼睛，看着眼前发生的一切！

突然，白一梦看到眼前的战马，长矛，铁甲骑兵就这样消失了，蒸发了！

二十名铁甲骑兵的喊杀声还萦绕在耳畔。

可眼前却是空无一物，只有那血色巨大藤条的存在。

“怎么回事?”白一梦看着眼前的分身，而分身也怔怔地看着白一梦!

“不知道啊！他们，他们好像，好像就那么消失了……”分身喃喃道。

“那还不快跑?等那项央追来，那就死定了。”

白一梦赶紧飞了过去，和分身合二为一。

“可是本尊，我们现在在哪里?我们应该向哪个方向逃呢?”白一梦分身看着周围一模一样的血色巨大藤条世界，没有了方向感。

“对啊！咱们现在到底在哪里呢?是还在那庞大黑龙的脖子里，还是已经跑到后面去了呢?”白一梦也晕乎乎的，刚才只顾着逃命，慌不择路，也不知道现在到哪了。

“管他那么多呢，现在项广的老祖宗醒来了，这条该死的黑龙就算现在醒来也有人收拾了。妹妹若兰的安危也解除了。咱们还是赶紧回去和老婆团聚吧!”

“本尊，还有白朗白敏兄妹没有救呢?”白一梦分身急道。

“对哦，柳明眸现在据说是在奇岩峰，我们要做的事也差不多都做完了。就差没有去救白朗白敏兄妹了!”

白一梦勉强辨认着方向，快速飞射。

“那逃窜的鼠辈，快点给我出来!”

半空中响起了一声炸雷，整个空间都产生了剧烈的震荡。

飞射中的白一梦不由自主地摔倒在了血色巨大藤条世界的地上。紧接着一股强大的空间波纹掠过了白一梦的全身。

“不好，那项央找到我们了。”白一梦使出了吃奶的力气更加快速地飞奔!

“鼠辈！你杀我广儿，我要你血债血偿!”项央的声音越来越近，说到最后一个字的时候，白一梦看到了前方如同天神一般的项央!

这是什么样的速度?

白一梦垂头丧气地向着项央走去!

突然，白一梦看到了项央身后亮起了一双一双如同太阳一般的血色眼眸!

白一梦瞬间改变了自身的气息，转化成了项广的生命特征!

“嗯?”

那项央正在疑惑白一梦怎么突然之间像换了一个人似的，就听到了身后巨大的风声！

那是数十只巨大的蝙蝠呼啸而来的动静！

项央猛地回头，正看到一只巨大的利爪当头抓了下来！

“畜生！”

项央大喝一声，手中霸王枪一刺，婉若游龙一般刺进了巨大蝙蝠的利爪之中！

“吱吱！”这只巨大的蝙蝠惨叫着倒飞而去！

项央另一只手击出了一掌，倒飞的巨大蝙蝠瞬间口吐鲜血，身体裂成了两半！

“吱吱！吱吱！”又有两只巨大蝙蝠扑向了项央！

霸王枪划起一道雄浑的金光，两颗房屋大小的蝙蝠头颅高高抛起！

“吱吱！吱吱！吱吱！”

狂风大作，十几只巨大的蝙蝠感到了死亡的威胁，不顾一切地狂叫，用尽了所有力量的狂叫！整个空间都疯狂地颤动，四面八方血色的巨大藤条不断地爆炸开裂！

“吼!!!”面对着数十只巨大蝙蝠的超声波，项央也发出了如同狮子一样的咆哮声！

白一梦捂着耳朵，不断地向后狂退！

项央一声厉吼之下，数十只巨大蝙蝠再也无法在空中停留，全部跌落在了地上！

白一梦一边擦拭着眼里，鼻子里，耳朵里，嘴角的鲜血，一边夺路狂奔！

这个项央太可怕了！

我干吗得罪他呀？我说项广啊项广，你怎么就自杀了呢？

要死你就再晚个五分钟，你不就看到你的老祖宗了？

一千八百年你都等了，还差这五分钟？你可把我害惨了！

白一梦心里骂骂咧咧的，一边在迷宫一样的血色世界里逃命。

那道熟悉的空间波纹又一次掠过了白一梦的全身！

还来？

有完没完啊？

白一梦想哭，白一梦真的很想大哭一场！

这次真的完蛋了！

白一梦干脆不跑了，一屁股在原地坐了下来。

白一梦决定等死！

“你怎么不跑了？”项央突然出现在白一梦的面前，高大的身影笼罩了白一梦！

“跑什么呀？能跑得出你的搜寻范围吗？算了，算了，要杀你就杀吧。不过我告诉你，项广不是我杀的。”

当死亡真的来临的时候，白一梦显得很平静。

“你在做什么？你手里那吞云吐雾的东西又是什么？”项央的鼻翼问问耸动，“什么味道，居然如此诱人？”

“来来来，这叫雪茄，要不要试试？”

白一梦将三根雪茄捆在一起，点燃了之后递给了项央。

“还有这个，尝一尝。”

白一梦从空间戒指里拿出了一个水桶，倒了好几瓶 XO 进去，也递给了项央。

“我项央百毒不侵，刀枪不入，尝尝就尝尝，试试也无妨。等会待我问清楚了之后再杀你也不迟。”项央点了点头，一手雪茄，一手 XO。

肯让我说话就行了，不要动不动就杀，一点商量的余地都没有才叫惨！

项央美美地吸了一大口雪茄，顿时大声地咳嗽起来。正恼羞成怒，突然是一脸的满足。

“爽啊！神仙一样的感觉啊！小不点，这玩意太妙了。哇，这东西是酒？好酒啊！想我项央喝尽了天下间的美酒，什么女儿红、竹叶青、花雕等等，确是从来没有尝过这样的味道啊！爽！”项央哈哈大笑着，一边抽烟，一边喝酒。

“还有没有，我还要，快一点！”项央拿着水桶，大声嚷嚷。

“有有有，这样的东西我家里多的是！大哥好酒量！”

白一梦把空间戒指里贺风摆放的十几箱 XO 全拿了出来。

“还有干粮呢！项大哥要不要也来一点？这有冰冻的烤乳猪、烤全羊、牛排、烤鸡……”

白一梦把空间戒指里贺风厨房里的食物都拿了出来。

项央干脆也坐了下来，一把将霸王枪和霸王弓放到了一边，双手并用大吃大喝了起来。

“嗯，好好好，味道不错。你也吃啊，不要光看着我一个人吃，快吃，再不吃我揍你。”项央一口吞下一只烤全羊，一边对着白一梦大骂。

“来来来，我敬项大哥一杯，项大哥武功高绝，天下第一！”

白一梦可不想惹怒了这个强大到打个喷嚏都能弄死自己的古尸，赶紧拿起酒杯。

“项大哥可知道现在是什么时候？又知道我们现在身处何地呢？”

“我正要问你这些问题。我们现在在哪里？我为何会在这里？”项央打了个饱嗝，疑惑道。

白一梦不得不从头说起，一直说到现在。

项央浓眉紧缩，不停地打听咨询。

“按你所说，现在离我的时代已经过去了两千多年了？”项央恍然大悟。

“正是。黑龙就要苏醒了！”

“小老弟不必惊慌，我刚才找你的时候释放出了空间搜索之力，如果这是你所说的黑龙的话，在这黑龙的体内没有龙珠。对于龙而言，没有龙珠就如同人没有了生命力，没有了力量，黑龙它怎么复活？”项央大笑。

“是吗？”白一梦相信项央说的话，可又感到了一丝忧虑。

“项大哥。”白一梦站了起来，“事情反正都是要做的。不怕一万就怕万一，先下手为强后下手遭殃。咱们现在就去把黑龙杀了。免得它醒来之后要多费力气。霸王城，也就是黑龙的肺里，还有着数百万的城民百姓呢。杀死了黑龙，他们就可以继续安居乐业生活下去了。”

“小不点言之有理。我们现在就去杀掉黑龙。我看一下啊，我们现在所在的位置应该是在黑龙的肾里，我们要走这一边。到黑龙的心里去，只要把他的心脏打裂，搅成碎片，黑龙自然也就一命呜呼了。”项央点了点头。

项央将白一梦放在了肩膀上，凌空向着前方飞射而去。

白一梦现在的心情简直就是爽爆了！

不但保住了小命，还能和这样的强者交个朋友。

人生呐！

上一分钟还大呼小叫着要杀人，下一秒就搂在一起称兄道弟，把酒言欢。

俗话说得好啊，有酒有肉好兄弟，酒过三巡有话说。多少感情多少杯，感情多深量多大。

烟是开路先锋，酒是感情的润滑剂，再大的误会，再多的怨恨，三杯酒下肚，什么事都没了。

第三十四章　项英的真正实力

感情深，一口闷。

贺风和皇甫浩泽现在也在喝酒吃肉。

喝的是葡萄酒，吃的是烤鱼。

你别看贺风的块头只有皇甫浩泽的一半大小，可食量一点也不会输给皇甫浩泽。

皇甫浩泽吃鱼的手法令人叹为观止！

一整条鱼吞进嘴里，吐出来的，是完全没有一丝肉的完整的鱼骨头。

白敏对于贺风变成光头感到很意外。

光头这个世界上很多。

但是白敏从来没见过一个人的头光得能够这么亮，亮得就像一面镜子。

对于这一点，皇甫浩泽很满意，这样的话，平时挤个痘痘，刮个胡子什么的，连镜子都省了。

白敏感到很意外的是会在这样的情况下看到白一梦，更没想到的是白一梦居然杀死了一只巨大蝙蝠，驯服另外两只巨大的蝙蝠，然后消失在了天际。

白敏四处寻找着在城中逃窜的贺风和皇甫浩泽。

和白一梦分手以后，贺风带着皇甫浩泽到了通道的出口，却发现根本无法打开。

贺风立刻断定有人修改了他设计的口令和密码。

他带着皇甫浩泽在霸王城中四处逃窜，逃避霸王军战士。

白敏寻找到了被团团包围的贺风和皇甫浩泽，当时贺风和皇甫浩泽已经弹尽粮绝，被霸王军围了个水泄不通。

白敏以管区长的身份给两人带上了枷锁，声称要将两人带到霸王宫。救出了贺风和皇甫浩泽，将两人带到了家中，她安排了这一顿烤鱼宴。

“我说白敏姑娘，你确定没有人看到我们进了你家？小心驶得万年船啊。”贺风还是很担心。

“放心，上面就是霸王宫，你们现在在我家里，和到了霸王宫有什么区别。上面这几层住的都是府主，一个士兵都没有。府主们现在都不知道哪里去了，项英和项锋都不在。霸王城被白一梦这么一闹，高手都出去了。”白敏笑道。

“我就郁闷啊。”皇甫浩泽大叫道，“一哥是怎么让那两只巨大蝙蝠乖乖背着他飞走的。早知道那么快就能摆得平，咱们就应该跟着去。咱们也就不用狼狈逃窜这么难看了。”

“在霸王城里待了三百年，我一直以为这样的巨大蝙蝠只有一只而已，没想到还有两只！鬼知道在那黑暗天际之中，还有多少这样的怪物？”贺风感叹道。

白敏看着这一大一小，一高一矮，心中不禁暗暗发笑。

经过一顿饭的工夫，白敏和皇甫浩泽互相讲述了自己的故事。

“就是不知道现在白大哥怎样了？”一想起项广的强大，白敏感到忧心忡忡。

“这你就打可以放一百个心啦！”皇甫浩泽满不在乎地说，“我们一哥别的本事没有，但就是死不了。就像上次，被当成雕像在世纪广场日晒雨淋、水米未进地待了快一个月，阎罗王也没要了他的命。一个小小的项广能把他怎么样？”

在皇甫浩泽的心目中，这个世界上就没有白一梦做不到的事，也不可能有人能够杀死白一梦。这是一种盲目的信任。

就算现在白一梦的尸体摆在皇甫浩泽的面前，皇甫浩泽也相信，白一梦随时可能睁开眼睛，淡笑着坐起来。

贺风虽然心里担心，但又怕脑门子挨打，最终还是没有说话。

“白姑娘啊。”皇甫浩泽看着白敏，张了张嘴，可又觉得太残忍，结结巴巴的。

“你想说什么？”白敏想到皇甫浩泽可能问自己是不是喜欢白一梦，不禁脸上飞起了两团红晕。

贺风狠狠地瞪了皇甫浩泽一眼："那个，白姑娘，师傅是想告诉你，一哥他已经有三个女人了。"

说完这句话，贺风和皇甫浩泽都怔怔地看着白敏。

白敏霍地一下从沙发上蹦了起来："什么？哦，你们告诉我这个干什么？这又与我何干？我……"最后，白敏的眼眶居然红了，两滴眼泪在眼眶中打转。

"你这个混蛋，谁让你多嘴的！混蛋!"皇甫浩泽狠狠地在贺风的脑袋上敲了两下。

"我只是觉得长痛不如短痛嘛，迟早白姑娘会知道的，现在告诉她，也好让她有一个心理准备嘛。免得到时候一哥和白姑娘都觉得尴尬啊!"贺风抱着脑袋滚到了沙发后面，委屈地说道。

"我又没说我喜欢白一梦，你们这是干什么？我只是感激他让我对我父亲的悲痛化成了美好的回忆才帮助你们的，你们多心了。"白敏在落泪的一瞬间，赶紧转身，不想让贺风和皇甫浩泽看到自己落泪的样子。

"啊！大哥!"就在白敏转身的一瞬间，白敏看到了开门进来的白朗，赶紧擦干了眼泪，微笑着走了上去。

贺风和皇甫浩泽也瞬间站了起来，紧张地看着白朗，做好了随时出手的准备。

"大哥。"白敏抓住剑已出鞘的白朗的双手，摇了摇头，"他们是我的朋友，我求你不要伤害他们。"

白敏并没有将他们的父亲是白一梦的事情告诉白朗。在白朗的心里，他们的父亲白杨，早就在前几天的较武场和江城、燕霜去了奇岩峰无赦府上任去了。

"朋友？妹妹，我们常年都在霸王城中，你怎么会有外界的朋友？而且还是和闯入我们霸王城的入侵者在一起的人?"白朗一把推开白敏，长剑直指着贺风，"贺风，你这个叛徒，私自出城，竟然还敢带着外人到霸王城来捣乱，今天就是你贺风的忌日!"

面对白朗兵宗三阶的实力，贺风的劲宗八阶再加上皇甫浩泽刚刚入门的劲宗一阶，简直就是一个天大的笑话!

"大哥!"白敏挡在贺风和皇甫浩泽的前面，"你要杀他们，那就先杀了我吧！”

贺风和皇甫浩泽手里拿着电芒炮八级，也是脸色苍白。

就算能够杀死白朗，可电芒炮八级的动静，足以引起霸王宫附近的霸王军战士的注意。连累白敏不说，再想逃出生天恐怕是不可能了。

“难道你就不想知道我为什么敢离开霸王城吗？”贺风突然道。

“什么？”白朗一怔，继而看到白敏微微点了点头。

“不错，我已经脱离了血蛊的控制，所以我才敢离开霸王城。要不然我就算在外界，也早就被项广杀死了。我们已经有了脱离血蛊之毒的办法，我们之所以来霸王城，就是来救你们兄妹的。”贺风委屈地说道。

这次来霸王城的目地，最最重要的当然是白一梦要去救分身白一梦了。然后是柳明眸、王刀，还有就是眼前的白朗、白敏兄妹。

可现在没想到，要解救的对象居然还要杀自己？

这叫什么事啊！

贺风苦笑。

“救我们兄妹？这是什么情况？”白朗也晕了。自己和贺风貌似不是很熟啊，最多就是以前贺风担任机械工程师的时候在路上打个招呼。难道？白朗不相信白敏会看上贺风，更别说现在的光头贺风了。

“是这样的……”白敏赶紧把自己什么时候发现父亲白杨是白一梦假冒的，以及白一梦是怎么样发现霸王城的情况，还有白一梦能够解除血蛊的事告诉白朗。

身为哥哥，白朗当然明白妹妹的心思，白朗完全能体会白敏爱屋及乌，帮助白一梦救出贺风和皇甫浩泽的心情。不由得暗暗松了一口气，还好还好，不是贺风就好。

“你们就那么有信心，白一梦能从枪冢逃出来？能够从项广的手里全身而退？”白朗永远都不相信这个世界上有人能够打败项广。在霸王城所有人的心目中，项广就是神，不可战胜的神一般的存在！

“这个……”皇甫浩泽和贺风面面相觑，一时间说不出话来。

“我相信！”白敏坚定地说，“我相信白大哥一定能够从枪冢里逃出来，而且，他还能够打败项广！”

“你说对了！”

大厅里突然响起一个男人的声音：“他不但逃出了枪冢，而且还杀死了项广！”

随着说话声，大门连门带墙整个爆开！

走出了浑身是血的项英！

而且项英的身边还跟着失去了双臂的王刀！

还有那在枪冢大战中昏厥倒地的十九名府主！

这些人，眼中全部闪烁着妖异的黑光！

那是完全不同于之前种下忠诚之蛊的血红色光芒，而是整个眼眶变成了晶莹的黑色！

所有人的身上都散发着凶猛的气息！从那紧握着长剑的手腕手掌，到那脸庞额头脖子上，都覆盖了一层黑黝黝的如同鱼鳞一样的鳞片！

项英的左手里高高举起的，赫然是项广的头颅！

那项英的脖颈上，围了一条用红袍撕下来的红布！

项英背上插的赫然是项广最后决战白一梦的那把长剑！

项英右手的怀里赫然抱着一个包裹着金色毛毯刚刚出生的婴儿。

“二城主！”白朗、白敏目瞪口呆地看着如同变了一个人的项英，说不出话来。

“你说得很对！”项英大笑道，“那个白衣人，不仅杀死了八剑士，而且还杀死了项广！如果我所料不差，他还掳走了老祖宗。现在，他就在回到霸王城的途中。哈哈哈哈……他能够杀死项广，兵宗三阶的老三也死了。却万万想不到我这个气宗三阶的二城主居然没死！”

面对着诡异至极的项英，贺风不敢轻举妄动。

皇甫浩泽根本搞不清楚现在到底是什么情况。

“从今以后，我不再是二城主，而是霸王城新的城主！”

项英大笑着走到了皇甫浩泽的面前：“来呀，将这两个人给我拿下，押到较武场吊起来。只要那个白衣人来救他们，就拿这两个人和他交换老祖宗。一旦老祖宗到手，立刻杀无赦！”

两名眼中闪烁着黑光的府主走到贺风和皇甫浩泽的面前，直接就跟拎小鸡一样拎起了他们。

“二城主！”

几名黑虎卫出现在了十九名府主的身后，当前的一名黑虎卫大步向前走到了项英的面前，看着项广的头颅震惊得说不出话来：“这是……”

“项广死了！”

项英满不在乎地大笑：“你们也去较武场吧！”

项英大笑着率领十九名府主和王刀准备离去。

“二城主，大城主是怎么死的？”黑虎卫还是不相信他们的大城主，他们的神，项广死了的事实。

“你们这是什么意思？”项英霍然转身，死死地盯着这几名黑虎卫。

“我们不相信有人能够杀死大城主，除非是……”十四名黑虎卫的头目看着项英手里的婴儿，齐刷刷拔出了长剑！

没有人能够杀死项广，除非是他身边的人暗下杀手！

而且早就知道二城主项英的夫人怀孕待产，也许是项英不想交出婴儿，而杀死了项广！

“大胆！”项英怒喝道，“你们是怀疑我杀了大城主？”

“属下不敢！”黑虎卫恭声道。

“我是想杀了项广，可惜有人比我先下手了。你们无须多想，还不快快领命做事！”项英毫不顾忌地说。

“霸王城最高律法，毁灭一切对大城主不利的人和事！二城主，对不住了！”黑虎卫冷冷地看着项英。

“放肆！”项英突然将怀里的婴儿抛给了身边最近的府主，但项广的头颅还是抓在手上。

右手一把拔出了背上的长剑！

寒光一闪，一名黑虎卫的头颅高高抛起，眼中是无尽的难以置信！

一切只在电光火石之间！

一剑出，杀死一名兵宗九阶大圆满！

仅仅气宗三阶的项英，一剑就杀死了一个兵宗九阶大圆满的黑虎卫！

贺风、皇甫浩泽、白朗、白敏不可思议地看着项英！

“杀！”另外几名黑虎卫怒吼着扑向项英，都爆发出了全身的真气！

“死！”项英手里的长剑贯穿了一个黑虎卫的心脏！

同时五六把黑虎卫的长剑也劈在了项英的头上！

“啊！”项英放弃手里的长剑，右手化为爪形，一爪捅破身前黑虎卫的胸膛，穿过胸膛的右爪上赫然抓着一颗搏动的心脏！

兵宗九阶大圆满的身体，那可是比金刚石还要坚硬的存在，项英仅凭着肉爪就能捅破？

看得明白的贺风和白朗、白敏彻底惊呆了！

皇甫浩泽只觉得这个场面实在是太暴力，太血腥了！

眨眼之间，黑虎卫就无一幸免！

项英的左手举着项广的头颅，面对着下方万家灯火的霸王城数百万的城民百姓，朗声道：“我乃是霸王城二城主项英，今日，逆贼入城，大城主、三城主皆不幸殒命！从今日起，霸王城上下听我号令，全体城民万众一心，诛杀白衣人白一梦！明日较武场，全体霸王军集结，整装待发，随我全部出城，有违令者，杀无赦！”

项英洪亮的声音如同惊雷一般回荡在霸王城的每一个角落里，震荡在每一个城民的耳畔边！

突然，项英目光一转，看着十九名府主：“那白一梦不是回霸王城，居然是去黑龙的心脏？十九府主，你们还不快快前去阻拦？”

十九名府主眼中的黑光瞬间光芒流动，纵身跃出室内，化为十九道黑色的流光，眨眼之间就消失不见！

这项英居然知道白一梦在去黑龙心脏的路上？

如果是他使用了空间搜索，兵宗九阶大涅槃的白一梦怎么会发现不了？

就算白一梦发现不了，那老祖宗金甲战神项央也没发现么？

“白敏，你替我照顾朵儿。白朗你还不把这两个入侵者带到较武场？”项英对着白朗、白敏怒喝道。

白敏接过项英的婴儿，发现是一个可爱的女婴。

白朗苦着脸，拿出铁索捆上贺风和皇甫浩泽。

第三十五章　人生无常

白一梦的心里美滋滋的。

简直可以说是乐开了花。

现在形势一片大好，你看啊，项广的老祖宗项央活了，马上就可以弄死黑龙了。

柳明眸也到了外界奇岩峰，王刀虽然受了重伤失去了双臂，但是只要到了外界之后运用生源之力让他再生出双臂就行了，陈玲和王刀兄妹就可以团聚了。

贺风和皇甫浩泽应该已经逃出了霸王城，要不然手里的空间戒指早就破碎了。空间戒指这个东西是和主人息息相关的。这个空间戒指是贺风的，如果贺风出事了，那这个戒指也就破裂了。

现在自己身边有着项央这样的天神一般的伙伴，救出白敏、白朗那还不是小菜一碟？

没有敌人的日子真的很美好啊！

想起前面整天被人追杀的恐惧，白一梦现在简直就是心花怒放。

但是，白一梦忘了。

人生在世，不可能没有朋友，也不可能没有敌人。

“白一梦，你要知道，灵魂这个东西是很奇妙的。想当年，父亲大人一声大喝，就吓得老虎脚软，温顺如花猫。就是这条黑龙，也是苦苦挣扎了一番，被按在海中扒皮抽筋。父亲大人的灵魂之强大，自有人类以来，当属第一人啊。”项央自豪得不得了。

白一梦对这一点倒是颇为赞同，就好像皇甫浩泽，和人打架之前，先大吼一声，往往也就将对方吓得屁滚尿流，逃之夭夭。

“项大哥，那为什么说，一定要霸王枪才能杀死黑龙呢？你这霸王枪在神兵利器里，又是什么样的地位？我听一个兵阶宗者陆朝阳聊过天地七宝，但是他对于兵刃的强弱却并不了解。”白一梦觉得自己这几天见到的神兵利器实在是太多了。

到底谁才是兵刃之中的王者呢？

“你这个问题我这么和你说吧。一件兵刃流传于后世，并不一定取决于兵刃的材质。

“当然，在一定的程度上，兵刃的材质占据主导地位。最重要的取决于这件兵器他生前的主人的修为，主人的强大！

“所谓人剑合一，人刀合一，那都是兵器已经和主人心意相通的体现。这样的兵器，基本上也都可以称之为神兵利器。

“就比如说我手中的霸王枪，材质也许还不如你手中的干将剑，但是，父王武功高绝，远在干将剑的原主人之上，那我的霸王枪也就在干将剑之上了。

“对于强大无比的强者而言，就算是一把砍柴刀到了他的手里，若干年后，砍柴刀日夜陪伴着这样的主人，得到主人真心的爱护，和主人一起进步，感受天地之间的力量，自然也会慢慢变化，普普通通的砍柴刀也会变成神兵利器。”项央耐心地述说。

“项大哥，有一把名叫鸣鸿刀的兵器，也许就会在最近出世，这把刀我记得乃是上古时期的兵刃，不知道能不能胜过你手中的霸王枪？”白一梦笑道。

“鸣鸿刀？”项央的眼睛亮了，“以前也曾听说过，据说是第一刀！可惜是一把无主之刀，你可别看到好东西都想要。这把刀极有可能反噬主人。意志薄弱的人，千万不能去碰这把刀。那时候就不是人在操纵刀，而是刀控制了人的意志了。”

“这把刀这么可怕？”白一梦吓了一跳，“那项广把这把刀看得这么重是为了什么？也许是认为你不会醒过来，干脆冒着被刀反噬的危险，也要独战黑龙？”

白一梦突然觉得项广死了很可惜，如果这个家伙还活着，搞不好会成为很好的朋友。

“项大哥啊，按照武者的修为，你如今又达到了什么样的境界了呢？”白一梦很想知道项央天神一样的实力究竟是什么阶段。

“我也不知道，在我们那个时代的标准里，称之为圣界。不过我却是刚刚入门的圣界，不像我的父王，那可是圣界中的巅峰存在。

“进入圣界之后，丹田中的金丹就化成了元神，也就是某一样形状。可以是飞禽走兽，也可以是花草树木。总之可以是这个世界上的任何东西。

“也不知道我们的圣界和你的兵宗九阶大涅槃有什么区别？但是有一点是肯定的，你还没有元神。我也是从内丹、金丹到现在的元神，一路走过的。”项央笑了笑。

“元神？金丹还能修炼成元神？”白一梦惊呆了，“你是怎么把元神修炼成的？”

“元神是根据武者的心态、气场气势、性格习惯、饮食作息、修炼法门、爱好厌恶等等一系列来匹配的。修炼过程倒很简单。”项央满不在乎地说。

“你不要想太多，你现在已经是兵宗九阶大涅槃，你抓紧时间突破，进入圣界，到时候你一修炼元神，不就什么都知道了？”项央笑道。

“你认为人，真的有灵魂吗？”白一梦问道。

项央想了想，说：“一开始的时候，我刚刚有了元神那一会，我以为元神就是灵魂。可是后来我又觉得，灵魂和元神是两码事。

“灵魂是人与生俱来的，活人才有灵魂，灵魂是人活着的根本。

“就像我，我觉得现在的我，一觉醒来过去了快两千年，就像灵魂离体了一样。突然间，灵魂又回来了，所以我就醒来了。

“武者的修炼不就是为了让自己的灵魂更加强大吗？强大的元神是可以让灵魂感受这个空间的一切。

“这么和你说吧，元神是灵魂的扩展，灵魂是元神的根基，而我们的这一具血肉之躯，却是灵魂存在的地方，身体是灵魂的种子。血肉之躯却是要依赖五谷杂粮来维持灵魂的安宁和继续。而五谷杂粮来自土地。所以我有一种感觉，大地才是一切的源头！

“这世间所有的一切一切都是相互依赖，相互扶持的。”

项央凝重地说。

白一梦突然明白了。

陆朝阳的想法是天地之间所有的东西是相生相克，而项央的想法也如出一辙。

如果是这样，那这个恢宏的天地之间是不是就像一个蜘蛛网？千丝万缕，既是相互连接，互取所需，又是层层叠叠，一物降一物？

白一梦突然觉得自己生活在一张大网里。

这张大网有着独特的法则。

所有的生灵都在这个法则之中，没有人能够突破其左右。

突然，项央停下了脚步，盯着前方黑暗的角落。

“怎么了？我们走错方向了？”白一梦辨认着方向，这黑龙的身体实在是太庞大了！

“鼠辈无须躲躲藏藏，还不快快现身！”项央猛然大喝一声。

什么？前面有人？

白一梦大吃一惊。

自己居然一点都没发现！

那这些人又是什么样的存在？

项央的这一声厉吼，整个血色世界的空间都荡起了巨大的波纹！

前方黑暗的上方，噼里啪啦地掉下来了十九府主！

这十九个府主不是因为项英项锋的阵亡，一时之间失去了母体，忠诚之蛊骤然消失，而昏厥在了枪冢的大殿里吗？怎么到了这里？

看着十九名府主那怪异的气息，还有那漆黑的眼眸，白一梦暗暗心惊。

自己居然根本无法看穿他们现在的修为？更是无法得知他们的存在？

如果不是项央的话，他们就是来到自己的身后，他白一梦也根本不知道啊！

“他们怎么了？我似乎感受不到他们的。”白一梦疑惑道。

“他们已经不是人了。”项央盯着前方缓步走来的十九名府主，凝重道。

“那他们是什么？”白一梦也觉得这十九名府主身上已经完全没有了人的气息，似乎是一种凶猛的野兽。可是什么呢？

白一梦想不出来，肯定是自己没有见识过的野兽！

这十九名府主根本不说话，当前的一人，突然间就如同饿狼一样凌空跃起，猛扑了下来！

那动作，那神情，都不应该是人所具有的！

“白一梦，你先玩一玩。我抽根烟。”

项央心意一动，霸王枪居然变小了。

一把将霸王枪扔给了白一梦，项央点燃了雪茄。

“好！”白一梦兴奋地接过霸王枪，这可是西楚霸王项羽的贴身兵刃啊！

握紧霸王枪，白一梦立刻施展出破空诀第一式“石破天惊”！

霸王枪划起一道金光，刺破空气传来接连不断的气爆声！刺中上空的一名府主的眉心，爆起灿烂的火花！却仅仅只是弄掉了这个府主额头的几片鳞片！

什么？

白一梦大惊失色！

这家伙的额头这么硬？

紧接着第二式“破釜沉舟”！

霸王枪抖出数十多金色的枪花，闪电一般划过十八名府主的喉咙！

带起一路的电光火花！还有那一地的鳞片！

那十八名府主连动都没有动一下，更是看都没有看白一梦一眼！

只是让一名府主出手对付白一梦，其他的十八个人，静静地站在后面！

什么？这么瞧不起人？

白一梦的鼻子差点就气歪了。

“呜呜！”喉咙里回响着野兽一般的吼叫，这名府主当头一剑劈下！

“砰”的一声撞击在霸王枪上，那名府主的长剑化成了碎片！

可那巨大的撞击让白一梦退了三步才站稳身形！

这是什么样的力量！

要不是手里的是霸王枪，恐怕自己的脑袋已经被切成两半了！

“速度够快，可惜力量太小！招式好看，可惜没有效果！”项央哈哈大笑道。

“呀！”白一梦可不想被项央看扁了，使出了并不是很精通的破空诀第三式“破镜重圆”！

霸王枪的枪尖重重地刺在了这一名府主的胸口！

同时，白一梦分身猛然射出了雷霆一级双炮合并！

“轰隆”一声，这一名府主的上半身被烧成了灰烬！余下的身体轰然倒地！

另外的十八名府主漆黑的眼眸也出现了一丝恐惧！

一瞬间十八条身影都扑向了白一梦！

“搞定一个！要不要我出手啊？”项央笑道。

“不要！”

白一梦凌空而起，爆发出了全身的真气！

咬牙切齿地一口气施展出“石破天惊”“破釜沉舟”“破镜重圆”。

因为出招过快，一式练着一式，看起来就像是同一时间施展出来的一样！

三式合一！

“你怎么只有这两下子？我还以为武者都靠真气杀人。哪里还有人使用招式呢？”项央正笑话白一梦，突然看到了三式合一的效果，也不由得张大了嘴巴。

爆裂的空气中，这一招居然产生了空间裂缝！

霸王枪贯穿了三名府主的眉心，刺出三个血淋淋的血洞！

紧接着耀起夺目的白光，白一梦分身出现在白一梦本尊的身后，雷霆一级双炮合并直接轰击在霸王枪上！

白一梦死死地握着霸王枪！

霸王枪夹杂着滚滚的雷霆，扫出一道金光白光缠绕的利气！

一举割下了两名府主的头颅，将三名府主拦腰斩断！

“死！”白一梦爆射出了手中的十把金色飞刀！其中七把飞刀没入七名府主的咽喉！

还有一把刺入一名府主的脸颊，一把刺入一名府主的肩膀，一把刺入一名府主的手臂，但是都没能造成致命的伤害！

这三名咆哮着的府主狂扑了过来！

这下惨喽，白一梦举起霸王枪去阻挡！

“纳命来！”一旁观望的项央身形一晃，一拳就轰烂了一名府主的脑袋。接着一巴掌扇了出去，打得一名府主撞在血色的藤条上，浑身骨头粉碎！

剩下的那一名府主如同老鼠见了猫一样，撒腿就跑，眨眼之间，就窜出去了数百米!

“啊!”项央人在空中,右掌金光浮动,对着数百米外逃窜的府主一掌击出!

那名府主仰头狂吐鲜血,足足向前了五步,终于倒地身亡!

这一掌!

白一梦想起了项广的掌法,威力虽然不如项央,可招式如出一辙!

“不错,这就是我棺材盖上所刻的追魂掌!这可是我项央自创的武功!”项央洋洋得意。

“这十九个府主是怎么了?他们的身体坚硬程度太可怕了!”白一梦惊惧道。

“我看你喜欢招式,我可以把这一套追魂掌传授给你。你那两下子也不错,你要抓紧全部学会。这些人,很明显,是把一身的修为和兽类之灵的能力相结合。看他们浑身鳞片,这兽类之灵也就是鳞甲类的动物。但是身体强度能够如此坚硬,这个兽类之灵也够强大的了!”项央说道。

“那你说,这个兽类之灵会不会就是这条黑龙?”白一梦突然大叫道。

“不可能!”项央脸色铁青,“除非……除非这条黑龙的龙珠落到了某个人的手里!而这个人运用龙珠帮助这十九名府主得到了黑龙的力量!可是我没有发现龙珠的存在啊?”

“这是一件怪事!项大哥,我们不要管那么多了,赶紧杀死黑龙,那就一了百了了!”白一梦感到了不安。

“好!快走!”项央再次把白一梦放在肩膀上,爆发出前所未有的速度,向着黑龙的心脏狂奔而去!

第三十六章　处子国度

等待的感觉不好。

真的很不好。

项英觉得刚刚过去的这一个小时比他在霸王城中呆的一千年来得都要漫长。

这不应该啊？

十九名府主去对付一个小小的兵宗九阶大涅槃的白一梦怎么可能要这么久？

就是十个白一梦也应该杀完回来了！

项英搜索到了白一梦的气息。

这个白一梦居然有这么快的速度？

项英不知道，现在的白一梦可是坐在他老祖宗的肩膀上飞行，所以才会这么快。

项英不知道他的老祖宗复活了，也无法感受到老祖宗的气息。

皇甫浩泽觉得自己现在很受欢迎，也很喜欢现在的气氛，万众瞩目的感觉真不赖。

皇甫浩泽觉得自己现在就像开演唱会的大明星。

较武场里面已经黑压压地集结了一百万的霸王军，最强的兵宗九阶巅峰的十名管区长担任先锋官。一百名兵宗九阶担任大队长。一万名兵宗八阶的担任小队长。

霸王军战士十万人一个神箭营，十万人一个长矛营，十万人一个长枪营，十万人一个大刀营，十万人一个镭射营，十万人一个飞天军。

附属十万铁甲骑兵营，十万虎豹营，这是霸王军中的特种部队，武者和猛兽的组合战队！

最次的武者战士也是兵宗一阶的修为。

这样一个军队，别说是一个国家，就是一整个帝国也无法阻挡啊！

“尔等听令，一个小时以后，全军开拔！我若是不在，尔等唯先锋官号令是从！扬我武者锋芒！”

项英面对着百万大军，振臂一呼。

“杀！杀！杀！杀！”百万大军齐声高呼，气势磅礴。

以前的项广是决不允许武者在外界胡作非为的，更别说杀人了。

贺风突然也觉得项广还是很不错的。

“看那十九名怪人还没有回来，我想一哥已经把他们打败了。放心啦，我们会得救的。我是福星，死不了的。我们的命是很硬的。”皇甫浩泽永远都是那么自信。

“你又一次说对了！”项英冷冷地看着皇甫浩泽。

“你的那个一哥，白一梦，果然杀了我的十九名府主。但是，我倒要看看，到底是他的命硬，还是我的命硬！”项英回头看了一眼皇甫浩泽，哈哈大笑，“王刀，我们去会一会你的老朋友？”

“是。”没有双臂的王刀点了点头。漆黑的眼眸没有一丝的感情，纵身跳出了出师台，脚下赫然出现了一把血红色的大刀。

王刀站在这把门板宽阔的大刀上，如同一片血云，眨眼就消失在了黑暗的天际。

“哈哈哈哈！”伴随着大笑声，项英身形一动，就从出师台上消失了，出现在了远方的霸王军旗杆上。

身形再一动，就追上了天际的王刀。

再一动，就消失在了王刀的身边……

“你说二城主这是什么样的阶段？什么样的修为？”白朗喃喃着。

“也许是兵宗九阶大涅槃吧？”白敏也惊魂未定。

白一梦从来不在中午睡觉。

白一梦做梦也没想到项央居然要午睡。

项央的呼噜打得震天响，而且还很有节奏感。

不知道的人，要是从这里经过，还以为有人在放鞭炮！项央睡觉的样子很可爱。居然还流口水，还会磨牙。最最关键的是，居然是睁着眼睛睡觉！

但白一梦无聊极了。

也不知道距离黑龙的心脏还有多远，尽量还是不要离开项央太远的好，安全第一啊。

白一梦抚摸着怀里的十把金刀，有这些家伙在，起码不会贸然丢了小命。

白一梦想起了项央传授的追魂掌的口诀。

反正闲着也是闲着，不如抓紧时间练一练功，白一梦闭上眼睛，回忆口诀心法，认真地比画了起来。

白一梦闻到了一股香气。

一股奇异的香味。

香味好像就在前面不远的地方，似乎就在那根巨大藤条的上面。

白一梦小心翼翼地飞了过去。

白一梦浑身的热血瞬间就沸腾了！

那是一名背对着白一梦的少女，她也在睡觉。睡梦中的她那皎洁如月亮一般的脸上挂着淡淡的笑容。微微垂下的右臂手掌中，居然握着一条吃了一半的生鱼。

这个少女就这么躺在巨大的血色藤条上睡着了？

白一梦静静地看着少女，吞了一口大大的口水。

白一梦突然看到了下方踩着血色大刀的王刀。

王刀怎么来了？

白一梦看到了王刀那漆黑的眼眸，顿时吓得停止了呼吸，悬挂在空中。

紧接着白一梦看到了凭空出现在王刀身边的项英！

项英没死？

王刀也变成了猛兽？

白一梦的头都昏了！

项英和王刀如幽灵一般靠近了熟睡中的项央。

项英看着身长一丈有余的项央，目瞪口呆。

少女手里的生鱼突然掉了下来！

如果掉在了下面的地上，一定会被项英和王刀发现的！

白一梦一把抓住了生鱼，由于用力过猛，惊醒了熟睡中的少女！

少女的眼神是惊恐的，从她那微微张开的嘴唇，白一梦知道了她即将就要大叫！

白一梦闪电般飞到了少女的身边，深深地吻住了少女的嘴，同时连点了少女三处大穴！

白一梦一眼就看出了这个少女就是一个普通人，她没有一丝武者修为的痕迹。

点穴这种自己在外界纵横的手法，没想到在武者纵横的霸王城里也用得到。

少女惊恐地看着白一梦，白一梦感受到了她快速的心跳和混乱的气血。

足足过了数十秒，少女终于平静了下来，全身也完全地放松，任由白一梦堵住自己的嘴。

这数十秒，对于白一梦而言，简直比一年还要漫长！

白一梦的眼睛一直看着下方的项英和王刀，而他们，也是呆若木鸡地看着睡得正香的项央。

项英垂下的右手微微地颤动着。

白一梦知道，这是项英在酝酿所有的力量。

就凭你项英气宗三阶的修为？

项英不可能给项央造成什么样的伤害！

项央的身体，那可是可以比拟神兵利器的！

项英颤动的掌心居然出现了一根针管，而针管里装着的，是一种紫色的药水。

这根针管的针尖针头，看着像是用无回江水打造的利器。

这项英要干什么？

他那针管里面的紫色药水又是什么？

他怎么也懂得把无回江水制造成利器？白一梦不急着现身帮忙，他想知道项英到底要干什么。

项英出手了！

无与伦比的速度！

针头刺破了项央的脚心，一针管紫色的药水瞬间消失了，进入了项央的体内。

项央不流口水了。慢慢地，项央也不打呼噜了。项央的眼皮子越来越重，最后慢慢地合上了眼睛。

什么？

白一梦心头大骇。

瞬间明白了。

难道说他们的老祖宗项央之所以这么多年迟迟没有醒来，是因为项英的缘故？

那项广居然不知道？白一梦突然觉得项英可怕极了。比项广还要可怕得多！

那也就是说，项英这么多年来，在枪冢出出入入，还在老祖宗的身上动手脚，项广都不知道。

那这项英就绝对不是眼前气宗三阶的修为，项英真正的修为要强大得多！

项英为什么要隐瞒自己的修为和实力？他是怎么做到的？

为什么愿意这么多年屈居项广之下？为什么不愿意项央醒过来？

那针管里的紫色药水又是什么？居然可以让项央这样的强者沉睡上千年之久？

项英杀项广绝不仅仅只是为了什么女儿的缘故！

白一梦的汗都要下来了。

"你把老祖宗送回枪冢，我随后就来。奇怪，那个白一梦哪里去了？"目送着王刀离去，项英骤然大步走进了黑暗之中。

怎么回事？这个项英他要去哪里？刚才一定是他找到了自己才会安排十九名府主过来刺杀。只是他没有想到我的身边还有他的老祖宗，结果功亏一篑。如果不是有项央在，没有霸王枪，白一梦相信，自己早就一命呜呼了。

必须马上追上王刀，夺回项央！否则自己只有死路一条！

白一梦当机立断。

“你是男人?”白一梦的脑海里突然传来一个如同天籁，又如同清泉一般的声音。

白一梦突然发现下方的少女的眼眸里突然有了一丝笑意。

这是什么情况?

她的嘴明明被我堵着?

这个声音是从哪里来的?

“别找了，是我在和你说话。你以为堵着我的嘴，我就没办法和你说话了吗?”白一梦的脑海里又想起了那个令人舒服的声音。

“废话，我不是男人还是女人不成?这个小丫头。”白一梦心中骂道。

“你真的是男人?果然不出我所料。”少女的声音充满了笑意。

白一梦猛地松开了嘴唇，坐到了对面的藤条上，微笑地看着少女：“哦，难道你从来没有见过男人?”

白一梦尽量不让自己的眼睛跑到那些诱人犯罪的地方，可是却总是身不由己。

白一梦的鼻血已经控制不住地流了出来。

“东儿姐姐告诉我，男人的身上比我们多了一样东西，我刚才感觉到了。”少女笑道。

“东儿姐姐，难道这里还有其他人?”白一梦吃了一惊，一只手捂住鼻子，另一只手快速地脱下了白色的上衣，披在了赤裸少女的身上。

从她好奇的目光，还有那不知道害羞为何物的神情，白一梦相信自己是她见到的第一个男人。

“男人比女人多了一样东西?多了什么?”白一梦调戏道。

“东儿姐姐说，男人比女人多了一个丹田。所以当男人碰到女人的时候，那个丹田的真气会令下体膨胀。”少女认真地说道。

“你为什么流鼻血啊?你受伤了吗?”少女坐了起来，关心地问道。

就这一个动作，少女身上的衣服又掉下来，那高耸入云的粉红色山峰，再度出现在白一梦的眼中。

“那是因为……因为我看到你我就觉得热。你要知道，男人看到不穿衣服的女人就会觉得热。特别是像我这样的男人，最容易发热了。”白一梦老实交代，赶紧让少女穿好了衣服系上了扣子。

“你叫什么名字?”白一梦赶紧转移注意力。

“我叫灵儿。你呢?”少女晃荡着白皙如玉的双腿，看着白一梦。

“我叫白一梦。你从哪里来?你怎么会在这里?”白一梦疑惑道。

“我就住在那一边。”少女灵儿指着远方的血色巨大藤条轻轻地说，“住了好久了呢。我今天出来打猎，刚才累坏了，就在这里休息一下。没想到就碰到了你。要不是东儿姐姐告诉我们男人的事，我还不敢和你说话呢。”

“听你的意思，你们在这里很久了?而且你们有好多人?”白一梦隐隐想到了一些事情。

“是呀。我们一群人住在一起。你想不想过去吃一顿呢?哎，白一梦，你刚才和我嘴对嘴的时候好舒服。能不能再来一次?”灵儿眨了眨眼睛，眼神中是纯洁的好奇和渴望。

“来就来。”白一梦一把将灵儿抱到了大腿上，对准灵儿的嘴唇深吻。

不过，刚才是情况危急，身不由己，仅仅只是嘴对嘴的堵住。

现在警报解除，还有美人在抱。

而且还是美人的要求。最难消受美人恩。

白一梦是绝对不会辜负美人的期望的。

白一梦拼命吮吸着灵儿嘴里的芬芳，紧紧缠住灵儿的嫩舌，尝遍了灵儿嘴里的少女气息，还有那少女的甘露。

灵儿整个人化成了一团柔柔的棉花。从一开始感到的紧张和僵硬，一瞬间绽放成了漫天的花朵。

足足过了十分钟，白一梦才依依不舍地放开了灵儿的味道。几乎要醉了。

“这种感觉……好像天旋地转，脑海中一片空白，但是我的心里好像盛开了无数的浪花，腾云驾雾。好舒服啊。”灵儿激动地蹦了起来，在巨大的血色藤条上蹦蹦跳跳。那飘飞而起的上衣，隐约间，白一梦几乎要狂吐鲜血。

“灵儿，我现在要去找一个人。你在这里等我。”白一梦准备动身前去营救项央。

“你是要去找那个身材巨大的金甲人对不对?我知道怎么去。很快就能到那里。”灵儿忽地蹲了下来，一把拉起白一梦的手。

跳到了对面的藤条，连续跳过了几根藤条，纵身一跃，跳进了一个黑暗的窟窿。

白一梦紧紧地抱着灵儿，计算着下降的速度和时间。

“哗啦”一声巨响，白一梦刚刚看到眼前的亮光，就掉进了水里。

等到白一梦探出头的时候，白一梦的心脏都要爆炸了！

这是一个深蓝色的池塘。

在这个池塘里游来游去的都是密密麻麻的水族。

白一梦觉得好像回到了映月湖一样。

白一梦此刻就在池塘的一侧。而头顶就是无尽的黑暗。

这个池塘周围的陆地是一排用各种鱼类，海洋生物骨头搭盖起来的小屋子。

在这些小屋子的门前的黑色陆地上，或躺着或倚着无数没穿衣服的少女。

而一个穿着衣服的少女正高高坐在一个鲸鱼的骨头脑袋上和这些少女说着什么。

白一梦的鼻血再也无法控制地汹涌流出！

这是一个如同梦幻一般的世界。

白一梦跃出了池塘，拉着灵儿的手来到了陆地上。

“灵儿回来了。”一个少女惊喜地叫道。

唯一穿着衣服的少女猛地转过了身来。

“是你?”白一梦惊喜地叫到。

“是你？你也没死?”这个唯一穿着衣服的女人竟是项东！

“东儿原来是你。我当然没死了，你不是也没死。太好了，王刀有救了。”白一梦拉着项东的手，激动得拼命地摇啊。

白一梦的眼光无法控制地扫描着眼前数十个美丽的胴体，整个人感觉天旋地转。

“王刀他怎么样了?”项东也是激动得语无伦次，可看到白一梦张嘴结舌的熊样，脸上一烫，撕下衣角的一块布条，不由分说地绑上了白一梦的眼睛，引起了旁边数百名少女的轻笑。

那如银铃一般的此起彼伏的笑声，给这空旷的大地上增添了无尽的美好。

被数百名少女围绕在当中，一圈一圈的整齐地坐下，附近的大型的鱼类骨头上也端坐着众多的少女。

“没想到东儿姐姐认识你啊？白一梦你快告诉我们后来出了什么事啊？”灵儿是知道项东是从无回江被冲到了这里的。

白一梦坐在了地上，眼前一片黑暗，可脑海里那震撼的春色无边图还是久久萦绕不能挥去。

白一梦深深吸了一口气，让自己砰砰狂跳的心脏平静下来，然后缓缓把掉进无回江之后的事原原本本地告诉了项东。

当说到项英、项锋刺杀项广双双战死的时候，项东已经说不出话来。

而一旁的灵儿眼眶一红，默默地流泪。

再之后项广战死，老祖宗复活，而那项英也莫名其妙地复活。而且还把老祖宗项央再度弄得昏昏睡去的时候，项东陷入了死一般的寂静。

数百名少女也突然间明白了很多。

“按你所说，那一日我们沉在无回江底，也就是在黑龙的龙涎里。霸王城每几百年一次的无回江大潮，也就是黑龙在昏睡中流口水，吞口水，打喷嚏。而这里按你所说是黑龙的胃囊，我是在黑龙吞口水时到这里的。

“而你白一梦，那必定是黑龙开始打喷嚏，而把你白一梦喷出了龙嘴，吐到了外界！”项东认真地分析着。

“不错，我一看到这里遍地的水族，我就断定这里是黑龙的胃囊，如果不是因为这个池塘里存在的大量水族，你们也无法生存到现在。”白一梦点了点头。

“可是她们，她们又是怎么到了这里呢？”白一梦对于这里还有数百位少女感到吃惊。

白一梦就算没有邱志爵那阅女无数的经验也能够看得出来，这里的数百位少女，每一位都是纯洁、白玉无瑕的处子。

她们看到白一梦，看到男人的眼神是好奇，兴奋。

每一个少女的身上都散发着最最原始的雌性的气息，就连空气中也飘荡着少女的幽幽体香和芬芳。

白一梦虽然被蒙上了眼睛，也能够想象她们身体的美好和宝贵。

“我刚来到这里的时候也吃了一惊，她们居然都不怎么会说话。如果不是因为灵儿，我想她们可能就都会变成哑巴了。是灵儿教会了她们说话。我来到这里的这一个多月，教会了她们其他的东西。

“她们都是被狠心的父母抛弃进无回江的婴儿，然后伴随着无回江大潮来到了这里，靠着这个池塘，生存到了现在。

“目前生存下来的一共是三百六十六个人。我是最后一个，灵儿是我前面来的。”项东缓缓说来。

“灵儿是项锋的女儿。”项东突然道。

“是吗?”白一梦证实了自己的预感。

“灵儿，你是什么时候来到这里的？你不是被项广抓走了么?”

“那一年，我十二岁。一天夜里，突然闯进来了一个黑衣人，将我带到了一个庞大的宫殿，我知道了他是我的伯父项广。伯父没有杀我，他对我很好，他告诉我，要我快快地长大，说什么老祖宗需要我。我就在那个地方生活了下来，伯父经常会带着我一起观看霸王城里父亲和母亲的生活状况。伯父的手里有半个玻璃球，透过球体表面，可以看到霸王城里发生的一切。有时候伯父对着玻璃球说话，整个霸王城的人都能够听得到。有一次，霸王城发生暴动，伯父对着玻璃球，一掌按了下去，手掌透过了玻璃球，一举就杀死了所有的叛贼！我一直很好奇，终于还是忍不住去把玩了玻璃球，不小心将玻璃球摔在了地上，掉进了血湖。远远地我看到伯父走出大殿的身影。我害怕挨骂，纵身也跳进了血湖想去把玻璃球捞上来。突然飞来一只巨大的蝙蝠，我掉在了蝙蝠的背上昏了过去，等我醒来的时候就到了这里。姐姐们喂我吃鱼，我就和她们生活在了这里。”灵儿的声音充满了悲伤，白一梦知道，那是她知道项锋战死的丧父之痛。

第三十七章　男人梦想

白一梦想起了霸王城空中，幻化的巨脸和巨掌。原来那只是项广在对着玻璃球说话和攻击。

项广的神通，原来是因为这个玻璃球。

看着这个玻璃球，就可以看到霸王城里的每一个人，知道霸王城里的每一件事。

那是不是也就是说，项广对着玻璃球吹一口气，对霸王城来说，那就是一阵狂风？

项广倒上一杯水，那就是一场大雨甘霖？

项广把手伸进玻璃球，不就可以随随便便捏死任何一个人？

项广的呼风唤雨，撒豆成兵，无所不能，仅仅只是因为一颗玻璃球？

这颗玻璃球是什么宝贝？居然这么厉害？

等一下，项灵儿刚才说的是半颗玻璃球？

那另外的半颗玻璃球在哪里？

如果是一颗完整的玻璃球呢？

那又会有什么样的威力？

这个玻璃球能够掌控霸王城，也就是知晓黑龙的肺部，那一定是和黑龙息息相关的东西。这个玻璃球是龙珠！

这个玻璃球是黑龙的龙珠！

一定是这样！

龙珠是什么？

是黑龙与生俱来的内丹，黑龙的元神，灵魂所在的地方。

掌控了龙珠，也就是掌控了黑龙的一切！难怪项广会那样的神通！

想到项英的死而复生，还有那十九名府主的巨大改变，还有项英不希望老祖宗项央的苏醒。白一梦霍地站了起来！

“怎么了？白一梦？”项东察觉到了白一梦的紧张。

“如果我没猜错的话，另外的半颗玻璃球就在项英的手里！”白一梦已经完全地走出了春宫图的困扰。

“项英和项锋刺杀项广，并不是为了什么刚刚出生的女儿，而是为了项广手里的半颗玻璃球！而这个玻璃球就是这条黑龙的龙珠！

“但是项英没想到项广居然还有八剑士，这样恐怖的存在。项锋战死，结果功亏一篑。当时的项英肯定没死，可能只是重伤，项英更没想到的是我居然替他杀死了项广！

“然后老祖宗项央突然醒来命令二十铁骑追杀我，在我被追杀期间，项英从死人堆里爬了出来，拿走了项广的半颗龙珠。

“所以才有了十九名府主的恐怖巨变！

“这十九名府主的身上的猛兽气息，必定就是那项英使用龙珠造成的变化。

“现在只有一个问题了，那就是项英这么多年来，为什么要阻止老祖宗项央的苏醒？难道他和黑龙是一伙的？”白一梦猛地扯下了眼睛上的布条。

“我现在要赶回枪冢，唤醒老祖宗项央。虽然目前不知道项英到底在干什么？但有一点是肯定的，我们一定要赶在黑龙醒来之前让老祖宗项央杀死它！项东，给。”

白一梦打开空间戒指，拿出里面贺风原来准备给复制体的换洗衣物，让少女们穿上。

“你们赶紧穿上衣服，免得春光外泄，老人家我可受不了啊！”白一梦笑道。

“项东，你要救王刀，那就一起来吧！姑娘们，你们愿意离开这里吗？黑龙如果醒来，不管是这个胃囊里面的你们，还是肺部里面的霸王城数百万武者，都是无处容身。

“愿意和我走的，那就到我的空间戒指里来吧。”

一方面确确实实是救人心切，另一方面，白一梦当然是怜香惜玉，色胆包天。

吃饱了没事天天泡在温柔乡里，那可是全天下男人的梦想啊！

“姐妹们，收拾一下我们离开吧。白一梦，这么多人，你空间戒指里面的粮草足够吗？”项东站了起来，大声吩咐着少女们收拾食物，无非就是一些鱼肉、龙虾之类的。

“放心，这里面原来可是装着一千多个贺风呢。这小子，别的本事不敢说，享受生活的手段那可是一绝。这个空间戒指空间太小，只有一栋城堡在里面，被贺风那小子改造出来了一千多个房间，里面生活用品一应俱全。食物和生活设施都在后面的仓库里。大家看看有什么需要的就和灵儿说，我会安排好的。等我们到了外界，再来安排大家的新生活！”白一梦突然有一种英雄救美的豪情。

嘿嘿，一般人英雄救美都是救个一两个美女，我白一梦才叫高手，一救就救了三百多个。

纵横天下，谁与争锋？

白一梦发动意念，一个接一个地把少女们收入了空间戒指，三百多个少女全部消失在了眼前。只留下项东在身旁。

“白一梦，我也要成为武者，你拿一点修炼的秘诀给我。”白一梦感受到空间戒指里项灵儿的呼唤。

乖巧的项灵儿一进入空间戒指就安排众少女打扫卫生，搬动家具，一边擦汗，一边对着空中呼唤。

“在最上面的阁楼房间里，那是我的房间，那里有着三本书。一本叫《苍穹异论》，一本《万物杂疏》，一本《昊然正要》，你先看着。”白一梦心中说道。

“知道了。”白一梦的意念看到项灵儿快步跑进了房间。

“项东，灵儿告诉我这里有到枪冢的捷径，你看一下怎么去？我实在是分不清方向了！”白一梦无奈道。

“就在那一边。我判断，这条黑龙现在是趴着的。我们现在去枪冢，也就是去黑龙的脑袋，那就一定是向下了。”

白一梦爆出一个浑圆的气罩，包裹住项东，笔直地向着上方飞射过去！

来到了一个黑黝黝，远方却白森森的不规则的巨大通道！

“这里应该是黑龙的脊椎。这黑龙果然是趴着的。”白一梦点了点头，隐藏了本身的生命气息，坠入黑龙的脊椎！

按照这个位置来推想，自己刚才应该已经到了黑龙的心脏附近。然后随着灵儿顺着黑龙的筋脉血管进入了胃囊。

那霸王城的通道，极有可能就是黑龙的胸前，被刺穿了一个窟窿。

这个伤口，很有可能就是被西楚霸王项羽的霸王枪刺伤的。

当年的黑龙或许并没有如此庞大的身躯，是经过这么多年在大洋深处的昏死沉睡，慢慢长大。

在受了扒皮抽筋之痛，肺部又被刺穿。

而枪冢宫殿，就建立在黑龙脑内，那一根根刺入血湖的擎天大柱，枪冢宫殿的根基，也就是项广让黑龙伤上加伤，延缓黑龙的复苏。

项英很惆怅。

他突然之间就找不到白一梦的生命气息了。

白一梦就好像人间蒸发一样消失在了这个世界上。

按他项英目前的空间搜索范围，整条黑龙的体内他都能够覆盖。

就连黑龙现在身体表面的伤痕他也能够清晰地感受到。

当然了，在十九名府主没有现身之前，白一梦和项央在一起，这个世界上根本就没什么令他害怕的，所以白一梦压根就没有隐藏气息。

所以项英很轻松地就找到了白一梦。

现在，白一梦就像包粽子一样将自己完完全全地隐藏了起来。

这样一来，项英彻底地失去了白一梦的行踪。

项英看着王刀高高举起右腿，将老祖宗项央从血色大刀上踢进了漆黑的棺材里。

旁边带来的三百名管区长已经把崩塌的枪冢大殿整理了一下。所有的石块木材，还有那堆积如山的尸骨，全部丢进了下方的血湖。

只留下没有屋顶的枪冢大殿，中间那没有棺材盖的老祖宗的石棺，还有摆了一地的不灭的蜡烛。

白敏现在几乎成了项英女儿的保姆了，抱着婴儿，静静地站在一边，看着项英。

白敏现在必须一天二十四小时照顾婴儿，而且要寸步不离地跟着项英。

白敏刚才随着三百名管区长来到枪冢的时候，真的很怕遇上白一梦，害怕看到她不想看到的画面。

看到项英死一样的脸庞，白敏的心静了下来，项英找不到白一梦。

对于白敏来说，那就一切都安好。

可心底深处却很想看到白一梦，只是不要在这样的场合。

白敏还是很喜欢怀里的婴儿的，这个女婴实在是太可爱了，不哭不闹，安静得就像一泓秋水。眨着明亮的大眼睛看着白敏，甜甜地笑。

白敏注意到，婴儿的手腕上戴着一个银色的手镯，而这个手镯的一侧悬挂着一个水晶一般的小珠子。也许这是项英给女儿的一件饰物。

项英看着柳明眸、陈玲、穆婉君，贺风的熄灭的蜡烛皱着眉头，这里的每一根蜡烛，对应着这个人的生命气息，表示这个人受到了血蛊之毒的控制。

而当生命毁灭时，刻着他的名字的蜡烛也就熄灭了。

项英万分小心地将自己的蜡烛用一个镂空的黑金灯笼罩住，收进了怀里。

项英看到了地上破裂的紫金铃铛，小心翼翼地捡起铃铛，包进了一块金色的手绢里，放在了王刀的怀里。

看着死不瞑目的项锋躯体，长长地叹了一口气：“老三啊老三，你太冲动了，面对八剑士这样的对手又何必死战呢？实在是不明白，大哥怎么会有八剑士这样的恐怖下属？他是什么时候得到的这个摄魂紫金铃的呢？可惜已经破碎了，可惜了。”

项英想起了那满天的贺风：“这个小子是人才，他居然懂得复制自己的办法，如果是用在我的身上的话……”

项英霍地站了起来。

“王刀，你快去把那个贺风带到这里来，我有话问他。还有，吩咐下去，大军立刻出动！不要再等待了！”项英大喝一声。

王刀点了点头，踏上血色大刀，凌空飞去。

“大哥啊大哥，你原谅我，我是身不由己啊！”项英跪倒在大殿的宝座上，面对着宝座之上的项广头颅，撕心裂肺地哀嚎。

可惜他的大哥再也无法说话了。

项广那坚毅赴死的眼神，静静地看着前方。

项英想起了小时候三兄弟在一起的画面，每当大哥手里有好吃的，好喝的，好的修炼秘诀，总是第一个想到他。

被人欺凌的时候，也是大哥项广冲在最前面。

不管对手是多么强大，有权有势，项广都无所畏惧。

项英泪流满面。

白敏突然觉得项英也很辛苦，为了女儿要杀死自己的大哥。

这是一个多么艰难的抉择。

突然，前方棺材里的项央的身体剧烈地颤动了一下！

惊呆了旁边做事的三百名管区长和白敏。

什么？

项英大惊失色，一把擦干眼泪，大步走到了项央的身边。

一瞬间，项英的右手手掌化成了漆黑的利爪。那长达十厘米的森森利爪骤然出现，更是让白敏和管区长们脸色苍白。

项英注视着项央的变化，目中是森森的杀意！

项央的眼睛突然睁开！

项英纵身跃上了项央的胸前，利爪带着刺破空气的爆裂声捅向项央的咽喉！

“砰”的一声，耀起夺目的火花，项央的脖子安然无恙，项英的爪尖出现了白痕！

“不许醒过来！”项英咬牙切齿，双手狠狠地掐住了项央那粗大的脖子！

项央的重瞳之眼死死地盯着项英，不怒而威！

“来人呐，快点把铁索拿来，给我困住这个妖怪！”项英大声怒喝，几十名管区长慌忙扛着粗大的精钢铁索，手忙脚乱地缠在了石棺上，将项央的身体和石棺牢牢地捆在一起！

“快快！麻醉药，给我注射！快点！”项英吩咐着身边的管区长从搬来的铁箱里面拿出了数十根碗口粗细的针管，一针接一针地刺在项央的脖子，手臂，手掌，所有暴露在外的皮肤上！

项央的喉咙深处发出了深沉的低吼声，双眼越睁越大，眼眸中的金光暴涨了起来！

“杀了他！开炮！”

项英纵身离开了项央的胸前，在项央挣断两根铁索的时候，将近两百名管区长发射了手中的电芒炮七级！

近两百道耀眼的激光全部轰在了项央的身躯上，爆起一朵接一朵耀眼的火花！

“啊！”项央迎天而起，金色盔甲在电芒炮的狂轰滥炸之中，被炸成了一片一片的焦黑色！

就在项央站起来的一瞬间，凌空猛扑而来的项英手握着霸王枪，一枪刺穿了项央的右腿！

“大胆！”项央暴喝一声，一把拔出大腿上的霸王枪，对着还在狂轰滥炸的两百多名管区长，凌空一指！

一道金色的海浪呼啸着卷向两百多名管区长，将这两百多人全部拦腰斩断！

剩下的管区长们四面八方地逃窜！

项英一把抓住白敏，化成一团黑光，眨眼之间消失无踪！

“混账！”项央不顾大腿的血流如注，一把拿过身后的霸王弓！

五指一扣，拉动弓弦。可那弓上根本就没有利箭，却射出了一道如同龙卷风一样的气波！

龙卷风扭曲着！

怒吼着一路掠过！

一个又一个管区长的身躯被搅成了碎片！

项央怒吼着追杀逃窜的管区长，长枪之下，一路亡魂！

白一梦刚刚从白色海洋泡沫中冲出来就看到了迎面飞来的项英，还有项英黑色气罩中抓着的白敏！

“轰隆！”项英拔出后背的长剑，一剑刺出，刺破了白一梦的气罩，直扑向白一梦周身所有的要害！

“二哥！”

项东凄厉的呼喊声中，白一梦手忙脚乱地射出了手中的金刀！

一把金刀刺进了项英的肩头！

项英右爪一划而过，刺进了白一梦的手臂，连皮带肉，活剥了一大块下来！

“白一梦！”项英左手抓着的白敏不顾一切地拔出了怀里藏着的匕首，刺进了项英的胸膛！

“混蛋！”项英做梦也没想到白敏居然敢出手杀他，大惊之下，一个反手活生生扯断了白敏的手臂，然后去拿白敏怀里的婴儿。

可白敏那仅余的手臂，死死抱着婴儿，就是不撒手。

“项英！”白一梦眼睛都红了，奋起全身真气，打出了刚刚才学会的“追魂掌法”。

这一掌打得项英狂吐鲜血，疯狂后退，也一把抓走了白敏手里的婴儿。

近身战，一切发生在电光火石之间！

“老四，你给我闪开！”项英右爪凌空一捏，项东身不由己地扑向了项英。

“我要你的命！”项英一口气划出九道黑暗的剑气，覆盖向前方的白一梦和白敏。同时一把抓住项东，继续逃窜。

项英可不想现在再面对发狂的项央。

“白大哥！”白敏转身紧紧地抱着白一梦，用自己的后背面向飞来的九道剑气。

“分身，快上！”白一梦大叫着！

白一梦分身一口气射出了数十道雷霆一级双炮合并！

还想再发射的时候，才发现，雷霆一级已经弹尽粮绝！

剑气对上激光！那是一连串震耳欲聋的爆炸声！

最后一道也是最强劲的黑色剑气已经到了白一梦的面前！

白一梦不顾一切地打出了追魂掌第一式“追星赶月”！

如果这一掌是项央或者项广发出，那肯定可以挡住这道剑气，可惜白一梦才刚刚学会了一点皮毛。

黑色剑气的威力大减，但还是一剑切断了白一梦分身手里的雷霆一级，打得白一梦摔了出去，口吐鲜血！

这下惨了。

白一梦看到了白一梦分身的身后正在疯狂飞奔而来的数十只巨大的蝙蝠。

白一梦只有苦笑。

现在就连控制身体的能力都没有，怎么和大蝙蝠打啊！

“白大哥！”白敏也看到了蝙蝠群，惊恐地大叫！

眼前一道金光闪过！白一梦只看到后方金光浮动，隐隐是项央的身影，一只接一只巨大的蝙蝠吱吱乱叫着，被爆成了碎片，切成了两半，斩掉了头颅！

不一会儿，项央的高大身影就威风凛凛地站在了自己面前！

“所有的蝙蝠疯狂逃窜，看情况黑龙就要醒了。”项央脸色铁青，“我们赶紧动身，刺破黑龙的心脏！快！”

“那个王刀已经回到了较武场，霸王军百万大军现在准备出城了！”白敏紧张地说道。

“什么?”白一梦和项央都大吃一惊。

“还有，项英抓了皇甫浩泽和贺风，现在都在较武场，白大哥，现在怎么办?”白敏焦急的神情说明事态的严重。

项英要把霸王城的军队全部移到外界?

他要干什么?

难道是因为黑龙快要醒来了?

黑龙一旦醒来，霸王城里的人也就全完了！

可是这些武者全部出城，那也不是个事啊！

天下就要大乱了！会有多少人无辜惨死！

白一梦整个人都蒙掉了，脑海一片空白。

白一梦终于明白了项广的苦心。

项广建立霸王城就是为了一旦老祖宗没有醒来，让这些武者全部自爆金丹，给黑龙一个致命伤害！

可项英却要让他们出城?项英想干什么?他真的和黑龙是一伙的?不想黑龙受伤，但也不想这几百万人屈死在黑龙的肚子里?

换了是你白一梦，你怎么决定?

“项大哥，我看黑龙醒来没那么快，我们先去较武场救我的兄弟和阻止霸王军出城。然后再回来杀死黑龙。这几百万人，可万万不能出城啊！”白一梦和分身合体。

项央爆发出如同太阳一样的金光，照亮了整个黑暗的世界！

项央的金色光波笼罩了白一梦和白敏，快速向黑龙肺部的霸王城飞去！

较武场，百万大军看到了凌空飞来的王刀。

王刀落在了出师台上，拿起了号角，猛地吹响了号角！

下方黑压压的军队立刻整齐地迈向通道的方向。

王刀看了看那十名先锋官，点了点头。

“尔等听令，吉时已到，大军现在开拔！”当前的先锋官大声喊道。

通道正在缓缓打开。一侧的指挥台上，旗手挥动着红旗。

所有的旗帜上都高高飘扬着一个大大的“项”字。

“你看看，一哥还没有回来，那项英也没有回来。可这百万大军却出发了。”皇甫浩泽晃动着绳索笑道。

“也不知道一哥打不打得赢项英，要是项英赢了，那我们可就惨喽。”贺风苦着脸。

“你这个混蛋，要不是因为现在身上绑着绳索，我非把你的脑壳敲烂不可。乌鸦嘴。”皇甫浩泽臭骂道。

“我说两位，”白朗叹了口气，“你们从昨天到了现在，说个没完。又是评价霸王军的装备，服饰，标志，又是讨论霸王城的布局和规划，什么都说，就是不聊聊怎么逃命。难道非得等那个白一梦来救你们吗？自己就不想想办法吗？你们累不累啊。你们不累，我可累坏了。”

“我说白朗啊，生亦何哀、死亦何惧？人生在世，最要紧的就是开心啦。一哥呢，吉人自有天相。我们呢，只要还有一口气在，就要开心。”皇甫浩泽笑道。

“那是，你别看你的身上没有枷锁，但是你不自由不自在。别看我们的身上吊着绳索，但是我们很开心，很快乐。”贺风也笑道。

“我算服了你们了。”白朗摇了摇头。

王刀突然转身，冷冷地看着皇甫浩泽和贺风，黑漆漆的眼眸中闪烁着妖异的光芒，王刀的脑海里响起了项英的声音：“杀了那个大块头和白朗。放开贺风，带到我这里来。”

王刀骤然一脚踢起地上的血色大刀，对准皇甫浩泽的头颅劈了下去！

“你要干什么？”皇甫浩泽看着当头飞来的红影，惊恐地大叫！

“住手！”贺风也是脸色苍白，大声地呼喊！

“哐当”一声巨响，白朗双掌夹住王刀劈下来的大刀，整个人的小腿都没入了下方的大理石之中！

“哇，不得了！”贺风大声叫好，皇甫浩泽也吓了一大跳！

没想到兵宗三阶的白朗居然仅凭着一双肉掌就夹住了刀法领域极强的王刀的大刀。现在的王刀分明已经是中了旁门左道，实力暴涨，这白朗也太可怕了吧！

“你竟然敢背叛我？”王刀的嘴里传来项英的声音。

“你现在又不在，我为什么要怕你？”白朗微微一笑，一掌打在了王刀的胸膛上，硬生生将王刀打得后退了两步，松开了脚尖按着的大刀刀柄！

一把抓住血色大刀，白朗一刀就解开了贺风和皇甫浩泽的绳索。

白朗面对着王刀那黑光流转的妖异眼眸，轻轻地挥动着血色大刀：“贺风是一个人才，我要了。你想让贺风为你制造出更多的自己，我也想。人才难得，项英，对不起了。”

“看来是有一些小小的能耐。可惜了年轻的生命。”王刀的嘴里传来项英的声音，猛然凌空跃起，双腿扫出了两道黑色的气浪，连绵不绝的腿影席卷向白朗！

“让我来！”贺风瞬间从怀里掏出电芒炮八级，疯狂地发射！

王刀一脚踢在了贺风的胸口，贺风狂吐着鲜血撞在后方的石壁上！

王刀一脚踢向白朗的脑袋，白朗轻轻挥动手臂，扣住王刀的脚腕，一下就把王刀扔了出去，重重地砸在了下方霸王军战士的方阵里！

周围的士兵和将领全部抬头看向出师台。什么情况？怎么王大人掉下来了？谁和王大人打起来了？

出师台上缓缓走出了脸色越来越苍白的白朗，但是这种白，并没对他的身体造成什么影响。白朗面对着下方黑压压的军队，微微一笑。倒在地上的王刀抬头看着白朗，脸色铁青，突然一跃而起猛地扑向白朗，如同炮弹一样撞向白朗！

白区长和王大人打起来了？为什么？所有的霸王军战士都停下了前进的脚步！

第三十八章 君子报仇，千年不晚

王刀爆发着浑身漆黑的真气，将白朗撞得飞出了出师台！

王刀那急如骤雨的腿影不断地攻击着白朗！

白朗拔出了长剑，一剑挥出石破天惊！

赫然竟是白一梦所修炼的破空诀！

白一梦才不过练到了第三式破镜重圆。白朗居然已经是融会贯通，七式合一了！

白一梦还在黑暗的天际就看到了那一剑的风采！

白一梦惊呆了！

漫天剑影中，一道耀眼的惊天动地的亮光扫向王刀！

王刀凄厉地号叫着，身后射出了一团漆黑的气体，眨眼之间消失不见。

王刀的身躯从空中无力地落下，白朗纵身上前，接住了王刀。

那白光继续前进，轰的一声撞在了天际！将出城的天桥，整个拦腰斩断！

那可是精钢铸成的十几米厚的天桥啊！

通道被剑气炸毁，所有的士兵都惊呆了！

马上，这百万士兵看到了项央，那如同太阳一样金光闪闪的项央！

他们立刻辨认出这个金甲战神就是霸王城的灵魂标志！

霸王广场上的顶天立地的巨大雕像的原形！

项家的老祖宗！

霸王城的真正主宰和神灵！

一时间所有看到项央的霸王军战士，全部跪在了地上！仰望着神一样的项央！

“说两句，说两句，这些可都是你的城民！”白一梦和项央飞到了巨大雕像的头顶，面对着数百万城民。

“你叫我说什么？”项央轻声问白一梦。

“随便啦。说几句就快点走吧。黑龙快醒了。”白一梦催促着项央。

“尔等听命！”项央恢弘的声音响起在天地之间，“那项英罪大恶极，背叛祖宗，残杀兄长，如今更是想要霸占天下，生灵涂炭。我决意将项英逐出庙堂。尔等不可尊他号令，胡作非为。霸王城不可一日无主，特命白一梦为霸王城新一任城主，由我收为义弟，统领霸王城！尔等更要好好学习，天天向上。为我霸王城广施威望于天下。”

项央的声音回荡在霸王城的每一个角落，城民竞相膜拜！

“神主万安！”

百万霸王军战士同时高呼神主，气势如虹！

“从今以后，这个霸王城就交给你了。现在，我去黑龙心脏。”项央如同一个太阳，消失在了黑暗天际。

“白大哥，你也要说几句啊！”白敏按着断臂的地方，看着白一梦笑道。

“同志们好，”白一梦拼劲了所有的力量，第一次面对着这么多人说话啊，“大家辛苦了！现在，本城主还有要事要办，大家都回去洗个澡好好地睡一觉。三天以后，较武场集结，我有新的法令颁布。绝对让大家满意，过上幸福的生活。”

第一次讲话，不能辜负了城民们希望。白一梦鼓动所有的真气，释放出身为一个兵宗九阶大涅槃强者的全部气息，瞬间覆盖了整个霸王城，不紧不慢地说话。

刚刚还是一个看不出什么修为的白一梦，一瞬间在城民们的心目中就高大了起来！

“谨遵城主号令！”

在百万军队的呐喊声中，白一梦带着白敏，飞到了出师台，看到了重伤的贺风，和兴奋的皇甫浩泽。

“来，坐下。”白一梦伸出双手，一掌对上白敏，一掌对上贺风，发动了丹田中的神农鼎，足足过了十分钟，终于治愈了他们的伤势。

“我说一哥，你不要每次一消失就是好几天行不行？这样我们会很担心的？”皇甫浩泽苦着脸埋怨道。

“就是，这次要不是阿朗，我们两个就挂掉了。”贺风也大叫，“哎呀阿朗啊，实在是没想到啊，你怎么也会一哥的破空诀剑法，我看威力不比一哥使出来的小啊？太牛了。”

“正是。”白一梦也感到很奇怪，“阿朗，那破空诀明明是兵宗九阶大巅峰以上修炼的剑法，以你兵宗三阶的修为，怎么可能修炼到这种地步呢？”

“白大哥，我想你并不知道。你房间里的那本破空诀，是我交给父亲的。”白朗笑道，“其实我比敏儿更早地发现了你不是我的父亲。”

“什么？”白一梦觉得自己实在是太失败了。

简直就是失败透顶！

第一次冒充别人，居然每个人都知道，而且每个人都不说破，自己还表演得很投入，失败，太失败了。

“那一天，你说你突破进入了兵宗九阶巅峰领域，我想，你第一件事就是回家拿出破空诀开始练习。可你居然无动于衷，更是没有和我提起破空诀的事，我就知道你根本不是我的父亲。我那时候在想，要不要告诉小敏呢？我后来一想，你也没有恶意，只是暂借我的父亲身份一用，以后自会离开。但我万万没有想到的是，你居然如此情深义重，返回霸王城办事，还不忘要解救我们兄妹，所以我刚才才决定出手相助。

“我以前看守卷宗阁的时候，经常偷偷拿着一些武功秘籍回家研习，父亲知道了之后，对我大声训斥。我也深知一旦被发现，人头不保。所以我只在家中留下了挚爱的三本秘诀。一本《探云手》，一本《鹰爪手》，还有就是《破空诀》。这些，都是我亲手交给父亲保管的。而这三本秘籍我也早就滚瓜烂熟。现在你知道了吧，白大哥。”白朗笑道。

“我将破空诀的七式剑法一再地修炼，虽然不能像书中所说，有那样的强大威力。可是学会了这七式剑法，我自认为，兵宗之下必将没有敌手。白大哥不必灰心，我可是学习了将近一百多年，才能够有今天的威力。对于你而言，仅仅也只是时间问题而已。”

“好，等到我完成大事之后，我们再好好探讨一下破空诀的剑法精妙。我现在居然当上了霸王城城主，你们也不会再受到任何人的追杀。唯一的敌人就是那项英，我现在去和项央对付项英！阿朗，敏儿，你们帮我安排好阿泽和贺风，让他们好好休息一下。

“最关键的是王刀，他现在伤势严重，我可能需要花费大量的时间才能够将他治好，你们先把王刀抬走，好好照顾。我忙完了之后，立刻回来。”白一梦摸了摸王刀的胸口，感觉到王刀的心脏还在有力地跳动，松了一口气。

“注意安全。平安归来。”白敏认真地看着白一梦。

“回来的时候，把项英那个混蛋的脑袋带回来给我当球踢，这个混蛋居然要杀我？”皇甫浩泽气呼呼地说。

“又要有的忙了。”贺风看着白一梦扔过来的两把断裂的雷霆一级，苦笑道。

“白大哥，你现在手里没有兵器，这把血鸿刀就先将就着用吧。”白朗将王刀手里的血色大刀递给白一梦。

“知道了。”白一梦接过血鸿刀，化成一道白光消失在了天际。

“我也要飞，老是这么走来走去烦死了。”皇甫浩泽羡慕地说。

“师傅啊，你现在还不到劲宗一阶的修为，要想飞，起码也是气宗一阶，运气好，至少也要二十年才行啊。”贺风笑道。

“混账东西！你等着看，不出两年，你师父皇甫浩泽我就能到气宗。”皇甫浩泽气呼呼地背起王刀放在了贺风的肩膀上，“叫你多嘴。少说话，多做事。”

“他们一直都这样吗？”白敏笑着说。

“我已经习惯了。”白朗笑道。

白一梦算了一下时间，心里如同火烧火燎一般！

项英现在会在哪里呢？他的手里是不是真的有龙珠？

白一梦想到了项英拼命抢走的婴儿，项英这么重视这个婴儿，绝对不是亲生女儿这一件事那么简单，这其中一定有问题！

白一梦可不认为自己能够战胜项英！

一切关键看项央。

白一梦辨认着方向，飞进了一个轰轰作响的空间。

这里是黑龙的心脏。

感受到那摇晃得令人无法飞行的空间震荡。

白一梦抬头看到了黑龙的巨大心脏，那悬挂在半空中，如同一座大山一般的巨大心脏。

项央哪去了？白一梦小心翼翼地向着黑龙心脏的上方飞去。

白一梦听到了一个男人的哭泣声，不错，是项英的声音。

白一梦无声无息地躲在了黑龙的心脉后面，看着下方。

“老祖宗，你原谅我，我不是故意的，我是有苦衷的啊！”项英跪在地上，应该是跪在黑龙那搏动的心脏这一片震荡的大地上，面对着威风凛凛、霸气飞扬的天神项央痛哭流涕。

项英手里的婴儿哪里去了？白一梦吃了一惊，项英如此重视那个婴儿，现在怎么会不带在身边？

“好，我给你一次机会，你说，倘若有半句虚言，我再杀你也不迟。”项央冷哼一声，看着项英，脸色铁青。

“项英自从随大哥来到这霸王城，就尽心尽力、一点一滴地将霸王城建立起来。

“大哥常年不现身，三弟又在外界忙碌，四弟负责搜寻重宝。项英一心一意治理霸王城，可谓井井有条。

“千百年来，有一个问题一直困扰着项英，那就是我们到底在什么地方？

“项英叫回三弟，交换职责，实则是在霸王城外绕着黑龙的躯体走了一圈。

“于是我发现我们是在一条巨大黑龙的体内。而这条黑龙居然尚有生机，并未曾完全死亡，项英感到了恐惧。

“原本想着立刻回到枪冢禀报大哥，哪曾想，黑龙就在这个时候居然吐出了半颗龙珠！

“项英手握半颗龙珠，决定赶紧回到枪冢面见大哥。

“没想到那龙珠居然溢出了丝丝黑气，控制住了项英！从此以后，项英就活在一个如同精神分裂的世界里。

“白天的是项英，一到了夜里，项英就变成了另外一个人！项英知道，那是黑龙虚弱的元神在作祟。

“但是我无法控制它。它带着我的躯体，一次又一次来到老祖宗的石棺前，给老祖宗注射麻药，阻止老祖宗的苏醒。

“那时候的黑龙元神还很虚弱，并不能完全地操控项英，就在前几日，那黑龙的元神完全地占据了项英，带上了三弟和七十二府主，刺杀大哥。

“当时，项英中了八剑士的割喉一剑，心中料定必死无疑。

“但那黑龙的元神竟然硬生生挡住了那一剑，护住了主要的气管和血脉，项英醒来之后，就知道那黑龙已经完全地恢复了元神，更是可以释放多余的元神掌控其他的生命。

“项英完全地失去了自我。

“可是就在刚才，那黑龙的元神彻底地脱离了项英的躯体，项英也不知道它现在跑到哪里去了。老祖宗，你要相信我啊。项英是无辜的啊。”项英泪流满面。

“我且问你，你怀里一直护着的婴儿哪里去了?”项央怒喝道。

“那婴儿的确是项英的亲生骨肉，黑龙元神留于龙珠之中，需要纯洁宁静的灵魂作为栖息之地。所以黑龙看上了婴儿，老祖宗，你要为我做主啊。救一救朵儿啊！她才刚刚出生，才几天啊！”项英抓着项央的大腿，狠狠地哀求。

“那黑龙居然已经有了元神？孽畜果然强大，仅仅是睡觉也能疯狂地增长修为。天赋异禀，着实可怕。项英不必哭泣，有项央在此，必定能够斩杀妖孽。”项央弯下伟腰，准备扶起项英。

换了是谁，看到一个大男人在自己的面前哭哭啼啼也会觉得难受。

突然，白一梦看到了项英低垂的眼眸一瞬间就变成和那十九名府主一样的漆黑色，闪烁着妖异的亮光！

“不好！”

白一梦纵身扑了下去，这黑龙要偷袭项央！

“项央小心！”

白一梦大喝一声，血鸿刀一刀斩下！

“什么?”

项央感受到项英居然一拳打在了自己的膝盖上，只感到膝盖骨生生地疼痛！

血鸿刀斩在项英的身上，整个刀口都卷了起来。

项英笔直地后退，拉开了数十米的距离。

项央的盔甲，被打穿了一个黑黝黝的拳洞，血流如注。

“你没事吧？”白一梦站在项央身边，盯着前方的项英。

“无大碍，没想到这黑龙突然袭击，可怜项英的生命和敌人连成了一线。”项央浑身金光闪耀，那膝盖骨上的血洞，一瞬间就恢复如初！

项英浑身上下剧烈地颤抖着，双手，脖子，脸上，额头上，都长出了厚厚的龙鳞！

“啊！！！”项英咆哮着，疯狂地摇着头，那天灵盖上居然长出了一根三十几厘米的青色龙角！

“你是谁？回答我。”项英低沉的喉咙里发出一个浑厚的声音！

这不是项英的声音，那是谁的？

难道是黑龙的元神借着项英的身体在说话？

“孽畜！”项央暴喝一声，“我乃是西楚霸王项羽之子项央！你又是何人？”

“项羽之子！”项英漆黑的眼眸，光华浮动，“难怪如此眼熟，你与你父亲，简直就是如出一辙。你父亲现在何处？我正要找他一报当年仇！”项英冷冷地看着项央。

“孽畜！先父念在黑蛟龙一族凋零，生灵可贵，所以决心饶你一命。如今又来作乱！”项央大喝道。

“在这千百年的昏厥疗伤，养筋培元的时间里。我无时无刻不想着有朝一日，找到你的父亲，让他尝一尝剥皮抽筋的滋味。项央，你说，你父亲项羽现在何处？”项英怒喝道。

“先父项羽，早在两千年前自刎而死。”项央双目赤红，心中涌起了万般的不甘。

“项羽……死了？”项英漆黑的眼眸一时之间竟然也露出了一丝遗憾，“项羽英雄无敌，当时宇内不可能有敌手。自刎？哈哈哈哈，也就只有他自己才能杀死他自己了。”

项英仰天狂笑着：“项央，那我就只有找你这个做儿子的，一报我的剥皮抽筋之仇了！就是不知道你这个项羽之子，有没有你老子的英雄无敌!”

“随时恭候!”项央一挥霸王枪，淡定自若。

“但是，黑龙，你不要占着我后人项英的躯体。还有，快将项英的四弟项东，还有他刚刚出生的女儿项朵儿还给我。你我之间，这千年之前的仇恨，要就痛痛快快地来一个了断!”项央霸气外露，掷地有声。

“你居然想和我的身躯斗？”项英的漆黑眼眸是不可思议，“找我的本尊斗？好好！项央，你不愧是项羽之子，好胆量，好气魄！那明日日出之时，也就是你我决战之时。至于这具躯体，还有那个四弟，还有那婴儿，我会将他们放在你们所谓的霸王城神主像之上。项央，希望你言而有信，不要破坏我的肉身!”

“你放心，黑龙，大丈夫一言既出，如白染皂。绝不会做那苟且之事。”项央点了点头。

“等一下。”白一梦大叫道，“明日你们大战，黑龙，你肺里的数百万生灵怎么办？你一旦动弹，这些人岂不是天翻地覆？”

“小家伙，”项英看着白一梦，“如果我战胜，你认为我会容忍体内有如此之多的武者吗？你自己看着办吧。”

黑龙，也就是项英大笑着消失在了前方。

“这黑龙的元神正在越来越强大，他现在已经可以控制其他躯体表达意愿了。”白一梦严肃地看着项央。

“我说项大哥，你有把握吗？不要逞强啊!”白一梦忧心忡忡地说道。

“白一梦不必担心，明天，你就知道什么叫圣界的力量了。我现在去寻找一下二十铁骑，你先回霸王城等待项东和项朵儿归来。明天就是我项央屠龙之日。哈哈哈哈!”大笑着，项央化成一团金光快速离去。

是不是高手都这么豁达？

白一梦现在可笑不出来。

白一梦甚至想哭。

第三十九章　十二十二

白一梦现在就像一只热锅上的蚂蚁。

团团转。

在霸王宫神主像的大殿里走来走去。

第一天当城主就遇上了这么大的问题，数百万的武者即将无家可归。

这叫什么事？

上哪再去找一处这样得天独厚的地方居住？

搬家。

白一梦最讨厌搬家了。

有一个安定的住所，一个能煮饭吃，有床睡觉，泡一杯热茶，能安安心心看书的地方。

为了这个梦想，白一梦受了多少罪，吃了多少苦？

何况这数百万的人口，还是超越常人，武功高强的存在。

白一梦急死了。

“吩咐下去，打开宝库，每人一只避水珠，每人一只夜明珠，每人带上七天的干粮，明天一早，随我出城。”白一梦对着新任命的霸王城治安队大队长白朗说道。

“遵命！”白朗领命而去。

“贺风听命，你统领众将士，带上武器，率领一百万霸王军，兵分两路。一路团团围在城民百姓的四周，保护她们。

“另一路人马，沿着战场一带的海域边缘，层层排列，阻挡风浪海啸冲上陆地。

“另外，城中所有植物之灵，兽类之灵，派军队全部装进铁笼。所有的武功秘籍，神兵利器，全部集中堆放于霸王城广场。

“皇甫浩泽听命，你带上禁卫军，速速去搜查宝库，寻找一切空间戒指之类的宝物，全部拿到大殿上来。”白一梦一件一件安排着。

到时候如果是黑龙阵亡，还可以慢慢回来拿东西。如果是项央阵亡，那就惨了，黑龙怎么可能把这些东西都交给白一梦呢。

所以有用的能拿走的还是拿走的好。

黑龙和项央的大战，白一梦插不上手。

这就是距离啊，白一梦气恼极了。

白朗已经在组织霸王城的城民们陆陆续续地出城，站在大西洋的黑暗海底，整齐地排列。那一个个照亮方圆三米的夜明珠，渐渐地照亮了整个黑暗的海域，无数体积庞大的深海水族看到那铺天盖地的光明，还有那霸王军杀气腾腾的气势，无不逃之夭夭。

白一梦不认为自己能保护霸王城全体城民百姓军士的安全，也不能保证不会发生世界末日那样的海啸地震。白一梦深知黑龙那巨大的身躯会给这个世界带来怎样的灾难！

一切都在紧张忙碌地进行中。

白一梦突然很想洗个澡。

上次是在血湖里洗。今天怎么着也得洗个热水澡。

白敏帮白一梦放了一木桶的洗澡水，白一梦闭着眼睛躺在木桶里，长长地吐了一口气。

“你在干什么？”白敏坐在木桶边上，关心地问道。

“我在休息，放松身体，我太紧张了。”白一梦看了看白敏，微微一笑。

“没事的，放心。那个王刀呢？”白一梦问道。

“王刀伤势很重，被我哥哥送到了运功堂，那里有很多的气宗高手，那些大夫会为他疗伤的。哥哥还找了金创堂的人，拿到了很多恢复血肉的好药。你就放心吧。”白敏握着白一梦的手臂，柔声道。

“我一直是一个很自信的人。”白一梦道。

“我知道。”白敏道。

“我一直很走运。”白一梦道。

“我知道。”白敏道。

“我现在有一种无力感。”白一梦道。

“我知道。”白敏道。

三个我知道，代表了白敏对白一梦的了解。

白一梦一把将白敏抱进了木桶里，吻了白敏的唇。

被水这么一打湿，白敏浑身湿漉漉的，凸显出完好的身材。

白一梦亲吻白敏的耳朵，耳垂，那细如白玉的脖子，柔软和芬芳。

白一梦深深地埋首在白敏的身体之间，白敏浑身颤抖地迎接着白一梦进一步地入侵。

伴随着木桶里的水花，白一梦汹涌澎湃、满心感激地爱抚着白敏那纯净的处子之身。

白一梦从来没有如此忘情地投入过。

白一梦吸吮着白敏的甘甜和柔情。

管它什么世界末日？

能够和真心对你好，关心你，爱你的人在一起就是最幸福的了。

将白敏放在了一旁的床上，盖上被子，放下珠帘。

白一梦躺在木桶里，心情好极了。

看着床上甜甜地睁开眼睛的白敏，白一梦知道这个女孩也进入了自己的生活。

白一梦倒了一杯水走到了白敏的面前，坐在了床沿：“你看你，第一次是这样。以后就不会了，到时候，你求我。我很忙的。你现在，就像那惊弓之鸟。”

“哼。”白敏狠狠地掐了白一梦一把，“我知道你有三个女人，是沙场老将。以后我恐怕还要排队吧。”

突然，白一梦蹦了起来。

“惊弓之鸟？”白一梦的眼睛亮了，“敏儿，你好好休息，我去去就来。”

白一梦穿上衣服，闪电般离开了霸王殿后堂，匆匆找到了贺风和皇甫浩泽。

“一哥，事情都安排好了。可是这个空间戒指，就只找到了一个。”贺风递上来一枚空间戒指，笑道，“那些琳琅满目堆积如山的武功秘籍、神兵利器全部都装在里面。”

白一梦接过这一个空间戒指，手里一共有了两个空间戒指。

“还有，干将神剑和镆铘神剑！”皇甫浩泽递上来两把神剑。

“最最宝贝的，就是这个了！”皇甫浩泽双手颤抖着从怀里掏出了一本薄薄的本子。本子上赫然写着“项广日记”四个字。

“我和小光头，看到了血湖里项广的无头身躯，觉得这个家伙挺不容易的，就想把他的身躯和枪冢上面的脑袋放在一起。哪里想得到，这个家伙的袖筒里面，还有这样的宝贝！这里记录着这两千年来，所有发生在外界的不解之谜！有的就是项广至今也想不通啊！”皇甫浩泽大叫道！

“就比如这个空间戒指，按照日记中项广所说，空间戒指一共有五个！项广还说，如果凑齐五个空间戒指，估计会发生颠覆乾坤的大事！哇呀呀呀，另外的三个空间戒指在哪里啊！”贺风也是嗷嗷大叫。

接过《项广日记》，放进怀里，白一梦也觉得是如获至宝！

“要是有一个能装下整个霸王城的东西就好了。真是不明白，这空间戒指是怎么回事？这是谁发明创造的？也不知道弄个大一点的，现在不够用啊！”皇甫浩泽骂骂咧咧的。

“有总比没有的好。起码买房买地的钱总剩下来了吧。你去买一个城堡试试？搞不好一辈子也做不到啊。”贺风笑道。

“贺风，阿泽，淡定，一定要淡定。现在先回去洗个澡换身衣服，时间不早了，你们明天还要上班呢。”白一梦微笑着爆发出白色的气罩，飞出了霸王城，来到了外界。

第四十章　末日之战

旭日冉冉升起。

霸王城如今已经是空城了，所有的军队、城民百姓都到了外界，站在大西洋的黑暗海域海底。

白敏、白朗、贺风、皇甫浩泽，站在这个如同海底幽灵一般大军的最前面。

大家都在注视着旁边那黑乎乎如山高一般的黑龙身躯。

项央在飞到空中的一瞬间就施展出了圣界级别的时间静止！

世界定格在了太阳刚刚露出头的一瞬间。

所有的人，所有的事，都锁定在了一个固定的画面。

现在的空中，就好像有两个太阳。

一个是太阳，一个是项央。

项央的身边悬浮着背插九把神剑的白一梦。

当白一梦握住那一把原本在项广手中的能够轻易撕裂空间静止的宝剑时，白一梦终于知道了这把神剑是什么。

这把神剑，就是越王勾践剑！

难怪另外的八把神剑，对这把神剑唯命是从！

拥有真正属于自己的趁手的兵器是多么重要。

掩日剑，断水剑，转魄剑，悬翦剑，惊鲵剑，灭魂剑，却邪剑，真刚剑。

这八把神剑也都威力无穷，九剑合璧，白一梦感到功力更上一层楼了。

“黑龙，还不快快现身?”项央的声音响起。

“哗啦”，大西洋的海底也仿佛升起了两颗血色的太阳。

那是黑龙的眼睛，它睁开了眼睛!

大西洋的海水在向四面八方沸腾，黑龙“呜”的一声低吼，那如同万里长城一样的庞大身躯缓缓地舒展开来，浑身耀起一团青黑色的光晕。

四只如同山岳一般的龙爪慢慢伸出了体外。

黑龙缓缓地在大西洋的海面上探出了头，盯着空中如若天神一样的项央。

黑龙的头颅升到了和项央一样的高度。

下方的海水如同瀑布一样倾泻而下!

“潜龙在水，飞龙在天，这条黑蛟龙已经腋生双翼，看来还没有完全成形，还需要水的辅助。白一梦，如果这条黑龙的双翼完全消失收入体内，那就代表它已经可以脱离水的束缚，腾云驾雾，那我们就真的一点机会都没有。”

项央一挥霸王枪，大喝一声，扑向了黑龙的头颅!

“这条黑龙还在成长?”白一梦吃了一惊，也扑了过去!

“吼!”黑龙猛地张开了血盆大口，喉咙之中发出一声低吼!

“二十铁骑!”项央一挥战袍，那战袍之中的二十铁骑带着万马奔腾的气势，冲向了黑龙!

一道乌云一般的龙爪飞过，二十铁骑瞬间化成了碎片!

瞬间，二十铁骑再度出现在了黑龙的视野中，二十根水桶粗的长矛同时刺在了黑龙的血色巨眼上!

黑龙挥舞着利爪，拍掉了二十铁骑!可二十铁骑总是瞬间恢复身影，生生不息，无穷无尽。

兵分二十路，攻击着黑龙浑身的要害。

龙眼，龙腹，脖子，还有那没有完全愈合的肺部。

整个海面，惊涛骇浪，风起云涌!

“白一梦，虎怕剥皮，龙怕抽筋，这黑龙一定长出了新的龙筋。我们去抽了他的龙筋!”项央话音未落，已经来到了黑龙的后背，高高举起霸王枪，爆发出惊天动地的呐喊，一枪扎在了黑龙的背上!

一块巨大的如同云彩一般的青黑色龙鳞飞起，霸王枪上金星四射！

巨大的反震力将项央震得倒飞了出去！

“呀！”白一梦爆射出身后的九把神剑！

如同雨点一般，一剑接着一剑攻击在黑龙背上的同一个位置，耀起连串的金花！

“黑龙的身体如今居然强壮到了如此地步？”项央夹杂着雷霆之势，一口气刺出了数百枪之多！黑龙的背上留下了无数的白点！

“吼！”黑龙的龙尾划过，带着几乎将空间撕成两半的威力一举将项央扫出了数十公里！

“孽畜！”

白一梦一口气施展出了石破天惊、破釜沉舟、破镜重圆，还有那不是很熟悉的破云式等招式。

九把神剑划出如同彩虹一般的雄浑剑气，斩向了黑龙的龙尾！

龙尾之上，出现了一条细小的白痕！

“再来！”

项央一把拿起身后的霸王弓，将弓弦拉成了满月！射出了三道龙卷风一般的旋转气劲！

紧接着，项央再度将霸王弓拉成了满月，架上霸王枪，“轰”的一声射出了霸王枪！

项央紧追在霸王枪的后面，追魂掌化成一朵一朵巨大掌印，劈向黑龙的头顶！

黑龙发出了响彻天地的厉吼！

这是真正的龙啸！

那巨大的声波冲散了到来的龙卷风！霸王枪钉在了黑龙的脖子上！

项央那漫天盖地的掌印打在了黑龙的头顶，黑龙咆哮着沉入了海洋，没入了水中！

“白一梦，拿剑来！”项央如同流星一般将九把神剑射入了海洋，射向黑龙脖子那溢出鲜血的位置！

“杀！”

项央怒吼一声，震开了海水，化成一道金光，冲进了海底！二十铁骑紧随其后，冲进海底！

“小心啊！”白一梦看着那越来越小的黑龙，厉声大叫！

“张弛术！这黑龙修炼成精了？”

项央大惊失色：“二十铁骑，分开黑龙周边海水，没有了水，我看他能奈我何！”

从高空中往下看去，那黑龙庞大的身躯居然在快速地变小，周围的海水疯狂地向着黑龙缩小的身躯涌去！

项央扎在黑龙脖子上的霸王枪和九把神剑，都掉在了一边，慢慢在水中下沉！

“啊！”就在黑龙缩小到如同常人一般大小的时候，项央手里的霸王弓当头砸下！

黑龙似乎幻化出人形，高举着双手死死地抓住了霸王弓，项央巨大的力量导致黑龙如同流星一样疯狂下坠！

黑龙狂轰而出的右拳，一拳打在了项央的胸膛！

项央喷出大口鲜血，向着海面倒飞了出来！

“吼！”人形黑龙，一只手抓着项央的脖子，另一只手一拳一拳打在了项央的前胸！

项央身后的金甲，凸显出一个又一个冲击而起的拳印！

项央身上那一个一个肋骨断裂的声音，就是在千米高空的白一梦也能清晰地听到！

啊！

项央挣脱了黑龙掐着脖子的手掌，高昂起头颅狠狠地撞在了黑龙的头上！

“砰”的一声，项央的额头血流如注，黑龙的额头也血花四溅！

黑龙双拳如风，项央铁掌齐出，双方冲出了海底，跃出海面，疯狂地打斗！

他们脚下的海水疯狂地向着四周分开，出现了一个急速旋转的漩涡！

那是因为他们强大的杀气和攻击力，海水无法停留！

二十铁骑也是目瞪口呆，站在海面上。根本插不上手，帮不上忙。

每一拳，每一掌，那都是排山倒海，雷霆万钧的存在！

黑龙的脖子上鲜血淋漓，右腿脚腕上溢出了血迹！

项央全身的金色战甲，支离破碎，后背血流如注！

不好，项央体力不支，已经处于下风，时间一长，生命难保！

白一梦不顾一切地扑向海面中央的战场，这时候的黑龙一把抓住了项央的头颅，一掌打在了项央的喉咙！

“不！”白一梦凄厉地大叫！

同时看到了项央意念疯狂呼唤着的霸王枪冲破了海面，一枪刺穿黑龙的后心！也穿透了项央的身体！

“吼！”黑龙一掌打飞了项央，盯着身前刺穿的霸王枪发出了地动山摇的怒吼！

白一梦接住了倒飞的项央，两人看着黑龙身体里的霸王枪一点一点地退出黑龙的体外，黑龙那原本有一个窟窿的胸膛中央，正以肉眼可见的速度飞快愈合！

“再生术！这黑龙太强大了！”项央一把推开白一梦，双掌猛地向前一推，项央的身后出现了一只身高十丈有余的斑斓猛虎！斑斓猛虎猛扑向正在愈合伤口的黑龙！

项央的元神出窍了！

看到项央的巨大元神，人形黑龙大吃了一惊！

一瞬间，黑龙也现出了肉身，幻化成和项央元神一般大小的龙体！

一时间，龙争虎斗！

吼声震天！

一龙一虎在半空中疯狂厮杀，不同的是，猛虎是项央的元神，而龙形却是黑龙的肉身。

一龙一虎从空中斗到水里，那是黑龙将猛虎拖进了海里！

又从水里斗到空中，那是猛虎将黑龙打回了空中！

“白一梦，霸王枪、霸王弓和忠烈袍就交给你了，二十铁骑也交给你了。我们来生再见！”

项央一把脱下身后的鲜红色战袍披在了白一梦的背上，二十铁骑无奈地大叫着，消失在了战袍中。

项央将霸王枪和霸王弓放在了白一梦的手中，怒吼着闭上了双眼，浑身上下金光越来越亮，越来越刺眼，最后，白一梦已经看不到项央了！

“孽畜！我要和你同归于尽！”

金光之中，响起了项央恢宏的声音，震荡在白一梦的耳中！

项央如同一个坠落的太阳，射向了下方的龙虎之间！

猛虎突然消失了，黑龙抬起了血色的巨眼，惊恐地看着太阳一样落下的项央！

黑龙发出了凄厉的吼声！一瞬间，以黑龙为中心，方圆百里的海水就变成了冰块，而且还在快速地向四面八方蔓延。

“项央！”

白一梦双目赤红，看着飞射的项央，狂叫道。

金光中，项央双掌向天，丹田中的金丹剧烈地颤动。

“妖孽，归去吧！”

项央自爆金丹了！

那是圣界修为的能量！

一轮耀眼的太阳撞向了大西洋，融化了冰封的海水！撞在了黑龙的面前，爆发出有史以来最大的爆炸声！

黑龙庞大的身躯被炸成了碎片！

项央的太阳爆裂出一层又一层的金色光晕！

融化着四周辽阔的冰块！照亮了所有海洋的海底！照亮了世界的尽头！

全世界都下起了倾盆大雨！

“项央死了？”

白一梦手捧着霸王枪和霸王弓，身后的红袍猎猎飞舞。

“项央！”

白一梦仰天长啸！

世界瞬间恢复了时间的轨迹，所有的人和事也回到了正常的轨道。

那是因为项央施展的时间静止消失了！

突然，白一梦看到那黑龙碎裂的身躯之中，一团漆黑的液体正在冰块上飞快地蠕动，融合，一点一点地组成一个人形！

“黑龙的元神未灭！”白一梦惊恐地大叫。

黑龙的元神瞬间就恢复了大半。

“怎么办？怎么办？”

白一梦心惊肉跳，魂飞魄散，施展出全身的力量，爆发出时间静止！

黑龙眨眼之间就恢复了人形，浑身的伤痕正在快速消散！

黑龙猛地一抬头，看到了又一轮太阳破开冰块，落入海中！

黑龙看到了眼前的人，竟然如同见到了猫的老鼠一样，四肢发软，魂飞魄散，浑身发抖地跪在了冰上！

那两千年前的恐怖场景就如同发生在昨天一样，历历在目，触目惊心！

“孽畜！”那是一个如同天神一样的威严男人，左手持着霸王枪，右手高高举着霸王弓，身后猩红色的战袍舞动，重瞳的双目中怒火熊熊。

这个男人的形象，竟然和那项央画中的西楚霸王项羽一模一样！

第四十一章　降伏黑龙

貌若项羽的男人直视着黑龙暴喝："孽畜，你胆敢伤我孩儿项央，莫非你是忘了那两千年前的剥皮抽筋之痛？我今天不但要将你剥皮抽筋，更是要饮你龙血，食你龙肉，将你碎尸万段，剁成肉酱，毁你三魂七魄，灭你元神灵珠，将你打下十八层地狱，永世不得超生！"

人形黑龙的血色双眸，布满了恐惧，在地上蜷缩成了一团，浑身瑟瑟发抖，喉咙中发出轻微的哀求声。

幻化成项羽模样的白一梦高高举起了霸王枪，心中也是心惊肉跳。一旦黑龙发觉眼前的项羽是假的，那自己可就死无葬身之地了。

可是，自己的力量实在弱小，就是这黑龙跪在这里让你随便杀，那也砍不掉黑龙身上的一块鳞片啊。白一梦觉得自己现在就像一个失去了利爪獠牙的老虎，徒有其表。

"畜生，念在你两千年来安心养伤，未曾犯下大过，辛辛苦苦修炼成精，幻化人形，只要你交出龙珠，我就饶你一命，放你一条生路。"

白一梦也是没办法，弄不死黑龙，那就只有拿走龙珠。

那地上缩成一团的黑龙身影，突然转过头来看着威风凛凛的白一梦！

血色的眼眸中杀机一闪，右爪闪电般捅破了白一梦的丹田！

白一梦丹田之中的分身狂吐着鲜血，一把就被抓出了白一梦本尊的身体！

什么？

白一梦还没反应过来，周身就被连点了十处大穴，笔直地站在了原地！

黑龙血色的眼眸看着无法动弹的白一梦，一只手掐住了白一梦分身的后颈，分身的双眸瞬间也变成了血红色，脸上出现妖异的笑容，开口说道："你不是项羽，虽然你和他一模一样，但是他绝对不会像你一样仁慈！

"所以，我知道你是假的。人类之中，有你这样的修为的人，实在是寥寥无几，我很好奇你是怎么做到的？你如何能够变化成项羽？又是如何藏了一个双胞胎兄弟在丹田？难道你已经掌握了造界的能力？这不可能！你快点告诉我，我也可以考虑饶你一命。"

黑龙控制着的白一梦分身，朗声说道。

白一梦本尊看着黑龙借着分身的躯体表达思想。难道这黑龙还不会说话，不会说人类的语言？

看他外形漆黑一团，虽然具备了人形，却是没有相貌，莫非是黑龙的元神还没有完全修炼成？所以黑龙很渴望变化的能力？想要变成一个真正的人类？白一梦心中猜到。

白一梦发现自己还能动嘴巴，黑龙给白一梦留下了说话的自由。白一梦笑了笑："我可以告诉你我能变幻的原因，但是我也想解开一些心中的疑惑，请你告诉我。那样的话，我就算是死了，也能够瞑目了。"

"哦？那你就先说吧。只要是我知道的，必将知无不言。"白一梦分身哈哈大笑，点头道。

"黑龙，都说龙能够行云布雨，让人类世界风调雨顺，五谷丰登，为什么你却没有这样的能力？"白一梦问道。

黑龙怔了一下，叹了口气："天地之间的万物都以人类的形象为理想，拼命地修炼。我也是这样。但我道行不够，还无法直接说出人类的语言。我现在只会化水为冰，因为我是冷龙！

"龙，也不是生下来就会行云布雨的，这些都需要修炼。就像你们人类，大多数的技能都是后来慢慢学来的。天赋越高，也就学得越快。天赋这个东西，实在是奇妙至极。就像你的天赋，不就是飞行吗？天赋所在，属性所归。我实在是没有想到，你居然是一个已经摸到属性门槛的人类！"白一梦分身的眼睛大亮，黑龙居然通过白一梦分身，得知了白一梦的秘密。

“你是冷龙？天赋？属性？这些都是什么意思？”白一梦晕了。他忽然发现这样下去不好，白一梦分身已经快挡不住黑龙的入侵了。一旦黑龙发现自己和分身是心灵相通，互相感应的，那它就会掌握自己所有的秘密！

白一梦心中着急。要是让黑龙他知道了身上有生源之力和千年人参的金丹，只怕大事不妙！

“不错！”白一梦分身笑道，“每一个生灵，都有其的天赋。就像人一样，有的人力大如牛，有的人健步如飞，还有的人过目不忘，这就是天赋。

“你白一梦的天赋是属于风属性，而我的化水为冰的天赋，属于水属性。而那项央，天赋神通更是可怕，居然是稀有之极的光明属性！难怪可以千年尸骨不烂！现在想想，那项央，怎么那么冲动？动不动就不要命！竟然自爆了金丹！”

白一梦分身长叹一声，无比地惋惜。

“白一梦，没想到你的这个躯体是生源之力凝化而成的！里面居然还有千年人参的金丹！光明属性的宝物，你小子很走运啊！”白一梦分身突然哈哈大笑，一下子解开了白一梦的穴道。

白一梦正听得津津有味，瞬间脸色苍白，连连后退。

黑龙的右爪呼啸着再度刺向了白一梦的丹田！

刚才被黑龙抓出了白一梦分身，白一梦不敢疗伤，这下，这些血是白流了。白一梦一瞬间就修复了丹田的血洞，露出了本相，猛地射出了九把神剑！

同时将霸王枪、霸王弓和忠魂袍收进丹田！九把宝剑不要了，起码也能争取逃命的时间！

可是黑龙的速度太快了！

九把神剑刚刚出鞘！

黑龙的利爪就已经刺进了白一梦的丹田！

黑龙一把抓住的是神农鼎，猛地一拽，神农鼎纹丝不动！

白一梦忍着小腹的剧痛，对着黑龙的脑袋一顿狂劈滥砍，剑光四射，黑龙安然无恙！

“你是没有办法杀死我的！”白一梦分身已然双目赤红，在哈哈大笑。那是他在替黑龙表达思想。

“不!”

白一梦丹田中的神农鼎冲了出来!

黑龙不由自主地扔下了白一梦分身，掉进了鼎中!

那神农鼎突然有了半锅清澈的水，鼎的下面居然燃烧起来熊熊大火!

白一梦看着眼前的熊熊燃烧的神农鼎，还有那鼎里面嗷嗷乱叫的黑龙，吓了一大跳。

然后他哈哈大笑:“天上龙肉，地上驴肉，这话人人会说，可世界上又有几个人真正地吃过龙肉?没想到我白一梦今天有这个口福，不错不错。”

“你救救我，你只要收回神农鼎，我愿意献出龙珠，而且发下毒誓，誓死追随你左右。快点救我……”

黑龙浑身冒烟，勉强借着白一梦分身说话。

“收。”

神农鼎忽地消失了，回到了白一梦的丹田里!

原来，神农鼎是火属性里面的至高宝物。黑龙是冷龙，本来就水火不容。这口神农鼎，当年在神农氏的手里，尝遍了天下的百毒奇物，煮个黑龙自然是不在话下。

黑龙心有余悸地看着白一梦，乖乖地吐出了龙珠，跪倒在白一梦脚下!

第四十二章　鸣鸿五刀

“主公在上，可以将霸王城数百万武者移至龙珠之内，继续武者王朝。黑龙还请主公恩赐，用那生源之力，给我人形面貌，如此漆黑一团，无法辅助主公。”黑龙恳请道。

“不要叫我主公，我给你起个名字，你以后就叫龙一啸。我是你大哥白一梦，那是你二哥白玉堂。”白一梦觉得，现在自己等于是有了两个分身，一黑一白，就都给取了一个名字。

扶起黑龙，发动生源之力，不一会儿，黑龙那漆黑一团的人形，就变成了一个和白一梦一模一样的男人。

唯一不同的是，这个白一梦的衣着，不是平常的白衣飘飘，而是黑衣劲装。最明显的区别还在于，黑龙幻化成的龙一啸皮肤黝黑之极。

“走，我们去把武者安置好，清理外界，恢复本来面貌，然后解除时间静止。”白一梦飞出了海底。

很忙。

真的很忙。

白一梦从来都没有这么忙过。

白一梦不是一个喜欢吃烧烤的人。

但是这可是货真价实的真正肉龙啊！

白一梦看着龙一啸收集过来的堆积如山的黑龙血肉，祭出神农鼎，拿出调料瓶，大碗喝酒大块吃肉！

龙一啸鄙视地看着白一梦："混蛋，居然吃我的肉身，可怕啊！"

"那个老黑啊，你赶紧把剩下的这些龙肉，给我装到龙珠里面，全部冷冻起来，我还要留着过年呢。"白一梦吩咐道。

龙一啸化解着冰封万里的海水，将散落大洋的黑龙血肉血水，逐一冰封，集中堆放。

白玉堂拿着龙珠，龙珠出现一扇金碧辉煌的大门。

霸王城的数百万城民百姓，还有军队，整齐有序地进入龙珠之中。

"一哥，我们赢了？"皇甫浩泽晕乎乎地说。

"一哥，你们是怎么打败黑龙的？还有，项央呢？"贺风大呼小叫着又蹦又跳。

"一切都过去了。"白敏抚摸着白一梦的脸庞，深情地注视着白一梦的眼睛。

"妹夫英明神武，咦，怎么又多了黑衣的分身？什么情况？"白朗惊叫道。

众人七嘴八舌，好不热闹。

"命令项英、项东为新霸王城代理城主，掌管霸王城一切大小事务！

"白朗、白敏为二城主，白敏兼任女性武者联合会会长，掌管一切奇花异草，奇珍异兽，武功秘诀，神兵利器。

"贺风为四城主，掌管一切后勤。其它事宜，各位城主自己看着办。"白一梦笑道。白一梦将手里的两个空间戒指交给了白敏。

"你有没有搞错？怎么还安排项英当城主，那家伙差一点杀了我们呢？"皇甫浩泽大叫道，"还有，我呢？为什么没有我的职务？我也要当官！"

"阿泽，不要激动，项英当时要杀你们，包括给老祖宗项央注射麻药。那不是因为受到了黑龙的控制吗？我们管理霸王城没有经验，还是项家兄弟来管理好。"白一梦笑道。

"大哥刚才说什么？"龙一啸从龙珠之中大步走了出来，"我当时是有控制项英，帮我寻找另一半的龙珠，刺杀项广。但我并没有让他杀死这两位兄弟，更是没有去给项羽之子注射麻药。我并不知道项央的存在，否则我又岂能容忍一个对手在我体内多年？早就恨不得除之而后快。"龙一啸道。

"什么?"白一梦霍地站了起来。

"白一梦，东儿不见了!"重伤吐血的王刀，在一群医务人员的追逐中，从龙珠之中冲了出来，由于跑得太快，扑倒在白一梦的跟前!

"什么?"白一梦震撼不已。刚刚结束大战，这个项东就跑了?难道她真的就是那个自己一直怀疑的红尘姥姥?也就只有她，才能够那么彻底地知道，项广所要的每一件宝物的位置!才能够每次都提前出手，安排属下的千面人魔先下手为强!

可是，她是怎么做到的?项东哪里有时间去收养弃婴?哪里有时间去教导那些孤儿?

白一梦想不通啊!

白一梦的感知之力覆盖了整个大西洋海域，也没有发现项东的踪迹!反而有好几条身形庞大的虎鲸很有规律地排成一字型，就好像有人在指挥一样!

"轰"的一声巨响!

整个海面都产生了剧烈的颤动，白一梦远远看到青虹市方向的上空亮起了一道刺眼的红光。

这个时候，最后一批武者也刚刚好进入了龙珠之中，那一扇金碧辉煌的大门瞬间幻化成了一颗晶莹剔透的玻璃珠，飞到了龙一啸的嘴里，龙一啸一口将龙珠吞下了肚子!

"那是蓝天学府……"

白一梦的空间搜索感知之力，瞬间锁定了红光的位置。

"难道是鸣鸿刀出世了?"白一梦迅速飞到了高空。

龙一啸紧随其后。

"大哥，红光消失了，但是项英飞过来了!速度好快!比项央还快!他的手里是一条红光!"黑龙的空间搜索感知之力覆盖得更广更快!

项英的目标是鸣鸿刀!他想干什么?

白一梦大惑不解。

眨眼之间，项英就到了白一梦的前面，手里跳跃着一条鲜红的光影!

感受到项英手里的森森杀气，那直冲霄汉的千古怨气，白一梦大叫:"项英，快点扔掉鸣鸿刀，这不是你能控制的兵器!"

白一梦想起了陆朝阳关于鸣鸿刀的话，不由得大惊失色，焦急地大呼！

“快，你们快到龙珠里面来。”黑龙龙一啸对着白朗、白敏、贺风、皇甫浩泽、王刀，猛地张开了大嘴，五个人瞬间就进入了龙一啸的肚子，进了龙珠之中！

“本尊，这个家伙怎么好像入魔了？你看他生命气息正在飞快地消失，好像是被那团红光给吞噬掉了。”白玉堂大叫道！

“大哥，我们现在无路可逃了，唯有一战！”龙一啸冷冷地说道！

“哈哈哈哈……”项英疯狂地大笑，整个空间都处在剧烈地震动之中，“白一梦！你现在知道我的目标，太晚了！”

不好，世界在正常运作，打起来必定伤及无辜。

白一梦连续施展了几次时间静止，都被项英轻易粉碎！

“白一梦，今天你必死无疑！但是，在你死之前，我会让你死个明白！”项英大笑着，“虽然黑龙控制我，让我去杀项广，抢夺另外的半颗龙珠。但就算没有黑龙的控制，我也会去这么做！因为我要得到了一颗完整的龙珠，控制黑龙！我麻醉老祖宗项央，不让他苏醒，为的就是今天，为的就是鸣鸿刀！我只要得到了鸣鸿刀，就能够控制天下！

“可是你这个该死的白一梦，你的生源之力唤醒了老祖宗！黑龙又收回了我手里的半颗龙珠！

“如今我的龙珠没了！

“你毁了我要的东西，那我就毁灭你！

“杀死你之后，我再将你开膛破肚，拿回龙珠！”

项英高高举起了手里的红光！

天地之间风起云涌！

瞬间天昏地暗！

无数道闪电轰击在了项英手里的红光之上！

红光渐渐露出本相，变成了一把金色的大刀，鸣鸿刀！

“好，既然如此，那我唯有一战！”

白一梦咬牙切齿地拔出了九把神剑，今天，难道真的是他白一梦的末日？

分身白玉堂拿着霸王枪，霸王弓，一挥战袍，二十铁骑出现！

龙一啸双目赤红，浑身上下爆发出了圣界强者的庞大气息！

“死吧！”

项英周身雷霆滚滚，猛地一挥鸣鸿刀！

这一刀，天地颤抖！

这一刀，鬼神胆裂！

这一刀，来自洪荒！

这一刀，千古怨恨！

这一刀，足以毁灭一切！

“杀！”

二十铁骑冲在最前面！

两千年不灭，长存人间的忠魂铁甲！

在鸣鸿刀的杀意中魂飞魄散，永远地消失了！

龙一啸施展出了所有的真气，凝化成一只巨大的龙爪，抓向项英！

那是圣界级别的所有修为的存在！

鸣鸿刀一刀就将龙爪打成了虚无！

龙一啸狂吐着鲜血疯狂后退！

分身白玉堂手里的霸王枪被斩成了两段！

霸王弓的弓弦被斩断！

白玉堂怒吼着在刀气中浑身越来越亮，越来越亮！

“本尊快跑！”

白一梦分身，白玉堂自爆金丹了！

爆发了丹田中的千年人参的内丹！

金丹的爆炸力和鸣鸿刀的杀气互相疯狂地碰撞！

还是没挡住鸣鸿刀的刀气！

杀气继续涌向白一梦！

“分身死了？白玉堂死了？”

白一梦就要冲上去拼命！

白一梦气疯了！

“大哥，快出神农鼎！”

龙一啸心惊胆战，化成一团黑气进入了白一梦的丹田！

“轰”的一声！

鸣鸿刀的残余刀气撞击在了白一梦身前的神农鼎上，发出响彻天地的洪亮响声！

“挡住了！”白一梦大喜。

“什么？”

项英看着白一梦身前的神农鼎，脸色一变。

项英再次挥出了鸣鸿刀，一口气挥出了三刀！

三道白的刺眼的惊天刀气！

“轰”，第一道刀气撞上了神农鼎，神农鼎纹丝不动！

“轰”，第二道刀气撞上了神农鼎，神农鼎微微地颤动了一下！

白一梦和龙一啸的心，却剧烈地颤动了一下！

就在第三道刀气到来之前，神农鼎产生了一条细细的裂缝，裂缝不断地开裂！

“什么？”白一梦和龙一啸不敢相信自己的眼睛！

“神农鼎也顶不住鸣鸿刀的进攻！”

第三道刀气撞上了神农鼎！

神农鼎发出一声脆响，化成了碎片！

散落漫天的青色细末！

“啊！”

白一梦看着残余的刀气到了面前，发出了绝望的大叫！

手中的九把神剑化成了碎片！

白一梦的身体在刀气中飞快地消失！

白一梦丹田中的生源之力疯狂地运转！

金丹越来越小！

白一梦的血肉之躯在不断地生长，也在刀气中不断地消散！

两者疯狂地抗衡着！

龙一啸目瞪口呆地看着外界的交锋，内心震撼不已！

生源之力的金丹彻底消失不见了！

白一梦的身体刚刚好全部恢复正常。

那鸣鸿刀第三刀的最后一丝刀气正要拦腰斩断白一梦的小腹，攻破白一梦的丹田！

丹田中的龙一啸怒吼着，施展出全身的力气！

森寒的真气冰封了白一梦的整个丹田！

冰封了白一梦的所有骨头！

充斥了白一梦所有骨骼里面的空间！

在丹田中形成一团极寒极冷的冰块！

就是龙一啸自己，也被彻底地冰封在了丹田之中！

鸣鸿刀的最后一丝刀气斩在白一梦的小腹上，划开了一道深深的血口，终于消失了。

白一梦体内的冰封，产生了巨大的裂缝，最终归于平静！

“居然还没死？”项英也怔住了，“你果然命大！我倒是想看看，你还能不能挡得住这一刀！”

项英高高举起了鸣鸿刀！

“我挡不住了！”

白一梦捂着小腹，鲜血从指缝里疯狂地涌出！

“就这样死了？”

白一梦淡淡地笑着，看着项英。

“能挡得住鸣鸿刀四刀的，我想，普天之下，也就只有你白一梦一个人了！这第五刀，我就送你到那极乐世界去吧！”

项英突然脸色苍白地看着高举的鸣鸿刀。

“怎么回事？”话音未落，项英高举着的鸣鸿刀居然刺穿了自己的胸膛！

“什么？”

白一梦睁大了双眼，看着项英。

“这……这……”

项英喃喃着，看着眼前的鸣鸿刀化成了一只云鹊，扑棱着翅膀，飞走了！

项英的尸体从空中坠入了大洋！

这把刀，不是你我能够驾驭的，刀的主人实力还不如刀，如何使用？

可这把刀居然残杀持刀者？这把刀太可怕了！

白一梦动用体内的残余真气，拼命地向着青虹市飞去！

眼前就是居住的楼宇，突然眼前一黑，就什么也不知道了，直直地从空中坠落！

白一梦醒来的时候看到了一张脸。

熟悉的脸，林雨瑶的脸。

白一梦终于明白了什么叫末日。

原来今天真的是末日！

他白一梦的末日！

白一梦躺在客厅的沙发上，看着皇甫浩泽的房间，发呆！

皇甫浩泽，还有贺风，白朗，白敏，王刀，还有那数百万的武者。

那装载着霸王城两千年来的武功秘籍、神兵利器的那个空间戒指，还有那装载着项灵儿她们的空间戒指，这两个空间戒指，都交给了白敏。

而这所有的一切，都在龙一啸的龙珠世界里。

现在，龙一啸在自己的丹田里。

而他的丹田却被这，比千年寒冰还要寒冷的冰块冰封了！龙一啸也冰封了！

不管白一梦怎样控制自己的意念，始终无法突破寒冰，无法进入丹田。

自己现在的兵宗九阶大涅槃的修为能力，也随着千年人参的金丹和生源之力金丹的消失，全部消散了！

白一梦就算修炼上一万年，也无法融化龙一啸的修为形成的真气寒冰！

而且，龙一啸为了保住白一梦的生命，就连白一梦那镂空的骨骼里面也布满了冰块！

白一梦知道，现在自己的身体没有了充盈的气流，现在的他，已经失去了御气飞行的能力！

神农鼎，这样的至宝，也被毁了！

九把神剑被毁了，霸王枪、霸王弓、忠魂袍都被毁了，没了，什么都没了……

白一梦绝望地闭上了眼睛！

现在的白一梦，就是一个普通人！

如果非得说还有什么的话，白一梦的身上还有着干将镆铘两把神剑！还有那破空诀七式剑法，项央传授的追魂掌掌法！

可是没有了内丹，没有了真气，就算这些招式再怎么样炉火纯青，都没有杀伤力！

没有气宗以上的修为，空有干将莫邪两把神剑，也无法御剑飞行！

林雨瑶静静地坐在一边泡着热茶，安静地看着白一梦。

十四楼留下的那个贺风克隆体，那个有头发的贺风，站在一边，听着白一梦述说这么久以来发生的事情。

白一梦苦笑，这个笑，比哭还难看。

第四十三章 得与失

足足过去一个星期了。

白一梦觉得自己就好像是做了一个梦。

白一梦宁愿发生的这些事都没发生过。

依旧过着原来天天偷书看的日子。

可是，不能御气飞行的事实说明这一切发生了。

就连基本能力都没了。

白一梦躺在阳台上的椅子上晒着太阳。

白一梦估计自己会饿死。

白一梦不想动，一动不动地躺在椅子上。

这一个星期，从醒来，回到家里到现在，没有洗脸，没有刷牙，没有洗头，没有洗澡，甚至连身上的衣服都没换。

白一梦的胡子飞快地长了出来，胡子拉碴。

白一梦不吃饭，也不喝水。

就这么躺着。

林雨瑶和贺风端来的茶水、饭菜，都原封不动地放在一边。

林雨瑶和贺风说了很多，劝了很久，白一梦什么也没听进去。

贺风回到了楼下继续做事。

林雨瑶买完了菜，正在洗菜，锅里的米饭正在煮。

白一梦突然很想很想老家里的林碧瑶、陈玲和穆婉君。

如果是以前，白一梦化身一道白光，以他兵宗九阶大涅槃的修为，十分钟就到老家了。

可是现在不行。

不过楼下还停着皇甫浩泽的巨型悍马和贺风的兰博基尼呢。

“哦，小白呀，”电话那头，白一梦的爷爷乐呵呵地说，“她们前几天被你的好朋友邱志爵带走了，若兰也一起去了。说是出去散散心、旅旅游去了。呵呵。”

挂了电话，白一梦开心地打电话给邱志爵，这个家伙，肯定是带着于思思去哪里玩，害怕于思思不肯去，所以多带上林碧瑶她们给于思思做伴。

电话打出去，邱志爵的手机一直响，但就是没有人接听。

也许是在哪里玩得正疯，过一会再打好了。

白一梦放下了手机，长长地叹了一口气。

还是没能从失去那么多的力量，这样的压抑中解脱出来。

“一哥！”十四楼的贺风突然跑了上来，“我刚刚去了一趟映月湖，原本是想把你所说的那条转换时空的红鱼抓回来，看看能不能和龙珠里面的红鱼互通，而把师傅带出来！你猜怎么样?”

贺风的脸色苍白：“映月湖那边一个人都没有!”

“你说什么?”白一梦眼睛都没睁开。就算红鱼互通，这龙一啸的寒冰真气可是圣界修为的，也不可能打得开龙珠大门。

“我说!”贺风大声说道，“映月湖的画舫全部都在，但高绝和郭灭，还有那几千个少女，全部都不见了！湖里的那一条可以转换时空的往返鱼也不见了！就好像人间蒸发了一样!”

“也许是人家搬走了。没什么大不了的。这些人帮不了我什么的。”白一梦懒懒地转了个身，继续睡觉。

“你没听明白。我的意思是，那些画舫上的茶水还是热的！锅里的红烧肉和菜都还在煮！浴缸里的水还在放！有什么人搬家的时候会忘记了这些？然后，我抓紧时间去了对面的奇岩峰无赦府还有南斗山庄，那边也是这样，一个人都没有！都显得很怪异，就好像是凭空消失在了空气里一样！你说，这个怪不怪？”贺风惊叫道。

“什么？”白一梦猛地睁开了眼睛，坐了起来。

白一梦因为自己失去了太多太多的能力，而不敢去面对柳明眸。

现在一听说奇岩峰无赦府一个人都没有，那不就表示，柳明眸也不见了？

映月湖画舫，有几千人。再加上奇岩峰无赦府，还有南斗山庄，那至少也有一万多人。

怎么会都无缘无故地消失了呢？这其中还包括兵宗九阶巅峰的高绝和郭灭。这可是霸王城在外界的主要力量。

白一梦心中隐隐感到不安。

“白一梦。”

正在厨房里面洗菜的林雨瑶突然尖叫着跑了出来：“姐姐出事了！”

“什么？”白一梦霍地站了起来，小腹上的伤疤让他痛得龇牙咧嘴。

“我和姐姐一般保持一个礼拜一次的通话，如果说超过一个礼拜没有联系，那就代表姐姐出事了。上礼拜天，我们还在联系，昨天姐姐没有打电话过来，我就觉得很奇怪。一直打过去都没人接听，刚才打过去，居然关机了！这是我们这么多年来从来没有发生过的事！”林雨瑶脸色苍白。

“嘀嘀嘀……”白一梦的桌上的固定电话响了！

是不是邱志爵打过来的，白一梦一个劲步冲了过去，拿起了电话，喂了半天，没有声音。

固定电话的屏幕上显示，那是邱志爵的手机号码。

白一梦的脸色大变。

电话里传来轻微的敲击声，声音三长两短，周而复始。

突然，没了声音，白一梦赶紧回拨过去，发现邱志爵的手机已经关机了。

“贺风，你马上去追查邱志爵的手机号码来源，一定要找到他们现在在哪里！”白一梦大叫着，“还有，追查上次碧瑶打电话给雨瑶的时候，是在什么位置？快！”

林碧瑶的手机关机，邱志爵的手机也关机，邱志爵、于思思、林碧瑶、陈玲、穆婉君、若兰，他们六个人可是都在一起的呀。难道说被人绑架了？

邱志爵那么有钱，也不是不可能。

但普通人怎么可能抓得住他们？

难道是那一夜之间盗光青虹市粮草的大盗？

白一梦的头都大了。

白一梦赶紧开始梳洗，整理形象。

什么都可以失去，绝对不能失去自己的亲人和好友啊！

白一梦一口气吃下了八大碗饭菜，喝下了一大锅的排骨汤。

现在不能飞，那我就开车。

就算现在没有真气不能打，我还会一些招式。

我还有电芒炮八级。虽然只有一把，但我也要去找他们。

现在的白一梦根本就不用收敛武者的气息，他的气息，现在就和普通人一个样。

白一梦心急火燎地开着车带着贺风和林雨瑶来到了动物园，想找到陆朝阳。白一梦觉得自己现在很需要陆朝阳的帮助，可是，陆朝阳也不见了！

动物园的园长惋惜地说道："老陆这个人还真是不错，不要工资，不要奖金。当初刚来的时候，就让我管他一口饭吃，安排一个安身的宿舍。动物们他都照顾得很好，表现非常棒。现在突然走了，那个老虎小明和金钱豹小亮，饭都不吃了。愁死我了。老陆这一走，实在是很突然了，什么都没带，就连他老婆送给他的玉簪子也没带，就那么留在了小明的铁笼里。突然，太突然了！我把老陆的东西都收在了家里。只希望他哪天要是想起来了，回来拿的时候，再把东西还给他。"

园长叹了口气，带着白一梦去看了没精打采的老虎小明，还有垂头丧气的金钱豹小亮。

并且，拿出一把玉簪子给白一梦看。

白一梦看着玉簪子，内心震撼不已。陆朝阳也出事了。居然把这个比他生命都重要的东西丢下了，这一定是出了什么大事才有这样的可能。

白一梦点了点头，把玉簪子交给园长保管。开着车火速离开。

映月湖画舫，奇岩峰无赦府，南斗山庄，白一梦跑了一圈，愣是什么也没发现！

白一梦的头发，一夜之间变成了雪白色。

愁啊。

三个“老婆”没了。

两个胜似亲兄弟的兄弟一个被冰封了，另一个也没了。

一个亲生的妹妹也没了，这叫什么事？

白一梦快要疯掉了！

白一梦大杯大杯地喝酒！

“就连我们的姥姥，都好像也消失了。”林雨瑶想起了那个随时随地都会出现在她们姐妹面前的恐怖姥姥。

“还有那个项东，她怎么也不见了？难道她就是那个红尘姥姥？”白一梦不信。

白一梦觉得这个事情太怪异了！

太可怕了！

难道这些人都去了一个像龙珠一样的世界？

又或者说被一个拥有龙珠这种空间至宝的人给抓走了？

白一梦想起了项广也找不到的三个空间戒指。

什么人能够拥有霸王城这样的力量？

现在，白一梦认为，能够做出这样的大事的，只有一个人！

那就是，那个一夜之间盗走整个青虹市粮食大米的人！

白一梦霍地站了起来，跑到了十四楼的实验室。白一梦看着贺风运用一切的科技手段，满世界地寻找他们！

结果是，邱志爵最后打来的那个无声电话的地址，和林碧瑶打来的最后一个电话的地址，都无法追查得到。

白一梦觉得，天，真的塌下来了！

半个月过去了。

白一梦足足瘦了一圈。

白一梦就像一个疯子。

每天不是在南斗山庄，就是在映月湖画舫，或者在奇岩峰的无赦府。

希望能够找到一点点的蛛丝马迹。

没有。

什么都没有。

白一梦呆呆地坐在大厅里。

林雨瑶用尽了所有办法，也没能联系上姥姥。

那个以前随时随地都会出现的红尘姥姥。

林雨瑶突然觉得，很想姥姥。

“我说，一哥，你好歹吃一点东西行不行？人是铁，饭是钢，你这样下去，如果真的遇到了那个粮草大盗，你又怎么对付他呢？”贺风端着一碗饭菜，蹲在白一梦身边，劝说道。

“白一梦，你别这样。”林雨瑶抓着白一梦的手臂，看着白一梦。

“我把饭菜放在桌上，你一定要吃啊！”贺风将饭菜往桌上一放，转身离开。

突然，贺风又快速地退了回来！

贺风一把拿开饭菜，盯着桌上的旅游杂志，激动得满脸通红，嗷嗷乱叫。

“你高兴什么？”林雨瑶狠狠地瞪了贺风一眼。

“你们看！”贺风将旅游杂志放在了林雨瑶和白一梦的面前。

“柳明眸！”白一梦简直不敢相信自己的眼睛！

“这什么情况？”林雨瑶惊呆了。

贺风指着旅游杂志封面上的女人头像，大声道：“这个女人，不是柳明眸，还会是谁？”

白一梦一把抢过旅游杂志，死死地盯着封面上的女人，赫然是柳明眸！柳明眸的头上戴着一个绿藤绕成的花环，一袭白色长裙飘飘，端坐在一处瀑布之上，带着灿烂的笑容！

迅速地浏览了一遍杂志的介绍，白一梦霍地站了起来。

“忘忧谷！”白一梦喃喃着。

“可是，看这杂志的宣传日期，却是在去年。那个时候，柳明眸还在映月湖画舫呢。这个女人，难道不是柳明眸？”贺风大惑不解。

“白一梦，你说过。你曾经怀疑，红尘姥姥是霸王城里面的人，而且还是一个女人。可是，我们这么多年来接触的姥姥，确确实实是一个六十多岁的老妇人啊。而在霸王城，在项家兄弟的身边，怎么可能有这么老的女人的存在？”

林雨瑶明白白一梦在想什么。

“但是，雨瑶，你别忘了。你们姐妹俩人的易容之术，手段之高，普天之下，难出第二！红尘姥姥是你们的老师，你认为她会以真面目，面对你们吗?”白一梦的眼睛越来越亮。

“难道你怀疑，我们的红尘姥姥是这个柳明眸?”林雨瑶大惊道。

“不！红尘姥姥绝对不是柳明眸！但是，却一定是一个易容高手！你们从小到大，见到的老妇人，绝对不是红尘姥姥的本相!”白一梦不相信柳明眸是红尘姥姥。

“有了!”贺风抱着电脑，“忘忧谷，是由武动乾坤的集团公司出资打造的。位于霓雲市的郊区，紫霞山脉之中。它充分利用了紫霞山脉之中的众多高山峻岭、溪流河谷而建，方圆如同一个县城大小。

“谷中环境清幽雅致，景色宜人。最知名的景点，乃是复古十城，分别是秦皇城，汉武城，三国城，司马晋朝城，大隋城，盛唐城，宋赵城，元汗城，明朱城，清金城。”

贺风一边看着忘忧谷旅游介绍，一边哇哇大叫。

武动乾坤？为什么要叫这个名字？

难道说，这个集团的老板，也是一个武者？

甚至，那个粮草大盗，就是这个忘忧谷的人？

就算不是，也极有可能是躲藏在这个忘忧谷里？

一个复古的世外桃源？

也只有这样的地方，才有可能装下南斗山庄，映月湖画舫，还有奇岩峰无赦府的，那将近一万的武者吧。

邱志爵、于思思，带着若兰、林碧瑶、陈玲、穆婉君，也极有可能是去了这个地方旅游，而失踪了的。

白一梦心头电转。

“可是我怎么看着，这个柳明眸，似乎和霸王城映月湖的柳明眸，有那么一点点的不同。”贺风看着杂志封面，沉思道。

“她们的不同之处在于，这个封面上的柳明眸，她的眉毛上多了一颗美人痣。”白一梦点了点头。

“那她，不是柳明眸?”林雨瑶疑惑道。

“不要说那么多了。贺风，马上收拾行李，我们出发，去这个忘忧谷!”白一梦大声道。

“现在，我们找不到任何线索，不管这个女人是不是柳明眸，这都是我们唯一的线索。与其坐以待毙，不如行动起来。”白一梦难得地淡淡一笑。

“好，那我们就出发!”林雨瑶和贺风一起大声说道。

贺风发动了楼下的兰博基尼光头一号，林雨瑶发动了皇甫浩泽的皇甫一号悍马。

三个人迅速地往车上放行李。

白一梦突然看到一个白发苍苍、浑身恶臭的老人，被保安拦在了小区的门口，无法入内。

老人拼命地朝白一梦他们挥手，可惜保安就是不让老人进来。

“老人家，你找人吗?”白一梦挥手打发了保安，关切地问道。

这个老人似乎还是一个哑巴，支支吾吾的，但就是说不出话来。

老人浑浊发黄的眼睛，死死地盯着白一梦，突然抓住白一梦的手臂，狠狠地咬了下去!

可惜他一颗牙齿都没有，白一梦看着手臂上的口水，郁闷啊!

保安看到此情此景，一拥而上，将老人架着，拖出了小区。

“走了!”

悍马和兰博基尼，驶出了小区，绝尘而去。

留下了蹲在小区门口一角的老人，颤抖着双唇，一双昏黄的老眼中，尽是凄凉和悲惨，看着远去的两辆车，老泪纵横!

“雨瑶，你觉不觉得，这个老人似乎很眼熟?”白一梦喃喃道。

“谁?”林雨瑶回头看着白一梦。

“你没看见就算了。开车，抓紧时间，在天黑之前赶到霓雲市!”